JUDITH
YOU DID

Liebe. Sehnsucht. Aufbruch.
Ein Achtziger-Jahre-Roman

Von

Martin Bensen

AF191635

Buch:

Nach dem Ende von Band und Beziehung stürzt sich Tom Mitte der Achtziger voll ins Münsteraner Studentenleben. Er genießt die Freiheit, verliert aber über die vielen Fetennächte fast die Bodenhaftung.

In einer Philosophie-Vorlesung entdeckt Tom seine Traumfrau – und schafft es, den Traum Wirklichkeit werden zu lassen. Die gleichaltrige, aber reifere Judith zieht ihn aus seiner postpubertären Männer-WG auf eine höhere intellektuelle Ebene und in ein großbürgerliches Wohlstandsleben, das er nicht kennt. Für Tom beginnt eine Zeit der Kontraste: Bier und Eintopf hier – Schampus und Hummer dort, erst ein Billigtrip nach Kreta, dann ein Jetset-Skiurlaub in St. Moritz.

Ist das die Dialektik der Achtziger Jahre? Was macht sie mit Judith und Tom?

Autor:

Martin Bensen, 1962 in Ahaus/Westfalen geboren, ist Journalist. Seit 1989 lebt und arbeitet er in Stuttgart.

Hinweis:

Der vorliegende Roman ist fiktional. Er wurde von tatsächlichen Ereignissen, Menschen und Erlebnissen inspiriert, doch alle Figuren, Handlungen und Dialoge sind frei erfunden. Die Geschichte spielt in den 1980ern – und genauso ist sie auch geschrieben: mit der Sprache, den Denkmustern und dem Zeitgeist dieser Ära. Nicht alles entspricht heutigen Maßstäben oder Begriffen von politischer Korrektheit.

Martin Bensen

JUDITH
YOU DID

Liebe. Sehnsucht. Aufbruch.
Ein Achtziger-Jahre-Roman

Bibliografische Information der Deutschen Nationalbibliothek: Die Deutsche Nationalbibliothek verzeichnet diese Publikation in der Deutschen Nationalbibliografie; detaillierte bibliografische Daten sind im Internet über dnb.dnb.de abrufbar.

1. Auflage, April 2025
© 2025 by Martin Bensen
Alle Rechte vorbehalten
Umschlaggestaltung: Martin Bensen, Bild KI-generiert

Verlag: BoD · Books on Demand GmbH, Überseering 33, 22297 Hamburg, bod@bod.de
Druck: Libri Plureos GmbH, Friedensallee 273, 22763 Hamburg

ISBN: 978-3-8192-4617-3

»Die Leute um mich rum waren aufgekratzt und quatsch-
ten ohne Unterlaß, aber es passierte nichts Aufregendes, das
Problem dieser Epoche schien darin zu liegen, wie man sich klei-
dete oder die Haare schneiden ließ, drinnen nach etwas zu
fragen, was man nicht im Schaufenster fand, hatte keinen
Sinn, o du meine arme Generation, die du noch nichts zur Welt
gebracht hast, du kennst weder den Eifer noch die Revolte und
verzehrst dich innerlich, ohne einen Ausweg zu finden.«

Philippe Djian: Betty Blue – 37,2° am Morgen. Roman.

»On baisait toutes les nuits.«

Aus dem französischen Trailer zum gleichnamigen Film.

Erster Teil

Hühnerbein

Nichts. Bis auf ein paar Krümel von irgendwas und den eingetrockneten Saftfleck wirkt der leere Kühlschrank fast sauber, oberflächlich gesehen. Besser mal Händewaschen. *Mist, Spüli ist auch alle.* Wenigstens die Ablage mit den zwei Kochplatten ist leer. Der Hängeschrank darüber leider auch. Kein einziger Teller, keine Tasse, nicht ein Besteckteil im Korb. *Was ist denn hier los?* Tom bückt sich zum Unterschrank, öffnet die Tür.

Dietmar, du Sau! Nicht nur, dass sich hier das ganze WG-Geschirr samt Töpfen und Besteck stapelt, natürlich benutzt und von Speiseresten verkrustet, auch ein widerlicher Gestank entweicht dem desolaten Haufen, wie ihn selbst das Klo bisher nicht abgesondert hat. Schnell schließt Tom die Schranktür, kämpft gegen den Würgereiz an, was ihm bei seinem Kater ziemlich schwerfällt. Sein Mund füllt sich mit Speichel, er beugt sich über das Waschbecken, doch es kommt nur Spucke und ein geräuschvoller Schwall Luft aus seinem Magen. Und Wut. Da hat es sich einer mal ganz einfach gemacht – aus den Augen aus dem Sinn.

Dietmar war mit Putzen dran, aber seit sie in der WG keine Liste mehr führen, was sie genau genommen auch nur fünf Wochen nach ihrem Einzug gemacht haben, sind sie komplett durcheinander gekommen. Mal ist der eine ausgerechnet in seiner Putzdienst-Woche weg, mal hat der andere mit dem Nächsten getauscht, muss aber dann doch für eine

Klausur büffeln und so weiter. *Aber diese Woche war Dietmar dran!*

Er ist übers Wochenende nach Hause gefahren. Wie eigentlich halb Münster, Uni-Münster. DiMiDo-Studenten, alles *Schwachstruller*, um mit Freddie zu sprechen, dem ebenso ungekürten wie unhinterfragten Boss der Fünf-Männer-WG. Eigentlich heißt er Ferdinand, aber niemand sollte ihn so nennen, sonst kriegt er es mit seiner testosteron- und sportgestählten Schlagkraft zu tun. Was seine Faust anrichtet, hat Tom einige Male auf Feten gesehen, wenn ein anderer Testo-Hirsch ihn herauszufordern wagte. Tom bewundert Freddie dafür, auch wenn er selbst ein friedliebender Mensch ist – er hat noch nach dem Wehrdienst verweigert, es wenigstens versucht; seit Oktober 1982 ist er Student der Germanistik und Philosophie auf Lehramt, inzwischen schon im Hauptstudium, das fünfte Semester neigt sich bereits dem Ende zu, jedenfalls in Germanistik – in Philosophie ist er erst im dritten Semester, weil er bei der Einschreibung dummerweise Chemie als zweites Fach gewählt hatte; angeblich ging die Kombination mit Sozialwissenschaften nicht, wie man ihm beschied. Mit so etwas Vergeistigtem wie Philosophie braucht er Freddie nicht zu kommen, schon gar nicht beim abendlichen WG-Bier, aus dem nicht selten ein Saufabend wird, angefeuert durch Freunde, die ebenfalls nicht selten unangemeldet kommen, meistens mit weiteren Bierkisten oder wenigstens einem Sixpack im Schlepptau.

Freddie trägt seinen Spitznamen zu Recht, er ist eine ziemlich gute Version des Queen-Sängers, mit seiner schwarzen, nach hinten gekämmten Kurzhaarfrisur, seinem ebenso schwarzen Schnäuzer, der »Schenkelbürste«, wie er sie selber nennt. Obwohl Tom solche männlichen Zoten eigentlich hasst, kriegt er die damit verbundene Vorstellung nur schwer aus dem Kopf. Was auch immer es ist, er kennt mindestens drei Frauen, die erklärtermaßen *verrückt* nach Freddie sind, auch wenn sie wissen, dass er seiner Susi *total treu* ist, was er zumindest seinen Mitbewohnern oft und gerne und mit extra rollendem Münsterland-R versichert. Freddie kommt wie Tom vom Land, aus einem Ortsteil seines Heimatstädtchens Doesbeck, keine fünfzig Kilometer von Münster entfernt. Und weil die Heimat und seine Susi so nah sind, fährt er jedes Wochenende, oft schon am Donnerstag, nach Hause, um meistens erst dienstags wieder in der WG aufzuschlagen. DiMiDo-Student halt, *Schwachstruller* – zumindest in dieser Beziehung. Volker und Torsten auch.

Nur Dietmar bleibt schon mal übers Wochenende da, geht aber auch dann kaum raus. Er ist ein Stubenhocker und Faulenzer. Alle wissen, dass er nicht richtig studiert – auf Lehramt wie Freddie, Volker und Tom, aber irgendwann hat er es schleifen lassen, aus welchem Grund auch immer. Meistens liegt er auf dem Bett in seinem Zimmer, dem größten in der Fünfer-Wohnung – pures Glück beim Auslosen vor dem Einzug. Auch Tom kann sich nicht beklagen, sein Zimmer ist zwar recht klein, aber es hat als einziges einen Balkon, auf dem die fünf Männer gerade mal Platz haben.

Dietmar trinkt tütenweise O-Saft, raucht Unmengen an Selbstgedrehten, und wenn man sein Zimmer, ohne anzuklopfen betritt, was Freddie mit Vorliebe tut, liegt er meist auf dem Bett und starrt die Decke an oder er sitzt auf der Kante seines Schreibtisches und starrt aus dem Fenster. Genau zweimal hat Tom versucht, ihm irgendwie näher zu kommen, ihm zumindest zu signalisieren, dass er bereitstehe, falls er reden wolle. Dietmar hat nur mit den Schultern gezuckt, »Ne, wieso?« und »Alles gut« gesagt und Tom in einer Art

Rollenumkehr nahegelegt, er solle doch lieber bei sich selbst nach Defiziten suchen.

Seit einiger Zeit fehlt Dietmar bei ihren Abendbierrunden, überhaupt ist etwas in Schieflage geraten. Die ursprüngliche Toleranz und Gelassenheit sind weg, die *Aus*gelassenheit mancher Abende, die Spontan-Feten in der Küche, der fröhliche Lärm, der auch das Klopfen der Streber-Nachbarn übertönte, der WG dafür Polizeibesuche einbrachte und schließlich eine Vorladung bei ihrem Vermieter, dem Studentenwerk Münster, wo sie eines ziemlich frühen Morgens vollzählig, aber verkatert vortanzten.

Den Blick der Chefin, einer nicht unattraktiven Frau in den Vierzigern, wird Tom nie vergessen: erst streng und abweisend, zwischen der Akte mit der Aufschrift W13, der Wohnungsnummer, und den vor ihrem Tisch stehenden Delinquenten hin und her wechselnd, während sie sie belehrte und einige der dokumentierten Missetaten aufzählte, dann, beim Zuklappen der Akte deutlich freundlicher, begleitet von einem unverhohlenen Grinsen und dem Wunsch, die fünf jungen Männer bitteschön nicht mehr wiedersehen zu wollen. *Sie ist auf unserer Seite*, dachte Tom und verliebte sich augenblicklich in sie. Freddie offenbar auch, er hatte wieder dieses anmachende Funkeln in den Augen und wollte gerade etwas sagen, als ihn die anderen mit vereinten Kräften aus dem Büro schoben, froh, entgegen ihrer Befürchtung doch nicht aus der Wohnung geflogen zu sein.

Überhaupt Freddie, schon verwunderlich, dass keine Aktennotiz speziell zu ihm drin war, jedenfalls nicht, dass sie es wüssten, wo er ihnen doch schon beim Einzug angekündigt hatte, dass seine Freundin *laut* sei, was sie an einem Wochenende, an dem beide in der WG übernachteten, weil

Send war, selbst durch zwei geschlossene Türen eindrucksvoll und zweifelsfrei belegten. Besonders die Bewohnerin unter ihnen konnte dem Phänomen nicht entkommen, da das rhythmische Sexspiel unglücklicherweise von einem wackligen Bettsofa derart verstärkt wurde, dass es ihr zu bunt wurde. So stand sie kreidebleich und fassungslos vor der Wohnungstür, um Tom fast unter Tränen mitzuteilen, dass sie mitten in ihrer Diplomarbeit stecke. Trotzdem tat sie ihm nicht leid, denn es lag nahe, dass sie zu denen gehörte, die die WG beim Studentenwerk verpetzten. Die anonym angezettelte Unterschriftenaktion haben die fünf Männer mit Spott und Humor pariert. Das auf rotem Papier mit dickem Filzstift verfasste Plakat gegen den »Terror von W13« bekam, kaum dass es im Eingangsbereich hing, einen Ehrenplatz an ihrer Küchen-Pinnwand.

Angeekelt pfeffert Tom Dietmars Tüte mit der verklumpten Milch in den schwarzen Müllsack. Diese WG-Trägheit nach nicht mal einem halben Jahr muss ein Ende haben. Sie können nicht Jahre so hausen, drei wird er noch bis zu seiner Prüfung brauchen. Und sie sind nun wirklich keine Hänger, Müslis wie *Bärchen* und *Mausezahn* – er findet es lachhaft, wie die typischen Münsteraner Studenten sich in den Kontaktanzeigen des Stadtblättchens *Na dann* titulieren. So lachhaft, wie sie aussehen: die Frauen in India-Kleidern, wahlweise Latzhosen, oft mit gefärbter Kurzhaarfrisur, die Männer mit Vollbärten und halblangen Haaren. So sind die W13er nicht. Auch Dietmar nicht. Eher ein Muttersöhnchen, das sich sein Essen frei Haus liefern lässt. Regelmäßig kommen seine Eltern aus Beckum angefahren, um ihm den Kühlschrank mit allerhand Fressalien vom Discounter zu füllen, darunter so fragwürdige Delikatessen wie eingeschweißte Hähnchenschlegel, die trotz ihres ziemlich befremdlichen Aussehens schon ein Mundraub der WG-Geier wurden. Genauer gesagt war es Volker, der nach einer Zechtour »Bock auf was Würziges« hatte und Dietmars letztes Hühnerbein unter albernem Gegacker direkt aus der Packung verschlang.

Volker ist ein Schwerenöter, sensibel, aber auch ein bisschen unberechenbar, wenn er besoffen ist. Nicht gefährlich, aber doch sonderbar. Es heißt, er streife nachts durch die Flure des Wohnheims, gebe dabei seltsame Geräusche von sich. Das sei Quatsch, sagt er, wenn auch mit seinem typischen schalkhaften Grinsen auf den Lippen, die immer aussehen, als klebe noch Tomatensoße seiner Fertigspaghetti daran.

Tom muss lachen. Im Grunde sind sie eine Super-Truppe, jeder Einzelne von ihnen ein Super-Typ, selbst Dietmar und auch Torsten, den man leider immer etwas »anwärmen« muss, um ihn aus den Kältekammern seines drögen Wirtschaftsstudiums zu holen. Torsten hat im allerletzten Anlauf seine Matheprüfung bestanden und so die WG gerettet. Bei der Klausur war er sogar leicht bedröhnt, weil er abends ein, zwei »Entspannungsbierchen« zu viel getrunken hatte. Wenn das mit Mathe nicht geklappt hätte, wäre ihre Fünfer-WG »am Arsch gewesen«, wie Volker sagte, als sie auf dem obersten Balkon ihres ehemaligen Wohnheims, wo jeder nur eine Zehn-Quadratmeter-Zelle mit Waschbecken hatte, ausharrten, um Torsten schon von Ferne zu sehen, und in erlösenden Jubel ausbrachen, als er endlich angeradelt kam und seinen rechten Arm in Siegerpose nach oben reckte. Wenig später zogen sie aus dem alten Wohnheim aus, direkt nach nebenan in den Neubau, ein Pilotprojekt des Studentenwerks, das sich ausdrücklich an WGs richtet. Tom freut sich immer noch, es hierher geschafft zu haben – Belohnung für monatelangen Baulärm direkt unter seinem Zimmerfenster. Seitdem er hier wohnt, weiß er, was Leben ist. Nie zuvor hat er so viel Spaß gehabt wie in dieser WG.

Und doch spürt er, dass sie ihre besten Zeiten gesehen hat. Die Jungs fehlen ihm plötzlich sehr. Heute Abend wird er der Einzige von ihnen sein, der nach nebenan auf die Fete geht. Sonst war wenigstens noch Dietmar dabei, wenngleich er meist nicht lange blieb.

Tom spürt, wie sich sein Herzschlag beschleunigt. Diese Frau aus der Vorlesung, die es ihm angetan hat, die plötzlich auf der Bildfläche erschienen ist, für die er schwärmt, von Ferne, wie ein ergriffener, aber noch stummer Minnesänger – keine Ahnung, warum, aber er hat so ein Gefühl, sie könnte heute Abend auch dort sein. Er hofft es, denn die Party im benachbarten Wohnheim ist bekannt und beliebt unter den Münsteraner Studenten.

Draußen dämmert bereits der Abend. Die Felder verschwimmen im Schneeregen, ihr diesiges Grau vermischt sich mit dem des Himmels, nicht lange und es wird stockdunkel sein. Seine Augen verlagern die Schärfe, erkennen den Schmutzfilm an der Fensterscheibe, darin sein Spiegelbild, das ihm älter vorkommt als das eines 23-Jährigen, der immerhin das »Orwell-Jahr« 1984 überlebt und glücklicherweise nichts von dem erlebt hat, was George Orwell in seinem gleichnamigen Roman aus seiner Anschauung von Totalitarismus vierzig Jahre zuvor für vorstellbar gehalten hatte.

Eine Weile hat er Orwell verehrt, auch seine *Animal Farm*, die er im Englisch-Leistungskurs gelesen hat. Der Autor starb zu früh, um seine 1984-Vision auch in der DDR wiederfinden zu können, in der genau dieses Buch folgerichtig verboten ist. Aus Revolution wird Diktatur, die erkämpfte

Freiheit kommt unter die Räder und mit ihr auch die Ideale. Etwa bei den 68ern, denen Tom unterstellt, ihre Revolution und auch die *Arbeiterklasse* verraten zu haben, als sie in Scharen ins Establishment wechselten und heute gut bezahlte, angepasste Richter, Ärzte und Lehrer sind. Mit dieser Ansicht ist Tom allerdings ziemlich allein unter seinen links-alternativen Kommilitonen. Mit einigen hat er sich nach Seminaren schon heftig gestritten, meistens im *Kakaobunker*, der etwas schmuddeligen Kantine im Keller des Fürstenberghauses, seiner Alma Mater für Literaturwissenschaft, unweit der Linguisten, Philosophen und Theologen. Tom findet es beschämend, dass K-Gruppen, Emanzen und Jutetaschen-Ökos noch genauso agitieren wie die Achtundsechziger.

Neulich ist eine Gruppe Studentinnen mit lila Tüchern in ein Hegel-Seminar gestürmt, hat den Dozenten des Pultes verwiesen, um »über das Frauenbild Hegels« zu diskutieren. Die meisten Teilnehmer haben sich schnell verdünnisiert, auch Tom ist der Ton zu aggressiv gewesen. Immer wieder platzen Vorlesungen wegen hohler »Sit-ins«, Sitzstreiks und Sponti-Diskussionen, bei denen marxistischer Kauderwelsch verbreitet wird, den er nicht versteht, was er auch von den Vortragenden selbst vermutet. Einmal war sogar der Eingang des Fürstenberghauses versperrt. Streikende hatten einen riesigen Hintern aus Pappmaché vor die Haupttür gestellt; jeder der hindurch wollte, musste durch das Arschloch kriechen, was natürlich niemand machte. Ganz Schlaue nahmen den Seiteneingang für Dozenten, mussten dann allerdings erkennen, dass die meisten Profs gar nicht da waren, sondern ihre Veranstaltungen kurzerhand abgesagt hatten.

Das Hungergefühl ist einem stechenden Bauchschmerz gewichen. Tom geht durch den stillen, dunklen Flur ins Badezimmer, hält seinen Mund unter den Wasserhahn, trinkt in kleinen Schlucken und spürt den kühlen Schwall im Magen. Leider steigt ihm auch Volkers grässliches Männerparfüm in die Nase. Tom fragt sich, was ihn geritten hat, dieses billige Zeug vom Discounter zu kaufen und bei jeder Gelegenheit in der Wohnung zu verteilen. Vielleicht riecht Tom auch nur den schalen Rest davon, das Waschbecken klebt von Seifenresten und Volker ist momentan nicht nach Streichen, er muss büffeln.

Jetzt ist alles ruhig. Das ganze Haus scheint verlassen. Es gruselt Tom, er mag es nicht, bei Dunkelheit alleine zu sein. Den nasskalten Samstag hat er komplett verschlafen. Kein Wunder, denn wenn er um 23 Uhr das Postgebäude verlässt, ist noch genug Zeit für das Nachtleben. In letzter Zeit treibt er sich gerne auf Wohnheim-Feten herum, bevorzugt am Wochenende, wenn nur noch der harte Kern von Studenten da ist – und eindeutig die schöneren Frauen. Meistens belässt er es bei einem Flirt. Ein wenig knabbert er noch an seiner letzten verflossenen Beziehung. Diesmal hat *er* sie beendet – und sich so mies gefühlt wie damals, als ihn seine erste Liebe wegen eines anderen verlassen hatte. Weil das alles mit seinem Heimatort verbunden ist, fährt er kaum noch nach Hause, obwohl sein »Zuhause« ja nur einen Katzensprung entfernt liegt. Räumlich gesehen. Mittlerweile liegen Welten zwischen seinem Leben in Münster und dem vergangenen in Doesbeck. *Alles hat seine Zeit. Gut so!*

Er erinnert sich nicht mehr genau, wie er in sein Bett gekommen ist. Er weiß nur noch, dass er nach dem Ende der Fete ins Bahnhofsviertel gezogen ist, zusammen mit einem gar nicht mal so guten Bekannten und zwei völlig fremden Frauen. Bruchstückhaft stehen ihm Bilder vor Augen. Wie ihm eine der beiden Frauen den Kopf gehalten hat, als er gekotzt hat, irgendwo draußen an einem Bretterzaun. Mehr weiß er nicht. Mehr will er nicht wissen. Immerhin ist er im eigenen Bett aufgewacht, noch dazu allein.

Er hat noch Zeit bis zur *Droko*-Party. Bloß nicht zu früh kommen. Zu früh auf eine Fete kommen ist nie gut. Die, die schon da sind, wenn die interessanten Gäste kommen, sind verbrannt, kleine Verlierer, die sich den ganzen Abend abstrampeln können und doch keinen Stich machen. Das benachbarte *Drosten-Kolleg*, ein Gebäudekomplex aus rotem Backstein, macht mit Abstand die besten Wohnheim-Feten in Münster, zweimal im Jahr gegen Semesterende, und dann gleich in zwei Teilen: am Samstag- und am Montagabend. Kenner wissen, dass der Samstag der bessere Tag mit den besseren Leuten, der besseren Musik ist. Der Montag ist nur ein müder Abklatsch und trotzdem ist die Aula immer viel voller. Natürlich wird er übermorgen mitgehen, wenn seine W13-Jungs hinwollen. Aber jetzt ist er doch ganz froh, dass sie nicht dabei sind.

Tom nimmt sich vor, nur wenig zu trinken, ganz entspannt und souverän, er will nicht noch einmal die Kontrolle verlieren, will mit allen Sinnen er selbst sein. Wenn nur die geringste Chance besteht, dass *sie* heute Abend kommt, will er vorbereitet sein.

Kant

Der Saal ist schon ziemlich voll, leider mit weitaus mehr Männern als Frauen. Einige der Typen sehen mit ihrer biederen Kleidung aus, als kämen sie vom Land, jedenfalls nicht wie Studenten. Das ist neu. Nicht gut.

Nicht dass das heute noch Ärger gibt hier. Ob denen jemand erklärt hat, dass das kein Schützenfest ist?

Er arbeitet sich zur Getränkebar vor. Wenn er schon nichts zu essen bekommt, dann muss es das flüssige Brot tun, immerhin gibt es Pils vom Fass. Anders als in den Progressiv-Discos läuft auf der *Droko*-Fete aktuelle Popmusik. Nur auf Wunsch spielt der Typ am Plattenpult auch ältere Sachen. Weil er aber die Frauen bevorzugt bedient – Tom kennt das bärtige *Bärchen* schon –, ist mit Rock nicht zu rechnen, und Punk und New Wave sind ganz bestimmt nicht sein Ding, schade!

Ein Disco-Kracher dringt aus den Boxen: *Big In Japan* von den Münsteranern *Alphaville*. Heimspiel. Prompt schwappt eine Welle Tanzwütiger in die Mitte des Saals. Traditionell schwoft hier jeder, wo er will, mal ist fast der ganze Saal in Bewegung, mal sind es ein paar Häufchen inmitten des Publikums, nur am äußersten Rand stehen die Gaffer, Männer, die sich nicht trauen, die ihre Schüchternheit hinter coolen Blicken und einer wohl *Humphrey Bogart* nachempfundenen Art des Rauchens kaschieren. Im Nebensaal gibt es Tische und Bänke, aber da sitzen nur die, die »reden«

wollen, Frauen, die sonst in alternativen Cafés sitzen und ständig Milchkaffee-Schalen mit beiden, halb von Strickbündchen gewärmten Händen umschließen, während sie reden und ganz oft »Duuu ... ich« sagen, theatralisch intensiv zuhören und verständnisvoll nicken, »na klar«, »find ich gut«, »total toll« ... Was die auf so einer Fete wollen, ist Tom ein Rätsel.

Jetzt will es Bärchen aber wissen. In den Auslauf von *Alphaville* platzt die prägnante Synthesizer-Fanfare des nächsten Hits und lässt die Menge augenblicklich jubeln. Wie kleine Springteufelchen hüpfen jetzt vor allem Männer in den Ring und grölen, noch ehe *David Lee Roth* von *Van Halen* überhaupt *Jump* singen kann. Tom beschließt zu nehmen, was kommt. Was soll er sich über die Musik aufregen? Deswegen ist er ja nicht hier.

Tom hat sie noch nirgends entdeckt. Instinktiv schreckt er davor zurück, den Saal zu durchkämmen, sich durch die eng stehende, tanzende Menge zu drücken. Es wird sich ergeben. Er ruft sich ihr Bild ins Gedächtnis, denkt an die Vorlesung, doch genau damit hat es ihn wieder: sein schlechtes Gewissen. Er hat ein Semester komplett vergeudet, nichts zustandebekommen, war nur auf Feten unterwegs, ständig verkatert, hat da schon seine Freundin vernachlässigt, sein Leben irgendwie überhaupt. Und über allem die Sinnfrage, als ob es nicht eine Nummer kleiner ginge. Wenn er gedacht hatte, dass die Philosophie ihm Antworten gibt, hat er sich getäuscht. Die großen Gelehrten sind handfest, Platon, Aristoteles, Descartes, Kant, Hegel. Besonders Kant! Was für ein strenges, unerbittliches System, »Die Kritik der reinen Vernunft«, die ganz und gar unbestechliche Ethik, frei von jeder Subjektivität.

Zusammen mit seinem Studienfreund Heinz, der ihn immer an eine jüngere Ausgabe von Franz Alt erinnert, den

Autor des auch von Tom verschlungenen Bestsellers »Frieden ist möglich« und wegen seiner Kohl-Kritik mit einem Moderationsverbot belegten Fernsehjournalisten von *Report Baden-Baden* – mit Heinz besucht er eine Kant-Vorlesung, hinterher gehen sie meistens ein Bier trinken und versuchen sich ganz bierernst an Begriffsklärungen, Heinz so messerscharf, dass Tom ihn bewundert und sich einmal mehr fragt, was er selbst in diesem Fach zu suchen hat. Bis *sie* auftauchte.

Tatsächlich hat er sie nicht gesucht, er hat sie *entdeckt* und das auch nur, weil er bei genauem Hinsehen fand, dass sie von der Seite seiner ehemaligen Freundin ähnlich sieht. Dann wieder verlor sich dieser Eindruck, als wäre sie ein Chamäleon oder er nicht ganz bei Sinnen. Wie auch immer, diese Frau faszinierte ihn zusehends. Sie saß im steilen Auditorium schräg unter ihm, in der allerersten Reihe. Er konnte den Blick kaum noch von ihr lassen, studierte ihr Verhalten, ihre Konzentration, ihre Art des Nachdenkens, mit übereinandergeschlagenen Beinen und dem aufgestützten, nach innen gedrehten Unterarm, den Stift an den Lippen und dann wieder auf dem Block in ihrem Schoß, wie sich meldete, kaum merklich mit dem nur leicht abgewinkelten Arm, schließlich etwas fragte, so leise, dass er nichts verstand, der Professor sehr wohl, manchmal tritt er ganz nah auf sie zu, eine Wertschätzung, die bisher nur ihr zuteil wurde, sicher ist auch er total vernarrt in sie. So wie Tom. Nur dass sie ihn nicht beachtet, auch nicht beim Verlassen des Hörsaals, immer verpasst er sie, weiß der Geier, warum. Hätte sie ihn während der Vorlesung sehen wollen, hätte sie ihren Kopf um 120 Grad nach rechts drehen müssen, was er natürlich nicht verlangen konnte.

Und so bewunderte er sie aus der Ferne, ihre gepflegte, modische Erscheinung, das schwarz glänzende, schulterlange

Haar, das sie mit einem hellen Stirnreif hinten hielt. Um der Vorlesung des Professors zu folgen, musste sie Tom ihr Profil zeigen, die gerade, schmale Nase, die Sommersprossen, die er aber nur erkennen konnte, weil er dort, wo er saß, seine Brille aufsetzen musste, die er sich eigens für die hinteren Plätze zugelegt hat. Er hasst es, vorne zu sitzen, womöglich »drangenommen zu werden« und vor dem ganzen Hörsaal, der zwar nicht bei dieser, aber bei anderen Vorlesungen zum Bersten gefüllt sein kann, etwas sagen zu müssen. Sich in einer Vorlesung vor Hunderten Studenten zu melden, ist für ihn ein Ding der Unmöglichkeit, aber auch in vollen Seminaren mit dreißig oder mehr Leuten, ist er gehemmt, dann graut ihm immer vor den Referaten, die leider Pflicht sind für einen Schein. Die Frau in der ersten Reihe hat mit solchen Psychosen sicher nicht zu kämpfen, sie ist selbstbewusst, noch dazu bildschön – einfach bewundernswert!

Er konnte den Blick nicht von ihr abwenden, was natürlich dazu führte, dass er den Gedanken des Professors nicht mehr folgen konnte. Nein, die Strahlkraft dieser Frau war zu stark, einmal trug sie einen pinkfarbenen Pullover mit schwarzem Leopardenmuster, dazu einen passenden Haarreif und eine schwarze Hose. Ihre halbhohen Lederschuhe wirkten elegant, überhaupt sieht sie nicht aus wie die meisten anderen Studentinnen, sie ist eine richtige Dame. Nur ihre Augen hatte er bis dahin nie richtig sehen können. Er tippte auf braune Augen, sie passten zu ihrer fast südländischen Erscheinung, ihren hohen Wangenknochen, die sie ein wenig aristokratisch wirken ließen. Und dann kam der Moment.

Ausgerechnet sein Sitznachbar Heinz war es, der ihm die ersehnte Gelegenheit eröffnete: Völlig überraschend hatte er sich gemeldet, und als er seine Frage stellte, war Tom so perplex, dass er fast die einmalige Chance verpasste. Tatsächlich hatte sich auch die junge Dame aus der ersten Reihe zu Heinz umgedreht. *Braune Augen, wie ich vermutet habe, aber sie leuchten, glühen fast. Raubtieraugen.*

Wie gelähmt starrte er in dieses schöne Gesicht, die vollen Lippen, die leicht in Falten gelegte Stirn. *Eine Denkerstirn*, dachte er und war wie gefangen von der Wirkung ihres Blicks, versteinert wie von dem der sagenhaften Medusa. Heinz war längst verstummt, der Professor antwortete bereits, und alle hingen wieder an seinen Lippen, als Tom immer noch in ihre Richtung starrte, und sie sich plötzlich ein weiteres Mal umdrehte, nicht zu Heinz, sondern zu ihm. Ihre Blicke trafen sich, fast hoffte er auf ein Lächeln, doch sie drehte sich langsam wieder um, diesmal für den Rest der Vorlesung. Beim nächsten Mal fehlte sie, ihr Platz blieb leer, als sei er nur für sie bestimmt, auch in ihrer Abwesenheit. Das war am vergangenen Dienstag.

Die letzten Takte von *Eurythmics'* *Sweet Dreams* verklingen – wie passend –, jetzt wird es seichter: Die prägnante Melodie von *Careless Whisper* holt ihn in die Gegenwart zurück. Er mag diese Schnulze von *George Michael,* findet den glasklaren Sound, die Melodie und das Arrangement perfekt, selbst das Saxofon, auf das er sonst gut verzichten kann. Anders als viele seiner Freunde, besonders die männlichen, ist er froh, dass die muffigen Siebziger vorbei sind, weder hängt er den filzig-abgerockten Hippiezeiten nach, noch der ersten rauen Punkwelle, die Achtziger mit Funk und Soul erweitern seinen musikalischen Horizont, gleichwohl macht es ihn traurig, dass die Punk-, Wave- und Rockansätze, die er gerne mit einer neuen Band umgesetzt hätte, zunehmend weichgespült werden. Aus *The Jam* wird *Style Council,* *U2* werden komplizierter, abgeklärter, die *Ramones,* die *Simple Minds,* *The Cure*

– alle erscheinen softer oder treten in den Hintergrund wie *The Sex Pistols*, *The Clash*, *The Police*; was in den Charts überleben will, wird geschliffen, lackiert und tanzbar gemacht, aber die Sounds sind auch edler, klingen auf CD sauberer, vielleicht zu sauber. *Clean.* Und *Smooth.* *Sade* mit ihrem gleichermaßen unterkühlten und erregenden *Smooth Operator*, dem unvermeidlichen Saxofon, das sich wie eine schnurrende Katze anschmiegt; die Erotik der Achtziger erscheint anders: nicht mehr so hässlich, schmierig und direkt, sondern distanziert, unnahbar, cool. *Jetset-Neon-Sex* statt *Jeansstoff-Hippie-Fick*.

Seit Herbst 1982, seitdem er studiert, macht er keine Musik mehr, vielleicht genau wegen dieser Entwicklung weg von der ungeschminkten, bewusst auch schrägen Gitarrenmusik, hin zu technisch anspruchsvolleren Aufnahmen und Gigs, die ihn faszinieren, aber auch einschüchtern. Im Grunde weiß er auch nicht mehr, was er will. Vielleicht schreiben, das geht gut alleine. Ihm fehlen Gleichgesinnte, mit denen er sich eine Band vorstellen könnte. So einer wie Botte, sein ihn prägender Freund und Mitmusiker bis Anfang der Achtziger, er ist hier noch irgendwo in Münster, bestimmt büffelt er für sein Wirtschaftsstudium statt wie Tom auf Feten rumzuhängen, er hat ihn so lange schon nicht mehr gesehen. Zuletzt hat er seinen Musikgeschmack nicht mehr geteilt. Die Band war am Ende, als im Herbst 1982 auch die sozialliberale Koalition in Bonn zerbrach. Jetzt lebt Tom schon fast zwei Jahre unter der Regentschaft Helmut Kohls, und er findet, das spürt man.

Der Christdemokrat Kohl, so sehr auch als »Birne« verlacht, steht zusammen mit dem wirtschaftsliberalen Hans-Dietrich Genscher für eine andere Zeit, für eine kältere, mehr auf Leistung getrimmte Gesellschaft. Vielleicht kommt es ihm auch nur so vor, weil er jetzt erwachsen ist, schon längst arbeiten und »Geld verdienen« könnte, statt zu studieren und der Gesellschaft, vielmehr seinen Eltern, auf der Tasche zu liegen, anders als die jungen, schon in Lohn und Brot stehenden Leute aus seiner Doesbecker Nachbarschaft, was deren Eltern seinen Eltern bei jeder Gelegenheit aufs Butterbrot schmieren, was seinen Vater, den überzeugten »Sozi« aber erst recht opponieren lässt wie seine SPD im Bundestag, obwohl Mutter und Vater nicht ohne Sorge sind, was die Zukunft ihrer drei Söhne angeht, und ihn, der es im letzten Semester hat schleifen lassen, ganz besonders, auch wenn sie davon nichts wissen, auch nicht wissen sollen, und er sein Versagen allein mit seinem Gewissen ausmachen muss.

Immerhin hat er sich den Job bei der Post besorgt, und das Wintersemester läuft auch wieder besser, muss es auch, weil er jetzt im Hauptstudium ist, was er eben auch ernst nehmen will. Die Erstsemester sind schon anders, zielstrebiger, echte Aktivposten der *Wendezeit*, sie kleiden sich auch anders, nicht mehr so nachlässig, wirken selbstbewusster, gleichzeitig unpolitischer. Aber vielleicht ist das nur sein Gefühl, auch er redet seltener über Politik als früher, die alten Themen, allen voran der Kalte Krieg, sind schal geworden, man flüchtet sich mehr ins Private, einzig die Ökos scheinen jetzt stärker zu werden, in der Umweltbewegung haben die *Alternativen* eine neue Heimat gefunden, man sieht sie jetzt bei den Grünen, ebenso wie die Achtundsechziger, allen voran Joschka Fischer, der mit den Grünen den Bundestag aufmischt und einen echten Gegenpol zu Kohl, aber auch den anderen etablierten Parteien bildet.

Bärchen am Plattenspieler ist für einen Moment abgelenkt, es geht nicht weiter. Jetzt hört man das laute Durcheinander von Stimmen, verschwitzte Menschen verlassen die Mitte, drängeln sich um die Getränkebar. In den Boxen knackt es, drüben reflektiert eine CD-Hülle den Lichtschein der Funzel über dem Musikpult. Hat Bärchen etwa Ladehemmung? Offenbar klappt das Zusammenspiel von Plattenspieler und CD-Player nicht so. *Zeitenwende in der Zeitschleife* – Tom muss grinsen. Doch im nächsten Moment erstarrt er.

Ist das neben Bärchen nicht ...? Er müsste sich schon sehr täuschen, wenn das nicht die Frau aus der Kant-Vorlesung ist. So ein Zufall! Er hat sie hier noch nie gesehen, jedenfalls nicht bewusst. Jetzt oder nie! Doch gerade als er rübermarschieren will, legt sie ihre Hand auf Bärchens Oberarm und lächelt ihn an. Jetzt lässt sie los und verschwindet in der Menge. Im selben Moment erklingt das Saxofon von *Smoot Operator*, noch so ein Zufall, aber eigentlich naheliegend nach George Michael. Es scheint so, als ob sie sich das Stück gewünscht hat und damit das Gleiche gedacht hat wie Tom. Naheliegend oder nicht, er nimmt es als Zeichen, aber eher so nebenbei, zu nervös ist er jetzt.

Tom mischt sich unters Volk, sieht sie erst nicht, entdeckt sie schließlich im hintersten Eck der Aula. Sie tanzt für sich, hat die Augen geschlossen, ihre Bewegungen sind geschmeidig, sparsam, passend zum Stück. *The Smooth Operator. Coast to coast, LA to Chicago, western male ...* Kein Western Male bei ihr, um sie herum nur Frauen. *Das ist gut.* Jemand berührt ihn an der rechten Schulter, Tom dreht sich um, sieht niemanden, dreht sich nach links, erkennt Angela. *Mist! Ausgerechnet jetzt, und dann noch mit dem ältesten aller dummen Scherze.*

Angela ist ein kleiner Flirt aus dem letzten Sommer. In ihrem Girlie-Outfit ist sie nicht nur ihm sofort aufgefallen, eine Mischung aus *Madonna* und *Cindy Lauper*, ... *just wanna have fun* ... ziemlich süß, aber irgendwie auch sehr künstlich. Ausgerechnet ein Epilepsie-Anfall des Philosophie-Professors machte sie miteinander bekannt. Mitten im Vortrag erstarrte und verkrampfte der ältere Mann an seinem Stehpult, was zunächst für Lacher sorgte, denn der Prof war wegen seines humorvollen Vortragsstils beliebt, doch diesmal machte er keine Scherze. Seine Assistentin erhob sich aus der ersten Reihe und bat um Ruhe. Nicht lange, und der Professor richtete sich auf und trat für einige Durchatmer ans Fenster, um bald danach seine Vorlesung fortzusetzen, als wäre nichts geschehen.

Angela stand später unschlüssig im Flur und schien auf irgendjemanden zu warten. Er lächelte ihr zu, sie lächelte zurück und sprach ihn gleich an. Ob sie nicht zusammen in den Kakaobunker gehen wollten, sie müsste jetzt unbedingt mit jemandem reden. Wider Erwarten hatten sie Spaß, sie war lustig und wirklich sehr süß. Einige Male trafen sie sich noch, doch mehr wurde nicht daraus – zu viel Chaos bei Tom. Auf der *Droko*-Fete im letzten Sommer hat sie ihm gestanden, dass sie ziemlich verknallt gewesen sei, aber dass sie seine Situation verstanden hätte – er konnte sich gar nicht erinnern, ihr allzu viel von seinem Beziehungsstress erzählt zu haben.

Sie sieht jetzt anders aus, ihr Haar ist nicht mehr blond und lang, sondern kurz und schwarz, alles an ihr ist schwarz, sogar ihre Tränensäcke, sie sieht ausgemergelt aus. Sie starrt ihn mit großen Augen an, freut sich offensichtlich, ihn wiederzusehen, setzt ihn damit unter Stress. Er will nicht mit ihr reden, will zu der schönen Frau aus der Vorlesung, gleich ist das Lied zu Ende und sie wird die Tanzzone verlassen, vielleicht sogar das Fest.

»Hey, schön dich zu sehen!« Er muss gegen die Musik anschreien. »Sorry, ich wollte mir gerade ein Bier holen.«

Eine spontane Eingebung. Dumm nur, dass nicht nur ihr Glas, sondern auch seines noch halb voll ist. Er trinkt es auf Ex.

Angela blickt ihn beleidigt an. »Hab schon verstanden, Arschloch!« Abrupt wendet sie sich ab und wird von der Menge verschluckt.

Tut mir leid, denkt er, *aber jetzt geht es um Leben und Tod.*

Das Lied läuft aus, Bärchen macht Schocktherapie und schickt *Depeche Mode* ins Rennen, *Master And Servant,* sofort schießen ihm die Bilder aus dem rasant geschnittenen Video in den Kopf. Er versucht keine Folge der Musiksendung *Formel Eins* zu verpassen.

Er wischt die Bilder beiseite, konzentriert sich auf die Tanzecke, sieht sie dort nicht mehr, bahnt sich einen Weg durch die wogende Menge, aber wohin?

Dann steht sie vor ihm.

Judith

Wir sind auf einer Insel mitten im wogenden Meer. Um uns tost ein Sturm, doch hier bei uns ist vollkommene Stille. Wir müssen uns nur immer ansehen, uns ineinander vertiefen. Solange wir ganz bei uns sind, kann uns nichts und niemand etwas anhaben.

Täuscht er sich oder sind tatsächlich alle auf Abstand gegangen? Ist die Musik leiser geworden?

Tu was! Sag was! Sie will schon an dir vorbei! Nein, geh nicht!

Sie zögert. Ihr Blick! Nicht abweisend, erstaunt.

»Kennen wir uns?«, fragt sie.

Yeah! Er kann es kaum fassen, ist so aufgeregt, dass er sofort damit rausplatzt: »Ja, von der Kant-Vorlesung.«

Plumper gehts echt nicht. Wir haben uns da vielleicht gesehen, aber deswegen kennen wir uns nicht.

Schon rechnet er mit einer Abfuhr, einem wütenden Impuls, die sich aufdrängende Frage, ob er ihr nachstellt, doch sie kräuselt nur die Stirn. Wo sind ihre süßen Sommersprossen? Sie hat sich geschminkt, dezent nur, aber ihre Augen wirken dunkler, fast schwarz, ihre roten Lippen dafür umso greller, selbst in dem funzeligen Licht. Sie trägt eine weiße Bluse, die sie recht weit aufgeknöpft hat. Natürlich muss er jetzt genau da hinsehen, schnell sucht er wieder ihre

Augen, nur so geht es weiter, auch auf die Gefahr hin, dass er in ihnen versinkt.

»Wie findest du die Vorlesung?«

Erwischt! Warum hat er sich nicht besser vorbereitet?

»Ich weiß nicht, ich ...« *(habe eigentlich nur dich gesehen.)*

»Komm, lass uns nach nebenan gehen, da redet es sich leichter.«

Zeit durchzuatmen. Eine Galgenfrist. Sie geht voraus. Ihr Stirnreif fehlt. Groß ist sie, größer als gedacht. Soll er ihnen was zu trinken holen? Er hat immer noch das leere Bierglas in der Hand. Ob hinten ein Platz frei ist? Er ist total durcheinander.

Sie zwängen sich zwischen zwei Frauenpaare auf die Holzbank. Er muss seinen rechten Arm auf die Lehne legen, damit sie nicht zu eng sitzen, was trotzdem unmittelbar vertraut wirkt, ihn mindestens wie einen *Macker* wirken lässt. Er muss an den Autoscooter auf der Doesbecker Kirmes denken, bei den Bauernjungs gehört es zum männlichen Imponiergehabe, mit nur einer Hand zu lenken, während ein Arm lässig auf der Rückenlehne liegt, im günstigsten Fall über die Schulter des Mädchens, natürlich nur zum Beschützen der Holden, nicht als Anmache.

Sie lächelt.

»Möchtest du was trinken?«, fragt er. Anders als vorhin meint er es ernst, macht sich aber gleich Sorgen, dass sie ihm wieder abhandenkommen könnte, quasi als Strafe für sein mieses Verhalten gegenüber Angela.

»Ein Frascati wäre schön.«

Frascati? Nie gehört. Was solls, ich frage einfach. Frascati, Frascati ... merk dir das!

»Wenn die den nicht haben, geht auch Soave.«

Soave, Soave ... Den Namen kennt er aus der Pizzeria, müsste ein Wein sein. Jenseits vom Bier kennt er sich mit angesagten Getränken nicht gut aus. Sangria, Sekt, Rotwein, Weißwein, aber Marken? Martini, Cinzano, Southern Comfort, Blue Curaçao, mit O-Saft eine *Grüne Wiese*.

Als er an der Bar endlich an der Reihe ist, hat er natürlich vergessen, was sie gesagt hat. Nicht mal *ihren* Namen kennt er ja.

Sollte man sich nicht erst mal vorstellen? Ob sie Wert darauf legt? Muss der Mann bei ihr den Anfang machen?

»Pils und?« Die kleine Frau hinter der Bar sieht ihn genervt an.

»Weißwein. Ich hab ehrlich gesagt den Namen vergessen. Was habt ihr denn da?«

»Na, Weißwein halt. Rotwein auch.«

»Ne, ich brauch Weißwein. Zeigst mir mal die Flasche?«

Die Kleine stöhnt laut auf, pustet sich eine Locke aus der Stirn. Sie öffnet den Kühlschrank hinter sich, holt eine grüne Flasche heraus und knallt sie etwas unsanft auf die Theke.

»Wäre die genehm?«

Ihren Flunsch übersieht er, mustert das Etikett, liest *Soave* und findet, dass die Flasche billig aussieht.

»Aha. Den anderen da, Name ist mir entfallen, den habt ihr nicht?«

»Ey, Junge, den da trinken hier alle, die kein Bier mögen. Wennde was anderes willst, musste in den *Schoppenstecher* gehen. Da kost dat aber dreimal so viel.«

»Okay, okay, ich nehm den. Zwei Gläser davon.«

Er jongliert die randvollen Gläser ganz passabel durch die Menge. Die Fete kippt schon etwas, die Musik wechselt zu den Evergreen-Lieblingen von Bärchen. Gerade läuft *On Broadway* in der Fassung von *George Benson*, für Tom eines der ödesten, leider aber dauernd gespielten Stücke, an Langeweile nur noch übertroffen von dem *Huh-huh*-Heuler *Sympathy For The Devil* der *Stones*; doch die alles in den Schatten stellende Pest ist *Marmor, Stein und Eisen bricht*, ein Stimmungslied von *Drafi Deutscher*, das er nicht mal volltrunken aushält und das trotzdem der heimliche Höhepunkt jeder Party kurz vor Schluss ist.

Als er den Nebenraum erreicht, sitzt sie nicht mehr da. Die Bank hat sich schon weitgehend geleert.

Geschieht dir recht, du Idiot!

»Hier!« Sie hat sich nur umgesetzt. Auf ein Zweier-Sofa, das einzige weiche Möbelstück im Raum, noch dazu in einem toten Winkel direkt hinter der offenen Tür mit einem Tisch als zusätzlichem Trenner davor. Sie klopft mit der flachen Hand auf den Platz zu ihrer Linken.

»Na, wie hab ich das gemacht?« Ihr Lachen ist reizend, unverhohlener Stolz blitzt aus ihren Augen. Raubtieraugen.

Erstmals sieht er ihre Zähne, ahnt, dass es sich bei der makellosen Reihe um teure Kronen handelt, schämt sich für sein Gebiss, bei dem es bisher nur zu Kunststofffüllungen und jeder Menge Amalgam-Plomben in den Backenzähnen gereicht hat, und ist deshalb dankbar für das Schummerlicht. Er setzt sich. Sie prosten sich zu. Sie nippt nur an dem Weinglas. Ihre Zähne kratzen sanft über ihre Unterlippe, die feucht schimmert. Immerhin verzieht sie nicht das Gesicht. Für diesen Fall hätte er sich womöglich entschuldigt und mit den Worten der Thekenfrau gesagt, dass das *Droko* nun mal nicht der *Schoppenstecher* sei, den Namen hat er sich vorsorglich gemerkt.

Sie stellt das Glas ab, gibt ihm die Hand – *wie förmlich*! »Judith!«

Er greift zu, spürt kühle, glatte Haut.

»Thomas! Lieber Tom.«

»Du hast eine schöne warme Hand, lieber Tom. Nein, bitte, nicht loslassen, das ist angenehm.«

Sie sieht ihn ernst an, von ihrer braunen Iris ist kaum noch etwas zu sehen, so riesig sind ihre Pupillen. Ihre Lippen öffnen sich leicht. Was für ein schöner Mund!

»Ich fürchte nur, dass meine Hand deine gleich verbrennt, wenn du mich noch länger so ansiehst.«

Sie grinst schelmisch, zieht ihre Hand aus seiner und gibt ihr einen Klaps.

»So so«, sagt sie gespielt streng. »Und du kennst mich aus der Kant-Vorlesung? Wo sitzt du denn immer? So wahnsinnig viele sind da ja gar nicht, als dass man sich nicht automatisch über den Weg liefe, nicht wahr?« Ihre Stimme hat einen lauernden Unterton bekommen.

Er beschließt, die Wahrheit zu sagen. Ihr offenkundiges Interesse und ihre direkte, anzügliche Art machen ihm Mut.

Alles oder nichts.

»Um ehrlich zu sein, habe ich irgendwann nicht mehr viel vom Stoff mitbekommen. Ab da, wo ich dich entdeckt habe. Ich gebe zu, dass ich dich beobachtet habe. Ich konnte mich einfach nicht von dir lösen. Soll jetzt echt keine Anmache sein, das musst du mir glauben. Ich bin nicht so ... Es ist nur, weil ...«

Sie legt den Zeigefinger über ihre Lippen, sieht ihn mit großen Augen an. Er rutscht unruhig hin und her, seine Lider flackern nervös. Sie legt ihre Hand auf seinen Unterarm.

Wenn mich das beruhigen soll, liegst du falsch ...

Schon lässt sie wieder los, greift nach ihrem Glas und nimmt einen großen Schluck. Wieder dieser leichte Biss auf die Unterlippe, das feuchte Schimmern darauf. Was für eine schöne, verführerische Frau!

»Warum hast du mich denn nicht angesprochen.? Wir hätten noch was trinken gehen können – und über Kant reden.«

»Oder über was anderes«, nuschelt er ins Glas, trinkt hastig und hofft, dass sie es nicht gehört hat.

»So?« Ihr Mund nähert sich seinem. »Über was denn?«

Ihm wird heiß und kalt zugleich, seine Erregung ist fast schmerzhaft. Judiths Lippen beben leicht, noch einmal beißt sie sich sanft auf die Unterlippe, dann stößt sie vor und küsst ihn. Ihre Wucht reißt ihn um, sie geraten in Schieflage, sie liegt jetzt halb auf ihm, küsst ihn auf eine fordernde, raumgreifende, sehr erregende Art, er schmeckt den Wein auf ihrer Zunge, den Geschmack nach Silvesterbowle, nach weintrunkenen Mandarinen, da hört sie unvermittelt auf und legt ihren Kopf auf seine Brust. Sie zittern beide, er hält sie im Arm, kann nicht glauben, was geschieht, so schnell, so schön. Sie krault sein Haar, gleitet mit der anderen Hand an seinem Oberkörper entlang nach unten. Sie wird doch nicht? Doch nicht hier?

»Keine Angst, ich bin ein braves Mädchen«, flüstert sie, richtet sich wieder auf und trinkt das Glas in einem Zug leer.

Aufrecht sitzend, schmiegen sie sich aneinander, küssen sich immer wieder, versinken ineinander – und schrecken auf.

Ein lauter Knall direkt vor ihnen. Ein Typ mit halblangen, blonden Haaren steht da, klatscht jetzt wieder mit der flachen Hand auf den Tisch und hebt sie, als wolle er Tom schlagen. Instinktiv springt er auf, bereit sich zu verteidigen. Das Herz schlägt ihm bis zum Hals, mehr vor Wut als vor Angst. Der Blonde ist kleiner, aber sportlicher als er.

»He, hallo«, ruft eine Frau mit schriller Stimme, »wenn ihr euch schlagen wollt, dann draußen, kapiert?!«

Sie stehen sich gegenüber, belauern sich. Noch unschlüssig. Abwartend. Dann zieht Judith Tom auf das Sofa zurück und blafft den anderen an.

»Uli, hau ab! Wie oft hab ich dir gesagt, dass es vorbei ist? Kapier das endlich und lass mich um Himmels willen in Ruhe!«

»Du!« Der Blonde zeigt wütend auf Judith. »Du, du bist doch ... Das Letzte bist du! Den Einen abserviert und gleich nen Neuen am Wickel! Und du ...«, jetzt funkelt er Tom an. »Du tust mir jetzt schon leid!«

Nachdem er verschwunden ist, sagen sie lange nichts, vermeiden es, sich anzusehen, halten sich nur im Arm wie zwei Schiffbrüchige in einem Rettungsboot, noch ohne Ziel, nur froh, dem Untergang entkommen zu sein. Im Saal läuft *Good Night* von den Beatles. Haben sie was verpasst? Lief schon der Gassenhauer? Wenn das Einschlaflied der Beatles kommt, ist definitiv Schluss, das weiß Tom. Mit dem Fest jedenfalls. Was Judith betrifft, ist er komplett durcheinander. Was läuft da mit dem Blonden? Vielleicht wird sie es ihm erklären. Vielleicht ist er, Tom, für sie nur ein Zufallsopfer, eine dankbare Ablenkung, eine zweifelhafte Projektion für einen irgendwie ersehnten Neuanfang.

Wenn ich richtig interpretiere, was gerade geschehen ist, steckt sie in einer ähnlichen Lage wie ich. Aber woher soll ich wissen, was sie wirklich durchmacht? Ich kenne sie ja überhaupt nicht.

Judith nimmt seine Hand und steht auf. Sie verlassen das Gebäude als Paar. Draußen bleibt sie unvermittelt stehen.

»Lass mich nicht los«, flüstert sie und krallt ihre Finger in seine Hand.

Atemwölkchen umspielen ihre Lippen, ihr Gesicht hat einen flehenden Ausdruck. Er lässt sie nicht los, aber sie gibt ihm Rätsel auf. Was, wenn hinter der schönen, selbstbewussten Fassade ein zerrissener Mensch steckt, womöglich ein psychisch kranker? Wie eine Flirt-Bekanntschaft von ihm, die ihn erst geküsst und dann unvermittelt geohrfeigt hatte.

Nein, er lässt sie nicht los. Dafür sie ihn. Sie öffnet ihre Handtasche, holt eine Packung *Marlboro* heraus und Streichhölzer. Nach drei Versuchen, aber noch ehe er ihr sein Feuerzeug anbieten kann, brennt ihre Zigarette. Sie steckt sie ihm in den Mund, die zweite zündet er ihr an. Sie inhaliert tief, nimmt wieder seine Hand, hält sie fest. So stehen sie und rauchen, lassen ihre blauen Wolken zu den weißen am Nachthimmel aufsteigen.

Oh nein, jetzt bloß keine peinliche Pause aufkommen lassen. Sag was! Was Witziges. Bring sie zum Lachen! Tom kramt in seinem Kopf nach Film-Zitaten, doch er findet keines, das passt. Er muss improvisieren.

»Also, Spatzl, was machen wir zwei Hübschen noch mit dem angebrochenen Abend.« *Ganz passabel. Monaco Franze wäre zufrieden mit mir,* denkt Tom, der die Münchener Serie über den »ewigen Stenz« sehr mag.

Judith grinst, geht aber nicht auf sein Spiel ein.

»Ick wür ma sajen, dit vertajen wir, wa.«

»Kommst du aus Berlin?«, fragt er sofort.

»In Berlin geboren, aber mein Vater hat hier in Münster bei einer Privatbank angefangen, die Familie musste natürlich mit. Meine Mutter ist Lehrerin und kann überall arbeiten. Ich bin hier aufgewachsen, habe in Hiltrup mein Abi gemacht und bin fürs Studium nicht allzu weit gekommen, wie du siehst. Aber ich fühle mich einfach wohl hier, die Profs sind gut und für ihre Forschung international bekannt. Meine Eltern wohnen längst in Bad Homburg, mitten in der

Pampa, aber nahe genug an Frankfurt, dass mein Papa die Finanzwelt retten kann.«

»Oh, dann ist er wohl ein hohes Tier?«

»Das ist er wohl.« Judith wirft den glühenden Stummel zu Boden und tritt ihn mit Nachdruck aus. Tom schnippt seinen in die nächste Pfütze.

»Die Nacht ist noch jung, aber ich werd nicht mehr alt«, sagt Judith mit müder Stimme, hakt sich bei ihm unter, zieht ihn aus dem nachtschlafenden Hof des *Droko* zur Straße.

»Wohnst du weit von hier?«, will er wissen.

»Ziemlich. Mit dem Taxi bist du von hier aus locker 20 Mark los. Lass uns mal gucken, ob wir eins finden.«

»Sonst könntest du auch bei mir ... Ich mein, ... Bloß übernachten, mein ich. Das wäre nur ein Katzensprung.«

»Das ist lieb. Aber ich hab gleich morgen früh eine Verabredung.«

Sie gehen schweigend nebeneinander her. Was will sie ihm sagen? Dass sie begehrt ist und an jedem Finger jemanden hat?

»Tja«, sagt sie bedauernd. »So blöd muss man sein, sich für den Sonntagmorgen nach einer Party zu verabreden. Aber ich hab nicht mehr viel Zeit. Meine Hausarbeit muss in spätestens einer Woche beim Prof sein. Ich schreibe sie mit Hedwig zusammen, einer Kommilitonin. Wir arbeiten beide als studentische Hilfskräfte bei Degen, da müssen wir mehr abliefern als andere.«

Er bleibt stehen. »Doch nicht etwa bei *dem* Degen?«

»Ich weiß nicht, welchen du noch kennst, aber Degen ist der Beste. Seine Literaturforschung ist in aller Munde, sogar in der DDR.«

»Kein Wunder, wenn ich mich nicht irre, ist er Marxist.«

»Ach ja? Und was heißt das? Was vertrittst du denn für einen wissenschaftlichen Ansatz?«

Judith sieht ihn argwöhnisch an. Ihre Augen blitzen im kalten Licht der Laterne. Er weiß nicht, was er sagen soll, kennt die verschiedenen Forschungsansätze eigentlich nur oberflächlich und hat sich nie gefragt, welchem er in seinen Hausarbeiten folgt. *Ein Mischmasch, wahrscheinlich.* Aber das kann er ihr natürlich nicht sagen.

»Ist ja auch egal«, sagt sie mit leichtem Bedauern in der Stimme. »Ich erklär dir gerne, wofür Degen steht und warum es zu seinem Ansatz keine Alternative gibt. Aber nicht jetzt. Ich bin wirklich müde.«

»Dann komm«, sagt er und geht weiter. Er ist verstimmt, geht deswegen schneller. »Wenn wir Glück haben, steht noch ein Taxi am Stand in der Wilhelmstraße. Das ist aber noch'n Stück.«

Judith hält mit, ihre Schuhe knallen auf das Pflaster wie kurze, harte Hammerschläge.

Sie gibt den Takt an. Er bemüht sich um einen Gleichschritt, obwohl sie gar nicht Arm in Arm laufen, noch nicht einmal Hand in Hand, er will nicht, dass die Sache jetzt aus dem Takt gerät.

Unvermittelt knickt Judith um, er kann sie gerade noch auffangen.

»Du bist mein Prinz«, sagt sie und küsst ihn auf die Wange. »Na komm, sei wieder gut mit mir. Wenn wir jetzt auseinandergehen, dann wenigstens wie zwei nette Menschen. Naja, *gehen* wäre zu viel gesagt.« Sie besieht sich ihren rechten Schuh, der Absatz ist abgebrochen.

»Gerne würde ich Euch auf mein Pferd heben, Gnädigste – allein, ich vermag keines mein eigen zu nennen.« Er hat beschlossen, die ganze Situation mit Humor zu nehmen, blasiert reden kann er. Und Judith zieht mit.

»So versuche Er sein Bestes auf des Schusters Rappen, meine Wenigkeit wird jegliche Strapaze auf sich nehmen und Ihro Gnaden so wenig zur Last fallen wie es sich unter diesen Unbilden für eine Dame geziemt.«

Sie deutet einen Knicks an, da sieht er Rettung nahen.

»Halt, Kutscher! So halte Er doch an!« Tom hat ein Taxi entdeckt, noch dazu mit beleuchtetem Schild auf dem Dach. »TAXI!«, schreit er und winkt wie ein Geistesgestörter.

Der Fahrer geht in die Eisen, hält mitten auf der vierspurigen Umgehungsstraße. Tom rennt zu dem Wagen. Judith humpelt hinter ihm her. Er öffnet die Tür. *Vanille – Taxi-Geruch.*

»Und? Wo solls denn jetzt noch hingehen?« Ein bulliger Mann mit Lederweste und Schiebermütze glotzt ihn aus kleinen Schweinsäuglein an.

»Zur ... ähm ... Jedenfalls lohnt sich das für Sie.«

»Erzähl keinen Stuss, Junge, hast wohl einen gehabt, wa? Oder biste auf Drogen?«

Der Fahrer lehnt sich vor, will schon die Tür schließen, als Judith keuchend neben Tom auftaucht.

»In den Dahlweg. Muss ich. Fahren Sie. Da. Noch hin?«

Der Fahrer überlegt einen Moment.

»Na, dann steigense mal ein, eigentlich wollt ich schon Feierabend machen, aber die Tour nehm ich noch mit.«

Judith freut sich, reißt die hintere Tür auf und sitzt schon, als ihr einfällt, dass er auch noch da ist.

»Komm her«, sagt sie.

Er erwartet, dass sie nach links rückt, um ihm Platz zu machen, freut sich schon, doch sie bleibt sitzen, reckt sich nur etwas vor und gibt ihm einen langen Kuss.

»Wat is nu? Können wir?«, grunzt der Taxifahrer.

Judith drückt Tom sanft weg und schließt die Tür. Sofort fährt der Wagen los und ist schnell hinter der Kurve verschwunden.

Da steh ich nun, ich armer Tor und bin so klug als wie zuvor. Nicht mal ihre Nummer hat er, immerhin weiß er, dass sie wohl im Dahlweg wohnt. Oder zumindest in der Nähe, wenn sie dort vielleicht nur aussteigen möchte. Die Suche nach ihr dürfte außerhalb der Uni schwierig werden, wenn nicht unmöglich, er kennt zwar nicht ihren Nachnamen, aber immerhin ihren Prof. Sie weiß von Tom noch weniger, bemerkt er jetzt, außer, dass er in *Droko*-Nähe wohnt, in dieselbe Vorlesung geht und Thomas heißt. Aber dass er in einer WG wohnt, hat er ihr nicht erzählt – nichts hat er von sich erzählt. Nur dumm verstummt ist er, als es um Fachliches ging. Es scheint ihr wichtig zu sein, und er weiß nicht, ob er das gut findet. Er ist so etwas nicht gewohnt, jedenfalls nicht von seinen bisherigen Beziehungen, da hat er es immer leicht gehabt, hat den Intellektuellen gegeben, jetzt muss er auf der Hut sein.

Am besten, ich schlage sie mir aus dem Kopf, denkt er beim Zähneputzen. Letzte Chance am Dienstag. Bei der Abschlussvorlesung über Kant. Ob sie kommen wird? Ob sie ihn dann noch kennen will? Schwermut senkt sich wie ein dunkler Schleier über sein Bett. Er lässt den Vorhang offen. Ganz hinten sieht er schon einen feinen Streifen der Morgendämmerung, dann fallen ihm endlich die Augen zu.

Scheißer

Viel zu früh wacht er auf. Von Ferne dringt Glockengeläut an sein Ohr, es erinnert ihn an seine Kindheit in Doesbeck, an den nach Buchsbaumzweigen duftenden Palmsonntag, an die Vorfreude auf den Sonntagsbraten – wie lange hat er nichts mehr gegessen? Sein Magen krampft sich zusammen, nicht vor Hunger, über die grimmige Phase ist er schon hinaus, sondern weil er an gestern Abend denkt, die Nacht mit Judith. *Wie das klingt ...*

Bilder bestürmen seinen Kopf, Gefühle seinen Bauch, ein lustvolles Pochen regt sich im Unterleib. Ihre dunklen, abgrundtiefen Augen, ihre feuchtglänzenden, leicht geöffneten Lippen, die seine liebkosen, sanft und fordernd zugleich, wie ihre Zunge, ihr warmer Körper, der sich an ihn schmiegt, ihre Hände, die ihn verwöhnen, an ihm entlang fahren, auf seiner Haut prickeln, endlich unten ankommen, ihn massieren, seinen Körper beben lassen, bis der Vulkan explodiert.

Der Bettbezug ist überfällig, auch seine drei Sweatshirts und die Jeans. Im Gemeinschaftskeller stehen zwei Münz-Waschmaschinen, dafür sammelt er die silbernen 50-Pfennig-Münzen in einer verbrauchten Nivea-Dose, den Wäscheständer wird er sich wieder von Torsten leihen, denn unten im Waschkeller kommen Sachen weg, schon aus Hass auf die W13er. Bis heute Abend sollte hoffentlich alles trocken sein, zur Not würde er seinen Schlafsack als Ersatz nehmen. Was Judith wohl sagen würde? Was würde sie, die sicher großzügiger lebt als er, von seinen Verhältnissen halten, seiner kleinen Bude mit den teils selbstgezimmerten Möbeln aus furniertem Spanholz, von seiner Männer-WG, Freddie, Volker, Torsten und Dietmar? Was würden die Jungs von Judith halten? *Und was mache ich mir hier Gedanken, wo ich doch gar nicht weiß, was das gestern Nacht eigentlich war, ob überhaupt was daraus wird? Ob ich überhaupt will ...*

Die Frau ist nicht ohne, findet Tom, gar nicht ohne. Sie ist *... vielleicht eine Nummer zu groß für mich, wenn nicht zwei.* Judith hier? Unmöglich! Ohnehin hat er seine weiblichen Bekanntschaften bisher möglichst aus der WG herausgehalten. Die Jungs sind unberechenbar, er ist da keine Ausnahme. Wenn es um Frauen in ihrem Dunstkreis geht, werden seine Genossen kindisch, spötteln auf geradezu pubertäre Weise übereinander, bewerten jede neue »Perle« sogar nach dem Schulnotensystem. Eine »Skibekannte« von Volker hat das dummerweise mal mitbekommen: Dass sie sie als »Schiebekante« verballhornten, entging der Guten, weil die gleichlautende Wortschöpfung nur in Schriftform schlüpfrig wirkt und Tom bis heute nicht klar ist, was eine »Schiebekante« eigentlich sein soll. Doch als Volkers Bekannte durch Zufall mitbekam, dass sie von ihnen eine »2+« erhalten hatte, ein immerhin sehr respektables Ergebnis, wie sie fanden, war nicht nur sie, sondern auch Volker sauer. Sie aus Prinzip, was nachvollziehbar ist, denn sie hätte, bei aller Verwerflichkeit an sich, niemals von den sexistischen Umtrieben in W13 erfahren dürfen, Volker dagegen aus niedereren Beweggründen: Später gestand er seinen WG-Genossen nämlich, sie umgehend abserviert zu haben, denn da könne er nicht aus seiner Haut, erst recht nicht als angehender Lehrer, alles unterhalb einer glatten »1« töte bei ihm die Lust. *Was für ein Chauvi!*

Auf die Spitze getrieben hat es jedoch Dietmar. Damals wohnten sie noch alle im alten Wohnheim, trafen sich aber regelmäßig in der Kellerbar, erst recht, wenn wieder Fete war. Tom hatte gerade Anke kennengelernt, das heißt, eher sie ihn: Sie hatte ihm ein *Na-dann*-Heftchen hinter den Scheibenwischer geklemmt, als er noch seinen VW-Käfer hatte und damit regelmäßig zum *Treibhaus*, einer Progressivdisco weit draußen, fuhr. Die Kontaktanzeige war umkringelt, in der es hieß, der große Käferfahrer mit den dunklen Locken sei ihr aufgefallen, ob man sich im *Treibhaus* wiedersehen würde – er hatte das nicht auf sich bezogen, obwohl er gerade wegen solcher Anzeigen gerne in der *Na dann* schmökert, wenn er sie denn irgendwo in die Finger kriegt.

Beim nächsten Mal sprach ihn die ziemlich kleine blonde Frau mit der fransig geschnittenen Kurzhaarfrisur direkt an, sie unterhielten sich ganz entspannt, sie lud ihn zu einem Abendessen zu sich nach Hause ein, er sie zu der Wohnheimkeller-Fete an einem der darauffolgenden Wochenenden. Dort nahm das Unglück seinen Lauf.

Irgendwann, als Josef, der glatzköpfige Tscheche und ein ebenso redseliger wie trinkfreudiger Stammgast der Kellerbar, Tom in ein längeres Gespräch verwickelte, setzte sich Anke mit Dietmar in das Kabuff mit der Musikanlage. Tom dachte sich zunächst nichts dabei. Doch dann kam Anke mit hochrotem Kopf herangestürmt, sagte kurzangebunden, dass sie gehen müsse, und war gleich darauf verschwunden. Tom stellte Dietmar sofort zur Rede. Der tat erst unschuldig, gab aber schließlich zu, dass er ihr gesagt habe, sie sei »ja total fetzig, aber nicht so hübsch wie Toms andere Freundinnen«. Tom hätte ihm eine runterhauen können. Tatsächlich hat er Anke seitdem nicht wiedergesehen, wofür er Dietmar letztendlich dankbar ist.

Er muss an das Abendessen bei ihr zu Hause denken, wo ihr eifersüchtiger Kater die Krallen nach ihm ausfuhr und Anke bei Quiche Lorraine und französischem Rotwein lang und ausdauernd von ihrem Job als Laborantin erzählte, davon, dass ihre Firma ein Potenzmittel für Männer – »für wen auch sonst, hihi« – entwickle und dass »die Herren der Schöpfung« noch ihr »blaues Wunder« erleben würden. Sonst lief nichts. Zum baldigen Abschied – »es soll ja Leute geben, die morgen arbeiten müssen« – haben sie sich lieb umarmt, mehr nicht. Das zweifache Lauern und Belagern hat seine Potenz in ein Mauseloch geschickt.

Seine Einladung zur Kellerbar-Fete war dann vielleicht etwas hinterhältig. Ihm gefiel nicht, wie mütterlich sie ihn behandelt hatte, nur weil sie ein paar Jahre älter ist als er und schon berufstätig. Ein solches Verhalten kannte er noch zu gut von seinen beiden Ex-Freundinnen. Sie als Neid auf seine akademische Freiheit zu begründen, greift zu kurz, wenngleich dieses Motiv sicher auch eine Rolle spielt. Tom ist überzeugt, dass das Berufsleben einen Menschen schneller reifen lässt, weil es, anders als ein Studium, noch dazu ein »vergeistigtes« wie seines, auf kurzfristige, permanent eingeforderte Effizienz getrimmt ist und diejenigen bestraft, die sich dem Leistungsprinzip entziehen. Auszeiten wie sein vergeudetes Semester sind nicht möglich und Ausfallzeiten durch Krankheit, ob vorgeblich oder nicht, rächen sich früher oder später. Es gilt, sich den Herausforderungen zu stellen, das kann man nur, wenn man »mit beiden Beinen im Leben steht«, das unterscheidet den Berufstätigen vom Studenten, den Realisten vom Traumtänzer, den Erwachsenen vom Kind. Als solches fühlt er sich bei Frauen wie Anke.

Auch bei Judith? Sein Gefühl sagt Nein, aber sein Verstand zweifelt. Ihr Pflichtbewusstsein scheint jedenfalls groß zu sein. Größer als die Neigung, eine schöne Nacht zu erleben. Er stellt sich vor, wie sie gerade mit dieser Hedwig über ihrer Hausarbeit brütet. Sicher geht ihr das Erlebte nicht so nach wie ihm. Am Ende hat sie auch gar keine Zeit dafür.

Sein leerer Magen rebelliert, attackiert seinen Kreislauf. Er muss jetzt dringend was essen. Die Innenstadt ist ihm zu weit weg, und auch dort ist am Sonntagmittag nicht viel zu holen. Dafür gleich hier – beim Scheißer. Irgendwann ist die Derbheit des Namens verblasst, die Bosheit und der stets mögliche Tatbestand der Beleidigung. Genau damit fing alles an.

Was waren sie froh, als unten der *Spökenkieker* aufgemacht hat, die bürgerliche Kneipe in direkter Nachbarschaft, in einem rotgeklinkerten Neubaukomplex, der auch eine Bäckerei und Büroräume beherbergte. Endlich hatten die Jungs die heiß ersehnte *Kneipe an der Ecke* mit Potenzial zur Stammkneipe, auf jeden Fall einen Anlaufpunkt jenseits der Wohnheim-Kellerbar, deren Öffnungszeiten stark von der Laune der eingeteilten Altbewohner abhingen.

Gleich ihr erster W-13-Abend im *Spökenkieker* war aufschlussreich. Bis auf Dietmar waren alle dabei. Obwohl die in biederer Holzoptik gestaltete und damit typisch münsterländisch geprägte Kneipe brandneu war, empfing sie schon beim Eintreten der schwülwarme Dunst aus Bier, Zigaretten und deftiger Küche. Direkt vorne waren vier Hocker frei, da wussten sie noch nicht, dass genau diese ihre künftigen Stammplätze sein würden, nicht die gemütlichsten, weil einem, wann immer sich die Tür öffnet, ein mehr oder weniger kalter Windstoß in den Rücken fährt, aber es sind die Plätze mit der besten Übersicht am hufeisenförmigen Tresen.

Von hier hat man die Stammgäste im Blick: zur Linken Gerold, angeblich pensionierter Lehrer mit eckiger Goldrandbrille, ludenhaftem, goldenem Armbändchen, unförmigen Zuhälter-Fingerringen und schlecht sitzendem Toupet, stets in Begleitung seines Yorkshire-Terriers Buffy – zur Rechten Heinz, der stämmige Finanzbeamte mit der dicken Hornbrille, dem pechschwarzen Walrossschnäuzer, der ebenso schwarzen Helmfrisur, das personifizierte Bürokraten-Phlegma – »so'n bisschen wie dieser Nachrichtensprecher im *Zweiten*«, findet Torsten – sowie zwei Hocker weiter, fast an der Schiebetür zur Küche, Fritz, ein ausgemergelter, alterslos wirkender Typ mit schulterlangen, fransigen Haaren, den der Wirt Filzi nennt und dem er von Zeit zu Zeit beiläufig einen Teller Essen hinschiebt. Ab und zu setzen sich Gäste in die seitlichen Nischen mit ihren Bänken und runden Tischen. Meistens aber ist man unter sich am Hufeisen – auch die W13er zählten schnell zu den wenigen Stammgästen, Torsten und Tom noch mehr als die anderen, denn hier diskutieren sie oft und gerne über philosophische und wirtschaftswissenschaftliche Fragen, nicht selten skeptisch beäugt von Gerold, dessen herabhängende Mundwinkel und abschätzige Blicke wie stumme Kommentare wirken.

Mitten im Hufeisen steht der Wirt, immer zapfbereit, die leeren Gläser stets durch vorbildlich schaumgekrönte ersetzend und ausschließlich zuhörend, nur das Nötigste redend. Tom schätzt ihn auf Mitte dreißig, ein biederer Typ, schlank, längeres Haar mit Mittelscheitel, sorgsam getrimmter Vollbart, meist trägt er einen bunt gemusterten Pullover und Jeans. Günter heißt er. Günter hat die Kneipe von seinen Eltern übernommen, seine Mutter kocht, der Vater sitzt meistens in der Nische hinten links und löst Kreuzworträtsel.

Die Taufe zum *Scheißer* passierte an einem der ersten Abende, als der Wirt Torsten und Tom wie immer mit »Na, habt ihr auch nochn bisschen Durst?« begrüßte. Der launig wirkende Spruch konnte diesmal nicht darüber hinwegtäuschen, dass ihn etwas umtrieb. In der Kneipe herrschte eine merkwürdig gedrückte Stimmung, außerdem fehlte Gerold. Weit konnte er aber nicht sein: Ein frisches Pils stand an seinem Platz, aus dem Aschenbecher stieg ein feiner Rauchfaden auf. Gerade als Torsten und Tom ihren ersten Schluck nehmen wollten, wurde hinter ihnen die Tür aufgerissen. Ein schnaufender Gerold eilte zu seinem Platz, Buffy auf dem Arm. Hastig zog er an dem Rest seiner Zigarette und drückte sie zitternd aus. Dann ging es los.

»Du glaubs doch nich, dat ich dir dat abnehme, oder?«

So laut haben ihn Torsten und Tom bisher nicht erlebt, noch dazu mit einer Stimme, die einem Bariton-Sänger zur Ehre gereicht hätte.

»Jetzt gib mal Ruhe, Gerold«, zischte ihm der Wirt zu und rollte mit den Augen.

»Dat kannste haben. Mich haste hier dat letzte Mal gesehn, dat isn Ding, wat sicher is!« Damit packte er seine Zigaretten und sein Hündchen ein und stürmte zum Ausgang. Vor der Tür blieb er noch einmal stehen, um die epochalen Worte in die Welt zu brüllen: »Du bist doch n Scheißer! Ein richtiger Scheißer bist du!«

Zum Zeichen ewiger Brandmarkung fiel die Tür mit amtlichem Knall ins Schloss.

»Auch gut«, sagte Günter, der frisch getaufte Scheißer. »Wollt ihr noch eins?«

Torsten und Tom nickten synchron, konnten ihr Grinsen kaum unterdrücken, lachten schließlich befreit auf, als der Scheißer in der Küche verschwand. Heinz und Fritz schienen unbeeindruckt zu sein. Auch der Scheißer kam ruhig wie immer zurück, schob dem Dünnen seinen Teller hin und zapfte das Pils weiter, als wäre nichts geschehen. Kurz überlegte Tom, ob er das Geschehene thematisieren sollte, ließ es dann aber, sie waren nicht vertraut genug mit dem Wirt; geduzt wurde ja schnell und wer weiß, ob so eine Schreierei nicht alle Nase lang vorkam, oder was Gerold und Günter für eine Leiche im Keller hatten. Nur eines war sicher: Von diesem Moment an war der Wirt für die W13-Jungs »der Scheißer«. Der Name wurde ihnen so zur Gewohnheit, dass sie manchmal nahe dran waren, Günter auch so zu nennen.

»Schhhh ... Schon wieder leer, machst du uns noch eins, äh, Günter?«, war so ein typischer Beinahe-Unfall.

Um Punkt 12 Uhr ruft Tom beim Scheißer an, bestellt sich ein halbes Hähnchen mit Pommes, das er eine halbe Stunde später abholt und in seinem Zimmer direkt aus der Tüte verputzt. Als Serviette dient ihm eine Rolle Klopapier, später muss er sich die fettigen Hände mit Seife waschen.

Er will sich ablenken, macht den kleinen Fernseher an, erst seit Kurzem besitzt er einen Farbfernseher von *Sharp*, er schaltet zwischen erstem und zweitem Programm hin und her, mehr kriegt er hier nicht rein, das Dritte sendet erst am Abend. Er hat von Ludwigshafen gelesen, wo jetzt wenige Haushalte neue Fernsehsender empfangen können, über Kabel sogar, und alles nur, weil Kanzler Kohl aus der Nähe kommt. Aber selbst in Doesbeck gibt es mehr Programme, weil die holländischen Sender über die nahe Grenze strahlen. *Avro's TopPop, The A-Team* aus den USA, die Holländer waren immer schon weiter, modisch, musikalisch, menschlich, und gesellschaftlich einfach lockerer, offener, keine Gardinen vor den niedrigen Fenstern, internationaler – wie gern hat er mit seiner Bärbel beim Israeli *Shoarma* gegessen, das ganze Töpfchen mit der unfassbar guten Knoblauchsoße auf das exotisch gewürzte Fleisch in der Teigtasche geschaufelt. *Jetzt halt Hähnchen vom Scheißer ...*

Tom entscheidet sich für den Heimatfilm *Hoch droben auf dem Berg* von 1957. Im Zweiten kommt *Lou Grant,* im Dritten – aber eben später – *Catweazle*, eine Serie über einen in die Gegenwart Englands katapultierten Magier aus dem Mittelalter, der in dieser Folge den »Zauberknochen« bewundert und natürlich nicht versteht, dass es sich nur um einen Telefonhörer handelt und dass der natürlich nicht mehr funktioniert, nachdem er ihn abgeschnitten hat. Die Serie hat Tom schon als Kind gesehen, überhaupt hat er sehr viel ferngesehen, oft zusammen mit seinen beiden Brüdern und manchmal verscheucht von ihrem Vater, der im anderen Programm Nachrichten oder ein Fußballspiel oder die Sportschau sehen wollte. Wieso lief sowas auch immer, wenn sie *Raumschiff Enterprise* oder *Disco* mit *Ilja Richter* gucken wollten? Einmal sind sie extra mit dem Fahrrad zu ihrer Oma gefahren, um bei ihr einen der seltenen Auftritte von *Marc Bolan* im ZDF sehen zu können, ihn dennoch fast verpasst hätten, weil sie nicht bedacht hatten, dass das alte Röhrengerät so lange zum Aufheizen brauchte. Tom und sein Bruder Steff waren damals große Fans von *T. Rex*, bevor Tom Beatles-Fan wurde und mit seinem Freund Botte anfing, selbst Musik zu machen.

Abends läuft ein Film mit *Bo Derek*: *Zehn – Die Traumfrau*. In dem Film geht es um einen Ehemann in der Midlife-Crisis, der sich in eine schöne Blondine, eben *Bo Derek*, verliebt. Als ihn sein Psychologe fragt, wo auf einer Skala von 1 bis 10 er die Frau einsortieren würde, sagt er »11«. Tom muss lachen – *Chauvis, wohin man guckt!* Ob er seinen WG-Jungs vorschlagen soll, ihr lästerliches Zensurensystem auf Punkte umzustellen, 1 bis 15, wie in der Oberstufe? Der Film ist ziemlich albern, immer wieder dämmert Tom weg, ist aber hellwach, als es zur Sache geht, in der berühmten Szene mit dem *Boléro* von *Maurice Ravel*, einem Orchesterstück, das mit seinem gleichförmigen Rhythmus, seiner ständig wiederkehrenden Melodie und seinem dem Höhepunkt zustrebendem Crescendo wie ein ekstatisch verlaufender Liebesakt wirkt, zumindest seitdem der Film diesen Bezug hergestellt hat. Tom weiß noch: Als er vor fünf Jahren im Kino lief, war die Platte eine Weile ausverkauft, während *Bo Derek* zur Ikone unzähliger feuchter Männerträume avancierte – zum Sexsymbol schlechthin, allerdings nicht für ihn, schon aus Protest gegen die allgegenwärtigen Bilder der halbnackten Zöpfchen-Bo im Bikini oder in nass-durchsichtiger weißer Bluse. Überall den *Boléro* zu hören, nervte ihn sowieso.

Eine halbe Stunde vor Mitternacht verlässt er das stille Haus und fährt mit seinem Fahrrad zur Post am Hauptbahnhof. Es hat aufgeklart, die kalte Luft tut ihm gut, auch wenn er viel lieber in seinem warmen Zimmer geblieben wäre. Seine Nachtschicht geht von 0 bis 6 Uhr, aber nur die erste Stunde hat er am Paketband wirklich viel zu tun. Selten kommen noch Bücher- oder Warensendungen dazwischen, ansonsten ist Leerlauf bis etwa 5 Uhr, wenn die Auslieferungsfahrzeuge beladen werden müssen, bis dahin ist Langeweile im Pausenraum angesagt.

Er hat sich abgewöhnt, Studienunterlagen oder ein Buch mitzunehmen, denn hier ist es nicht anders als bei der Bundeswehr: Die Zeit dehnt sich wie Kaugummi, ebenso der eigene Gemütszustand, ein Vakuum zwischen Wachsein und Dahindämmern, resistent gegen jede Art von Sinnerfüllung.

Alle Kollegen fallen in der Pause in dieses Loch, mit Ausnahme dieses etwas seltsamen Typen mit den strubbeligen, feuerroten Haaren: Daniel.

Wenn er sich als Daniel Cohn-Bendit vorgestellt hätte, der streitbare Achtundsechziger-Recke, hätte Tom sich allenfalls gewundert, warum er im Paketzentrum in Münster arbeitet, ihm ansonsten aber geglaubt, denn er ist seinem berühmten Namensvetter wie aus dem Gesicht geschnitten. Mit dem Post-Daniel verbindet Tom mehr als mit den anderen Kollegen, von denen die meisten langjährige Vollzeitbeschäftigte sind, erkennbar an ihrem mürrisch-müden Schweigen und daran, dass sie sich niemals aus der Ruhe bringen lassen, weder am Band noch im Pausenraum, wo sie gleich ins Wachkoma fallen. Daniel dagegen ist immer hellwach – und er liest. Dabei sitzt er zusammengekauert in der Ecke und stützt das Buch auf seinem Bauchansatz ab. So auch bei ihrer ersten Begegnung.

Tom hatte ihn beobachtet, neidisch, unzufrieden mit sich selbst, weil er sich in dem grellen Neonlicht, dem überheizten Raum nicht konzentrieren kann. Leider hatte er nicht bemerkt, dass Daniel ihn ebenfalls beobachtete, der fette Steg seiner Lesebrille hatte seine Augen verdeckt. Als er sein Buch geräuschvoll zuklappte und auf Tom zukam, war diesem schlagartig klar, wie aufdringlich sein Verhalten auf den Daniel gewirkt haben musste.

Tom ahnte nichts Gutes, wurde aber eines Besseren belehrt: Obwohl sie schon nebeneinander am Band gestanden hatte, stellte er sich ihm noch einmal mit Handschlag vor, fragte höflich, ob er sich setzen dürfe, und so kamen sie ins Gespräch. Ganz zwanglos, jedoch nicht oberflächlich, über Bücher, Filme und sonstige Vorlieben, auch Daniel hatte mal

Gitarre gespielt, erfuhr Tom, schlug ihm darauf eine Session vor, was Daniel aber mit einem feinen Lächeln überging.

Vorigen Sonntag überraschte er Tom mit einem Buchgeschenk, das er auf seine Bitte hin erst zu Hause öffnete: *Tellumé* von *Simone Schwarz-Bart*, einer französischen Schriftstellerin, die aus Guadeloupe stammt, von der er noch nie gehört hatte. Das Buch selbst faszinierte ihn weit weniger als ein anderer, überraschender Umstand. Daniel hatte vorne etwas hineingeschrieben, das Tom unmittelbar rührte:

Salut Thomas,
hier eine zwischen Arbeitskollegen
sicherlich überraschende und
für zwei Männer recht
ungewöhnliche Gabe.
Für Dich!
Mit Herz,
Dein Daniel

Und er ist es doch, dachte Tom. Cohn-Bendit ist Deutsch-Franzose, war Sprecher der Studenten in Paris. Oder kokettierte sein Post-Daniel nur mit seiner Ähnlichkeit, indem er sich einen frankophilen Anstrich gab? Wie auch immer, er hat ihm eine riesengroße Freude gemacht und Tom fühlt sich geehrt, mehr noch: gemocht – »für zwei Männer recht ungewöhnlich«. *Warum eigentlich?*

Leider entdeckt er ihn heute Abend nirgendwo. Nicht am Band und später auch nicht im Pausenraum. Dafür ist Stefan aus dem Teneriffa-Urlaub zurück. Stefan ist ewiger Student, 28. Semester oder so, ein Schnorrer vor dem Herrn, der damit prahlt, dass er als »älteres Semester« einen »Bestandsschutz gemäß alter Prüfungsverordnung« habe und folglich mit seinem Zwanzig-Stunden-Job am Band in Kombination mit den günstigen Studentenkonditionen – lächerlich niedrige Kranken- und Sozialversicherungsbeiträge, ein spottbilliges Balkonzimmer mit Blick auf den Aasee und eine Vielzahl an Ermäßigungen obendrein – ein Leben in Saus und Braus führen könne, was er jedem unter die Nase rieb.

Einmal hat Tom ihn auf dem Prinzipalmarkt getroffen, da hatte Stefan gerade eingekauft, und zwar in den Feinkostläden unter den Arkaden. Leckereien wie Spargel-Schinken-Röllchen, Lachstörtchen und Trüffelpralinen, »als Schmaus für den Abend«, wie Stefan stolz grinsend erläuterte. Tom war alles andere als neidisch. Er hält Stefan für einen einsamen, unglücklichen Menschen.

Tom begleitet ihn später in der Nacht eher aus Mitleid zur nahen Pommesbude, wo auch Tom sich ein kleines Nachtmahl gönnt und Stefan ihm zwischen zwei Frikadellen und mit Ketchup am Kinn erzählt, dass Daniel gekündigt habe. Die Nachricht muss Tom verdauen und fast wäre er Stefan zum »Absacker« in die Bahnhofskneipe nebenan gefolgt, aber sein Darm machte schmerzhafte Salto-Übungen.

An diesem Morgen fährt er schwermütig nach Hause. Irgendwo auf den Dächern singt schon eine Amsel.

Wenn erst mal der Frühling kommt, wird alles leichter. Vielleicht ja mit Judith an meiner Seite?

Er fühlt sich bereit.

Rüttler

An Schlafen ist nicht mehr zu denken. Die Welt lässt ihn nicht. Geräusche aus dem Haus, das Schlagen von Türen, Möbelrücken, Quietschen, Schaben. Unten im Hof steht ein Umzugswagen, zwei Frauen quatschen, verabschieden sich viel zu laut voneinander. Er hätte das Fenster schließen sollen, aber womöglich hätte er dann noch mehr Kopfschmerzen als jetzt, es fühlt sich an wie ein Kater. Müde blinzelt er zu seinem Radiowecker: 10:36 Uhr, gerade einmal vier Stunden hat er schlafen können, ehe ihn der Montag aus dem Bett wirft.

Anders als im Grundstudium hat er seine Uni-Veranstaltungen größtenteils auf Dienstag bis Freitag legen können. Die Linguistik-Vorlesung am späten Vormittag, also jetzt, ist optional und außerdem stinklangweilig, sodass er sie sich auch heute schenken wird. Den Schein macht er im Phraseologie-Seminar, in dem es um Redensarten, Idiome und typische Wortverbindungen geht; gerade die Beispiele für mehr oder weniger absichtliche Vermischungen von Redensarten haben es ihm angetan, Ausdruck der Fantasie und einer fast kindlichen Freude von Menschen bei der Verwendung der deutschen Sprache, beliebt vor allem bei Kabarettisten. »Das schlägt dem Fass die Krone ins Gesicht« vereinigt gleich drei Redensarten in einem Satz. Er weiß gar nicht, wo er den neulich aufgeschnappt hat, aber er wird ihn am Mittwochnachmittag mal als Beispiel in die Seminarrunde werfen, die Klausur war leider schon, da hätte er den Satz gut gebrauchen können.

Er schaltet den Radiowecker an – und angewidert wieder aus. Wieso spielen die immer diesen Dialekt-Scheiß, *I hab di lang scho nimma g'sehn* von *Haindling*? Wegen des albernen Türklingel-Sounds am Anfang, *ding-da-dingedinge-da-ding – ding-dada-ding-ding-di-dong*, Weckgeräusch im Radio-Wecker? Und dann *Der Kaffee ist fertig* von *Peter Cornelius*, einem Wiener. Fehlt nur noch Regenwetter und sein Tag ist gelaufen. *Aber ernsthaft: wieso dieser ständige Blick in den Süden, in die Berge oder nach München?* Auch im Fernsehen. Er ist ungerecht, schließlich liebt er Filme wie *Kehraus*, auch den *Monaco Franze* mit seinem »Spatzl«, seiner kultivierten Frau; ohne Dialekt wären die nur halb so witzig. Den Ruhr-pott-Slang mochte er, wenn er ehrlich ist, noch nie. Zum Bei-spiel den von *Jürgen von Manger* als *Adolf Tegtmeier* – sein Vater hat ihn Anfang der Siebziger vom Fernseher auf Ton-band aufgenommen und sich selbst beim zwanzigsten Hören noch über die »U99« und seine humoristischen »Reisen« kaputtgelacht.

Da Tom jetzt schon wach ist, geht er im Kopf seinen Wochenplan durch, bleibt gleich am späten Dienstagnach-mittag hängen. Morgen! Die Kant-Vorlesung! Judith! Sein Magen krampft sich zusammen. Nicht auszudenken, wenn sie auch diesmal fehlen würde. Es ist seine letzte Chance, sie wiederzusehen, fürchtet er. Von den rund 270.000 Einwoh-nern der Stadt sind an die 40.000 Studenten. Ziemlich viele studieren Germanistik, weitaus weniger in Kombination mit Philosophie wie Judith und er. Judith ist ihm ein Jahr voraus, vielleicht hat sie alle Scheine und plant schon ihre Magister-arbeit bei Professor Degen. Degen! Bisher hat er seine Ver-anstaltungen gemieden, hat um seinen Lehrstuhl auch räumlich einen großen Bogen gemacht. Aber klar! Da wird er sie am Ende finden

Will ich das, will denn sie mich dort sehen?

Sein Bauchgefühl sagt ihm, dass er davon besser absehen sollte, so angesäuert, wie sie reagiert hat, als er Degen einen Marxisten genannt hat. Vielleicht ist er das nicht, im Grunde hasst Tom solche Schubladen, und trotzdem hat ihn Judiths Reaktion überrascht. Wissenschaftliche Hilfskraft hin oder her, ideologischen Kadavergehorsam hasst er genauso. Seine Gedanken kühlen ihn ganz schön runter. Fast freut er sich, heute Abend noch mal mit den Jungs zur *Droko*-Fete Teil 2 zu gehen. Dort wird Judith sicher nicht sein, sie muss ja dem Degen was Gutes abliefern, »mehr abliefern als andere«, hat sie gesagt. Da ist sie ihm vollends arrogant vorgekommen.

Irgendwo klappert Geschirr, wenn er sich nicht täuscht, kommt das Geräusch aus der Küche. Er steht auf, zieht sich seine Jogginghose und ein altes Sweatshirt an und sieht nach. Dietmar steht an der Spüle, vor sich bereits einen Berg an Töpfen, Pfannen und Geschirr, das Spülwasser ist nur noch eine braune Brühe, aber Tom sagt nichts dazu, froh, dass Dietmar tatsächlich seinen Dienst nachholt.

»Das ist ja spitze«, sagt er nur.

Dietmar sieht kaum zur Seite. Tom schnappt sich ein halbwegs sauberes Geschirrtuch von der Heizung und beginnt mit dem Abtrocknen der Gläser, wie er es beim »Sonntagsdienst« zu Hause immer gemacht hat.

»Ist nicht nötig!« Dietmar klingt angefressen.

»Egal, bin sowieso wach und hab nix zu tun.«

Eine Weile arbeiten sie stumm nebeneinander her. Dann geht Dietmar das Material aus. Er nimmt den Lappen und macht sich daran, den Unterschrank zu putzen. Mit rotem Kopf kommt er wieder hoch, wirft den Lappen in die Dreckbrühe und lässt sie ab. Dann wischt er sich die Hände an einem schmierigen Geschirrtuch ab, greift zu seinen Zigaretten auf der Fensterbank. Tom hört nur, wie er sie sich anzündet, sieht seinen Rücken als Schatten vor dem Fenster, die Rauchwolke, die seinen Schattenkopf umnebelt und langsam zu ihm herüberzieht. Tom liebt den Duft einer frisch angezündeten Zigarette, wenn dann noch der von frisch gebrühtem Kaffee dazukommt, gibt es für ihn kein Halten mehr.

Er sieht im Vorratsschrank nach, hofft auf ein Wunder – und wird nicht enttäuscht.

»Ich hab Kaffee mitgebracht«, sagt Dietmar, den Blick immer noch nach draußen gerichtet. »Paar andere Sachen auch noch. Wär toll, wenn ihr mir nicht gleich wieder alles wegfresst.«

Jetzt erst sieht Tom die beiden Kartons mit Orangensafttüten unter der Arbeitsfläche. Der Kühlschrank dürfte ebenfalls gefüllt sein, ein Hühnerbein wird wohl auch dabei sein. Er muss grinsen.

»Keine Sorge«, sagt er. »Ich geh nachher einkaufen. Was fehlt denn noch?«

»Ich hab alles«, sagt Dietmar.

»Wollen wir heute Abend Chili machen, mit viel Knoblauch, so wie immer, und dann die *Droko*-Party vollgasen?«

Chili con Carne ist eine Spezialität von Torsten und Tom, zuletzt haben sie es aber mit dem Knoblauch übertrieben, was ihnen auf einer Party eine Bekannte auch naserümpfend mitgeteilt hat, die W13er aber nur dazu angestachelt hat, Leute von hinten anzupusten und an der Bar gespielt schweratmig Nachschub zu bestellen, leider mit null Effekt.

Die sind alle abgehärtet, hat Tom gedacht und sich an die Erstsemesterparty bei seinem Tutorenpaar Klaus und Sigrid erinnert – äußerlich wahre Prototypen von *Bärchen* und *Mausezahn* –, die Bio-Brot und Zaziki aufgefahren hatten, einen Klassiker jeder Studenten-Fete in Münster.

Dietmar nimmt sich ein Glas aus dem Schrank, zieht sich eine O-Saft-Tüte aus der Papp-Palette und ist schon im Flur, als er über die Schulter sagt, sie könnten ja mal anklopfen, wenn sie gingen. Das ist mehr, als Tom erwartet hat. Es rettet ihm den Tag.

Er fährt zum Supermarkt in der Steinfurter Straße, kommt mit zwei vollen Plastiktüten wieder heraus. In solchen Momenten wünscht er sich seinen Käfer zurück, aber was soll er mit einem Auto, das die meiste Zeit herumsteht? Münster ist eine Fahrradstadt, noch dazu eine sichere. Gefährlich werden einem nur Autofahrer von weiter weg und andere Radfahrer, die sich genauso wenig an Verkehrsregeln halten wie er.

Als er die Wohnung betritt, liegt schon der herbe Rasierwassergeruch von Freddie in der Luft. Aus Volkers Zimmer tönt laute Musik, neuerdings findet er *Kate Bush* toll, ahmt zur fortgeschrittenen Partystunde sogar ihren Ausdruckstanz aus einem Videoclip nach, den er gesehen hat, zieht dabei abwechselnd die umgedrehten Hände vor seinen Mund und zackig zur Seite weg; Tom fragt sich, ob *Kate Bush* das je so gemacht hat oder vielleicht *Patti Smith,* oder war das *Diana Ross*?

Tom packt die Tüten aus, eine Avocado kullert heraus, fällt zu Boden.

„Was'n dat für'n Ei?" Freddie steht grinsend im Türrahmen. Tom bückt sich, hebt die Avocado auf.

„Heißt Avocado und kommt aus Mexiko, glaub ich." Tom hat an dem Werbestand von den grün bestrichenen Brotstücken probiert. Die Frau hat ihm erklärt, wie man den Aufstrich macht. Nur Salz und Pfeffer, einen Spritzer Zitrone, und man habe einen wunderbaren Brotaufstrich. Tom war begeistert.

„Warte, ich mach gleich was davon."

Freddie guckt misstrauisch, setzt sich aber an den Tisch und beobachtet, wie Tom sich abmüht. Die Avocado ist viel zu fest, mehrmals rutscht er mit dem Messer ab, bis es im Kern stecken bleibt. Tom flucht. Das, was er schließlich mühsam, herausschält, ist zu hart, um daraus Mus zu machen. Er probiert es mit Hacken, kostet von den kleinen Stücken, findet, dass sie ganz anders schmecken als im Supermarkt, nach frischer Rinde oder unreifen Haselnüssen. Er muss an August denken, einen Bauernjungen aus seiner Kindheit, der auch die reifen, tiefbraunen Haselnüsse mit den Zähnen knacken konnte.

Tom kratzt das Gemetzel zusammen und pfeffert es in die Mülltonne. Freddie lacht nicht.

„Wann gibt's denn was Richtiges zu essen?", will er nur wissen und zündet sich eine Zigarette an.

Torsten kommt, als er das Hackfleisch und die klein gehackten Zwiebeln gerade in der Pfanne hat. Freddie und Volker sitzen bereits beim zweiten Bier in der Küche. Sie haben je einen Kasten mitgebracht und gleich zum Kühlen auf dem Balkon deponiert.

»Lass heute mal die Finger vom Hühnerbein«, sagt Tom etwas erzieherisch zu Volker. Der grinst nur schelmisch und trinkt. »Im Ernst jetzt, Dietmar ist echt sauer auf uns.«

»Jau!«, kommt es vom Tisch. Volker lacht. Natürlich wissen sie, dass Dietmar vor allem mit sich selbst nicht im Reinen ist, und dafür kann niemand was.

»Na, gut Knofi besorgt?« Torsten steht breit lächelnd im Türrahmen und prostet ihnen mit seiner Bierflasche zu.

»Prost, Torti, altes Arschloch – und ab geht die Luzy!«, ruft Freddie. »Heute macht die W13 rwieder einen drauf.«

»Huri-Hurra!« Volkers neuer Party-Schlachtruf. Mit schriller Kopfstimme hat er ihn neulich schon gebracht. »Hure« ist ihm dann doch zu derb. Natürlich rollt auch Volker das R, was dem Ausruf fast einen alpinen Jodelcharakter verleiht. Da lächelt er wieder vielsagend, aber Volker ist nicht *Mickey Rourke*, auch wenn er dem Schauspieler erkennbar nacheifert, den *Boogie* aus *American Diner*. Tom mag den Film auch – die sechs Freunde sind ja ein bisschen wie die W13er.

Wie Judith wohl reagieren würde? Ob Volker sich bei ihr im Zaum hielte? Und Freddie …

Torsten wäre nicht Torsten, wenn er nicht beim Chili helfen würde. Er hat eine ganze Knoblauchknolle gehackt und in die Pfanne geschmissen. Jetzt füllt er alles in einen großen Topf um, gibt Kidneybohnen dazu und gießt die Mischung noch mit Wasser auf. Tom befürchtet schon, dass es eine Hackfleischsuppe wird, doch Torsten hat das Chili im Griff, pudert es ordentlich mit Cayenne-Pfeffer und drückt zum Schluss eine ganze Tube Tomatenmark hinein.

»Diddi!«, schreit Freddie in den Flur. »Dein Hühnerbein ist fertig!«

Sekunden später reißt Dietmar drüben seine Tür auf und rast durch den dunklen Flur auf die Küche zu. Seine Augen sind panisch geweitet, man erkennt sogar die geschwollene Schlagader an seinem Hals.

»Jetzt stell dich nicht so an, du Spasti!« Freddie wird langsam sauer. »Schwachstruller wohnen hier im Haus, aber nicht in W13.«

Dietmar ist im Begriff umzudrehen.

»Jetzt set di hen, Jong!«, befiehlt Freddie auf Plattdeutsch und es ist ihm anzusehen, dass er es ernst meint.

»Echt ey, stell dich nicht so an! Torsten und ich haben ein spitzenmäßiges Chili gemacht. Hab ich dir doch vorhin schon gesagt, dass wir das machen.« Wie so oft versucht es Tom mit Diplomatie.

Freddie funkelt ihn böse an. Er mag solche Softie-Touren nicht. »Immer klar heraus, notfalls direkt auf die Zwölf«, hat er mal gesagt und einem Typen wenig später eine so hässliche Platzwunde in die Augenbraue gehauen, dass er auch sein weißes Hemd gleich wegschmeißen konnte.

»Lass ihn doch«, sagt Torsten gespielt beleidigt. »Wenn ihm unser Chili nicht schmeckt, kann er ja seinen Tütenfraß nehmen.«

Dietmar zögert. Und verschwindet doch. Kommt mit einem Bier in der Hand zurück, setzt sich auf seinen Platz und knallt die Flasche so hart auf den Tisch, dass der Schaum herausschießt wie ein Samenerguss.

»Hammerhart, Dietmar!« Freddie ist begeistert, lässt sogar ausnahmsweise seinen Spitznamen weg und packt seinen holländisch-plattdeutschen Lieblingsspruch aus: »Een hele grote bloemkool en altijd dikke eieren!«

Sie prosten sich zu, ertränken das Chili in reichlich Bier und wechseln später gestopft und schon ordentlich angetrunken zum *Drosten-Kolleg*.

Wie erwartet ist der Laden voller als am Samstag. So voll, dass innen Kondenswasser an den großen Glasscheiben herunterläuft wie sonst das Regenwasser außen. Wo es geht, öffnen Männer Fenster, die aber bald wieder von frierenden Frauen geschlossen werden. Ein ewiges, unverrückbares Naturgesetz:

Männer schwitzen, Frauen frieren – dazwischen ein breiter Graben ohne jede Brücke.

Der Kreis der Chili-Jungs wird schnell größer, die üblichen W13-Gäste haben sich dazugesellt, darunter auch Martin, der *Dröhnfurzer*. Er ist ein Kumpel von Dietmar, immer zu Scherzen aufgelegt, was er auch durch seine clowneske Aufmachung unterstreicht: rot-weißes Ringel-T-Shirt, orangefarbene Hose, selbst seine Haare sind karottenfarben, sein Gesicht ist immer zu einer gut gelaunten Grimasse verzerrt, die Augen zu schalkhaft funkelnden Schlitzen. Sein Lachen ist eruptiv, oft nicht passend, und manchmal passiert es, dass ihm dabei im selben Moment ein kräftiger Furz entfährt. Weil der Boden in Dietmars Zimmer nur mit einem dünnen Teppich belegt ist, hat er dort einmal die maximale Resonanz erzielt. Tom ist froh, dass Martin heute nicht von ihrem Chili gegessen hat, sonst wäre auch der olfaktorische Faktor nicht zu unterschätzen.

Schon bald macht eine Flasche eisgekühlter Wodka die Runde. Volker hat ihn organisiert, Tom ahnt, dass er sie gemopst hat, denn er wacht mit Argusaugen darüber, dass alle möglichst verdeckt aus der Flasche trinken. Bald sind sie so blau, dass sie jedes Musikstück tanzbar finden. Freddie umrundet mit starrem Blick eine Frau, die erst den Kopf schüttelt und dann die Tanzfläche verlässt. Volker macht wieder einen auf Kate Bush – mit demselben Ergebnis, nur bei einer anderen Frau. Bald sind W13 & Friends unter sich. Und nur eine gefühlte Stunde später ist die Party vorbei. Das Neonlicht der Aula geht an, taucht den Saal in kaltes Blau. Tom hat gar nicht gemerkt, wie die Zeit vergeht. Und dass sie nur noch zu viert sind. Die W13-Freunde haben sich einfach verzogen, Dietmar gleich mit.

Die ersten Helfer fegen bereits den Boden, sammeln mit abweisenden Mienen Flaschen und Gläser ein. Freddie deutet mit dem Kopf Richtung Ausgang. Abflug. Natürlich folgen sie ihm. Draußen prallen sie gegen einen Schwall kühler Luft. Tom taumelt. Vor nicht einmal 48 Stunden hat er mit Judith hier gestanden. Es kommt ihm trotzdem so vor, als wären Lichtjahre dazwischen.

Wie gut, dass sie nicht hier ist, dass sie ihn so nicht sieht ...

Die Jungs lachen über einen Witz, den er nicht mitbekommen hat. Seitlich vor ihrem Haus befindet sich eine Baustelle. Ein Rüttler steht schräg auf der Böschung zu den Rabatten. Volker macht sich an ihm zu schaffen, versucht, den Benzinmotor mit dem Handzug zu starten. Weil ihm das nicht gelingt, beginnt er an dem Gerät zu zerren. Es ist für ihn allein zu schwer, also packen alle mit an, warum, erschließt sich Tom allerdings nicht. Der Rüttler rutscht an der Böschung zum Weg ab, gerät dabei in Seitenlage und fällt schließlich um. Torsten kann gerade noch seinen Fuß wegziehen. Tom ist schlagartig nüchtern, als er sieht, dass Benzin ausläuft. Auch die anderen erstarren, nur Volker lacht albern. Mit vereinten Kräften versuchen sie, das Gerät wieder aufzurichten. Doch es ist zu schwer. Freddie macht eine wegwerfende Handbewegung und geht weiter Richtung Innenhof. Auch Volker und Torsten zucken mit den Achseln, wollen nur noch ins Bett. Tom schaut zum Wohngebäude hoch. Unterhalb von Dietmars Zimmer wird ein Vorhang zugezogen, der dünne Lichtschein dahinter erlischt. Warum wundert ihn das nicht? *Diese Pissnelken haben ihre Augen überall.* Benzingeruch steigt ihm in die Nase, lässt ihn panisch werden.

»Das ist echt scheiße!«, brüllt er in Richtung der anderen, doch die Tür ist längst hinter ihnen zugefallen. Er wiederholt seine Fluchtirade in der Wohnung, blickt fassungslos auf die geschlossenen Türen. Wütend wirft er sich auf sein Bett und schläft umgehend ein.

Als er aufwacht, ist es schon beinahe Mittag. Er ekelt sich vor sich selbst. Seine Klamotten stinken nach Rauch, er muss sauer aufstoßen. Außerdem ärgert er sich. Sein letztes Phraseologie-Seminar kann er knicken, das Ergebnis der Klausur und den Schein wird er beim Lehrstuhl abholen müssen. Kurz überlegt er, ob er womöglich durchgefallen sein könnte – so wie im mündlichen Abitur, als er angesichts der »5« aus allen Wolken fiel. Aber Linguistik ist nicht Erdkunde, das Fach hat er gehasst, und sein Prof ist nicht so hinterhältig wie sein Erdkunde-Lehrer, ein Möchtegern-Dozent mit Doktortitel, dem sein Job und seine Schüler einfach nur lästig waren; damals war Tom so wütend auf ihn, dass er sich ausmalte, wie er ihm seine teigige Krötenfresse poliert, heute tut ihm der Arsch nur noch leid.

Lehrer wie dieses Sackgesicht bestärken ihn darin, seinem ersten Staatsexamen auf keinen Fall das zweite folgen zu lassen. Gleichzeitig ärgert er sich darüber, dass diese *Schwachstruller* der Achtundsechziger-Generation nur mit dem Finger schnippen musste, um Beamte zu werden, und in Wohlstand leben kann, während sich Toms Generation – die »geburtenstarken Jahrgänge« – allenfalls Hoffnungen auf Schwangerschaftsvertretungen machen kann. Nicht wenige schulen entnervt um, lernen EDV, um einen Job irgendwo in der Wirtschaft zu kriegen. Tom wird einfach sehen, wohin ihn sein Staatsexamen bringen wird, vielleicht zum Journalismus. Immerhin ist es mehr wert als ein Magisterexamen. Judith studiert auf Magister, aber sie wird sicher promovieren. Warum sonst ist sie Hilfskraft, noch dazu bei Degen?

Die Kant-Vorlesung sollte er locker schaffen. Er holt seine Körperpflege nach, putzt sich nach dem Duschen ausgiebig die Zähne, tauscht die Klamotten gegen halbwegs frische, schiebt sich einen trockenen Toast rein, spült ihn mit etwas O-Saft von Dietmar runter, schon ist er im Treppenhaus. Den Briefkasten lässt er außer Acht, nimmt allerdings aus dem Augenwinkel etwas großes Rotes wahr und schaut genauer hin. Seitlich an der Wand hängt ein handbeschriebenes Plakat.

»Jetzt reicht's!«, steht in fetten Buchstaben da. »Das waren wieder die Chaoten von W13, aber diesmal kommen sie nicht davon.«

Wütend reißt er das Plakat herunter, zerknüllt es mit beiden Händen und wirft es draußen in den großen Müllcontainer. War ja klar, man hat sie natürlich beobachtet. Jetzt soll es ihnen also an den Kragen gehen. Das Schlimme ist: Diesmal haben die Heinis recht. Das mit dem Rüttler war eine saumäßig blöde Aktion. Fieberhaft überlegt er, was sie tun können. Schließlich hat er eine Idee. An der Baustelle muss es ein Schild mit der Adresse der Baufirma geben. Wenn sie dort alles beichten, von wegen Unfall und so, können sie einer Anzeige vielleicht zuvorkommen.

Der Rüttler ist nicht mehr da. Dort wo er lag, klafft ein tiefes, etwa zwei Meter breites Loch, das nur notdürftig abgesperrt ist. Ganz leicht riecht es noch nach Sprit. Ob sie den verseuchten Boden abgetragen haben? Ist da so viel ausgelaufen? Während er noch in die Grube starrt, kommt ein weißer Helm zum Vorschein. Tom tritt einen Schritt zurück. Unter dem Helm steckt ein roter Kopf, aus dem ihn zwei stechend grüne Augen mustern.

»Na, Jung, wat kuckste?«

»Öh, ich hab mich nur über das Loch gewundert. Weil hier doch gestern noch so ein Teil stand.«

»Der Rüttler? Den hat die Firma noch mal abgezogen. Irgendjemand hat den umgeworfen. Oder wohl mehrere. Ist ja sackschwer das Teil. Warum willstn dat wissen?«

Tom druckst herum, ist nah dran, alles zuzugeben, da redet der Bauarbeiter schon weiter. Es sieht lustig aus, wie nur ein Teil von ihm aus der Grube herausragt – wie eine Büste, findet Tom und muss grinsen.

»Dat is echt nicht zum Lachen. Der Scheiß is, dat wir hier alles noch mal aufbaggern mussten, weil die Stadtwerke vergessen ham, ne Leitung zu legen. Wenn die jetz nich bald kommen, mach ich dat selber. Oder noch besser: Ich mach einfach Feierabend. Solln se doch kucken, wo se bleiben.«

Langsam wird Tom klar, dass sich ihr Problem in Wohlgefallen aufgelöst hat.

»Na dann alles Gute«, sagt er freundlich und schwingt sich erleichtert auf sein Fahrrad.

Halb winkt er dem Bauarbeiter zu, halb nach oben zum Fenster der Petze. Den Mittelfinger verkneift er sich – nicht, dass Dietmar gerade aus dem Fenster guckt und das auf sich bezieht. Ob die anderen Jungs immer noch pennen? Ist jetzt auch egal, wo nun alles geregelt ist. Er muss jetzt unbedingt zur Kant-Vorlesung, das meiste davon wird er wohl verpassen. Hoffentlich Judith nicht.

Spiegelungen

Zu spät. Die Vorlesung dürfte gerade noch eine halbe Stunde dauern. Jetzt noch in den Hörsaal zu gehen, wäre peinlich, also wartet er draußen. Drinnen ertönt Beifall, erst Klopfen, dann Klatschen. Die schwere Tür geht auf, Leute kommen nach der Reihe heraus, unbekannte Gesichter, für die er sich auch am Ende des Semesters nicht interessiert. Da kommt auch Heinz. Er unterhält sich angeregt mit einem anderen Kommilitonen. Als er Tom sieht, hebt er die Hand, will schon weitergehen, doch dann löst er sich von dem anderen und kommt auf ihn zu.

»Entschuldige bitte, ich habs leider eilig. Wo warst du denn?«

Er will ihm antworten, doch Heinz spricht einfach weiter. »Gerne hätte ich noch einen mit dir getrunken zum Abschluss, aber ich muss leider. Schnell noch Sachen packen und dann ab in den Urlaub.« Damit entfernt er sich bereits von Tom, ruft ihm noch zu: »Übrigens ziehe ich um, ich wechsel nach Bonn. Sorry, aber vielleicht sieht man sich ja noch mal.« Weg ist er.

Heinz ist kein enger Freund, trotzdem tut ihm dieser übereilte Abschied weh. Mit Daniel von der Post ist Heinz der einzige Mann, den er außerhalb seiner Wohnheim-Blase kennengelernt hat. Aber was will er sich beklagen? Er tut nicht genug für seine Freundschaften. Viele seiner Leute aus Doesbecker Tagen hat er bereits aus den Augen verloren, weil er sich nicht mehr gemeldet hat. Seinen besten Freund Botte, die anderen Bandmitglieder, Schulfreunde, zwei liebenswerte Stubenkameraden von der Bundeswehr. Manchmal will es ihm scheinen, als habe er sie schon abgestreift wie eine Schlange ihre alte Haut, gerade so, als seien sie hinderlich bei allem, was er neu beginnt. Nicht nur Männer, auch einige lieb gewonnene Freundinnen sind unter den Zurückgelassenen, Katja etwa, in die er schon als Jugendlicher verliebt war, die ihn vor fünf Jahren nach der gemeinsam bestandenen Führerscheinprüfung umarmt hat, ihn später, in jenem schönen Sommer vor anderthalb Jahren, der dem schockierenden Ende seiner ersten großen Liebe folgte, stützte, seinen Schmerz so oft in Frohsinn umwandelte, dass er versucht war, sich mit ihr zu verbinden, zu verbünden, es aber nicht konnte, weil er sie nicht so liebte wie seine Verflossene. Wie auch? Es tut ihm unendlich leid, denn Katja ist eine absolut liebenswerte Frau. So wie Judith. Sie hat alles, um ihn zu verzaubern. Aber sie wird ihn fordern, das hat er in dieser *Droko*-Nacht sehr deutlich gespürt.

Die letzten Teilnehmer verlassen den Hörsaal. Judith ist nicht dabei. Er wartet noch eine Weile, und gerade, als er entmutigt gehen will, hört er seinen Namen. Judith! Sie kommt mit dem Prof aus dem Hörsaal, gibt ihm die Hand.

Wie dicke ist sie eigentlich mit dem Lehrkörper? Das Wort kommt Tom plötzlich schlüpfrig vor. Warum sollte es im Hochschulbetrieb anders sein als anderswo, selbst im Vatikan, warum sollte gerade an der Uni nicht hinter manchem Nimbus vergeistigten Gelehrtentums eine durchaus physische Geilheit lauern. Ob Degen auch so tickt? Was ist mit den Dozentinnen? Zwei Literaturwissenschaftlerinnen findet er nicht unattraktiv, trotzdem würde er nie auf den Gedanken kommen, dass sie sich mit einem ihrer unbedarften Zöglinge abgeben würden. Aber wer weiß das schon? Vielleicht ist er zu unbedarft. Ungerecht wohl auch. Nur weil Sybille was mit ihrem Design-Professor hatte.

Sybille mit den langen schwarzen Haaren und der gebogenen Nase, die ihr ein südländisches Aussehen geben. Sybille, die in den komfortableren Zimmern seines alten Wohnheims gewohnt hat. Sybille, die ihn in ihrer Bude bei Gesprächen über »das einfache Leben« mit *Grüner Wiese* abgefüllt hat, ihn unter den Tisch getrunken und dort schließlich auch geküsst hat, was ihn erst heißgemacht und urplötzlich abgekühlt hat. Sybille, die nicht zu ihm gepasst hat, er nicht zu ihr. Sybille, die ihn am vergangenen Donnerstag besucht hat, um ihm mitzuteilen, dass sie jetzt Karriere mache, nicht bei ihrem Prof, der sei zwar »hilfreich« gewesen, aber dann doch zu alt, zu eingefahren, nein, Karriere mache sie in Hamburg, in einer angesehenen Werbeagentur, wo sie einen Haufen Geld verdienen werde. Sybille, die er gefragt hat, ob ihr das einfache Leben auf einmal schnuppe sei, worauf sie geantwortet hat, dass das alles doch nur *Pipifax* sei, die dabei naserümpfend sein Zimmer gemustert und sich mit einem hämischen Grinsen verabschiedet hat. Sybille, die ihn offenbar verletzen will, weil er ihr wehgetan, sich bei ihr nicht mehr gemeldet hatte.

»Was ist? Freust du dich etwa nicht, mich zu sehen?« Judith reißt ihn aus seinen Gedanken, sieht ihn enttäuscht an. Der Professor geht lächelnd an ihnen vorbei.

»Was ist los?«, fragt sie.

Er weiß nicht, was er sagen soll. Seine Gedanken fahren Achterbahn. Judith geht auf Abstand, blickt ihn misstrauisch und enttäuscht an.

»Für einen Moment habe ich gedacht ... habe ich mich gefreut, dich zu sehen. Aber jetzt bin ich mir nicht mehr so sicher.«

Er weiß, was sie meint. Bestimmt hat er sie unfreundlich angesehen, als sie sich ihm näherte, er aber noch an Sybille gedacht hat.

»War jedenfalls schön mit dir neulich.« Ganz leise sagt sie das. Dann dreht sie sich um und geht.

Was ist denn los? Ich bin doch extra wegen ihr gekommen. Gegen alle Verkehrsregeln und mit affenartiger Geschwindigkeit? Will er sie jetzt einfach ziehen lassen, so wie manch eine zuvor, Feten-Flirts, die schon im Auslauf der Nacht schal wurden, weil er sich vor sich selbst ekelte, sich hilflos und schizophren dabei beobachtete, wie er diejenigen, die er angemacht hatte oder auf deren Anmache er wie ein eitler Gockel eingestiegen war, verletzte und verstört zurückließ, dabei oft nicht weniger verstört war? Manchmal scheint ihm sein Leiden noch genauso präsent zu sein wie in den Monaten, nachdem ihn Bärbel verlassen hatte, ein zerstörerisches Leiden, nicht nur von Selbstmitleid geprägt, sondern auch von einer unerklärlichen Lust am Scheitern, als bräuchte er das zur Bestätigung und Vermehrung seines Schmerzes, und nicht nur seines eigenen Schmerzes, sondern auch gegen andere gewendet, unbewusst oder nicht, als ob er sich an jenen Frauen rächen müsse, an dem Weiblichen schlechthin, das ihm in seiner Verlassenheit wie ein Verderben erschien, ebenso verführerisch wie gefährlich. In lichten Momenten sah er sich dann doch als das, was er wirklich war: ein psychotisches kleines Würstchen.

Sind diese Zeiten nicht längst vorbei? Ist Sybille nicht der beste Anlass, mein verqueres Leben in den Griff zu bekommen?

»Judith?!« Sein Schrei hallt durch den Korridor.

Sie dreht sich um. Er rennt auf sie zu.

»Judith!«, sagt er noch einmal leise.

Sie betrachtet ihn interessiert. »Da ist er ja wieder. Genau diesen Tom habe ich seit Samstag vermisst.« Ihr schöner Mund formt sich zu einem Lächeln. »Wollen wir was trinken gehen?«

Judith will ins *Café Schucan* am Prinzipalmarkt, ein altehrwürdiges Kaffeehaus nach Wiener Art, das aber von einem Schweizer gegründet wurde. Hier treffen sich Studenten, Beamte, Rentner und Pensionäre, feine Damen mit Einkaufstaschen und die typischen Tantchen mit frisch frisiertem Haar. Hier beäugt man sich nicht argwöhnisch wie in den »angesagten« Studenten-Cafés, wo es in Gesprächen und Gesten immer darum geht, einander der »richtigen« weil *linken* Weltanschauung zu versichern, auf der Seite der Guten, Gerechten und Selbstgerechten zu sein, für Eine-Welt-Politik, Fair-Handel und Umweltschutz – und gegen all das, was die Vasallen Kohls, die gelackten, aktenkoffertragenden Wirtschafts- und Jurastudenten vom *RCDS* vertreten.

Tom hat den »Krefelder Appell« der Friedensbewegung gegen die Stationierung neuer Atomraketen unterschrieben, trotz aller Warnungen, dass das alles von der DDR gesteuert sei und der späteren Karriere schaden würde, er war bei den großen Friedensdemos dabei, hat den Kriegsdienst verweigert, obwohl er seinen vollen Grundwehrdienst bei der Bundeswehr abgeleistet hat. Das war unbequem, aber er lässt sich deswegen nicht vereinnahmen, will sich eben nicht auf eine Linie festlegen, schon gar nicht auf eine sozialistische der Gleichmacherei, da muss er an die Parabel von *George Orwells Animal Farm* denken, besonders an das schuftende, schließlich dem in Saus und Braus lebenden Schweine-Regime zum

Opfer fallenden Pferd. Er will nicht das Pferd sein – und wenn, will er sich frei in der Welt bewegen. Ihm ist es ein Rätsel, wie man ein Regime verteidigen kann, das »ja noch auf dem Weg« sei und zu dessen »Dialektik« es nun mal gehöre, Menschen »zu ihrem und zum Schutz des Sozialismus'« einzusperren. Dass sie auch erschossen werden, wenn sie nach Freiheit streben, oder für viele Jahre ins Gefängnis kommen, wird allenfalls mit einem Achselzucken bedacht.

»Für die Linken bin ich wahrscheinlich ein vom Kapitalismus versautes Opfer«, sagt Tom resigniert, während er den bereits erkalteten Kakao immer noch umrührt und das Sahnehäubchen längst verschwunden ist.

Judith hat schweigend zugehört, als er ihr seine Sicht der Dinge, aber vor allem seine Bundeswehrgeschichte, seine Erfahrung mit dem sinnlosen, selbstmörderischen Kriegsszenario erzählt hat. Das kennt sie nicht, da kennt er sich aus. Ihre Miene verrät nicht, ob sie ihn wegen seiner Militärzeit verurteilt wie einige seiner früheren Freunde. Als er endet, hat sie ihren Kakao längst ausgetrunken. Sie hält ihm ihre warmen Hände hin, umschließt damit seine und sieht ihm ernst in die Augen.

»Du bist ziemlich reflektiert und klug«, sagt sie. »Reife erlangt man vor allem durch Erfahrung. Deine finde ich sehr wichtig.«

Wichtig? Er schüttelt den Kopf, sie legt den Zeigefinger an seine Lippen.

»Ernsthaft. Ich mein, ich lese viel, habe eine klare Haltung zur richtigen Methodik bei der Analyse von Texten. Ich halte viel von Degens historisch-kritischem Ansatz und natürlich hat er nichts mit den positivistischen Deutungsmustern der Geschichte und den affirmativen Moden unserer Zeit zu tun. Horkheimer/Adorno, die Frankfurter Schule, das ist nicht einfach Marx und Engels. Dann die Philosophie, die Erkenntnistheorie und Ethik, Kant und die reine Vernunft, Hegels Phänomenologie des Geistes, weißt du ja alles, nicht wahr? Und dann ich, jemand aus gutem Hause, Tochter eines Vaters, der nicht nur Machtmensch, sondern auch ein lupenreiner Kapitalist ist. Er wollte mich auf die Elite-Uni in Fontainebleau bei Paris schicken. Ich sollte Wirtschaft studieren, es noch besser machen als er, der sich nach dem Krieg hocharbeiten musste. Denn ich bin sein *bestes Pferd im Stall,* aber eben auch sein einziges. Habe ich alles nicht gemacht. Seine einzige Tochter hat ausgefädelt, ist hier in der Provinz geblieben und studiert auch noch diese brotlose Kunst. Ich weiß, dass sich mein Vater deswegen grämt, aber er ist ein liberaler Geist, er lässt mich laufen, finanziert das natürlich, obwohl ich mich mit meinem Hiwi-Job bei Degen ein stückweit abnabele, hofft auf eine späte Einsicht, ›wenn ich mich ausgetobt habe‹, wie er sagt. Anders meine Mutter: Die versteht mich menschlich besser, sorgt sich um mich, weil ich ›überdrehen‹ könne, wie sie es ausdrückt; gleichzeitig bewundert sie meinen Vater, der das ganz große Rad dreht und mit den Brandts, Genschers und Kohls dieser Welt essen geht. Was ich sagen will: Brüche und Widersprüche, wohin man schaut. Und das Einzige, was zwar ständig in Gefahr ist und doch immer absolut bleiben wird, ist der freie Wille – die Freiheit.«

»Und die Liebe ...« Er erschrickt über seinen spontanen Spruch, ziehe seine Hände weg und trinkt seine Tasse aus.

Judith lächelt vielsagend, sagt aber nichts dazu.

Draußen gehen die Lichter an. Sie verleihen dem Prinzipalmarkt mit seinen Arkaden und stufenförmigen Fassaden, dem Kopfsteinpflaster der historischen Marktstraße einen gediegenen, immer noch weihnachtlichen Glanz.

Weihnachten war blöd. Zu viele Fragen seiner zu Recht besorgten Eltern, zu viele Ausweichmanöver seinerseits, das schlechte Gewissen wegen des vermurksten Sommersemesters, das einsame Gefühl des Solo-Seins, während der Rest der Familie paarweise an der Festtafel saß. Dasselbe Spiel hatte er schon am Tag vor Heiligabend ertragen müssen, beim traditionellen Doesbecker Ehemaligentreffen in der *Schloß-klause*. Ausnahmslos alle hatten jemanden im Arm, auch Katja, noch dazu einen alten Sack, der gleich den philosophischen Schwanzvergleich mit ihm suchte, hierzu ständig Nietzsche zitierte, den Tom nicht gut genug kennt – wirre Aphorismen, mit denen er wahrscheinlich bei seiner neuen Flamme glänzt. Judith hätte seine Blasiertheit sicher besser gekontert als Tom.

Sie knetet wieder ihr seitliches Haar, als wolle sie es in Form bringen, sieht dabei auf die Fensterscheibe hinter ihm, in der sich jetzt alles spiegelt. Mit ihrer rechten Hand zieht sie das Stirnhaar nach hinten, überprüft den Sitz wieder, indem sie haarscharf an Tom vorbei ihr Spiegelbild betrachtet. Keine Frage, Judith ist selbstbewusst, vielleicht ein bisschen selbstverliebt, sie gefällt sich, weiß, wie schön sie ist. Aber was ist schlimm daran? Nur weil er es nicht gewohnt ist, sogar recht unbedarft mit solchen Äußerlichkeiten umgeht, sich um teure Mode und das ganze Lackaffengetue nie gekümmert hat? Er ahnt, dass Judiths Welt anders funktioniert, und er weiß nicht, ob er da hineinpasst.

Sie lässt die Rechnung kommen. Er kramt nach seinem Portemonnaie, aber sie wiegelt ab: »Keine Sorge. Nächstes Mal zahlst du!«

Gibt es überhaupt ein nächstes Mal? Ist da nicht was abgekühlt? Der Zauber weg, die Gespräche zu ernsthaft, zu schwer, um sich danach auf leichte Art küssen zu können?

Draußen stehen sie unschlüssig unter den Arkaden.

»Weißt du, wo ich noch nie war?«, sagt sie. »Im *Blauen Haus*.«

»Echt? Aber stimmt, da war ich auch nur ganz am Anfang. Ist ja eher ein Touri-Lokal.«

»Na und?« Sie hakt sich bei ihm unter und zieht ihn an dem bekannten Schuhgeschäft mit der hölzernen Rutsche vorbei Richtung Lamberti-Kirche. Bis zur Altstadt ist es ein Stück. Die meisten Läden bereiten sich auf den Feierabend vor. Bis Münster ausgeht, wenn überhaupt an diesem kühlen Dienstagabend, werden sie sicher noch ein gutes Plätzchen in der beliebten Kneipe bekommen. *Und sonst gehen wir einfach in die* Cavete *oder ins* Pinkus.

»Ich hab richtig Bock auf eine Altbier-Bowle mit Erdbeeren.« Wie sie das sagt, so ungewohnt, fast ordinär – und sinnlich.

Das freut ihn. Wie zur Bekräftigung verstärkt sie ihren Griff um seinen linken Arm.

Meine Herzdame – es ist, als wären sie ein Paar, so vertraut fühlt es sich für Tom an. Plötzlich bleibt sie stehen, schlingt ihre Arme um seinen Hals und gibt ihm einen langen Kuss.

»Na, na, na, lass noch was von deinem Kerl übrig!« Die ältere Frau vor dem Posterladen lacht, ihr Blick ist weniger frech als wehmütig. Sie lachen höflich mit und gehen weiter.

»Und nur dass du es weißt: Ich bin frei! Heute und den Rest der Woche.« Judith lacht ausgelassen. »Unsere Arbeit haben wir gestern kopiert und abgegeben. Das ging spitzenmäßig voran am Sonntag, Woher das wohl kam?«

Sie sieht ihn lüstern an, geht unvermittelt auf den Taxistand zu und setzt sich hinten in den ersten Wagen. Etwas verdattert folgt er ihr. Diesmal macht sie ihm Platz hinten, schmiegt sich an ihn, kaum dass er sitzt und die Tür schließen kann. Der Fahrer blickt ihn fragend im Rückspiegel an.

»Zum Dahlweg bitte!«, sagt er mehr zu ihr als zum Fahrer.

Ihre Augen werden zu schwarzen Abgründen, ihre Lippen öffnen sich. Er versinkt in ihren Armen und ist der glücklichste Mensch der Welt.

»Du tust mir gut«, flüstert sie.

Noch immer beben ihre Körper. Tom spürt seinen schnellen Puls links am Hals. Vorhin ist ihm kurz der Atem weggeblieben.

»Und du raubst mir alle Sinne«, sagt er heiser.

Judith hebt ihren Kopf von seiner nackten Brust und lacht. »Das war der Plan. Und das war erst der Anfang.«

Sie sagt das mit einer tiefen Stimme, die verrucht klingen soll. Mit einem Ruck stemmt sie sich hoch und lässt ihren Blick über seinen Körper wandern.

»Da hab ich aber einen guten Fang gemacht«, lacht sie und steht mit einem Ruck auf.

Ihr Körper ist makellos, ihre Haut hat einen samtigen, fast bronzefarbenen Ton, aber vielleicht liegt das auch an der Nachttischlampe, die ein warmes Licht abgibt.

Judith geht in die Küche, wo immer noch die Sektflöten stehen. Sie haben beide nur daran genippt, sich dann so heftig geküsst, einander berührt, gestreichelt und gleichzeitig in den Schritt gefasst, ein eingespieltes Paar, eine Choreografie der Lust, erst hat sie gezogen dann er, so haben sie sich umeinander gedreht, sich umklammert und wieder voneinander gelöst, einander ein Kleidungsstück nach dem anderen vom Leib gerissen, bis sie auf ihr Bett fielen, er in sie hinein, in einen bodenlosen Fall, aber in vollständiger Verschmelzung.

Das, denkt er, ist das schönste Ende, nicht ein Hinwegschweben der Seele, wenn es sie denn gibt, nicht ein Aufsteigen, wohin auch, sondern ein Aufgehen im anderen, ein Sich-Ineinander-Auflösen, in ein Alles und ein Nichts.

Judith bringt ein kleines Tablett mit den gefüllten Sektflöten, einer Flasche im Kühler – es ist ein Champagner – und einer Schale mit Nüssen, sie stellt es zwischen ihnen aufs Bett – es ist breiter als seines, aber auch kein Doppelbett. Tom findet es plötzlich unmöglich, Judith jemals in die WG, in sein Zimmer zu lassen, für das er sich angesichts ihrer Wohnung nur schämen kann. Hier hat alles Stil, die wenigen, gediegenen Möbel, die Bilder, das wandhohe, mehrteilige Bücherregal im Wohnzimmer, das er nur im Vorbeigehen gesehen hat, dessen Bücher sie vermutlich alle gelesen hat, die Zimmer ohne Nippes, Bett und Sofa ohne Kuscheltiere, einige wenige nüchterne, aber geschmackvoll ausgesuchte Einzelstücke wie die Wagenfeld-Lampe, die gerahmten Bilder an der Wand, vermutlich teure Repros, abstrakte Kunst, keine Billigposter mit den Überallbildern von Schiele, Macke oder Magritte.

»So, mein Liebling.« Ihre Stimme hat wieder diese verruchte Tiefe. »Damit du schnell wieder zu Kräften kommst.« In ihren Augen liegt schon wieder Lust, als sie ihm das Glas reicht, ihres auf Ex trinkt, ohne den Blick von ihm abzuwenden. Sie zündet sich eine Zigarette an, reicht sie ihm, steckt sich eine weitere an, er bemerkt den schwarzen Aschenbecher, der bereits voll mit Kippen ist. Ist sie eine so starke Raucherin? Es wirkt sinnlich, wie sie an der Zigarette zieht, den Rauch kraftvoll hinausbläst, direkt auf seinen nackten

Oberkörper, ihn dabei so lüstern anschaut, dass er wieder steif wird, wie sie sich auf der Seite liegend rekelt, ihn auf diese Weise an ein Gemälde erinnert, ihre perfekten Rundungen, der schöne Bogen ihres Beckens.

Ihre Augen sind wieder tiefschwarz, ihre Lippen schimmern feucht, wieder nagt sie an ihrer Unterlippe, während sie ihn mustert wie etwas, das sie tatsächlich zu begehren scheint, das sie sich nehmen wird, jetzt gleich, begierig nach mehr. Er kann nicht länger an sich halten, stürzt sich mitten hinein in dieses Abenteuer, in diese Welt der Lust, die sie ihm eröffnet und aus der er niemals in die wirkliche Welt zurückkehren möchte. Kann er nicht alles hinter sich lassen, hier und jetzt und für immer nur in ihr sein? Was kann wichtiger sein als die Liebe? Was hat er bisher alles verpasst.

»Komm«, sagt sie.

Und wie er kommt.

Schwachstruller

Als hätte ein Raubtier ein Stück Fleisch aus dem Kadaver seines Opfers gerissen, liegt das angebissene Brötchen auf Judiths Teller. Wie eine klaffende Wunde umrahmt der Abdruck ihres Lippenstifts die zahngestanzte Stelle. Aus den zusammengeklappten Hälften dringt schwarzes Rübenkraut. Neben dem Teller qualmt es noch aus einem kleinen Aschenbecher in Zylinderform. Ein Bissen nur, ein Schluck Kaffee, schon braucht sie die erste Zigarette. Pure Sucht, Schattenseite ihrer Sinnlichkeit, zugleich Stressabfuhr, eine Art Schlot ihrer geistigen Produktion. Sie hat ihn vorgewarnt. Gesund sei der Umgang mit ihr nicht. »Gesund ist langweilig«, hat er gesagt und, was ihm sonst nie passiert, vom Rauch gehustet.

Judith ist schon weg. Irgendwas Eiliges gebe es im Institut zu erledigen, etwas, das nicht warten könne, er soll das Frühstück doch bitte in aller Ruhe genießen, auch wenn die Brötchen nur aufgebacken seien, dafür sei der Kaffee frisch, eine ganze Kanne stehe auf der Warmhalteplatte, er solle nachher alles ausmachen und wegräumen und einfach die Wohnungstür zuziehen. Kuss, Tschüss. Der parfümierte Geschmack nach Lippenstift auf Toms Lippen.

Der Anruf muss gekommen sein, als er unter der Dusche stand. Er hat sehr lange geduscht, den warmen Strahl der Brause genossen, die komfortable Duschkabine mit richtigen Schiebetüren, das ist schon etwas anderes als ihre WG-Dusche in der Badewanne mit dem stockfleckigen Duschvorhang.

Judith hat ihn gewähren lassen und sich offenbar im Flur geschminkt, etwas Make-up, Lippenstift. Dabei hat Tom heimlich gehofft, dass sie ihn überraschen und zu ihm in die Dusche kommen würde, Platz genug wäre gewesen, andererseits hat die Nacht Spuren hinterlassen. Er hat an sich herabgesehen, auf das schrumpelige Würmchen mit der puterroten Spitze. Das letzte Mal war das so, als er gegen alle Mahnungen des Vaters gegen den Wind gepinkelt und dabei nicht nur seine Hose bekleckert, sondern auch eine schlimme Vorhautentzündung bekommen hatte. Das war lange, bevor er auch nur an Sex gedacht hat. Damals gab es eine Salbe dafür, in Judiths Badezimmerschrank findet er immerhin eine kleine Dose Penatencreme.

Er ist noch nackt gewesen, als Judith an ihm vorbeigeeilt ist, schnell sprechend, flüchtig küssend, mit einem Klaps auf seinen Po. Er könnte schon wieder scharf werden, ihre körperliche Dominanz reizt ihn, das kennt er nicht, er weiß nicht, ob ihm das auf Dauer guttut. Außerdem will er sich nicht auf das Körperliche reduzieren lassen. Auch dieser Gedanke ist ihm neu, denn er korrespondiert mit seiner Unsicherheit auf intellektueller Ebene. In ihren Fächern, die er ja auch studiert, scheint sie ihm nicht nur meilenweit voraus, sondern auch prinzipiell unerbittlich zu sein, und auch wenn ihre Intelligenz, ihr Wissen bisher nur kurz aufgeblitzt sind, ihre wissenschaftliche Strenge, die nach seinem Verständnis so gar nicht zu ihrer ungezügelten Sinnlichkeit passt, aber gerade in dieser Spannung sich wie eine neue, ungeahnte Welt vor ihm ausbreitet, weiß er, dass er ihr nichts vormachen kann. Auch das ist neu für ihn. Anders als in seinen anderen Beziehungen. Da konnte er im Zweifel abbiegen und hinterher alles schlechtreden.

Bei Judith gibt es keine Abbiegespur, vielleicht ist eine solche Frau aber genau das, was er jetzt braucht, was er insgeheim gesucht hat, was ihn instinktiv sogar zu ihr geführt hat, am Ariadnefaden einer inneren Erkenntnis entlang, einer *emotionalen Intelligenz* folgend, wenn es so etwas gibt, vielleicht hat er ihr das sogar voraus und vielleicht spürt sie das, immerhin hat sie ihn als *klug* bezeichnet. Und dann weiß sie ja noch gar nichts von seiner Musik, davon wird er ihr erzählen. Seine literarischen Versuche, Gedichte und Kurzgeschichten, hält er besser unter der Decke, er steht selbst nicht mehr dazu, seitdem ihm eine Wettbewerbsjury auf seine Einsendung hin freundlich, aber ablehnend geantwortet hatte; der bescheidende Zuspruch in privaten Kreisen (»gut« oder »dufte« oder einfach »jau«) hat ihn auch nie angetörnt. Vielleicht, wenn er mit Judith vertrauter ist, im Sinne von »guck mal, sowas hab ich auch gemacht« ...

Haben wir überhaupt schon eine »Beziehung«? Sind wir »zusammen«? Kann ich ernsthaft von einer gemeinsamen Zukunft ausgehen? Oder betrachtet sie mich nur als Gespielen, als Betthengst – der Klaps auf den Po! Andererseits: das Frühstück, so liebevoll und eigentlich für uns beide angerichtet, das fühlt sich nicht nach One-Night-Stand an ...

Auch da beweist sie Stil, selbst auf diesem kleinen Küchentisch mit den zwei Klappstühlen zu beiden Seiten: zwei Kerzen in silbernen Kerzenständern, Goldrandgeschirr, Silberbesteck. Anders als er es gewohnt ist, liegt der Aufschnitt appetitlich angerichtet auf einem Teller, Käse auf einem Holzbrett, dazu ein richtiges Käsemesser in der Form eines Fleischerbeils. Natürlich liegt die Butter in einer Schale, daneben ein kleines Buttermesser mit verschnörkeltem Griff, der aus Elfenbein sein könnte. Solche feinen Dinge besitzt er überhaupt nicht und er bezweifelt auch, dass sich in den auf dem Land üblichen Aussteuer-Truhen seiner ehemaligen Freundinnen derart wertvoller Hausrat befand. Von ihrer WG ganz zu schweigen: Alles, was sie dort haben, ist bunt zusammengewürfelt, größtenteils Ausgemustertes aus fünf Elternhäusern. Bei ihm zu Hause kommt das »gute Porzellan« nur zu besonderen Festtagen auf den Tisch.

Ob Judith alleine auch so frühstückt? Oder gibt es sonst nur die schäbige Müslischale, den schnellen Kaffee aus dem Pott, die erste Zigarette gleich nach dem ersten Schluck, die zweite zum Müsli, die dritte danach? Er kann nicht anders, stöbert ein wenig in den Schubladen und Schränken, kann dort keine billigeren Gegenstände entdecken. *Klasse statt Masse*, gilt auch in Judiths Küche.

Er hat einen Riesenappetit, verputzt alle drei, schon etwas altbackenen Brötchen und fast den gesamten Aufschnitt. In seiner WG bleibt meist keine Zeit für ein gutes, geschweige denn gemeinsames Frühstück, das war an wenigen Tagen nach dem Einzug so, aber schnell fühlten sich alle unnötig gegängelt, und abends beim Bier haben sie dann ihre »Statuten« klargezogen: *Wenn's passt, familiär (und »ordinär«, Einwurf Volker), sonst reine Zweck-WG*. Ohnehin schläft er lieber bis zur letzten Minute, holt sich unterwegs was auf die Hand und trinkt den ersten Kaffee des Tages zwischen zwei Veranstaltungen. In seinem »verlorenen« Sommersemester ist er dazu übergegangen, Haferflocken mit Milch und Zucker zu frühstücken, oder besser: zu *spät*stücken; eine große Portion reichte ihm dann schon mal einen ganzen Tag, erst recht, wenn es abends irgendwo Bier gab und das viele Rauchen ohnehin jedes Hungergefühl abtötete. In dieser Zeit war er ein besonders dünner Hering.

Er räumt die Lebensmittel in den Kühlschrank, der nicht allzu üppig gefüllt ist, abgesehen von einer Flasche Sekt

(»Freixenet« hat er den nicht neulich in der Fernsehreklame gesehen?) und zwei Flaschen Weißwein, (»Frascati«, kennt er jetzt auch), spült Geschirr und Besteck ab und vergisst nicht, die Kerzen auszupusten, wobei etwas Wachs auf die weiße Lacktischdecke spritzt, das er vorsichtig mit dem Messerrücken wegkratzt. So eine Decke sollten sie sich für ihren WG-Küchentisch auch besorgen, findet er, verwirft den Gedanken aber gleich wieder, weil er Freddies Häme schon vor sich sieht – und Brandlöcher, natürlich völlig unabsichtlich …

Ein letzter Kontrollblick ins Schlafzimmer, das Schlachtfeld der Nacht. Er lässt alles so. Sie soll das ruhig vermissen, *ihn* vermissen. Auf dem Weg zur Tür kommt er an ihrem Wohnzimmer vorbei. Die Sonne scheint schräg und hell hinein, wirft von feinstem Staub fast flüssig wirkende Lichtstrahlen auf eine Glasplatte, die auf zwei weißen Tischböcken liegt. Wäre sie leer, würde das Sonnenlicht wohl so gleißend reflektiert, dass jemand, der auf dem einfachen Schemel davor säße, geblendet würde. Aber die Platte ist übersät von Büchern und Zetteln, in der Mitte steht eine weiße Schreibmaschine, darin steckt noch ein Blatt Papier, auf dem nur eine Überschrift steht, vielleicht der Anfang einer Hausarbeit: »Frau Berta Garlan – Sozialkritik statt Psychoanalyse. Von Judith Zielicke«. Das Buch von Stefan Zweig liegt aufgeschlagen daneben, zwei Textstellen sind mit Bleistift markiert, Karteikarten stecken zwischen den anderen Seiten. Ein Schmierzettel, ihre Handschrift wirkt altmodisch und ist für ihn schwer zu entziffern: *Herausstreichen, dass Freuds Psychoanalyse zwar Vorbild für B.G. ist, aber auch nur eine ??? der Gesellschaft ist. Jahrhundertwende sozialkritisch!*

Sein Blick wandert im Zimmer umher, es ist das größte der Wohnung, fast doppelt so groß wie das von Dietmar in ihrer WG und es hat einen Parkettboden. Mit Ausnahme des Arbeitsplatzes und der Sofaecke an der Fensterseite besteht der Raum sonst nur aus Bücherregalen, das hat er gestern Abend schon richtig erkannt. Sämtliche Wände, sogar die seitlich der Tür, sind von deckenhohen Bücherregalen bedeckt – keine Billys von Ikea, das sieht er gleich –, vollgestopft mit Büchern, davon ganze Reihen an literarischen Gesamtausgaben mit Leder-, Leinen- und Goldprägerücken. Auch jetzt, im gnadenlos grellen Tageslicht, ist er überzeugt, dass Judith das alles, wenn nicht von A bis Z gelesen, so doch zum Nachschlagen und auszugsweisen Exzerpieren bearbeitet hat.

Wieder schrumpft sein Ego auf Schlaffpenisgröße. Er liebt Bücher, seit er lesen kann, und doch ist er irgendwann auf einem Stand bloßen Besitzens und eitler Vorgeblichkeit stehen geblieben, hat seine Bücherwand mit fetten, aber billigen, noch dazu unbedeutenden *Zweitausendeins*-Büchern und antiquarischen Mängelexemplaren gefüllt, die im Endeffekt keine Sau interessieren, aber den oberflächlichen Eindruck von Belesenheit machen. Wenn er ehrlich ist, hat er immer entlang von Schul- und Studienstoff gelesen. Diese Bücher füllen vielleicht zwei Regalreihen. Die jugendliche Lust am Lesen hat er nicht in die Erwachsenenwelt, zumal die professionelle seines Studiums, retten können. Bei wenigen Büchern, etwa von *Peter Handke*, empfindet er Lesen als Erlebnis. Ob Judith dieses Gefühl hat? Oder ist Lesen auch für sie eher Arbeit, nur viel effizienter betrieben als von ihm. Wie auch immer: Ein Schwachstruller ist er, ein geistiger Dünnbrettbohrer, die Konfrontation mit Judiths Welt geschieht ihm ganz recht. Sie kommt womöglich gerade rechtzeitig.

Das Atmen fällt ihm plötzlich schwer. Es ist, als ob sich die Luft verfestigt, als ob sich Staub und Sonnenlicht mit den

Büchern zu einem Brei verbinden, dem unerschöpflichen Hirsebrei aus dem Märchen, er wälzt sich wie ein Lavastrom auf ihn zu, drückt ihn aus dem Raum. Draußen im Hausflur knallt er die Wohnungstür ins Schloss, nimmt die wenigen Stufen in einem Sprung. Frostige Februarluft schlägt ihm entgegen, füllt seine Lungen fast schmerzhaft mit Sauerstoff.

Er geht schräg über den Kirchplatz, auf dem sich eine Taufgesellschaft zum Erinnerungsfoto aufstellt. Die schnurgerade Hammer Straße zieht sich, aber das Gehen tut ihm gut. Außerdem scheint die Sonne und wärmt schon ganz passabel. Er freut sich auf den Frühling. Ein Hauch davon ist jetzt schon zu spüren, einige Läden haben ihre Ständer draußen, Fenster und Türen stehen offen, aus einer Kneipe kommt Bierdunst und Rauch. Er kennt diesen Teil Münsters nicht allzu gut, wird ihn vielleicht bald besser kennenlernen. *Mal sehen.*

Plötzlich fällt ihm ein, dass er immer noch nicht ihre Telefonnummer kennt, sie seine auch nicht. Wieso ist er so idiotisch geflohen? *Was für'n Hirni bin ich eigentlich?* Er muss an *Rainald Goetz* denken, *Irre* hat er gern gelesen, ist auf das Buch gestoßen, weil *Goetz'* Auftritt beim Ingeborg-Bachmann-Preis in Klagenfurt Schlagzeilen gemacht hat. Vor knapp zwei Jahren hat sich der Schriftsteller dort während seiner Lesung mit einer Rasierklinge in die Stirn geritzt, das Blut über Nase und Mund auf sein Skript fließen lassen und weitergelesen, damit zwar keinen Preis bekommen, aber jede Menge Publicity und für den Text sogar ein Lob von Literaturpapst Reich-Ranicki. *Irre* ist ein Psychiatrie-Roman, ganz sicher »sozialkritisch«. Ob Judith ihn kennt? Oder ist sie abgeschreckt von dem Theater um den extravaganten Autor?

»Von Bedeutung ist nicht er als reale Person, sondern allenfalls sein Erzähler (das ist ein Unterschied), die Funktion der Figuren, ihrer Beziehungen, Handlungen etc. – der Text und seine Bedeutung im historischen Kontext.«

Ja, Judith, das habe ich auch schon gelernt, auch ohne Degen. Jetzt spukt sie schon in seinem Kopf.

Hat er das gerade laut gesagt? Hat die Verkäuferin in der Bäckerei ihn gehört? Sie lächelt ihm jedenfalls zu. Gerade ist kein Kunde im Laden, die Tür steht offen, einladend, betörend der Duft nach Brot und Kuchen. Soll er was kaufen? Kirschstreusel? Aber er ist doch noch satt. Er winkt ihr freundlich zu, macht eine Geste des Bedauerns und geht weiter.

Beneidenswert. In wenigen Stunden wird die junge Frau Feierabend haben. Nichts wird sie dann mehr belasten, nichts von ihrem Arbeitstag jedenfalls. Sie wird eine Menge Backwaren verkauft, das eine oder andere Lächeln bekommen, vielleicht auch einen kleinen Fehler gemacht haben. Aber morgen ist ein neuer Tag, mit denselben Aufgaben, denselben Zielen, denselben Arbeitszeiten. Und immer ist definitiv Feierabend. Das ist bei ihm nicht so. Er kann nicht einfach abzuschalten, und selbst wenn er sich entspannt, kann er nicht sicher sein, ob seine Gedanken, die noch ungelösten Aufgaben, das Gefühl, nie fertig zu werden, weiter in ihm arbeiten, unbewusst, bis in seine Träume hinein, um gleich morgens mit ihm aufzuwachen, ihn oft sogar wecken. *Verdammt noch mal, Studieren ist ein Knochenjob, ehrlich, Mann!*

»Ey, pass doch auf, du Blindfisch!« Mit quietschenden Bremsen eiert ein Radfahrer um ihn herum, zwei weitere zeigen ihm einen Vogel. Als Fußgänger ist man in Münster eine arme Sau, in der Hackordnung ganz unten, selbst auf dem Zebrastreifen.

»Selber Blindfisch!«, schreit er ihnen hinterher, schon hupt ein Kleinlaster, weil er mitten auf dem Fußgängerüberweg stehen geblieben ist. Der Ludgeriplatz ist nicht ohne, sechs Straßen zweigen von dem Verkehrsknotenpunkt ab, selbst eingefleischte Münsteraner Autofahrer stresst der zweispurige Kreisverkehr, massenhaft bevölkert von Radfahrern, die wie die Besengten (wie Tom auch) durch die Stadt päsen, auch hier einfach drauflos fahren, nebeneinander, manchmal zu dritt, sowie von motorisierten Ortsfremden, die genervt vom langen Warten, viel zu spät in den Kreisel einfahren und dann wie aus dem Nichts von der inneren Spur abbiegen wollen – und eben von Fußgängern wie ihm, die mit den Gedanken ganz woanders sind.

Er ist froh, als er endlich am Hörsaalgebäude ist. Sein Fahrrad steht noch da, allerdings eingekeilt zwischen zwei Rädern mit Körben. Er biegt sie zur Seite, schafft es mit Mühe, sein altes Hollandrad rauszupfriemeln. Er fährt über die Domplatte Richtung Schloss. Er beschließt, vor dem Hegel-Seminar noch in die *Frauenstraße 24* einzukehren, eine Pide mit Hackfleisch kann er jetzt schon wieder verdrücken, nicht, dass ihm nachher im Seminar wieder der Magen knurrt, was ihm gerade bei den Philosophen peinlich ist. Er liebt diese türkische Pizza fast mehr als die italienische, die er auch schon recht spät schätzen gelernt hat, vor fünf Jahren, als er mit der Band nach Münster gefahren ist. Pizzeria Sonnenstraße – da würde er auch mal gerne wieder hin.

Hier wie dort war er immer mit Rike, seiner Erstsemester-Freundin. Er vermisst sie, musste aber schmerzhaft erkennen, dass platonische Beziehungen als reine »Kumpel« doch nicht funktionieren. In der Zeit seiner Trauer über den Verlust der ersten großen Liebe, stand sie ihm zur Seite, wäre ihm gerne nie mehr von selbiger gewichen. Schon länger war sie verkrampft gewesen, nicht mehr so lustig und spontan wie das ganze Jahr, das sie sich kannten. Schließlich hat sie ihm ihre Gefühle bei einer Pizza Cipolla in der Sonnenstraße gestanden, er hat die Hand zurückgezogen, weil er plötzlich Angst bekommen hat, sie könne sie ergreifen und er falsch reagieren. Aber genau damit hat er das. Rike hat bezahlt und ist gegangen, die halbe Pizza lag noch auf ihrem Teller. Er hat sich mies gefühlt und wie im Tran alles aufgegessen. Manchmal sieht er Rike auf dem Unigelände, in letzter Zeit aber nicht mehr, sie geht ihm aus dem Weg; kein einziges Germanistik-Seminar haben sie mehr zusammen, in den ersten beiden Semestern waren sie noch unzertrennlich gewesen. Sogar ein Pädagogik-Seminar über »Lernschwierigkeiten türkischer Schüler« haben sie sich gegeben, haben türkische Wörter und Grammatik gebüffelt, um zu begreifen, welche typischen Fehler daraus beim Erlernen der deutschen Sprache entstehen können, agglutinierende versus flektierende Sprache – nicht das einzige Problem zwischen Türken und Deutschen, wie der Dozent aus seiner deutsch-türkischen Ehe ziemlich plastisch und witzig zu berichten wusste, er hatte den Kurs nach der Einführungsveranstaltung in die *Frauenstraße 24* geführt, von der bewegten Geschichte des schon 1973 besetzten Hauses erzählt, von dessen Spezialität, sie sollten sich bloß nicht vom Turban des marokkanischen Kochs täuschen lassen, nur seine Frau mache eine noch bessere türkische Pide.

Er widersteht dem Impuls, wie sonst zur Pide ein großes Bier zu bestellen, nimmt stattdessen eine Cola. Jetzt muss endgültig Ordnung in sein Leben, auch wenn der Lehrbetrieb langsam ausläuft und über die Semesterferien nur eine Hausarbeit in Linguistik ansteht. Ende März ist Abgabe, er muss aber womöglich um Nachschlag bitten, denn die Unibibliothek muss ein wichtiges Dokument erst kommen lassen. Aus Straßburg, als Kopie. Er hat lange recherchieren müssen, um darauf zu stoßen, richtig zu forschen, macht ihm Spaß, er weiß, dass er mit seiner Arbeit eine Bestnote erzielen kann. *Die Sprachgesellschaften des 17. Jahrhunderts: »Die Aufrichtige Tannengesellschaft zu Straßburg«* ist sein Thema, damals wollten Gelehrte die feudale deutsche Kleinstaaterei mit dem Ziel einer deutschen Nation überwinden, der Weg sollte über eine »reine« deutsche Sprache führen, jenseits ausländischer, vor allem antiker und romanischer Einflüsse, mit deutschen Unwörtern wie »Tageleuchter« für »Fenster«, aber auch erfolgreichen Übersetzungen wie »Schaubühne« für »Theater«. Ähnliches hatten zuletzt die Nazis versucht, wenn auch nur als Beiwerk ihres verheerenden Tuns. Viel gäbe es aus heutiger Sicht zu sagen, über Sprache als etwas Lebendiges, das sich nicht bevormunden lässt, über die Sprachkritik seines Lieblingsautors *Peter Handke* vor der *Gruppe 47*, mit Rike hat er darüber gesprochen, hat Handke zitiert, *Das Gewicht der Welt*.

Ach, Rike, lass uns doch mal wieder reden, wenigstens das ...

Der Laden ist ziemlich voll. Der typische Geruch nach ranziger Kleidung, schalem Bier und altem Backofen überlagert selbst die Rauchschwaden, und obwohl es stickig ist, bleiben die Fenster geschlossen, wahrscheinlich würden sie in ihrem Zustand auch aus den Angeln fallen. In einer Sofaecke unterhalten sich zwei Frauen, zischend, giftig, er hört nur einzelne Wörter, »Chauvinismus«, »Macho«, »Macker« (oder »Macke«?) und »Schwanz ab«, sind das nicht die Emanzen aus dem Hegel-Seminar?

Freddie müsste jetzt hier sein, unser Super-Macho, wie hätte er wohl reagiert? Er muss grinsen. Eine der Frauen sieht grantig zu ihm rüber, über ihrem Kopf schwebt eine große Friedenstaube an der mit Zetteln und Plakaten übersäten Wand. Im Nebenraum sitzt eine Gruppe am langen Tisch, etwa zwanzig Leute, alle qualmen wie die Schlote, trinken aber keinen Alkohol. Durchaus möglich, dass das ein offizielles Seminar der Uni ist, bei der Raumnot und den vielen Studenten, vielleicht aber auch eine K-Gruppe, Vertreter vom AStA oder einer Fachschaft, weiß der Geier, es interessiert ihn eigentlich auch nicht.

Als er endlich seine Pide vom Küchenkabuff holen kann, bleibt ihm kaum noch Zeit. Über die Hälfte bleibt auf dem länglichen Teller. Er will sie Ralph geben, dem glatzköpfigen Penner und Dauergast mit dem grauen Rauschebart. Doch Ralph winkt ab, sein zotteliger Hund blinzelt nur müde.

Reisen

Die Semesterferien entwickeln sich anders, als Tom es erwartet hat. Judith ist nicht greifbar. Seine Anrufe gehen erst ins Leere, schon will er einfach zu ihr fahren, da meldet sie sich endlich, ist kurzangebunden. Sie sei total in Eile, werde gleich abgeholt, ob sie ihm nicht gesagt habe, dass sie mit ihren Eltern in Skiurlaub fliegt, wie immer Ende Februar.

Er kann sich nicht erinnern.

Jedenfalls müsse sie jetzt los, sie melde sich, aber sie habe nicht vor, die nächste Zeit nach Münster zurückzukehren, sie brauche Ruhe, ja auch ein bisschen von ihm, dem »Lüstling«, er solle nicht böse sein, sie wolle in ihrem Elternhaus in Bad Homburg arbeiten. Auch das habe sie ihm doch gesagt. Er ist wie vor den Kopf geschlagen, weiß jetzt gar nichts mehr, hört wie durch einen dicken Nebel, wie sie ihn »Liebling« nennt, dass sie ihn jetzt schon vermisse, seinen »Rhythm Stick«, da sei das Taxi, »ich küsse dich, versprich mir, dass du brav bist!«

Das Knacken in der Leitung löst den Nebel schlagartig auf. Enttäuscht und wütend knallt er den Hörer auf, und während er das schmutzig-beige Telefon anstarrt, zweifelt er an seinem Gedächtnis. Seit ihrer ersten Nacht haben sie sich regelmäßig getroffen, immer erst abends, immer bei ihr, immer ist es schön gewesen, so schön, dass er auf *Wolke 7* schwebte. Leidet er unter Realitätsverlust? Hat sie ihm wirklich gesagt, dass sie in den Semesterferien nicht in Münster ist? Ist das durch all seine Lust nicht zu ihm durchgedrungen? *»Rhythm Stick«* – *pah! Eher »Schwanz ab«, verdammt!* Die ganzen Beteuerungen, wie gut er ihr tue, dass ihr »Liebling« nicht nur ein Sexobjekt, sondern der »ganze Mann und so klug« sei, dass sie in dieser Hinsicht verwöhnt sei und nur »ein Mann mit Niveau« bei ihr landen könne.

Und ich Idiot schmeichle ihr postwendend, indem ich sie eine »Frau von Format« nenne. Ja, das ist sie. Aber sie hat mir das mit Bad Homburg trotzdem nicht gesagt. Das wüsste ich!

»Was wüsstest du?« Dietmar steht in der Tür.

Tom erschrickt, blafft ihn an, Dietmar sagt, er habe angeklopft, ob er mal das Telefon haben könne, schon ist er raus damit, die Schlaufe der langen Schnur verschwindet unter der Tür wie eine dünne Schlange. An der Stelle, wo das Telefon stand, liegt ein blauer Luftpostbrief. Dietmar muss ihn hingelegt haben, auch das ist Tom entgangen. Was ist nur los mit ihm? Stempel und Briefmarke sind französisch, der Absender ist – Rike!

Sie ist in Südfrankreich, genauer gesagt in Montpellier, verbringt dort zwei Auslandssemester in ihrem zweiten Fach Französisch. Geflohen sei sie nicht, aber die Zeit in der Ferne tue ihr gut, sie habe tolle Leute kennengelernt und genieße den Süden, der im Winter allerdings ganz schön kalt sein könne, besonders, wenn der Mistral von Norden blase, aber am Meer sei es bei jedem Wetter schön, das kenne sie ja von der Nordsee, und die Camargue mit den Wildpferden und Flamingos sei nicht weit weg, sie freue sich auf den Frühling, die dann blühenden, nach Lavendel und Herbes de Provence duftenden Landschaften – und auf Tom. Ja, er habe richtig gelesen, sie habe viel nachgedacht, sie habe ihn vermisst. Als Freund. So wie vorher, vor ihrem … na, er wisse schon … Sie werde ihn anrufen. Einer müsse ja jetzt wieder den Anfang machen. *Bisous xxx!*

Er hat Herzklopfen. Das hat er nicht erwartet. Er wusste nicht, dass sie im Ausland ist. Wie auch? Sie ist geflohen, denkt er. *Quatsch, bei den Fremdsprachen ist ein Auslandsstudium vorgesehen, hat sie nicht schon damals davon gesprochen? Aber gleich ein Jahr, zwei Semester?*

Sie meldet sich tatsächlich an einem der nächsten Abende. Dietmar bringt ihm das Telefon mit einem Grinsen, er kennt Rike auch und mag sie.

Sie habe nicht viel Zeit, ob er es sich überlegt habe, sie würde sich so sehr freuen, auch ihre Mitbewohnerin sei schon so gespannt, in ihrer WG sei ein ganzes Zimmer für ihn frei, ob er was zu Schreiben habe für die Adresse und ihre Telefonnummer, mit Interrail sei das kein großes Ding, nachts habe man das Abteil im D-Zug ganz für sich. Und?

Er sagt zu. Dann ist sie weg.

Wie vertraut sie geklungen hat. Wie kann er sie jetzt noch enttäuschen? Er kann unmöglich absagen. Im Gegenteil: Er wird alles wieder gutmachen, seine falsche Reaktion und dass er sich nie mehr gemeldet hat. Gleich morgen wird er vor seinem Dienst im Bahnhof nachfragen, wird kurzfristig freimachen, er hat noch alle Urlaubstage, und gleich am Montag kann er starten.

Die Aussicht auf Südfrankreich und Rike beflügelt ihn. Als hätte sie es geahnt.

Und sie kann doch Gedanken lesen, selbst auf über tausend Kilometer Entfernung!

Sie hat seine Freundin Bärbel nur einmal gesehen und »gewusst, dass sie dich verlassen wird«, natürlich lässt sich das hinterher gut sagen, aber dann hat ihn Rike mehrmals damit überrascht, dass sie wortwörtlich das ausgesprochen hat, was er gerade gedacht hat, in *seinen* Worten, und ihn dabei wie in Trance angesehen hat, als lese sie in seinem Kopf wie in einem Buch, da hat er wirklich Angst vor ihr bekommen, Angst, sie könne auch seine geheimen sexuellen Gedanken sehen, nicht auf sie bezogen, die hatte er nie, sondern auf Bärbel, so lange noch hat er ihr nachgetrauert, Angst auch, sie könne in die Zukunft sehen.

»Du sagst aber, wenn du weißt, wann ich sterben muss?«, hat er sie gebeten, und sie hat nur ernst geguckt und den Kopf geschüttelt. Wieso hat sie angenommen, dass auch für ihn aus Freundschaft Liebe werden könne? Vielleicht kann sie Gedanken, aber keine Gefühle lesen.

Er wäscht, überlegt sich, was er alles einpacken muss, entscheidet sich für warme Sachen, prüft, ob er alles in seinen großen Rucksack kriegt, kauft sich noch ein paar Bücher für die Fahrt, ein neues Notizbuch aus dem Indien-Laden, dann fällt ihm ein, dass er Rike etwas mitbringen sollte, kauft noch einmal *Tellumé*, weil er das jetzt passend findet, obwohl er das Buch von Daniel immer noch nicht gelesen hat, Judith kennt es auch, hat es gelesen, natürlich hat sie das, dann steht er vor seinem Bett mit den viel zu vielen Sachen, packt schließlich nur das Notwendigste ein. Wenn er zwei Wochen für Montpellier rechnet, blieben nur noch zwei weitere für seine Hausarbeit. Es hilft nichts, er muss versuchen, gleich die Verlängerung zu kriegen. Mitte April sollte reichen, dann beginnen auch wieder die Vorlesungen.

Ein weiteres Mal schwingt er sich aufs Rad, fährt zur *Alten Abteilung*, den Fachbereich der Linguisten, und hat unverschämtes Glück: Sein Professor kommt gerade aus der Toilette, als er an die Tür zu seinem Sekretariat klopfen will. Als sich der kleine, dickliche Mann nähert, sieht Tom

Schweißperlen auf seiner Stirn, Tränen rinnen ihm die käsigen Wangen hinunter, er wischt sie mit einem Stofftaschentuch weg, nimmt dazu seine randlose Brille ab. Wie er jetzt vor ihm steht, wirkt er krank auf Tom. Kann er ihn überhaupt ansprechen?

»Ja?«, fragt ihn der kleine Mann mit müde klingender Stimme. Seine stahlgrauen Augen funkeln Tom gleichwohl interessiert an.

»Thomas Kiffler, guten Tag, Herr Professor, ich schreibe bei Ihnen die Hausarbeit über die Aufrichtige Tannengesellschaft. Leider muss ich noch auf ein wichtiges Dokument warten, das wird bestimmt Anfang April, bis es kommt, hat man mir in der UB gesagt, jetzt wollte ich fragen, ob es möglich wäre, den Abgabetermin …«

»Kiffler, sagen Sie? Ich mache mir einen Vermerk. Geben Sie ab am …« Der Professor holt ein schmales Ledermäppchen und einen goldenen Stift aus seinem Blazer. *Alles an dem Mann hat Stil,* denkt Tom, *auch seine rote Fliege, sein Markenzeichen.* »Am 15. April. Reicht Ihnen das?«

»Dicke!«, ruft Tom erleichtert und viel zu laut.

»Dann entschuldigen Sie mich jetzt.« Der Professor wendet sich seiner Tür zu, holt einen Schlüssel aus der Hosentasche und ist gleich darauf in seinem Büro verschwunden.

Tom kann sein Glück kaum fassen. Jetzt braucht er nur noch ein Bahnticket. Zwei Wochen Südfrankreich liegen vor ihm. Und endlich sieht er Rike wieder, seine gute, alte Freundin Rike!

Du hast jetzt Pause, Judith. Geschieht dir ganz recht. Übermütig hüpft er die Treppe hinunter, will das Gebäude schon verlassen, da springt ihm ein grüner Zettel an der Pinnwand ins Auge:

MFG nach Nimes gegen FKB

Und wenn jetzt noch ... Tatsächlich: Der Termin ist morgen, vielmehr in der Nacht. Um 3 Uhr soll es losgehen, Treffpunkt am Hauptbahnhof bei der Post. Kann das noch Zufall sein? Ob da noch was geht? Ein Papierfähnchen mit der Telefonnummer ist bereits abgerissen. Er steckt den ganzen Zettel ein, fährt, so schnell er kann, zum Bahnhof, muss kurz auf eine freie Telefonzelle warten, wirft eine Mark in den Münzfernsprecher, weil er keine zwanzig Pfennig mehr klein hat. Eine müde Frauenstimme meldet sich, er fragt, ob die Mitfahrgelegenheit noch zu haben sei, hört erst nichts, dann ein gähnendes Ja. Er soll um drei dort sein, jetzt brauche sie noch eine Mütze Schlaf.

Vor Freude reißt Tom die gelbe Tür so weit auf, dass das hübsche Mädchen davor blitzschnell zurückweicht und einen älteren Mann anrempelt. Sie lacht, der Alte wettert. Tom entschuldigt sich per Handzeichen, ist schon auf dem Weg ins Bahnhofsgebäude, als jemand hinter ihm herruft. Die Hübsche hält etwas hoch: sein Portemonnaie! *Nicht schon wieder!* Auf diese Weise hat er schon einmal achtzig Mark und Papiere verloren, aber statt daraus zu lernen, legt er immer noch den Geldbeutel oben auf den Apparat. Er bedankt sich bei dem Mädchen, das lachend in der Zelle verschwindet, während der ältere Mann böse guckt und grummelt.

In der Schalterhalle ist der Teufel los. Als Tom endlich dran ist, erfährt er, dass die Deutsche Bundesbahn kein Ticket von Montpellier nach Münster ausstellen kann oder will oder beides.

»Keine Rückfahrt ohne Hinfahrt.« Der dicke Uniformierte am Schalter ist unfreundlich. »Kaufen Sie die Fahrkarte in Frankreich. Nächster!«

So ein Verhalten schüchtert Tom ein, da wäre er gerne wie Freddie, der hätte ihm bestimmt den Marsch geblasen. Er geht grußlos und denkt, dass auch dieser Schalterbeamte pünktlich Feierabend haben und nichts, aber auch gar nichts von seiner Arbeit mit nach Hause nehmen wird. *Enttäuschte Kunden gehen ihm ganz sicher an seinem dicken Beamtenarsch vorbei.*

Tom muss lachen. Irgendwie wird er schon zurückkommen, Rike wird ihm bestimmt helfen, ihre einheimischen Freunde kennen sich doch aus, und wenn die Zugfahrkarte zu teuer sein sollte, würde er trampen oder eine weitere Mitfahrgelegenheit finden, an der Uni geht bestimmt was, selbst in Südfrankreich.

Vor zwei Jahren ist er dort gewesen, mit seinem ehemaligen Mitmusiker Ludger und einem weiteren Freund. In Ludgers R4 sind sie nachts direkt von der Disco gestartet und bis zur Côte d'Azur, von dort immer an der Küste entlang, bis an die spanische Costa Brava und wieder zurück nach Doesbeck gefahren, drei Wochen haben sie auf Campingplätzen gesoffen, gekifft, Dosenfutter gemampft und sich von Mücken zerstechen lassen. Drei Jungs in einem roten R4, frei und ungebunden und dickste Freunde. Drei Wochen totaler Spaß, auch ohne *Perlen* – auch Tom war ja wieder solo. Mit seiner zweiten Freundin ist er ein Jahr später wieder an die Côte d'Azur, nach Fréjus, das war weniger spaßig. Schon die Hinfahrt im Golf seines Vaters, offenbarte die ganze Misere der neuen Beziehung: Er hatte eine Studienfreundin von Rike bis Lyon mitgenommen, sie auf der Fahrt erst kennengelernt, sich spitzenmäßig mit ihr verstanden, was seiner Freundin natürlich nicht verborgen blieb und was diese ihm auf eine nervenaufreibend stichelnde Art den ganzen Urlaub über aufs Butterbrot schmierte. Am liebsten hätte er schon dort und nicht erst zu Hause mit ihr Schluss gemacht. Eigentlich hätte er gar nicht erst was mit ihr anfangen dürfen, beziehungsunfähig, wie er zu diesem Zeitpunkt noch war.

Pünktlich um drei Uhr nachts steht Tom wieder vor dem Hauptbahnhof. Selbst zu dieser Zeit sind Leute unterwegs. Der Bahnhofsvorplatz ist ihm vertraut, die benachbarte Paketpost, von der nahen Imbissbude weht Fritteusenfettgeruch herüber, er mag ihn, denn er erinnert ihn an seine Kindheit, wo eine kleine Pommes Mayo das Größte war. Sein Magen knurrt. Er ärgert sich, dass er, obwohl er wach geblieben ist, die Zeit nicht genutzt hat, um noch was zu essen oder wenigstens etwas Proviant zu kaufen. Nicht mal etwas zu trinken hat er dabei. Ob er noch schnell …?

Ein Auto biegt auf den Vorplatz ein und hält in der Kurve zum Taxistand an. Die Beifahrertür geht auf, ein Kopf erscheint über dem Autodach.

»Bist du der Typ, der mit nach Nimes fahren will?«, ruft der Kopf mit einer leiernden Frauenstimme.

»Hallo, ja genau, das bin ich.« Schon ist er beim Auto, einem dunklen Fiat Ritmo.

»Na, dann falte dich mal etwas zusammen. Hast du nur den Rucksack? Den nimmste am besten mit nach hinten.«

Die Frau hat einen Pagenkopf, erinnert ihn ein wenig an Mireille Mathieu, nur in Blond. Sie klappt den Sitz vor, er hievt erst den Rucksack hinein, dann sich selbst, er wird schräg sitzen und die Beine anwinkeln müssen, weil hinter den Sitzen kaum Platz ist. Wie soll er die lange Fahrt in der Blechkiste nur überstehen? Schon jetzt sehnt er den Tankstopp herbei.

»Hallo«, kommt es müde vom Fahrersitz. »Können wir?«

»Klar«, sagt Tom. »Ich heiße Tom.«

»Beate«, sagt die Fahrerin. Sie hat kurzes dunkles Haar und ebenso dunkle Augen, die im Rückspiegel kaum Notiz von ihm nehmen. »Das da ist Sybille.«

Statt sich umzudrehen, schiebt Sybille eine Kassette in das Autoradio und drückt einen Knopf. Beate gibt im selben Moment Gas. Ein spitzes Klimperklavier erklingt, ein treibender Bass, schneller Gesang – *Get Out Of Your Lazy Bed* von *Matt Bianco*, einer der nervigsten Bands der letzten Zeit, ein Gemischtwarenladen aus Latin, Jazz, Funk und was auch immer – er weiß nur, dass ihn die Musik total nervt. Die Frauen ganz und gar nicht: Sybille dreht die Lautstärke hoch, hopst auf ihrem Sitz hin und her, hebt die Arme, schnipst mit den Fingern der rechten Hand, während ihre linke den Hinterkopf von Beate tätschelt, kurz sehen sich beide an, beschwingt und verliebt, dann wiegen ihre Köpfe synchron hin und her im Wechselspiel von Licht und Schatten der Straßenlaternen wie Discolichter, eine Szene wie in einem Musikvideo, und er mittendrin, mit wachsender Gewissheit, dass diese Fahrt die Hölle werden wird.

Whose Side Are You On?, fragen *Matt Bianco*, als sie schon ein Stück Autobahn fahren. *More Than I Can Bear* – oh ja, denkt Tom zerknirscht. Die Blechkiste wackelt unter der Bewegung der beiden Frauen, die ihm immer unsympathischer werden, er könnte sich in den Arsch beißen, dass er nicht die Bahn genommen hat. Wahrscheinlich würde er jetzt ein ganzes Abteil des D-Zuges für sich haben, sich querlegen und selig schlafen, daran ist hier nicht zu denken, noch dazu bekommt er langsam richtig Durst.

Gefühlt zehn Kassettenwiederholungen später halten sie endlich an einer Raststätte irgendwo bei Offenburg. Inzwischen ist es hell geworden. Als er aussteigen will, sacken ihm die Beine weg, nur sie sind eingeschlafen. Sybille grinst. Beate macht sich an der Tanksäule zu schaffen. Tom humpelt in den Laden, nimmt sich zwei Cola-Dosen, eine Tüte Chips und einen Schokoriegel, will schon bezahlen, als Beate herein-kommt und ihn bittet, die Tankfüllung mit zu übernehmen, sie würden am Ende alles zusammenrechnen und die Kosten gerecht aufteilen.

Kurz hinter Freiburg fällt Tom ein, dass er gar keine Francs getauscht hat, was Beate und Sybille nur mit einem mitleidigen Lächeln kommentieren. *Matt Bianco* halten immerhin die Schnauze, an der Grenze kontrolliert ein mürri-scher junger Mann die Pässe, will wissen, wohin es gehen soll und ob sie Tom als Tramper aufgegabelt hätten. Sybille ant-wortet in bestem Französisch, charmant und ohne Angst. Tom versteht nur Bruchstücke, er hat sieben Jahre Franzö-sisch auf der Penne gehabt, sich mit einem Wortschatz der zehnten Klasse mehr schlecht als recht bis zum Abi gemogelt.

Un ami ... des vacances ... à Nimes ... Tom fragt sich, wie das in Montpellier werden soll, er kann ja Rike nicht dauernd als Dolmetscherin missbrauchen. Der Grenzbeamte mustert noch eine Weile Toms Ausweis, leuchtet mit einer Taschen-lampe auf den Rücksitz und – wie zur Schikane – auch noch in sein Gesicht, lässt sie schließlich weiterfahren.

Was fahren die Mädels aber auch an den großen Grenz-übergang? Damals mit dem R4 sind wir über einen kleinen schnuckeligen Posten gefahren, da war nachts kein Mensch.

Bei Mulhouse machen sie einen kleinen Umweg, damit Tom an einer Wechselstube Geld tauschen kann, natürlich zu einem schlechteren Kurs als auf einer Bank in Deutschland. Sybille übernimmt das Steuer, sie prügelt die kleine Blechkiste härter als Beate, der Motor dröhnt jetzt so laut und schrill, dass *Matt Bianco* keine Chance mehr haben – *wie schön!*

Mehr als die vorgeschriebenen 130 schafft der Fiat trotzdem nicht. Immer noch ist die Stimmung eisig. Die Märzsonne scheint grell in den Wagen, hebt die Laune der beiden Frauen aber nicht. Angewidert trinken sie die Reste aus ihren Thermoskannen, kein liebevoller Blick mehr zwischen ihnen, keine Musik, zusammengesunken sitzen sie und *machen Strecke*.

An den Mautstellen ist Tom wieder gefragt, wortlos langt Sybille nach hinten, hält die Hand auf, steckt das Restgeld Beate zu. Die Strecke zieht sich. Er kennt sie noch zu gut, das öde, lange Stück bis Lyon, wo sie noch einmal tanken und Tom wieder bezahlt. Als sie Orange passieren, erinnert er sich an den Spätsommer 1983, damals sind die drei Jungs, aus der Ardèche kommend, nur noch Landstraßen gefahren, da kam ihnen die Ortseinfahrt von Orange wie ein Tor zum Süden vor, lieblich und strahlend, doch jetzt im März ist wenig davon zu spüren, die Landschaft wirkt im gleißenden Sonnenlicht blass und winterlich, kalt. Sie fahren an Avignon vorbei, jetzt ist es nicht mehr weit bis Nimes.

Müde quält sich Tom aus dem Wagen, Beate drückt ihm einige Francs in die Hand, zu spät wird ihm bewusst, dass es nur das Restgeld von den Mautstationen ist und Tom fast die ganze Fahrt alleine finanziert hat. Immerhin steht er am Bahnhof, einem zweistöckigen Gebäude mit runden Torbögen und ähnlich geformten Fenstern. Es wird schon Abend, ein kalter Wind zerzaust sein Haar. Er studiert den Fahrplan – noch eine Dreiviertelstunde bis Montpellier.

Montpellier

»Warum hast du denn nicht angerufen, du Heiopei?«

Rike trägt ihr Herz auf der Zunge, wie viele aus dem Ruhrpott, die er kennt. *Heiopei* (ungefähr: *Dummkopf* oder *Trottel*) ist ein typischer Ausdruck von da. Rike benutzt ihn oft und gerne, und Tom hat gleich heimatliche Gefühle. Sie will ihn gar nicht loslassen, ihr Kopf liegt an seiner Brust, sein Rucksack zu seinen Füßen.

Sie stehen unter der hellen, nackten Glühbirne in der Wohnküche ihrer WG, halten sich in den Armen, als ob es nie eine *Sendepause* zwischen ihnen gegeben hätte und ein bisschen auch, um ihre Verlegenheit zu überspielen. Er hat sie vermisst, ihr spitzbübisches Lächeln, ihren frechen Blick, ihre offenherzige Art, die ihm bei ihrer ersten Begegnung gleich aufgefallen sind. Das war im Oktober 1982.

Sie haben in einem Pulk von Erstsemestern vor dem Sprechzimmer des Dozenten gestanden, da hat Tom noch einen Vollbart gehabt, aber eben auch kurze Haare vom gerade erst beendeten Wehrdienst. Er hat ganz vorne gestanden, mit dem Rücken zur Tür, sie weiter hinten, ihre Blicke haben sich immer wieder getroffen, ihrer ist ziemlich frech gewesen, keck. Tom hat die meisten Studenten überragt, die sich alle für das Heine-Proseminar anmelden wollten. Natürlich hat das freche Grinsen in lautes Lachen gemündet, als die Tür nachgegeben und ihn fast zu Fall gebracht hat.

Er hat nach der Anmeldung auf sie gewartet. Sie hat sich darüber gefreut. Sie sind auf einen Kaffee in den Kakao-bunker gegangen, haben sich gleich gut verstanden. Beim nächsten Mal ist sein Bart ab gewesen und ihr hat das gefallen. So »nackt« könne sie ihn besser von den anderen Kommili-tonen unterscheiden, hat sie gefeixt, und beide haben sich über bärtige *Bärchen* und grün-alternative *Mausezähne* mokiert, sich später im Seminar gegenübergesessen und größte Mühe gehabt, sich nicht anzusehen und ihren Lach-reiz zu unterdrücken – Rike und Tom auf einer Wellenlänge.

Sie hat sich verändert, ihre Haare sind länger, blonder, das Lächeln, mit dem sie ihn empfängt, ist schüchtern, aber irgendwie freier. Überhaupt wirkt sie reifer auf ihn. Aber viel-leicht täuscht er sich auch, weil sich alles hier fremd anfühlt, die Gerüche, die ein bisschen orientalisch anmuten, die Geräusche, Rufe, die er nicht versteht, die ihm auch nicht französisch vorkommen, die Gassen der Altstadt, in denen er sich orientieren musste. Zuletzt, auf sich allein gestellt, hat er sich ganz passabel geschlagen, den Weg fast traumwandlerisch gefunden, aber die anstrengende Reise hat ihn geschlaucht, er hat Hunger und Durst, ist todmüde.

»Eh voilà! Enfin, l'ami allemand est arrivé!« Eine junge Frau in einem pinkfarbenen Kunstpelz-Mantel steht in der Tür und grinst die beiden an, die sich wie ertappt voneinan-der lösen. Beide lachen verlegen.

»Das ist Nadja, meine Mitbewohnerin«, sagt Rike.

»Bonsoir, je suis Tom«, sagt Tom.

Nadja grinst noch frecher. Dazu passt ihr zu einem Pinsel hochgestecktes schwarzes Haar, sie trägt lilafarbene Strümpfe und türkisfarbene Stiefeletten. Auf Tom wirkt sie wie eine Künstlerin schrill und exaltiert. *Exaltiert – Amadeus* von

Falco klingt ihm im Ohr.

Wie süß sie lächelt mit ihren Grübchen, den freundlich funkelnden blauen Augen. Aber sie wirkt etwas abgedreht. Ein bisschen wie »Betty Blue« aus dem französischen Film. Dem mit den Neonfarben ...

Sie gibt ihm die Hand. »Keine Angst, wir können Deutsch sprechen, ich komme aus Heidelberg.«

Jetzt bemerkt er ihre leichte Dialektfärbung. Die erinnert ihn an Wolle, den arbeitslosen Metzger aus der Doesbecker Nachbarschaft, der so gerne in ihrer Band mitgemacht hätte, den sie auf Abstand gehalten und irgendwie auch ausgenutzt haben. Tom schüttelt den Gedanken daran ab. »Freut mich!«

Nadja knallt ihre Jutetasche auf die Steinplatte des Spültisches, packt ein Baguette, zwei Dosen geschälte Tomaten, Zwiebeln und einen Bund Karotten aus.

»Ich hoffe, du magst Spaghetti Bolognese. Dauert aber noch n bissel. Ich bin leider in der Uni aufgehalten worden.«

»Ich wusste ja nicht, wann du kommst«, sagt Rike mit einem entschuldigenden Achselzucken Richtung Tom. »Sonst hätte ich auch was einkaufen können.«

»Oh Mist«, sagt Nadja. »Ich bin en Schlambammbl! Ich hab das Fleisch vergessen. Jetzt hat die Boucherie natürlich zu. Planänderung: Spaghetti Napoli! Geht auch schneller.«

Rike und Nadja kichern gleichzeitig los. Tom verzieht nur den Mund. Ihm ist alles recht, sein Magen ist wie ein Schwarzes Loch, bereit, alles zu verschlingen.

»Komm, ich zeig dir dein Zimmer«, sagt Rike. »Nach dem Essen fällste sicher gleich ins Bett, so müde wie du aussiehst.«

Das Bett ist nur eine Matratze auf dem nackten und ziemlich ramponierten Holzboden. Bis auf eine Kommode und eine Kleiderstange mit Bügeln ist das Zimmer leer. Das einzige

Licht kommt von einer Glühbirne an der hohen Decke mit Stuckrahmen. Es riecht nach feuchtem Mörtel und es ist ziemlich kühl.

»Ganz schön schattig hier, wa?« Rike übt sich immer noch im Gedankenlesen. »Hier wohnt eigentlich Sybille, aber sie ist schon seit zig Wochen in Paris. Ihr Vater zahlt trotzdem noch die Miete für ihr Zimmer hier.«

Tom merkt auf, die dritte Sybille, aber zeitlich war die jetzt angesprochene die erste in seinem Leben.

»Ist das die Sybille, die ich mal mitgenommen habe?«

Rike nickt nur, mustert ihn mit belustigter Miene.

»Aber die wollte doch nach Lyon.«

»Sybille ist ein heißer Feger. Ich weiß nicht, wie sie das macht, aber die Männer fliegen total auf sie. Du ja auch, oder?«

»War ja klar, dass das jetzt kommt. Aber stimmt. Ich fand sie ziemlich anziehend. Meine Ex hat das total genervt.«

»Sybille hat sowas angedeutet«, sagt Rike grinsend.

»Ach, das sind alte Geschichten. Ich bin so froh, dass wir uns wiedersehen, dass ich hier in Montpellier bin.«

»Und ich erst. Lass uns mal so richtig reden, wie früher, aber nicht heute Abend, du siehst echt müde aus. Du musst mir unbedingt erzählen, wie es dir in der Zwischenzeit ergangen ist.«

»Deckst du schon mal den Tisch, Rike?«, ruft Nadja aus der Küche.

Die Nudeln schmecken köstlich und sie fallen Tom nur so in den leeren Magen. Er merkt gar nicht, dass die beiden Frauen nur eine Mini-Portion essen und sich darüber amüsieren, mit welchem Heißhunger er die Spaghetti verschlingt. Statt Wasser trinkt er Glas um Glas von dem französischen Rotwein, der ihm so gut schmeckt wie noch kein anderer zuvor. Am Ende sitzt er einfach nur da, den Mund noch mit Tomatensoße verschmiert, die Augen glasig vom Wein; der Kopf wird ihm so schwer, dass er ständig vornüber kippt und auf die Tischplatte zu knallen droht. Rike und Nadja verhindern Schlimmeres, wischen ihm den Mund ab wie einem kleinen Kind und geleiten den wankenden Tom zu seiner Matratze, wo er in voller Montur augenblicklich einschläft.

»Bonne nuit et fais de bons rêves«, sagt Nadja lachend und verschwindet wieder Richtung Küche. Rike kniet noch eine Weile vor seiner Matratze. Schließlich erhebt sie sich in einer einzigen geschmeidigen Bewegung. Sie hat früher Ballett getanzt.

Am nächsten Morgen wird er durch ein lautes, schrilles Geräusch geweckt. Erst weiß er nicht, wo er ist. Auf seiner Armbanduhr ist es kurz nach zehn. Er hat Kopfschmerzen und einen üblen Geschmack im Mund. Dann fällt ihm alles wieder ein, die lange Reise, die Ankunft in Montpellier, Rike, Nadja, das Essen – der Wein. Viel zu viel davon. Er erinnert sich nicht, wie er ins Bett gekommen ist, registriert verärgert, dass er noch komplett angezogen ist. Ob es hier eine warme Dusche gibt? Selbst unter der Decke ist ihm kalt. Wieder ertönt das schrille Geräusch, die Türklingel. Jemand klopft an die Tür, ruft etwas, eine Frauenstimme. Mit heftigem Pochen hinter der Stirn steht er auf, knickt leicht weg, fängt sich. Das Klopfen hat aufgehört, im Flur hört er, wie sich Schritte im Treppenhaus entfernen. Er geht in die Küche, in der es noch leicht nach Essen und Alkohol riecht, was er jetzt nicht gut erträgt. Auf dem Küchentisch steht eine Flasche Evian, davor liegt eine Packung Aspirin, außerdem ein Zettel mit Rikes vertrauter Schrift:

Bonjour Tom! Nimm, was du brauchst. Komm doch zum
Mittagessen in die Mensa, 13 Uhr. Uniplan ist an der Pinn-
*wand. XX Rik*e

Als allererstes packt Tom seinen Rucksack aus, dann putzt
er sich gründlich die Zähne und duscht. Er zieht frische
Sachen an und fühlt sich gleich wie ein anderer Mensch. In
der Küche findet er Kaffeepulver, einen ziemlich ramponierten Espressokocher. Gerade, als der Kaffee durch ist und
Tom zum finalen Abschuss seines Katers ansetzen will, geht
wieder die unsägliche Türklingel, gleich darauf klopft jemand
gegen die Tür, diesmal etwas leiser. Es nützt nichts, sich tot zu
stellen, also öffnet er.

Vor ihm steht eine Französin wie aus dem Bilderbuch,
jedenfalls in seiner Vorstellung: klein, süß, blondes Haar,
Pagenschnitt, rote Lippen, ungefähr sein Alter. Sie verzieht
ihre Lippen zu einem breiten Grinsen, entblößt wunder-
schöne, weiße Zähne.

»Bonjour, mon grand, je peux entrer?«

»Oh, wie unhöflich«, sagt Tom auf Deutsch und tritt zur
Seite. »Äh, pardon. Yes. Je, je …« Weiter kommt er nicht.

»Merci«, sagt die schöne Frau, geht einfach in die Küche,
legt ihren Mantel über eine Stuhllehne und setzt sich an den
Tisch.

»Marie«, sagt sie mit Betonung auf dem IE.

»Tom«, sagt er.

»L'ami de Rike, je sais. Ravie de te rencontrer.«

»Oh, oui …«, sagt er nur, weil er keine Erwiderung darauf
kennt.

In der Küche breitet sich Schweigen aus. Durch das
geschlossene Fenster dringen gedämpfte Rufe von Kindern,
eine Frau scheint zu schimpfen.

Wieso hat er seinen kleinen Langenscheidt nicht mitgenommen, dann könnte er jetzt wenigstens nachschlagen. Er steht vor der Anrichte und weiß nicht, was er sagen soll. Marie sieht an seiner Hüfte vorbei auf den Kaffeekocher. *Idiot*, denkt er und fragt sie natürlich.

»Voulez-vous ... Est-ce que tu veux du café?«

Marie nickt anerkennend. »Ah, tu parles bien français! Oui, j'aimerais bien un café.«

Den Rest versteht Tom nicht mehr. Während sie drauflos quatscht, geht sie zum Kühlschrank, holt eine Flasche Milch heraus, greift aus dem Regal daneben eine Schale, gießt Milch und Kaffee hinein, nimmt sie mit beiden Händen und trinkt einen Schluck. Über den Rand der Schale sieht sie ihn neugierig an, trinkt weiter und sagt nichts mehr. Er grinst blöd, findet sich wieder zu groß, wäre lieber auf Augenhöhe mit dieser schönen Frau. Er trinkt auch, schluckt hart, wendet den Blick verschämt ab. Sie lächelt, geht mit ihrer Schale an den Tisch zurück. Er setzt sich zu ihr.

»Rike et Nadja ne sont pas là, elles sont ...«, versucht er einen weiteren Anlauf zur Konversation.

»Oui, je sais. Pas de problème.«

Schon hängt Tom wieder ab. Sie redet in einer solchen Geschwindigkeit, dass er beim besten Willen nichts versteht. Er ahnt, dass selbst ein besseres Schulfranzösisch nicht ausgereicht hätte, um eine Unterhaltung zu führen. Sie verwendet Wörter, die er noch nie gehört hat, immer wieder einen Begriff, der sich wie »trück« anhört. Es ist, als ob sie singt, die Wörter verbinden sich wie Perlen auf einer Schnur, ihm ist, als hörte er einem zauberhaften Gesang zu, einer wunderschönen Musik, die er aber nicht entschlüsseln kann.

»C'est ca!« Marie sieht ihn an.

Was für schöne Augen! Was hat sie nur gesagt? Hat sie mich etwas gefragt? Was soll ich jetzt sagen?

Das, was er sonst auch immer sagt, zuletzt am Bahnhof in Nîmes: »Pardon, vous, äh, tu peut parler un peu ...« Die dritte Unhöflichkeit.

»Parler un peu plus lentement? Bien sûr, excuse-moi.«

Sie sieht enttäuscht aus. Wieder hängt ihr Schweigen wie ein schwerer Vorhang zwischen ihnen. Draußen ist es jetzt still. Tom ärgert sich, sucht krampfhaft nach Vokabeln, findet keine. Er möchte Marie gerne nach ihrem Studium fragen und von sich erzählen, davon, wie er zu Rike steht und warum er hier ist. Auf Deutsch kann er gut erzählen, jetzt und hier wirkt er oberflächlich.

Da sitzt eine schöne Frau und ich kann nicht mit ihr reden, was für ein Jammer! Ob sie vielleicht Englisch ...? Dass ich darauf nicht früher gekommen bin!

Er fragt sie.

Aber sie schüttelt nur den Kopf.

Wieder schweigen sie. Plötzlich legt Marie eine Hand auf seinen Arm, sieht ihm in die Augen, das ihm ganz anders wird. Vielleicht ahnt sie, was in ihm vorgeht. Oder kann sie auch Gedanken lesen wie vermutlich Rike? Sie zieht ihre Hand zurück, trinkt ihre Schale leer und steht auf. Während sie ihren Mantel anzieht, sagt sie noch etwas, er soll Rike und Nadja wohl grüßen. Schon ist sie zur Tür hinaus.

Er ist sitzen geblieben, zerknirscht und traurig. Ihr »Au Revoir« hängt wie schweres Parfum in der Luft.

»Ey, du Heiopei, wieso biste denn nicht gekommen?« Rike wartet seine Antwort nicht ab. »Nachher kommen ein paar Leute. Die wollen dich alle sehen. Ne, Quatsch, das war schon lange geplant. Une petite fête, n'est-ce pas? Nadja und ich wollen gleich noch zum Hypermarché, da müssen wir aber mit Nadjas Auto hin – zu weit, zu viele Sachen zum Schleppen. Willst du mit?«

Natürlich will er.

Der *Hypermarché* liegt etwas außerhalb und sieht genauso aus wie die Einkaufszentren, die er aus seinen beiden Urlauben kennt. Auch hier gibt es eine Pferdefleisch-Theke und eine riesige Auswahl an Weichkäse. Tom nutzt die Gelegenheit, um ein paar Lebensmittel nach seinem Geschmack zu kaufen. Am Frischeregal steht eine ältere Frau, die schon äußerlich wie eine Deutsche aussieht. Sie hält eine Packung Butter in der Hand, ist sich aber wohl nicht sicher. Sie sieht sich um, entdeckt eine Verkäuferin und marschiert auf sie zu.

»Ist das Butter?«, fragt sie die Französin. Die guckt nur fragend zurück, deutet mit Gesten an, dass sie die Deutsche nicht versteht. Diese wiederholt ihre Frage, wird dabei immer lauter. Der Klassiker. Als ob es dadurch verständlicher würde. Immerhin spricht sie nicht, als hätte sie ihre eigene Sprache verlernt (»Du mich verstehen?«), sondern sagt nur noch ein paarmal »Butter«, eher zu sich selbst, während sie sich abwendet und nickt wie ein Wackeldackel – wie zur Bestätigung.

Glaube versetzt Berge, denkt Tom. Er hätte der Frau helfen können, dafür reicht sein Französisch dicke. Stattdessen ist er schadenfroh gewesen, hat es genossen, dass andere Leute noch weniger können als er. *Wie billig ...*

»Hallo? Jemand zu Hause?« Rike und ihr frecher Blick. »Auf geht's! Hoffentlich kriegen wir alles ins Auto.«

Sie sitzen in Nadjas Zimmer, weil es das größte in der Wohnung ist. Und weil Nadja ganz viele Kissen und Decken besitzt, die sie auf dem Boden verteilt hat. Sie haben eine

Runde gebildet, fünfzehn Leute insgesamt, darunter Nadjas Freund Markus, den alle nur *MarKÜSS* rufen, er kommt aus München, Nadja hat ihn hier kennengelernt. Er wirkt nett, sieht ein bisschen aus wie Robert Redford, markant, très Beau. Tatsächlich sitzt auch ein Robert in der Runde, ein US-Amerikaner, der mit seinen langen schwarzen Haaren und dem spitzen Gesicht eher als Franzose durchgeht. Natürlich wird auch er *RoBÄRR* gerufen und nicht etwa *Robbett*, also englisch. Alle anderen Gäste sind Frauen, durchweg Französinnen. Tom sitzt so, dass er Marie nicht sehen kann, die ist natürlich auch gekommen, hat sich nichts anmerken lassen, sondern alle mit Bisous begrüßt, auch Tom, was immerhin zeigt, dass sie ihm nicht böse ist. Er schämt sich immer noch.

Mit fortschreitendem Rotwein-Konsum, dessen Wirkung Nadjas Quiches nur wenig bremsen können, werden alle lockerer. Robert unterhält sich sogar auf Englisch mit Tom, will dann aber doch wieder Französisch sprechen, die Sprache lernen, dafür sei er nun mal hier. Rike hat ganz am Anfang übersetzt, als alle was von Tom wissen wollten, damit ist aber schnell Schluss gewesen und Rike will schließlich auch ihren Spaß haben. Immer wieder brechen alle in Gelächter aus, Tom macht gute Miene zum rätselhaften Spiel, glaubt einmal sogar, einen Witz zu verstehen, ein anderes Mal gucken ihn alle beim Lachen an, auch Rike, die aber nicht verrät, ob und wie sie sich über ihn lustig gemacht haben. Er will in sein Zimmer, doch da liegen Nadja und *MarKÜSS* und knutschen. Ob er eine Runde um den Block drehen soll?

Gerade hat Tom seine Jacke an, da kommt Marie aus dem Zimmer. Sie sagt etwas von »Idee« und »formidable«, zieht sich ihren Mantel an und sieht ihn auffordernd an. Tom öffnet die Tür, überlässt ihr galant den Vortritt. Draußen sind die engen Gassen in orangefarbenes Licht getaucht. Schon in seinem ersten Urlaub ist ihm die Vorliebe der Franzosen für warmes Licht aufgefallen, die gelben Scheinwerfer der Autos, das Licht der Lampen, die wie die Laterne an seinem Elternhaus in Doesbeck an den Wänden der meist dreistöckigen Häuser befestigt sind. Die Läden sind jetzt alle geschlossen, wirken dadurch merkwürdig leblos, so wie die Gassen selbst, das spiegelnde Pflaster, das alte, sandsteinfarbene Gemäuer mit seinem fast sakralen Geruch, im Sommer wohl mehr als jetzt, wo ihn der kalte Wind wegfegt.

Marie hat ihren Mantelkragen hochgeschlagen, hält ihn vorne fest und geht schweigend neben ihm. Plötzlich hebt sie den Finger. Nun hört auch Tom die Musik. Sie kommen durch einen Torbogen auf einen kleinen Platz mit einer Kirche. Zwei Frauen stehen vor dem Portal, eine spielt Musette, die andere Saxofon. Die Zahl der Zuhörer hält sich in Grenzen, aber die wenigen, die bei der Kälte ausharren, haben Spaß, wärmen sich mit Tanzen auf oder klatschen im Takt.

Was für ein Kitsch, das reinste Klischee, denkt Tom mit hochgezogenen Schultern, die Hände in den Jackentaschen. Da nimmt Marie seinen Arm, animiert ihn zum Mitmachen. Er wippt mit seinem Fuß, während sie zu tanzen beginnt und sich bei ihm noch fester unterhakt. Sie lacht, haut ihm mit ihrer anderen Hand gegen den Oberarm.

Sie hat ja recht, sagt sich Tom und fällt in ihren Rhythmus ein.

Es ist das letzte Stück. Die Saxofonistin geht mit ihrer Baskenmütze (*wieder so ein Klischee*) ins applaudierende Publikum. Natürlich lässt sich Tom nicht lumpen, wirft alle Münzen aus seiner Hosentasche hinein. Die Frau macht einen Knicks und Marie lacht. Immer noch untergehakt, zieht sie ihn mit sich fort. Unversehens landen sie wieder vor dem Haus von Rike und Nadja. Hier lässt sie ihn los, geht durch die alte Holztür hinein, ist viel schneller als er im zweiten Stock und schon durch die geöffnete Tür in der Wohnung. Als wäre nichts gewesen, setzt sie sich wieder dazu, trinkt den Rest aus ihrem Glas und schließt die Reihen.

Es ist *nichts gewesen*, denkt Tom, während er unschlüssig im Türrahmen stehen bleibt. Die anderen beachten ihn nicht, Augen und Ohren sind auf eine dunkelhaarige Frau mit langen Locken gerichtet, die ihn an die Schauspielerin aus »Vollmondnächte« von Eric Rohmer erinnert, dieselbe affektierte Attitüde, das grazile Getue, ein endloser Monolog. Er weiß nicht, worum es gerade geht, wahrscheinlich nur darum, was sie gut findet oder auch nicht.

Seelen-Striptease, murmelt er verächtlich und sieht in seinem Zimmer nach. Es ist leer.

Gegen zehn Uhr morgens wacht er auf, findet sich wieder angezogen vor, hat wieder den schlechten Geschmack ungeputzter Zähne auf der Zunge. Er ist froh, dass niemand neben ihm liegt. Gestern Abend hat er sich gewünscht, Marie wäre einfach zu ihm gekommen. Zugetraut hätte er es ihr, vielleicht hat sie es sogar probiert, ist dann zurückgeschreckt, weil er bereits geschlafen hat …

Als er nach dem Duschen in die Küche kommt, sitzt Rike schon da, betrachtet ihn belustigt. Beim Kaffee zieht sie ihn wegen Marie auf, erzählt ihm fast beiläufig, dass sie Deutsch studiert und eigentlich auch ganz passabel spricht. Jetzt versteht er gar nichts mehr. Rike schon. Marie sei zwar sehr süß, aber auch eine ziemlich eingebildete Göre. Von allen Freundinnen sei sie die anstrengendste, aber man könne alles von ihr haben.

Es klingelt. Nadja ist schon an der Tür, nur mit einem dünnen Hemd bekleidet. Gleich darauf kommt der Besuch durch die Küchentür, aber wie! Mit dem Kopf voran, den er dann nach oben reckt und damit fast die Deckenleuchte berührt. Der junge Mann ist nicht nur groß, er ist ein Riese, dabei aber ein Strich in der Landschaft. Zwei Meter und achtzehn, sei er, und nein, er spiele nicht Basketball, und die Luft da oben sei vorzüglich. Tom versteht aus eigener Erfahrung, warum er so patzig ist, reicht ihm die Hand und stellt sich vor. Er heiße Goliath, sagt der Große, was natürlich ein bitterer Scherz ist. Nein, er heiße Gustl, eigentlich August, aber wenigstens der Name mache ihn etwas kleiner. Er komme aus München, ein Freund von Markus, sagt Nadja, und wie auf Kommando stößt dieser dazu und umarmt seinen Freund, was unfreiwillig komisch aussieht, obwohl auch Markus über einsneunzig groß ist.

Weil Nadja und Rike in die Uni müssen, macht Markus mit Gustl und Tom einen Ausflug in die Camargue. Nur mit Mühe passt Gustl in Nadjas nagelneuen R5. Er muss wohl oder übel auf die Rückbank, so wie Tom auf seiner Hinreise im Fiat der beiden Frauen. Markus und Tom können die Sitze leider auch nicht weiter vorschieben und so leidet Gustl still vor sich hin, während sich Markus und Tom bestens unterhalten.

In der Camargue machen die drei Jungs einen ausgedehnten Spaziergang. Die Sonne scheint, taucht die Landschaft in erstes frühlingshaftes Licht, dazu weht immer noch der kalte Wind und raschelt in den Kräuter- und Lavendelbüschen. So sehr sie auch Ausschau halten, Flamingos sehen sie nicht. Dafür mindestens zwanzig Schimmel, die in aller Ruhe einen langen, geraden Weg auf einen Bauernhof zu traben.

Nach Arles fahren sie nicht, was Tom bedauert; er hat sich in einem Seminar mit den Briefen Vincent van Goghs an seinen Bruder Theo beschäftigt, in denen Vincent vom Licht des Südens schwärmt. Vor bald hundert Jahren entstanden hier seine berühmtesten Bilder: die *Sternennacht* über der Rhône, die *Caféterrasse am Abend, Das Nachtcafé.*

„Das ist was für einen anderen Tag", sagt Markus. Er will auf dem Rückweg unbedingt noch in Aigues-Mortes vorbei, was übersetzt »tote Wasser« heiße. Gustl und Tom machen sich über den Namen lustig, flachsen über »Die toten Augen von London«, einen alten Edgar-Wallace-Film. Markus erzählt, dass die Stadt eigentlich eine alte Festung sei, eine der größten noch erhaltenen, er sei total gespannt darauf. Sie fahren eine schönere Route als auf dem Weg in die Camargue, vorbei an Feldern, Wiesen und Seen, die in der Sonne glitzern.

»Ach, komm«, sagt Markus, lässt die Abzweigung nach Aigues-Mortes rechts liegen und fährt weiter Richtung Saintes-Maries-de-la-Mer. Die Farben der Landschaft wechseln von Grün-Grau zu Gelb-Braun. Sie steuern auf einen Ort direkt am Meer zu, einem tiefblauen Meer. Der Kontrast könnte schöner nicht sein, Tom muss an Rollo denken, sein Bruder hätte die Szenerie bestimmt gemalt. So wie van Gogh. Markus fährt bis zum Strand vor. Sie haben die Qual der Wahl: Meer oder Stadt, viel Zeit haben sie nicht und aufteilen wollen sie sich auch nicht. Markus und Gustl bleiben lieber etwas am Strand. Das Meer ist ruhig, die Sonne wärmt, aber der Wind ist hier noch ruppiger. Tom blickt etwas sehnsüchtig zum Ort hinüber.

»Die Kirche da drüben heißt auch Notre-Dame, ist aber nicht so groß wie die in Paris und sieht ein bisschen wie ne Festung aus«, sagt Markus, der Toms Blicken gefolgt ist.

»Notre-Dame-de-la-Mer. Da pilgern zweimal im Jahr Gläubige hin. Marienkult. Aber ein besonderer. Gemeint sind hier nämlich zwei heilige Frauen mit dem Namen Maria, nicht die Mutter Gottes. Neben den beiden *Saintes Maries* gibt's auch noch eine Sara, die Schutzheilige der *Gitans* – Zigeuner.«

Tom muss an Lupo denken, den Förderer ihrer Rockband, der als Einziger weit und breit *Gitanes* geraucht hat. Er vermisst den Duft seiner französischen Zigaretten. Eigentlich vermisst er noch viel mehr von damals, als sie Musik gemacht und einfach gelebt und Spaß gehabt haben, ohne Zweck und Ziel, nur im Hier und Jetzt.

Tränen steigen ihm in die Augen. Er weiß, dass er die Dinge endlich anpacken muss. Und er spürt, dass ein Leben mit Judith genau das sein könnte, was er so ersehnt: eine neue Ära, ein anderes, spannendes Leben.

Markus legt einen Arm um ihn.

Was für ein feinfühliger Mensch er doch ist. Er nimmt meine Trauer, ohne zu fragen. Keine Entschuldigung nötig, keine Ausrede über Sand in den Augen.

Sie fahren nach Aigues-Mortes, parken draußen an der alten Festungsmauer und betreten die alte Stadt durch das Tor im Südwesten. Augenblicklich sind sie in einem Netz von engen Gassen gefangen, Tom muss an einen Irrgarten denken, nur dass dieser hier aus altem Gemäuer besteht. Die Häuser sind kleiner als in der Altstadt von Montpellier, die Gassen enger. Sie gelangen bald an einen rechteckigen Platz und erst hier wird Tom wieder bewusst, dass sie mit Gustl eine Attraktion an ihrer Seite haben. Einige Jugendliche glotzen erst zu ihnen herüber, dann stieben sie in alle Richtungen davon. Keine Minute später kommen von allen Seiten Menschen auf den

Platz. Alle starren auf die drei Touristen, die zwei Großen und den Riesen.

»Weg!«, zischt Gustl und steuert auf die nächstbeste Gasse mit den wenigsten Leuten zu. Markus und Tom folgen ihm perplex, sehen, wie eine alte Frau mit Kopftuch Gustl an den Arm fasst. Er windet sich aus ihrem Griff, beginnt zu rennen, ungelenk und mit weit ausladenden Schritten. Tom muss an einen Emu denken und unwillkürlich grinsen. Endlich sind sie weit genug weg, um durchatmen zu können. Markus entdeckt weiter hinten ein Bistro.

»Ich dachte immer, *ich* müsste unter meiner Länge leiden, aber das hier ...« Tom bricht den Satz ab. Was sind seine Erfahrungen mit Hänseleien schon gegen das, was gerade passiert ist?

Gustl nippt an seinem Glas Rotwein. Alles an dem Kerl ist lang und dünn und irgendwie hölzern. Sie sitzen im hintersten Eck des Lokals. Die wenigen Gäste und auch das Personal nimmt keine Notiz von ihnen.

»Warte nur ab, bis Gustl nicht nur rein physisch, sondern auch unter den Astrophysikern der Größte ist. Er ist nämlich auf dem Sprung nach Harvard«, sagt Markus mit bedeutungsvoller Miene.

»Harvard?« Tom sieht Gustl überrascht an, seine leuchtenden Augen, die Denkerstirn. „Echt?"

»Naja, das ist schon super«, sagt Gustl bescheiden. »Aber so gesehen, habe ich ja auch einen entscheidenden Vorteil: Ich bin den Sternen immer etwas näher als andere Menschen.«

Später, als sie gut gelaunt und im Zickzack durch die Gassen zum Auto zurückgehen – immer der Sonne nach, Richtung Südwest – passieren sie gerade einen Laden, als durch die Markise ein kleiner, alter Mann heraustritt, direkt vor Gustls

Füße. Er geht ihm gerade einmal bis zum Gürtel. Den Anblick wird Tom nie vergessen: Der Alte starrt erst geradeaus auf Gustls Hosenstall, dann wandert sein fassungsloser Blick höher und höher, den Kopf im steifen Nacken steht er vor dem großen Mann, zuckt erschrocken zusammen, wendet sich abrupt ab. Obwohl er nur flüstert, hört Tom ganz deutlich, wie der Alte kopfschüttelnd »Ce n'est pas vrai« sagt und in seinem Laden verschwindet. Diesmal müssen sie alle lachen.

Es wird ein schöner Abend zu fünft in der Wohnung. Sie trinken den von der Fete übrig gebliebenen Wein, essen selbst gemachte Pizza von Tom, lachen viel und sind am Ende doch traurig. Toms Entschluss vom Strand in Saintes-Maries-de-la-Mer ist unumstößlich. Morgen wird er abreisen. Rike bedauert, dass sie nicht mehr Zeit zum Reden hatten, andererseits scheint sie ganz froh darüber zu sein, Tom ist es wohl auch, er braucht keine Erklärungen, will auch selbst keine geben. Das Leben geht weiter, Rike ist wieder in seinem Leben, reifer und erwachsener, viel mehr als er, der Süden tut ihr gut, vielleicht bleibt sie ja ganz hier. Aber er muss unbedingt zurück. Er hat einen Plan. Zum ersten Mal in seinem Leben hat er einen richtigen Plan.

So macht Rike eigentlich nur für die anderen den halbherzigen Versuch, ihn zum Bleiben zu bewegen, sie spürt genau, dass Tom fort *muss*. Wenn nicht sie, wer sonst?

Zweiter Teil

Aufbruch

So kennt er Freddie nicht. Als hätte er auf ihn gewartet, kommt er aus seinem Zimmer, kaum dass Tom die Wohnung betreten hat und erschöpft seinen Rucksack an der Garderobe fallen lässt.

»Na, auch schon zurück? Wenigstens einer ...« Freddie ist blass im Gesicht, hat dunkle Augenringe und Tom scheint es, als hänge sein Schnäuzer auf Halbmast; natürlich sind es die Mundwinkel, die seinen bärtigen Stolz mit nach unten ziehen.

»Welche Laus ist dir denn über die Leber gekrochen?«, sagt Tom matt.

Nach der langen Zugfahrt ohne richtigen Schlaf, den kurzen, aber wilden Traumattacken und den viel zu schweren Gedanken ist er todmüde. Nur sein knurrender Magen und seine trockene Kehle halten ihn davon ab, gleich ins Bett zu fallen. Freddie schleicht gebückt an ihm vorbei, fast schlurft er, und Tom wundert sich nicht, dass er seine Zimmertür öffnet und wenig später mit zwei Flaschen herauskommt. Ist also noch Bier da. Kalt genug ist es auch noch. Dass sein Balkon weiter als *Naturkühlschrank* herhalten muss, stört ihn allmählich.

»Haben wir in der Küche noch was Essbares?« Tom wartet Freddies Antwort nicht ab, folgt ihm dorthin, stolpert fast in seine Hacken.

Wie ein alter Mann, denkt er. Im Kühlschrank findet er nur noch angegammelten Aufschnitt, den er gleich samt Verpackung in den schwarzen Müllsack befördert. Dieser hängt mit einer Schlaufe am Thermostat der Heizung.

»Wo ist denn der Mülleimer abgeblieben«, will er wissen, doch Freddie zuckt nur mit den Achseln.

Er hat sich an den Tisch gesetzt, beide Flaschen geöffnet und seine schon halb leer getrunken. Tom macht das Licht an, erschrickt über Freddies Augen, die nicht nur seltsam leer blicken, sondern auch blutunterlaufen sind.

»Hühnerbein.« Freddie rülpst laut. Wenigstens das ist vertraut. »Ganz hinten ist noch Dietmars Hühnerbein.«

Tom muss grinsen, doch Freddie blickt verdrossen auf die Tischplatte, leert seine Flasche dann in einem Zug, greift sich die andere und trinkt aus dieser weiter. Wieder rülpst er herzhaft, stöhnt auf und lehnt sich zurück. Tom findet das Hühnerbein, schneidet die vakuumierte Tüte auf und lässt den glitschigen Inhalt in die Pfanne gleiten. Freddie hat seinen Hinterkopf gegen die Wand gelehnt und sieht aus wie tot. Tom nimmt viel zu viel Fett, bald zischt und spritzt es so laut in der Pfanne, dass Tom beinahe nicht mitbekommt, wie Freddie anfängt zu reden. Sofort regelt Tom die Herdplatte ab, springt an den Tisch, setzt sich Freddie gegenüber, der mit geschlossenen Augen weiterspricht, fast flüstert und endlich damit rauskommt, was ihn bedrückt.

Freddie arbeitet seit einer Woche bei einem privaten Paketdienst, weil bei der Post auch mit Toms Hilfe kein Job zu kriegen war. Jeden Morgen verlässt er schon um halb fünf die Wohnung, damit er rechtzeitig zum Beladen der Lieferfahrzeuge im Terminal ist, das in einem Industriegebiet weit außerhalb Münsters liegt. Mit dem Fahrrad brauche er fast eine Stunde, selbst er, abends noch länger. Vor neun komme er nicht zurück. Vorgestern habe er unterwegs fast schlappge-macht, sich noch zum Scheißer geschleppt, wo sein müder Kopf fast ins Essen gefallen wäre.

»Das musste dir mal vorstellen!« Freddies Stimme wird lauter. »Diese Drecksäcke lassen einen alles alleine machen. Da gibts keine Toms, die den Auslieferern den Wagen voll-laden. Sogar sortieren müssen wir noch selber.«

Er trinkt die Flasche in einem Zug leer und beugt sich vor. Sein Gesicht hat wieder Farbe bekommen, wird jetzt rot. Auch das vertraute Blitzen in seinen Augen ist zurück, was Tom sonst eher beunruhigt, in diesem Fall aber erleichtert.

»Wenn du um sechs den Wagen nich feddich hast, kommt diese dicke Qualle an und macht einen zur Minna. Da mach-ste dann erst recht Fehler. Neulich hab ich vor lauter Hektik zwanzig Pakete liegen lassen. Da gab's dann anderntags noch-mal Stress. Ätzend! Holste uns noch zwei?«

Tom blickt etwas sehnsüchtig zur Pfanne hin, spürt aber, dass an Kochen und erst recht an Essen nicht zu denken ist. Muss eben wieder das flüssige Brot herhalten. Er sieht auf die Uhr, zwei Stunden hat der Scheißer noch Küche. Ob sie nicht einfach in seine Kneipe wechseln sollten? Tom schlägt sich den Gedanken aus dem Kopf und holt Bier. Sein Zimmer ist kalt, er hat natürlich die Heizung abgedreht. So dunkel und kühl wirkt die Bude fremd auf ihn, fast abstoßend. Im Kasten sind noch genau zwei Flaschen.

»Ich hätte den Scheiß nie anfangen dürfen. Wie bekloppt muss man sein?«

Während Freddie weitererzählt, öffnet Tom die Flaschen, trinkt einen großen Schluck, kann wie immer nicht rülpsen, was den Bauch mit Luft füllen wird. Freddie lässt seine Fla-sche zunächst unberührt.

»Ich mein, das klang erst richtig einfach. Die waren anfangs auch supernett. Aber gleich am ersten Tag hab ich gemerkt, was da alles dranhängt. Dat is ne Riesentour! Dazu noch mit Adressen, die du erstmal gar nicht raffst. Hinterhöfe, fehlende Hausnummern – nur so'n Scheiß. Und selbst mit Routine bin ich mir sicher: Dat packt keine Sau! Dat geht gar nich! Also hab ich den Wagen auch nicht leer gekriegt, nicht mal ne Pause hatte ich, Schmacht und Durst wie Sau. Musste den Wagen dann vor der Halle abstellen und abschließen, weil so spät natürlich kein Arsch mehr da war.«

Freddie greift zur Flasche, trinkt aber nur einen kleinen Schluck.

»Klar, dass am nächsten Morgen was fällig war. Aber kennst mich ja, hätte dem Kapo fast eine gescheuert. Hat der Fettsack natürlich gemerkt und mich auch noch angegrinst. Dann hau ich eben in den Sack und gehe, hab ich ihm gesagt. Aber jetzt kommts!« Freddie atmet tief ein und aus. »›Das wird teuer‹, hat der Arsch gesagt. Nicht nur keinen Lohn würde ich kriegen, ich müsste sogar Strafe zahlen, weil ich mich schließlich *vertraglich verpflichtet hätte* und wegen *kurzfristigem Ausfall* und so. Bei den ganzen Geschäftskunden müsste ich tierisch latzen. Das werden wir ja noch sehen, hab ich gesagt, hab dann wohl oder übel weitergemacht. Aber der Anwalt von meinem Vatter prüft das gerade. Weiß gar nicht, warum ich da nix höre.« Freddie schüttelt den Kopf, trinkt die Flasche auf Ex, springt mit einem fetten Rülpser auf und ist schon im Flur, als er noch was von *telefonieren* murmelt, um gleich darauf mit dem WG-Telefon in seinem Zimmer zu verschwinden.

Tom ist gar nicht zu Wort gekommen. Aber was soll er auch sagen? Der Hühnerschenkel in der Pfanne sieht erbärmlich aus. Bestimmt ist er jetzt zäh, weil er schon vorgegart war.

Tom schüttelt sich, wundert sich jetzt doch, wie man so etwas essen kann, sogar kalt, direkt aus der Packung wie Volker. Aber der rühmt sich ohnehin für seinen »Pferdemagen«. Tom kippt den Pfanneninhalt in den Müllsack, fragt sich erneut, was aus dem großen Mülleimer geworden ist.

Für eine Pommes vom Scheißer ist es noch nicht zu spät. Doch weil Hunger und Durst weg sind, begibt sich Tom ohne Umschweife ins Bett, schafft es immerhin noch, vorher seine Sachen auszuziehen und die Heizung aufzudrehen.

Am nächsten Morgen liegt ein Brief auf dem Schreibtisch. Wieso hat er den gestern Abend nicht gesehen? Der Wecker zeigt 11:17 Uhr an. Gut möglich, dass Dietmar schon am Briefkasten war und ihn leise neben seine moosgrüne Olympia-Schreibmaschine gelegt hat. Der Umschlag hat keinen Absender. Tom reißt ihn auf, zieht das Blatt heraus. Vier mit blauer Tinte geschriebene Zeilen:

> *Was ist das mit uns? Wenn Du magst, finden wir es gemeinsam heraus. Komm, wenn Dir auch danach ist. Adresse auf der Rückseite – streng vertraulich! J.*

Judith! Sie weiß inzwischen, wo er wohnt, auch wenn sie noch nie bei ihm war. Aber was ist das für ein Brief? So nüchtern, so kurz – kein einziges liebes Wort. Eine Einladung, die gar nicht wie eine wirkt. Und wieso schreibt sie ihm? In einem wütenden Impuls zerknüllt er das Papier, das sich ungewöhnlich fein anfühlt, wahrscheinlich Bütten. Erst jetzt sieht er den Poststempel auf dem Umschlag: Frankfurt am Main. Hat Judith also ihren Vater eingespannt oder seine

Bank – oder wo immer Daddy, der Big Boss ist. Er betrachtet die seidige Kugel in seiner Hand mit der schwarzen Tinte darauf, ein schmutziger Schneeball, faltet das Papier wieder auseinander. Judiths Adresse in Bad Homburg – die Adresse ihrer Eltern. Er wird unsicher. Ist das nicht ein großer Vertrauensbeweis?

Leute wie ihr Vater stehen auf der Liste von Terroristen, das weiß er. Einige sind in der DDR untergetaucht, was er immer noch für einen Skandal hält, und obwohl es prominente Festnahmen von RAF-Mitgliedern gab, ist immer noch von Anschlägen zu lesen, auch von Überfällen, die der Terrorgruppe zugeschrieben werden. Tom sieht die Fahndungsplakate mit den Köpfen vor sich, Schwarz-Weiß-Porträts von Menschen, angeordnet wie auf einem Briefmarkenbogen der Post, auf den ersten Blick düstere Schurken, bei genauem Hinsehen normale junge Menschen wie Tom, vielleicht etwas altmodischer im Aussehen, aber von wann stammen die Bilder, und sind nicht auch seine Passbilder völlig daneben? Eine *Terroristin* findet er sogar richtig hübsch, nicht zuletzt, weil sie als Einzige lächelt. Ob die Behörden kein schlechteres Foto von ihr gefunden haben? *Baader-Meinhof-Bande* stand auf den älteren Plakaten, die auch am Eingang der Doesbecker Post gehangen haben. *Bande* hat was von einem Western, das Wort *Banditen* leitet sich davon ab. Bonnie und Clyde fallen ihm ein; den Film über das Gaunerpaar hat Tom mal mit Rike im Programmkino gesehen, in der Reihe »Film Noir«, hinterher haben sie in der *Leinwand*, der benachbarten Kneipe, lebhaft darüber diskutiert, ob der Film Gewalt und Kriminalität verteidige, ja sogar verherrliche, als Kritik an der entfremdeten Gesellschaft, als berechtigte Auflehnung gegen das ausbeuterische Establishment. Tom weiß noch, wie aufgekratzt er in seine Lasagne verschlungen und hinterher Bauchschmerzen gehabt hat.

Einer seiner Pädagogikprofessoren ist Franzose, ein Achtundsechziger mit langen Haaren und Rauschebart, fast wie Karl Marx. In einem Rousseau-Seminar hat er neulich vom »Werk« der Ulrike Meinhof gesprochen, ziemlich lange sogar, und in einem bewundernden, dem französischen Akzent eigenen singenden Ton. »Frau Meinhof« sei eine »entschiedene Journalistin« gewesen, habe Missstände aufgedeckt, sei Pazifistin und Freiheitskämpferin gewesen, auf jeden Fall lohne es sich, ihre Texte zu lesen, »Frau Meinhof« hier, »Frau Meinhof« da – je mehr der Professor über die Terroristin schwärmte, dazu immer stärker in seine Muttersprache verfiel, desto farbiger schillerte »Madame Meinhof« vor Toms Augen, desto blasser geriet zugleich der Professor, eine monochrome Briefmarke auf einem Fahndungsplakat. Ja, »Ulrike« habe auch in Münster studiert, und nein, er habe sie »leider« nicht mehr kennengelernt.

Tom denkt an Montpellier, an Rike. Zwei Wochen hat er eigentlich bleiben wollen, zwei ganze Tage wurden es bloß. Er sieht auf die Adresse, streicht sie glatt, prägt sie sich ein, fühlt sich wie *Jim* in der Fernsehserie *Kobra, übernehmen Sie*, kurz bevor sich das Tonband brennend selbst vernichtet, nur dass Tom die Adresse aus dem Büttenpapier herausreißt und den Schnipsel in seinem Aschenbecher anzündet, ebenso eine Zigarette, die letzte in der Schachtel, in die er den Papierknäuel stopft.

Warum nicht hinfahren? Was hat er zu verlieren? Ist er nicht genau mit dem Vorsatz vorzeitig zurückgekehrt, die Dinge endlich anzupacken? Gut, er wollte eigentlich lesen, Stoff nachholen, seine Semesterarbeit fortsetzen, alles, solange Judith nicht da sein würde. Jetzt hat sie sich gemeldet, und durch seine vorzeitige Heimkehr hat er noch anderthalb Wochen Zeit übrig, bis er wirklich wieder ranmuss.

Diesmal würde er die Sporttasche nehmen, seine schwarze Stoffhose und den guten Pullover zusätzlich einpacken, dazu die schwarzen, unbequemen Schuhe, man weiß ja nie. Die anderen Sachen würde er gleich noch waschen, über die Heizung hängen oder trocken föhnen. Zur Not wären sie noch nass, wenigstens jedoch sauber.

Neidisch blickt Tom zum Tisch neben ihm. Die Frau dahinter sieht nett aus, ein wenig wie seine Mutter. Leider war die Schlange vor ihrem Tisch länger und so kommt er zwar früher dran, sitzt nun aber einem ausgesprochen unsympathischen Bahnbeamten gegenüber, dem Tom ansieht, dass er lieber hinter der Glasscheibe des alten Fahrschein-Schalters statt hinter den offenen Countern des *Reisezentrums* sitzen würde, mit denen sich die Bundesbahn seit einigen Jahren ein moderneres Image geben und wie ein Reisebüro wirken will. Tom kann den Achselschweiß des Mannes riechen, betrachtet angewidert das fettige, graue Haar, dessen querliegende Strähnen seine Glatze nur unzureichend verdecken. In seinem bauschigen Schnauzbart kleben Krümel.

Schon eine Weile sucht er in seinem elektronischen Gerät nach dem von Tom genannten Fahrziel, tippt mit einem Finger auf den Tasten herum, schüttelt beim Blick auf den Bildschirm immer wieder den Kopf. Seine Kollegin blickt erst ihn, dann mich mitleidig an, bevor sie sich mit einem Lächeln dem nächsten Kunden zuwendet. Inzwischen wäre Tom bei ihr schon dran. Endlich rattert der Drucker los, spuckt sein Ticket aus.

Die Fahrt ist kurzweilig, Tom genießt vor allem die Strecke am Rhein entlang, an der Loreley vorbei. Hier war er schon zweimal auf Openair-Festivals, hat die *Stray Cats*, *Richie Havens* und die *Steve Miller Band* gesehen, er erinnert sich an einen weißen Tiger im Käfig während des Songs *Abracadabra*, doch sein persönliches Highlight war das Konzert von U2, die er in einem Pulk von irischen Fans ziemlich nahe an der Bühne erlebt hat.

In Frankfurt muss Tom umsteigen. Vor der Einfahrt in den Hauptbahnhof erwischt er einen kurzen Blick auf die beiden neuen Türme der Deutschen Bank. Gibt es eine andere deutsche Stadt mit solchen *Wolkenkratzern*? Im Dickicht der Anzeigen und Beschilderungen findet er gerade noch rechtzeitig den richtigen Bahnsteig. Er fährt mit der S-Bahn wieder ein Stück zurück Richtung Norden. Taunus heißt der Landstrich, in dem Judiths Eltern wohnen, inzwischen ist es dunkel geworden, Lichter gehen an, werden spärlicher, je näher er seinem Ziel kommt, auch die Bahn leert sich mit jedem Halt, die meisten Fahrgäste steigen in Nieder-Eschbach aus. Von hier ist es nicht mehr weit.

An dem kleinen Bahnhof befindet sich eine Karte, die kaum beleuchtet ist. Er nimmt sein Feuerzeug zu Hilfe, wandert damit an der Scheibe entlang.

»Na, na, na!«, sagt jemand hinter ihm. Im selben Moment fällt der Lichtkegel einer Taschenlampe auf die Karte.

»Wohin wollen wir denn?« Ein Mann in Polizeiuniform steht hinter ihm.

Tom erschrickt und nennt ihm wie aus der Pistole geschossen die Straße.

»So, so!« Jetzt leuchtet ihm der Polizist direkt ins Gesicht. Tom reißt den Arm hoch, legt seine Hand schützend vor die Augen.

»Was wollen wir denn da?« Die Stimme des Beamten klingt nervös.

»Meine .. äh ... Freundin«, stottert Tom, weicht dem Lichtstrahl aus, indem er sich wieder zur Karte dreht. »Die wohnt da.«

Jetzt hätte ihm der Brief mit der Adresse geholfen, aber letztere hat er ja wohlweislich vernichtet, der zerknitterte Brief hätte nur Verdacht erregt.

»Soso. Ich muss Sie bitten mitzukommen!« Der Polizist schaltet die Taschenlampe aus, hält sie aber wie eine Waffe vor sich und deutet mit ihr in Richtung Ausgang.

Vor dem kleinen Bahnhofsgebäude steht ein Streifenwagen, davor ein weiterer Polizist. Er ist älter und dicker als der mit der Taschenlampe.

»Dann steigen Sie mal ein«, sagt der Jüngere.

Der andere guckt überrascht, öffnet aber sofort die hintere Tür. Tom fühlt sich wie in einen Film versetzt. Noch nie musste er in ein Polizeiauto steigen. Sicher wird sich alles aufklären. Er ahnt natürlich, dass er sich verdächtig gemacht hat, weil seine Zieladresse in Sicherheitskreisen bekannt ist. Warum hat Judith nicht geschrieben, dass es Schwierigkeiten geben würde? Warum hat sie ihn ins offene Messer rennen lassen? Hätte er doch einfach ein Taxi genommen, aber wer weiß, was dann passiert wäre.

»Auf der Karte hätten Sie übrigens lange suchen können«, sagt der ältere Polizist, als er Tom im Büro des kleinen Ortspostens seinen Ausweis zurückgibt. »Die Straße ist nirgendwo verzeichnet.«

»Und wie komm ich da jetzt hin?«, will Tom wissen.

»Herr Kiffler?«, fragt eine tiefe Männerstimme an der Tür.

»Guuude, Manfred!«, sagen die beiden Polizisten im Chor.

Ein kräftiger älterer Mann mit freundlichem Gesicht betritt den Raum, tippt sich grüßend an die Stirn und reicht Tom die Hand. Er stellt sich als Fahrer von Judiths Vater vor.

Mit der gepanzerten Limousine brauchen sie keine zwei Minuten. Weil er die letzte Stunde wie in einem schlechten Traum erlebt hat, ist Tom völlig verunsichert. Was für eine seltsame Welt erwartet ihn hier?

Parallelwelt

»Na, denn kommse ma rin!«

Tom hat sich Judiths Vater ganz anders vorgestellt. Nicht so hemdsärmelig – und nicht so groß. Er ist kaum kleiner als Tom. Dass er ein waschechter Berliner ist, wusste Tom schon. *Berliner Schnauze kennt offenbar keine Standesgrenzen.* Anders als es seiner Vorstellung eines feinen Bankers entspricht, wirkt Judiths Vater eher *vierschrötig* (Tom liebt diesen Ausdruck) auf ihn, dazu passt seine Pranke, die von körperlicher Arbeit zeugt; Toms Handknochen knacken bedenklich bei der Begrüßung.

Mal gleich zeigen, wer hier der Leitwolf ist, schon klar.

Judith und ihre Mutter haben sich vom Sofa erhoben, bleiben dort aber stehen und scheinen sich prächtig über das Männlichkeitsritual zu amüsieren. Der Vater hat losgelassen, zeigt jetzt mit jovialer Geste auf die beiden Frauen.

»Dit is meine Jattin. Meine Tochter kennse ja schon, nehm ick an.«

Tom überlegt kurz, ob er der Dame des Hauses einen Handkuss geben soll, belässt es aber bei einem wohldosierten Händedruck. Ihr Gesicht erinnert ihn an eine Schauspielerin, der Name fällt ihm nur nicht ein. Ihr kinnlanges Haar ist sorgsam frisiert, ihr Gesicht nur dezent geschminkt, sie kann es sich leisten. Alles an dieser Frau ist elegant – und schön. Sie ist feiner als Judith, die ihm jetzt wie eine ausgeglichene Mischung von Vater und Mutter erscheint. Ausgerechnet den sinnlichen Mund mit den vollen Lippen, von dem er sich so angezogen fühlt, hat sie von ihrem Vater. Der ist zweifellos älter als seine Frau, hat weißes, schütteres Haar, dazu eine rosige Gesichtshaut ähnlich der eines Metzgers, und er trägt eine schwere Brille – wie die von Ben Wisch, Hans-Jürgen Wischnewski, dem SPD-Minister und »Helden von Mogadischu«; wieso drängt sich ihm immer wieder das Thema Terrorismus auf?

Alle sehen ihn fragend an. Tom errötet.

»Entschuldigung, ich war kurz unaufmerksam«, sagt er.

»Das warst du allerdings«, meldet sich Judith, die keine Anstalten macht, ihn zu begrüßen.

»Vielen Dank, dass ich hier sein darf«, beeilt sich Tom, die Situation zu retten. »Ich habe Judith schon sehr vermisst. Allerdings: So lange kennen wir uns noch gar nicht. Deswegen fühle ich mich sehr geehrt.«

Judith grinst breit und endlich tritt sie auf ihn zu und küsst ihn ganz unbefangen auf den Mund. Ihre Mutter lächelt, während ihr Vater auf lauten Sohlen am Kamin vorbei in den angrenzenden Raum wechselt.

»Na, denn könn wa ja jetz zum jemütlichen Teil überjeh'n!«, knarzt es von drüben.

Judith hakt sich bei Tom unter und drückt ihn Richtung Esszimmer. Sofort bemerkt er, dass der große Kamin mit dem prasselnden Feuer zugleich der Raumteiler ist und, zur anderen Seite offen, auch dieses Zimmer wärmt – für Toms Geschmack etwas zu sehr. In dem großzügigen Raum, der annähernd ein Saal ist, steht ein langer, massiver Holztisch. Vier Gedecke befinden sich nah beieinander, Tom und Judith sollen am Panoramafenster sitzen, durch das ein hell erleuchteter Garten zu erkennen ist. Der Vater nimmt am Kopfende Platz, was zu einer etwas absurden Situation führt: Seine Frau muss nicht nur alleine an der linken Tischseite sitzen, was sie etwas verloren wirken lässt, sie schiebt ihm auch nach und nach ihre Teller, Gläser und Besteck zu, nimmt sich das neben ihr. Tom ist irritiert, Judith offenbar nicht, aber irgendjemand muss den Tisch in Verkennung von Tatsachen und Gepflogenheiten gedeckt haben.

Tom rechnet damit, dass jeden Augenblick eine Tür aufgeht und ein Diener oder eine Dienerin hereinkommt, natürlich in stilechter Dienstkleidung.

»Bist du so gut, Julius?«

»Sehr gerne, liebe Lotte.«

Wie höflich Judiths Eltern miteinander umgehen. Irgendwie aber auch wie ein altes Ehepaar.

Etwas schwerfällig erhebt sich der Hausherr, geht auf die holzvertäfelte Wand zu und öffnet eine mahagonifarbene Schiebetür, die Tom erst jetzt als solche identifiziert und hinter der sich die Küche befindet. Neonlicht flackert auf, wirft durch den schmalen Spalt ein kaltes Lichtschwert ins Esszimmer. Ein Korken knallt. Judiths Vater erscheint mit einer Champagnerflasche, aus der er, sie am Boden haltend, wie ein Kellner erst seiner Frau, dann Judith, Tom und sich einschenkt. In den Gläsern perlt es satt und golden und Tom ahnt, dass das, was er auf einer Fete mal für Champagner gehalten hat, keiner war, jedenfalls nicht ein so edler wie dieser. Judiths Vater prostet dem Tisch wortlos zu, trinkt einen großen Schluck und wischt sich mit dem Handrücken über den Mund. Toms Arm zittert etwas, weil er befürchtet, das teure Glas mit dem schmalen Stiel könne ihm entgleiten.

Gar nicht mal so gut, denkt er, als er die perlende Flüssigkeit hinunterschluckt, das Glas schnell zurückstellt und dem trockenen Abgang nachschmeckt, dem Aroma nach altem Omasofa und kaltem Rauch, wie er findet.

Wieder steht der Vater auf, zieht mit beiden Händen seine Anzughose am Gürtel hoch, nicht hoch genug, weil sein Wohlstandsbäuchlein sie vorne unter der Hüfte hält und damit seinen vergleichsweise schmalen Hintern und die eher dünnen Beine betont, denen er mit seinen schweren Lederschuhen aber einen gravitätischen Schritt verleiht.

So geht Herrschen, denkt Tom, *sogar, wenn er die Familie* bedient.

Der Hausherr kommt mit einem ovalen Silbertablett zurück, zwischen dessen goldenen Tragegriffen große geöffnete Muscheln von erdkrötengleicher Farbe und einer ähnlich warzigen Oberfläche liegen, garniert mit Zitronenvierteln.

»Austern«, ruft Judith und klatscht erfreut in die Hände. »Wie schön!«

Nicht schön, denkt Tom. Er weiß nicht, wie man Austern isst, noch hat er je welche serviert bekommen.

»Sind janz frisch aus der Bretagne, die hat Manfred heute extra abjeholt.« Judiths Vater lächelt stolz, greift sich mit seiner Pranke eine der riesigen Schalen, dazu eine kleine Gabel, mit der er in der Muschel herumstochert, das Werkzeug gegen ein Zitronenstück eintauscht, das er über der halben Muschel auspresst. Ohne Umschweife balanciert er die Auster an den halb geöffneten Mund, wirft den Kopf in den Nacken und schlürft den Inhalt unter lautem Saugen und Schmatzen in den Mund. Seine Frau macht es ihm nach, nur viel eleganter und ohne Schlürfen. Ähnlich Judith, die allerdings nach dem Schlucken einen Wohllaut wie beim Sex hören lässt.

Tom lässt sich nichts anmerken, er kopiert das Gesehene, greift aber zur falschen Gabel, was Judith wortlos korrigiert, indem sie ihm die richtige unter Kopfschütteln hinhält. Ihre Eltern lassen sich nichts anmerken und doch spürt er, dass alle heimlich verfolgen, wie er die Auster erst argwöhnisch beäugt, dann mit der seltsam geformten Gabel das schleimige Innenleben von der Schale löst, die Zitrone vergisst, weil er es hinter sich haben will, mit geschlossenen Augen die glibberige Masse in seinen Mund bugsiert, sie ohne zu kauen und zu schmecken einfach hinunterstürzt, einen Würgereiz gerade noch unterdrücken kann, weil es ihm so vorkommt, als schlucke er einen großen Flatschen schleimigen Rotz. Tom schüttelt sich und verzieht sein Gesicht, was die anderen zum Lachen bringt.

»Oh, Liebling, so schlimm?« Judith rückt zu ihm hin, will ihn küssen, doch er will nicht.

Die Rinderbäckchen an Kartoffelschaum mit knackig gedünsteten Babykarotten, die diesmal Judiths Mutter irgendwelchen Thermobehältern entnimmt und mit ein paar Handgriffen, zu denen auch das Aufschlagen des Kartoffelschaums gehört, sind schon eher nach Toms Geschmack. Er lässt es sich schmecken, merkt jetzt erst, wie ausgehungert er ist, nimmt sogar noch nach, was Judiths Mutter als Kompliment zu werten scheint. Sie sei eine gute Köchin, sagt ihr Mann nicht ohne Stolz, sie würde den Dreisternekoch aus dem *Petit Maison* mühelos in den Schatten stellen, wenn sie wollte – beziehungsweise er. Wo komme man denn dahin, wenn die Frau eines Vorstands noch an den Herd müsste. Die Angesprochene spannt ihr Gesicht an, wobei sich ihre Ohren ein Stück nach hinten legen wie bei einem scheuenden Pferd und ihre Stirn ganz glatt wird, der Blick starr und düster, ein Raubtierblick, den kennt Tom schon von Judith. Ihr Mann tätschelt ihr beschwichtigend die Hand, nickt ihr aufmunternd zu.

Tom spürt, dass *Lotte* nur zu gern professionell kochen würde, stattdessen ist sie Lehrerin, wie er ja weiß. Aber sie arbeitet nicht mehr, verrät sie später beim *Digestif* im Wohn-zimmer, dazu fehle inzwischen einfach die Zeit, so viele Ter-mine ihres Mannes verlangten ihre Begleitung und Repräsen-tation. Und wenn sie nicht reisten, widme sie sich der Malerei und der Fotografie.

»Lotte ist eine Künstlerin«, brummt ihr Mann, während er sich an der Bar bedient.

Tom muss an die *Dallas*-Serie denken, an Bösewicht *J.R.* und dessen verschlagenen Blick mit einem von Eis klim-pernden Glas Bourbon an den Lippen. Judiths Eltern besitzen eine Hausbar, die keine Wünsche offenlässt. Wobei Tom gar nicht weiß, was er sich wünschen soll. Judiths Vater wirft mit Namen nur so um sich, von keinem der Drinks hat Tom je gehört, geschweige denn probiert. Am liebsten hätte er jetzt ein Bier. Der schwere Rotwein zum Fleisch liegt noch wie bitterer Gelee auf seiner Zunge. Selbst die Crème brûlée, dessen hauchfeines, frisch geflammtes Karamell ihn verzückt hat, was der Mutter ebenfalls nicht entgangen ist, konnte daran nichts ändern. Er würde nachher seine Zähne beson-ders gründlich putzen, nimmt er sich vor und sieht sich schon mit Judith im Bett liegen. Er hat sie vermisst, ihren Körper, den Sex. Einmal davon gekostet, wird er nicht mehr davon loskommen, fürchtet er, erkennt zu spät, dass Judiths Mutter seinen Blick auf ihre Tochter beobachtet hat, ein feines Lächeln umspielt ihre Mundwinkel.

Judith raucht gefühlt ihre zehnte Zigarette. Tom hält sich zurück. Zu Hause bei seinen Eltern muss er zum Rauchen nach draußen gehen, was er richtig findet. Wie oft hat er in seiner WG schon Kopfschmerzen und tränende Augen gehabt – und sich nach dem Saufen schlecht gefühlt, weil er zu viel gequarzt hatte. Judiths Eltern rauchen nicht – Toms Eltern haben es sich irgendwann abgewöhnt, leider noch nicht, als er und seine beiden Brüder Kinder waren und selbst bei Tisch von Rauch eingehüllt waren. Er weiß noch, wie er Schnupfen hatte und seine Schleimhaut bis runter in den Rachen gebrannt hat.

Tom bekommt einen Whisky, einen *Single Malt*, wie Judiths Vater betont. Den habe er selbst ausgesucht, in einer Distillery nahe Killin, einem winzigen Flecken mitten in Schottland. Manchmal denke er darüber nach, dort zu investieren, aber dazu müsse die EWG noch besser zusammenwachsen. Überhaupt halte er ein starkes europäisches Bündnis für überlebenswichtig, nicht nur wirtschaftlich, auch politisch. Die *Vereinigten Staaten von Europa* mit einer einzigen starken Währung wären ein Bollwerk zum Ostblock, könnten sogar den USA noch was vormachen. Allerdings nicht, wenn alles so bürokratisch bliebe wie vor allem in Deutschland. Man glaube ja gar nicht, was er jeden Tag an Hürden zu überwinden habe. Habe man der Hydra einen Kopf abgeschlagen, wüchsen gleich zwei nach. Das sei das Wesen von Bürokratie. Jeder Politiker, allen voran Kanzler Kohl, mit dem er neulich noch gespeist habe, gebe ihm recht, aber selbst dem seien die Hände gebunden. Wenigstens lebe man nicht in einer Planwirtschaft. Die werde ohnehin nur noch künstlich am Leben erhalten, durch Geld aus dem Westen. So gesehen habe die Bundesrepublik die DDR längst im Sack.

Die Frauen haben sich aus dem Monolog ausgeklinkt, unterhalten sich leise über andere Themen. Bleibt nur Tom als Zuhörer übrig. Seine Meinung ist nicht gefragt. Viel beizutragen hätte er sowieso nicht, obwohl er jede Woche den *Spiegel* liest und ziemlich gut informiert ist. Er muss an seinen Vater denken, was würde er, der SPDler und Gewerkschafter, zu all dem sagen? Wäre er nicht automatisch ein Gegner von *Big Boss Daddy*? Tom überlegt, ob er fragen soll, was ein

Bankenchef eigentlich genau macht, welche großen Räder so einer dreht, welche Hürden er überwinden müsse. Ob er auch Tennis spielt? Oder Golf? Tom merkt, dass der Horizont seiner Welt beschränkt ist, das wenige *Weltläufige* angelesen ist, denn so viel hat er noch nicht erlebt, ist noch nicht weit herumgekommen. Er würde sich wohl als naiver Kleinbürger zeigen, sich so klein machen, wie er sich vorkommt vor diesem *Mann von Welt*. Also lässt er Judiths Vater reden.

Inzwischen lallt er schon, was dann wieder zum Nebel in Toms Kopf passt. Im Alkoholrausch verwischen die Konturen, entsteht eine scheinbare Vertrautheit. *Judiths Vater ist auch nur ein Mensch, nahbar und zum Anfassen*, betrunken wie Tom. Er stellt sich vor, wie er mit ihm beim Scheißer am Tresen sitzt und diskutiert – so wie mit Torsten, der ihm dort immer seine Volkswirtschaftslehre nahebringen will. Hätte er mal besser zugehört, statt ihn seinerseits mit seiner Philosophie zu traktieren. Er fragt sich, auf welcher intellektuellen Ebene sich Vater und Tochter begegnen, er mit seinen ehrgeizigen Plänen für sein einziges Kind, sie mit ihrer trotzigen Ablehnung, ihrer Auflehnung gegen seine Macht und seinen Einfluss.

Tom bewundert sie dafür. Er weiß nicht, ob er sich das getraut hätte, aber die Frage hat sich ihm ja nie gestellt. Auf einmal kommt sich Tom wie ein Leichtgewicht vor, weder so ehrgeizig und belesen wie Judith, noch als ein Mann mit wahren Herausforderungen, nicht wagemutig, nicht mutig. Stattdessen in einem Studium, das ihm weder Macht noch Ruhm noch Geld einbringen wird, als Lehramtsstudent gibt es leider nur eine Perspektive: die Arbeitslosigkeit. Selbst wenn er Journalist würde, was er sich gut vorstellen könnte, wäre er wohl attraktiv für Judith, aber alles andere als ein Wunsch-Schwiegersohn für ihren Vater – als jemand, der

nach Wahrheit sucht, mindestens nach Transparenz, der Missstände und Skandale aufdeckt, wäre er sogar sein *Feind*!

Zecken seien das, Läuse im Pelz, hört Tom. Sich erst am
Buffet vollstopfen, um es dann als Geldverschwendung anzu-
prangern, alles habe er schon erlebt, aber so seien sie, diese
Schmierfinken. Tom stellt jetzt mit Erstaunen fest, dass
Judiths Vater gerade über genau jene spricht, an die er gedacht
hat: Journalisten. Löbliche Ausnahme sei die *FAZ*, die könne
man noch lesen, alles andere seien linke Kampforgane, die
Berliner *taz* nachgerade gemeingefährlich.

Judith ist wieder bei ihnen, sieht das differenzierter, hält
andere Medien hoch: Die *Zeit*, die *Süddeutsche Zeitung*, auch
den *Spiegel*, aber sicherlich sei das Feuilleton der *FAZ* das
beste. Ihr Vater lächelt süffisant, schlürft an seinem Whisky.

»Mach du mal ein gutes Examen, dann bring ich dich da
unter.«

Judith protestiert. Wenn schon, wolle sie das bitteschön
alleine schaffen.

»Kannst du ja, kannst du ...«, sagt er. »Du weißt doch:
drin sein, heißt ja nicht drin bleiben. Da braucht es schon
besondere Qualitäten. Aber die hat meine Tochter ja.« Sein
Blick fällt auf Tom und dieser ist sich nicht sicher, was er zu
bedeuten hat. Dass er bestimmt schon in den Genuss ihrer
(sinnlichen) Qualitäten gekommen sei? Dass sie (geistige)
Qualitäten habe, die ihm fehlen? *Dass es Liebe gibt, die immer
den ganzen Menschen meint, das wohl nicht,* denkt Tom
bitter.

Judith schlägt mit der flachen Hand aufs Sofakissen.

»Als ob du wüsstest, was oder wer ich bin. Also ... Also
wirklich!« Judith schnappt nach Luft, ihre Mutter steht auf
und verschwindet in der Küche. »Die Pferdchen müssen
laufen, nicht wahr? Leider hast du nur das eine im Stall.« Sie

zieht an ihrer Zigarette, bläst den Rauch trotzig in seine Richtung. »Den Spruch über mein Studium werde ich dir nie verzeihen. Der ist auch was für dich, Tom.«

»Jetzt lass doch«, wehrt ihr Vater ab.

»Nix lasse ich, das soll Tom ruhig hören. Weißt du, was er neulich zu mir gesagt hat? ›Das, was du machst, mache ich, wenn ich in Rente gehe. Und zwar auf einer Arschbacke.‹ Ist das zu fassen? Der eigene Vater!«

Tom blickt verschämt zu Boden. Judiths Vater stellt das Glas ab, greift einen Schürhaken und macht sich am Kamin zu schaffen. Ein Holzscheit fällt um, spuckt Funken in den Raum.

»Das mit der … Hinternbacke habe ich nie gesagt. Aber ja, ein solches Studium würde ich gern noch mal machen. Weil et mich interessiert. Zahlen sind nicht alles, aber es ist schon toll, wenn se den Geldbeutel füllen, nicht wahr?«

Er berlinert nicht mehr. Tom fühlt sich fehl am Platz.

»Ach Gott, wie billig! Als ob ich mein Geld nicht selbst verdiene.« Energisch drückt Judith ihre Zigarette aus. »Komm, lass uns hoch gehen, Tom.«

»Billig? Dass ich nicht lache!«, ruft Judiths Vater, als sie schon an der Tür zum Treppenhaus sind. »Kannst ja mal deinen Freund fragen, was billig ist.«

»Lass Tom aus dem Spiel!«, schreit Judith.

Judiths Zimmer liegt im Obergeschoss und kann es mit einer Hotelsuite aufnehmen, die Tom nur aus Filmen kennt; sogar ein eigenes Bad und eine kleine Teeküche gehören dazu.

Ein goldener Schmollwinkel. Er sitzt auf dem großen Bett, starrt durch die doppelte Balkontür in den Garten, wo in diesem Moment die Lichter ausgehen. Judith ist schon sehr lange im Bad. Sie ist seiner Umarmung ausgewichen, hat ihr

Gesicht abgewendet; ihr ganzer Körper hat gebebt. Er will sie so gerne trösten. Er bereut, hergekommen zu sein. Ihm ist nicht klar, was er für Judiths Eltern ist, für Judith selbst; wer weiß, wie viele Männer sie schon nach Hause gebracht hat, wie viele genauso zuvorkommend wie professionell aufgenommen wurden, wie viele dann trotzdem nicht wussten, ob sie auch willkommen sind. Wo die eigene Tochter es zwar scheint, aber zugleich mit hohen Erwartungen konfrontiert ist. Natürlich haben auch seine Eltern Erwartungen. Er hat ein permanent schlechtes Gewissen deswegen, besonders wegen seines verluderten Semesters, wo er doch wegen des Fachwechsels ohnehin schon zwei Semester länger machen muss. Aber sie haben ihn immer machen lassen, seine Studienwahl nicht einmal hinterfragt – ganz im Gegensatz zu ihrer kleinbürgerlichen Nachbarschaft, die dieses Vertrauen für dumm halten.

›Was billig ist‹, soll sie ihn fragen. Was bedeutet das? Ein Hinweis auf seine Herkunft? Was weiß Judiths Vater schon von ihm? Was hat Judith ihm erzählt? Was weiß Judith überhaupt nach dieser kurzen Zeit?

Toms Blick fällt auf seine Reisetasche, sie steht auf einem Kofferständer neben dem Schreibtisch. Der Fahrer, Manfred, muss sie hier deponiert haben. Ob er sie überhaupt auspacken soll?

Die Badezimmertür geht auf. Judith in einem hauchdünnen Nachthemd. Sie sieht müde aus, aber in ihrem Blick flammt etwas auf. Ob er sie jetzt in den Arm nehmen darf?

»Nimm mich«, flüstert sie. »Ganz.«

Taunus

»Dann kennst du uns ja jetzt. Eine feine Familie, nicht wahr?«

Judith blinzelt ihn an. Die Morgensonne scheint in ihr Gesicht, lässt die Iris ihrer braunen Augen golden strahlen. Er würde sie gerne küssen, doch dann würde sein Schatten auf sie fallen. Ist er nicht ein Schatten für sie, bildlich gesprochen? Nach dieser Nacht ist er sich sicher: nein.

Sie haben sich ihre Herzen ausgeschüttet, einander ihre Leben ausgebreitet. Bis zum Morgengrauen haben sie geredet, sich geliebt und wieder geredet. Währenddessen hat es zu regnen begonnen, in der Ferne war Donnergrollen zu hören. Als sie mit diesem Blick aus dem Bad gekommen war, diese drei Worte gesagt hatte, als er ihr dünnes Nachthemd hochgeschoben hatte, war sie so erregt gewesen, dass er sie hatte auffangen müssen, was sie beide ins Taumeln und in größte Lust versetzt hatte.

»Du Wüstling«, sagt sie mit gespieltem Vorwurf. Immer dieser Blick. Er macht ihn ganz heiß. Schon wieder.

»Meine Mutter hat dich übrigens durchschaut.«

Tom muss daran denken, wie sie ihn beobachtet hat. Wahrscheinlich stand ihm das Wort *Sex* auf die Stirn geschrieben. Judith muss lachen, als er ihr davon erzählt.

»Meine Mutter durchschaut Menschen sehr schnell. Erst recht Männer. Dich hält sie für ehrlich und treu. Und für sinnlich. Sinnliche Menschen sind gute Menschen, sagt sie, mein Vater sei auch so, auch wenn er seinen Verstand, sein Wissen und seine Meinung so gerne in den Vordergrund stellt auf seine polternde Art.«

»Und das habt ihr alles besprochen, als dein Vater mir die Welt erklärt hat?«

»Exakt!«

»Bist du ihm nicht mehr böse?«

»Ach, weißt du ...« Judith kuschelt sich an Tom, streicht mit zwei Fingern über sein Brustbein. »Das passiert immer wieder. Und es verletzt mich jedesmal. Meine Mutter zieht sich dann immer zurück. Anfangs hat sie versucht zu vermitteln, aber sie kommt nicht dazwischen. Immerhin hat sie sich bei meiner Taufe durchgesetzt, was ich ihr hoch anrechne. Mein Vater wollte mich Julia nennen, notfalls auch Juliane.«

Er schuf sie nach seinem Abbild, dachte Tom.

»Doch meine Mutter blieb hart, schaffte vordergründig einen Kompromiss in der Lautung: Judith, ohne zweiten Vornamen. In Wahrheit hat sich meine Mutter durchgesetzt; in ihrer Familie gibt es jüdische Vorfahren und irgendeine Großtante hieß wohl auch so. Natürlich bin ich Papas Liebling, aber ich bin kein Papakind, falls du das denkst. Nicht im herkömmlichen Sinn. Ich bin ihm einfach zu ähnlich, so sehr, dass ich genau weiß, wie er etwas meint und warum er so redet, wie er redet. Trotzdem überrascht er mich auch, erzählt mir von seiner neuesten Lektüre. Er liest unglaublich viel, ich frage mich immer, wann? Sein Job muss superanstrengend sein, manchmal sieht ihn meine Mutter eine ganze Woche nicht. Offenbar braucht er die Belletristik als Gegengift ...«

»Eine Parallelwelt ...«

»Die Welt, in der er eigentlich leben möchte. Ein anderes Leben – das ich führe. Selbstbestimmt. Mitunter auch stressig. Aber frei. Naja, jedenfalls frei von Sachzwängen. Du magst es vielleicht nicht glauben, aber auch ein mächtiger Mann wie er ist darin gefangen, ist von seiner eigentlichen Natur entfremdet.«

»Ist das nicht zu einfach? Immerhin unterstützt er dich.«

»Das stimmt, die Wohnung in Münster, das Auto, was ich sonst noch brauche. Aber nicht übertrieben. Der Ford ist wirklich ne alte Rübe. Er hat immer darauf geachtet, Geld nicht zu verschleudern, hat mich eher kurz gehalten. Jedenfalls im Verhältnis zu dem, was wir haben. Wie viel das ist, weiß ich nicht, will es auch gar nicht wissen, ist bestimmt mehr als genug. Viel wichtiger ist, dass er mich ideell unterstützt, trotz allem. Insgeheim beneidet er mich, da bin ich mir sicher. Ich ihn ganz bestimmt nicht. Haben wir beide nicht ein wunderbares Studium? ›Freiheit ist nur in dem Reich der Träume / Und das Schöne lebt nur im Gesang‹ – Schiller.«

»Träume nicht dein Leben – lebe deinen Traum.«

Judith setzt sich auf, sieht Tom verliebt an. »Das ist nicht von Schiller. Etwa von dir?«

»Vielleicht ...« Tom grinst.

Judith küsst ihn, steht mit einem Ruck auf. Könnte er doch nur zeichnen, denkt Tom beim Anblick ihres nackten Körpers. Er nimmt sich vor, Judiths Mutter auf ihre Kunst anzusprechen. Fürs Erste hofft er allerdings auf ein anständiges Frühstück. Sex macht hungrig.

Die Küche ist kleiner, als Tom vermutet hat. Funktional und mit hochwertiger Ausstattung, soweit er das beurteilen kann, aber beileibe keine Profiküche.

Das war nie der Plan, denkt Tom. *Weder ein Heimchen am Herd noch eine kulinarische Künstlerin soll sich hier austoben können.* Er sieht *Lottes* Gesicht vor sich, *Julius*, wie er ihre Hand nimmt, die sie nicht wegzieht, obwohl er seine

Frau vor den Kopf gestoßen hat. Genau besehen ist die Rollenverteilung bei Judiths Eltern nicht anders, als Tom sie von seinen kennt, daran ändern offensichtlich auch Geld und Bildung nichts. Und auch nicht die Frauenrechtsbewegung von Jahrzehnten. Alice Schwarzer – die sein Vater immer wegschaltet. »Die kannst du ja nicht bekucken«, hat auch seine Mutter immer gesagt.

Im Kühlschrank steht ein halb gefüllter, mit einer Folie abgedeckter Teller.

»*Schrippen mit Mett und Zwiebeln*«, sagt Judith und rümpft die Nase. »Das isst er jeden Morgen, bevor Manfred ihn abholt. Kaffee trinkt er erst im Büro. Viel Kaffee. Naja, heute fehlte ihm wohl die Zeit für das hier. Magst du?«

Tom schüttelt den Kopf.

»Ich mach uns ein Omelette mit Gemüse. Toast gibt's auch.«

Judith hantiert ziemlich geschickt mit allem, auch mit der Kaffeemaschine, die ein Monstrum aus Edelstahl ist.

Sie frühstücken am langen Tisch, der Kamin ist aus, es riecht nach Ruß und kaltem Rauch. Das Esszimmer wirkt auf Tom noch größer als am Abend zuvor. Vielleicht ist es auch die Stille, ihr Schweigen, Judiths gedankenverlorener Blick in den Garten. Tom hätte mit einem Pool gerechnet, doch er sieht nur Rasen, Rabatten und Sträucher. Frisches Grün sprießt, endlich, ein erster Hauch von Frühling an einem trüben Tag Ende März.

Ein Geräusch im Flur. Judiths Mutter kommt mit einem Korb herein, lilafarbene Tulpen ragen heraus. Sie lächelt zur Begrüßung, stellt den Korb in die Küche und begibt sich nach oben.

»Ist sie noch verschnupft wegen gestern Abend?«, fragt Tom.

»Glaub ich nicht«, sagt Judith. »Sie ist ein feiner Mensch, höflich und zurückhaltend, eine wirkliche Dame. Sie erscheint weich, aber das ist sie nicht. Du kannst sicher sein, dass sie meinem Vater gestern Abend noch den Kopf gewaschen hat.«

Tom denkt an seine Eltern. Als Kind hat er manchmal mitbekommen, wie sie sich gestritten haben, so laut, dass er oben in seinem Bett davon aufgewacht ist. Er weiß noch, dass er Angst hatte, sie könnten sich scheiden lassen, wie er dann zitternd lange keinen Schlaf mehr fand und am liebsten seine beiden Brüder geweckt hätte, um nicht so allein mit seiner Furcht zu sein. Heute weiß er, dass seine Eltern mit ihren drei kleinen Kindern, dem Haus und manchen Geldsorgen sehr gefordert waren – überfordert. Sein Vater war von frühmorgens bis spätabends unterwegs, hat im Ruhrpott unter Tage geschuftet, später in der Fabrik gearbeitet, es manchmal gebraucht abzuschalten und seine Sorgen zu verdrängen; etliche Male ist er in der Kneipe versackt, was seine Mutter zu Recht auf die Palme brachte. Doch sie haben zusammengehalten, haben sich gegenseitig gestützt und nie, hat sein Vater ihm später anvertraut, sei eine Scheidung auch nur in Blickweite gewesen.

»Meine Eltern kennen sich schon aus dem Sandkasten. Die haben im selben Block in Berlin gewohnt, haben sich aber erst später lieben gelernt.« Judith blickt nach draußen. »Mein Vater hat schon früh seinen Mann stehen müssen. Sein Vater, mein Opa, kam aus dem Krieg nicht mehr zurück und so musste er als Vierzehnjähriger seine kranke Mutter und seine kleine Schwester versorgen. Sie hatten das große Glück, dass ihr Häuserblock kaum was abbekommen hatte, aber natürlich hatten sie sonst nichts mehr, vor allem nichts zu essen. Oft hat er davon erzählt, wie er im ausgebombten

Berlin Dinge ›organisiert‹ hat, sich auf dem Schwarzmarkt rumgetrieben und mit allem Möglichen Geschäfte gemacht hat, ein Wanderer zwischen den Sektoren, sogar mit den Alliierten hat er ›gedealt‹. ›Salad‹ haben sie ihn genannt. Von *Julius Caesar,* ›Caesar Salad‹, den die Amerikaner ja so lieben. Mein Vater hat immer gewusst, wo was ging. So ist er zu seiner Banklehre gekommen, hat nebenher noch gearbeitet, sich wirklich krumm gemacht ›Können diese Hände lügen‹, hat er früher oft gesagt.«

Tom denkt an seine *Pranke,* die männlich-kernige Begrüßung.

»Er ist stolz auf seinen Werdegang, weißt du. Ihm wurde nichts geschenkt, das hat er sich alles selbst aufgebaut. Von der Lehre in einer kleinen Privatbank zur Führungsriege in der Bankenmetropole Frankfurt ... Schon Wahnsinn.«

»Und wie ist er mit deiner Mutter zusammengekommen?«

»Das gehört zum Lebensabschnitt meiner Mutter. Über den spricht sie nicht gern. Ich weiß nur, dass sie irgendwann aus dem Böhmerwald zurückkam. Da war sie ganz allein im Rahmen der Kinderlandverschickung gewesen, in so einem Lager, während ihre Eltern genauso wie Papas Familie den Bombenangriffen auf Berlin ausgesetzt waren. Mein anderer Großvater war damals kriegsuntauglich, konnte aber arbeiten. Eines Tages stand Mama vor ihrer Tür, flog ihren Eltern in die Arme, sprach aber kein Wort. Mein Vater war es, der sie wieder zum Reden gebracht hat, auch wenn sie über ihre Erlebnisse in der Tschechoslowakei nie was erzählt hat. Meinem Vater wahrscheinlich. Aber sie redet bis heute nicht darüber. Wer weiß, was sie gesehen hat ...«

Judith spricht nicht weiter. Sie blickt an Tom vorbei in den Garten, wo einige Spatzen lautlos auf der Terrasse landen, etwas aufpicken und wieder wegfliegen. Wie still es ist. Kein Geräusch dringt von draußen herein, auch nicht von oben. Nirgendwo tickt eine Uhr, anders als bei Toms Eltern, wo eine Wanduhr aus Zinn zu jeder halben Stunde ratternd und scheppernd schlägt. Tom vermisst das nicht, doch die schwermütige Stille mag er auch nicht. Er möchte Judith zurück in ihre Gegenwart holen, ihre Liebe ist hier und jetzt.

»Dann haben sie sich also schon von Kindesbeinen an gekannt und schließlich doch ineinander verliebt?«

Judith richtet sich auf, sieht Tom an. »Ganz genau. Klingt kitschig, nicht wahr?«

»Nö, überhaupt nicht. Nicht mit dem Hintergrund.«

»Stimmt. Aber irgendwie schon wie in diesem Lied ...«

»Von *Klaus Lage*!« Tom beginnt zu singen: »*Tausendmal berührt, tausendmal ist nix passiert, tausend und eine Nacht und es hat Zoom gemacht.*«

Er bringt Judith zum Lachen.

»Na, an Ihnen ist ja ein richtiger Sänger verloren gegangen.« Judiths Mutter steht in der Tür. »Klingt schön. Machen Sie gerne weiter.«

Tom schüttelt verlegen den Kopf. Judith klatscht in die Hände.

»Au ja! Irgendwo hab ich noch meine alte Gitarre. Tom ist Musiker, Mama. Er hat in einer Band gespielt.«

Tom wehrt ab. »Das ist schon so lange her, dass es fast nicht mehr wahr ist.«

»Schade«, sagt Lotte. »Unsere Familie ist leider komplett unmusikalisch. Die Gitarre gibts auch nicht mehr, die hab ich doch dem Schulbasar gestiftet, weißt du nicht mehr, Judith?«

»Das ist also der Taunus,« Tom kennt den Landschaftsnamen nur aus der Schule als Beispiel für ein Mittelgebirge.

Sie haben die Siedlung links liegen lassen, sind über Feldwege schon ein ganz Stück gewandert, immer auf die bewaldete Hügelkette zu, den »Taunuskamm«, wie Judith weiß. Sie erklärt Tom, dass der Kamm wichtig für die Römer war, dass der Limes hier verlief und dass etwas weiter nordwestlich ein altes Römerkastell, die *Saalburg*, davon zeugt. Die sei sehenswert, habe ein Museum, aber heute würde das nichts mehr mit einem Besuch, sie seien zu spät aus dem Quark gekommen. Tom ist das recht, er macht sich nichts aus historischen Bauten und erst recht Museen.

»Meine Mutter schleppt ganze Schulklassen da hin. Dabei sind die meisten Kinder sicher schon mit ihren Eltern dort gewesen. So wie ich.« Judith rollt mit den Augen.

Tom legt seinen Arm fester um ihre Hüfte und küsst sie. Hier ist Judith viel mädchenhafter als in Münster, das gefällt ihm, er fühlt sich ihr gewachsen. Sie haben sich viel anvertraut in der Nacht, ihre Gefühle, Dinge, für die sie sich schämen, aber auch solche, die ihnen Freude machen – und Lust. Er hat das Gefühl, er kann ihr alles sagen. In seinen anderen Beziehungen ist ein solches Vertrauen viel langsamer gewachsen.

Vor der Anhöhe biegen sie ab, wenden sich ein Stück weit Richtung Stadt, kehren zum Haus von Judiths Eltern zurück. Erst jetzt fällt Tom der Wohnwagen schräg gegenüber dem Bungalow auf.

»Ist das eurer?«

»Kannst du dir vorstellen, dass wir mit sowas in den Urlaub fahren?« Judith lacht.

»Ehrlich gesagt, nein. Aber hier wohnen doch sonst keine Nachbarn.«

»Schau mal nach hinten!«

Sie drehen sich um. Tom sieht zwei Männer, einer von ihnen trägt eine Schimanski-Jacke, sieht dem *Tatort*-Kommissar aus Duisburg auch ein bisschen ähnlich. Der andere hat eine Glatze und trägt eine olivfarbene Bomberjacke; er ist kleiner, aber bulliger als Schimanski.

Natürlich! Tom schlägt sich gegen die Stirn. Wie konnte er nur so naiv sein. Die haben sich diskret im Hintergrund gehalten, wären bei Gefahr aber jederzeit zur Stelle gewesen. Der Wohnwagen ist die Überwachungsstation. Nichts und niemand entgeht hier der Aufmerksamkeit der Sicherheitskräfte.

Alles hat seinen Preis, aber will man so leben? Ob sich Judiths Eltern manchmal ihr altes, bescheideneres Leben zurückwünschen? Haben Sie Angst? Auch um ihre Tochter, wenn sie in Münster ist? Oder haben sie sich damit arrangiert, sich daran gewöhnt, indem sie eben mit der Gefahr leben? Ist sie überhaupt noch so groß wie 1977, als mit Buback, Ponto und Schleyer gleich drei bekannte Persönlichkeiten ermordet wurden? Jürgen Ponto, ein Banker wie Judiths Vater. Wohnte er nicht auch hier im Taunus?

Tom hätte Angst. Er muss an seine Bundeswehrzeit denken, an den Wachdienst im Munitionsdepot, den er so gehasst hat. Nicht weil er mitten in der Nacht zwei Stunden durch die Kälte patrouillieren musste, sondern weil er Angst hatte. Beim abendlichen Appell hatte der Feldwebel den Männern eingeschärft, besonders wachsam zu sein, denn es gebe eine Warnstufe, die RAF sei darauf aus, an Waffen zu kommen, es habe schon Zwischenfälle gegeben, Einbrüche in Kasernen. Immerhin waren sie zu zweit auf Wachgang um die begrünten Bunker, konnten sich unterhalten, was eigentlich untersagt war, aber es half gegen das klamme Gefühl. Nur direkt am Zaun verstummten sie, horchten besonders aufmerksam auf verdächtige Geräusche aus dem direkt angrenzenden, dichten Wald, das Knacken von Unterholz, das Rascheln von Zweigen und Blättern, seltsame Tierlaute. Einmal klang das Knacken so sehr nach menschlicher Bewegung, dass sie in Panik ihre Gewehre von den Schultern rissen, den Sicherungshebel auf *Feuerstoß* drückten und auf das Unterholz zielten. Viel hatte nicht gefehlt und sie hätten geschossen. Genau dahin brachte ihn das Militär, hat Tom damals erkannt. *Es ist die Angst um dein Leben, die dich zwingt zu töten, nicht Aggression, nicht Wut, nicht Fanatismus. Es ist die nackte Angst. Der Krieg wirft eine Münze: Töten oder Sterben. Fifty-fifty.*

»Kommst du?« Judith hat die Tür geöffnet und verschwindet im Hausflur. Die zwei Männer stehen jetzt am Wohnwagen und sehen Tom belustigt an.

Für die bin ich ein Möchtegern, denkt er, *einer, der nicht dazugehört. Wenn überhaupt, einer von ihnen. Und sie haben recht.*

Veränderungen

Der Rhein liegt schon hinter ihm. Wieder wundert Tom sich, wie klein der Bahnhof von Bonn ist. Das soll die Hauptstadt der Bundesrepublik Deutschland sein? Auch die Stadt selbst wirkt klein und unscheinbar, bis auf den *langen Eugen*, das dreißigstöckige Abgeordnetenhaus des Deutschen Bundestags, aber vielleicht hat er bei den Demos, die er dort besucht hat, andere Dinge im Kopf gehabt. Die Grüne Petra Kelly und ihr Ex-General Gert Bastian, die SPDler Willy Brandt und Erhard Eppler, Literaturnobelpreisträger Heinrich Böll, ihre mitreißende Reden, das großartige Gemeinschaftsgefühl, Abertausende Menschen, getragen von dem Wunsch nach Abrüstung und Frieden. Das eine nicht ohne das andere. Keine Alternative, kein Kompromiss.

Was ist davon geblieben? Warum ist das schon so weit weg? Wo habe ich das alles vergraben? Ist es Kohl, der alles lähmt? Der dicke Kanzler, der immer »Frienunfreieit« *sagt, in seinem lallenden Pfälzer Tonfall, die hehren Begriffe* Frieden *und* Freiheit *verklebt und verkleistert zu hohlen Worthülsen. Wie frei sind wir, was heißt schon Frieden, wenn wir mit Pershings und Cruise Missiles leben (so wie in dem Song von* Fischer-Z*)? Meine Eltern in Doesbeck ganz hautnah. Eigentlich leben alle gut damit, uns fehlt ja nichts, wir lenken uns ab, verdrängen den Ernstfall –* The Day After*, der drastische Film über den Atomkrieg ist längst verblasst. Dichter beschreiben lieber ihr Innenleben, selbst die Klingen der Satiriker sind*

stumpf geworden, der Scheibenwischer, *politisches Kabarett,*
nur ein Achselzucken beim Dicken, der Birne, *niemand lacht*
mehr, weil alles eigentlich nur noch traurig ist oder scheißegal.
Es ist das lähmende Zeitalter – die Lähmschicht künftiger
Ausgrabungen.

Tom klappt sein Notizbuch zu. *Klägliches Gewinsel,* denkt
er. Seine literarischen Ambitionen kommen nicht so recht
voran. Einen Roman müsste man schreiben. Aber über was?
Ist nicht alles schon gesagt? Ist nicht alles, was er erlebt, klein
und langweilig? *Judith nicht ...*

Die Liebe. Man sollte über die Liebe schreiben, aber wer
liest das noch? Schreibt nicht Erich Fried die besten Liebes-
gedichte unserer Zeit? Tom hat ihn auf dem Lyrikertreffen in
Münster erlebt. Ein kompakter, gut sechzigjähriger, durch
seinen Stock schon gebrechlich wirkender Mann mit Hornbrille, wallendem Haar und einer knurrigen Stimme, dem
besonders die jungen Studentinnen zu Füßen saßen und an
den Lippen hingen, eine schöne Seele, aber wohl auch eine
streitbare. Tom muss gestehen, Welten von solch einem Literaten entfernt zu sein; *ich bin ein Dilettant, ein Möchtegern*
auch hier.

Ach, Judith! Anders als er kann sie sich losreißen, sich
konzentrieren und stundenlang an ihrem Schreibtisch sitzen.
Dabei war er doch in ihrer Nähe, hätte so gerne mehr mit ihr
unternommen, nicht alleine. Das Haus in Bad Homburg
blieb ihm bis zuletzt fremd. Von Judiths Eltern fühlte er sich
gerade einmal geduldet. Er spürte, dass sie abwarteten und das
verunsicherte wiederum ihn, so sehr, dass er mit Judith nicht
darüber sprechen konnte, was sollte sie auch sagen, was würde
Schmerzhaftes dabei herauskommen? Die Tatsache, dass sie
mit einem Bankierssohn zusammen war, sie hat ihm in ihrer
»Beichtnacht« auch von Sebastian erzählt, einem jungen

Mann nach dem Geschmack des Vaters, es hat ihm einen Stich versetzt, auch wenn Judith beteuert, ihn nie so geliebt zu haben wie Tom, was er ihr gern glauben will, was zugleich aber seiner eigenen Erfahrung widerspricht. Seine Liebe zu Bärbel war einzigartig, der Verlust so groß, dass er bis heute schmerzt. Judith könnte ihn heilen, doch dazu muss er ihrer sicher sein. Er will sie ganz, doch sie entzieht sich ihm immer wieder, mochten sie auch noch so überwältigend gemeinsam kommen, ineinander versinken, sich so fest aneinanderschmiegen, als könnten sie eins werden, und einander ihre Herzen ausschütten – sie bleiben doch nur zwei Menschen, zwei Seelen, die sich viel versprechen können, die ihre Launen haben, ihren Freiheitsdrang und ihre Zwänge.

Wie Sodbrennen steigt in ihm eine seltsame Abneigung gegen manche ihrer Eigenheiten auf, er sieht sie vor sich: Wie mechanisch und selbstvergessen sie eine um die andere Filterzigarette raucht, die Stirn in Falten gelegt, während sie krumm am Schreibtisch sitzt, liest und schreibt, wie sie mit den Nägeln von Daumen und kleinem Finger der linken Hand schnipst, diese hochhält, während sie überlegt und mit der anderen Notizen macht, wie sie ihn anlächelt, dabei durch ihn hindurchschaut und den Rauch ausbläst, was sie vor lauter in sich gekehrter Konzentration fast dümmlich aussehen lässt.

Alle seine Versuche, sie auf sich aufmerksam zu machen, sie *anzumachen* oder wenigstens abzulenken, scheiterten, sodass er sich wie ein quengelndes Kind vorkam, wahlweise wie ein nur körperlich beanspruchter Liebhaber, ein *Mann für gewisse Stunden*, nur dass er kein *Richard Gere* ist. Unzufrieden mit sich und der Welt, brachte er nichts zustande, es war auch nicht sein Plan, er hatte Urlaub und er wollte ihn verdammt-noch-mal mit Judith verbringen.

Abends war er dann wieder gut für alles, auch für Judiths Eltern, die ein paarmal mit ihnen essen gingen. Tom lernte Restaurants aus einer anderen Welt kennen, Zehn-Gänge-Menüs von Sterneköchen, aß in einem französischen Lokal zum ersten Mal ein Filet vom Fohlen, fand es zart und süß (er hatte einmal gelesen, dass Menschenfleisch so schmecken soll), trank Weine, die um Längen besser waren als die, die er bis dahin getrunken hatte, ahnte, dass ein einziger Abend in diesem Restaurant mehr kostete als drei Monate Teilzeit-gehalt bei der Post, sein Lebensunterhalt. Immer wieder ertappte er sich dabei, wie er den Kopf schüttelte vor stiller Begeisterung und Überraschung, kulinarisch ungebildet, wie er war. Und trotzdem freute er sich am Ende genau darauf: endlich wieder in *seinem* Leben zu sein, einen schnöden Ein-topf zu essen, eine stinknormale Pfanne Bratkartoffeln, ein halbes Hähnchen mit Pommes vom Scheißer.

Sie würden die Nase rümpfen, die feine Lotte mit dem Hauch Rouge auf den Wangen, dem dünnen Lächeln der Dame von Welt, der polternde Julius mit dem lauten Organ, den selbstsicheren Bewegungen, der sachlichen Art zu essen, während seine vollen Lippen gleichwohl Genuss verrieten, Sinnlichkeit wie die Lippen von Judith, was Tom verstörte, was er unter allen Umständen aus dem Kopf kriegen musste, wenn er mit ihr schlief, ihr lieber in ihre schönen Augen sah oder seine einfach schloss, dabei sogar an Bärbel dachte, mit der alles so einfach, so ursprünglich gewesen war.

In Dortmund steigt Tom aus dem Zug, deponiert seine Tasche in einem Schließfach, was ihm verwegen vorkommt, vielleicht, weil die stets schmuddeligen, schummrigen Bereiche mit den Blechschränken beliebte Spielorte von Krimis und Thrillern sind, *Schließfach 763* zum Beispiel, ein Fernsehfilm aus den Siebzigern, in dem es um Goldschmuggel geht. *Judy Winter*! Sie hat darin mitgespielt, genauso wie in *Reifezeugnis* mit *Nastassja Kinski*. Doch nicht die blutjunge, zugegeben erotische Schauspielerin fand er schön, sondern *Judy Winter*, die reifere Frau – wie oft war sie die Hauptfigur seiner sexuellen Fantasien? Wie alt war er? Fünfzehn? Und jetzt weiß er auch, an wen ihn Judiths Mutter erinnert. Oder ist es doch Judith selbst?

Tom ist verwirrt. Er steht draußen auf dem Bahnhofsvorplatz und weiß plötzlich nicht, was er hier wollte. Er setzt sich einfach in Bewegung, lässt sich treiben, durch die Fußgängerzone, an Kaufhäusern und Läden mit den immer gleichen Namen vorbei nach Westen, zum Westentor an der Bundesstraße, und weiter zur Möllerbrücke. Hier kennt er sich wieder aus, wendet sich nach Süden in die Lindemannstraße, wo er oft war, bei Freunden aus Doesbeck, zu ganzen Spielewochenenden, zu Videoprojekten für den *Offenen Kanal*; einer ihrer Filme spielt in der »Unterwelt« Dortmunds, handelt von einem düsteren Unbekannten mit Totenschädel, der einer Studentin nachstellt und bis zuletzt nur ein Hirngespinst sein könnte – in der Rolle des schwarzen Mannes: Tom. Mit dem schwarzen Trenchcoat seines Vaters und einem zum Totenkopf geschminkten Gesicht.

Das Ganze ist noch nicht so lange her und doch will es Tom scheinen, als habe die Zeit alles mit sich gerissen. Die Freunde wohnen jetzt in Köln, die Bude an der Ecke ist weg, die *Trinkhalle*, wie das hier heißt, doch was ihn besonders schmerzt: Die Kneipe mit dem Billardtisch ist nun eine Reinigung. Wo jetzt folierte Kleidungsstücke Karussell fahren, sind die Freunde eines Abends gestrandet, als sie zu müde waren, den Film weiter zu schneiden; er weiß noch, wie ihm das Dortmunder Flaschenbier zu Kopf gestiegen ist, wie er mit stechenden Schmerzen und verquollenen Augen in der verrauchten Kneipe stand, am liebsten ins Bett gefallen wäre, doch stattdessen in die Arme von Katja fiel. Wie zwei Magnete haben sie sich angezogen, sie ganz hinten im Billardraum, er an der Tür, Sekunden später wie ein lange getrenntes Liebespaar vereint.

»Was machst du hier?«, fragten sie gleichzeitig, während *ABC* ihren *Poison Arrow* aus den Lautsprechern schossen, Katja und Tom sich wieder umarmten. Ihre Lippen fanden sich nicht. Es hätte nicht gepasst. Nicht mehr. Vorbei die Zeit, in der sie fast ein Paar geworden wären, in jenem Sommer, als er noch Bärbel nachtrauerte, als sie an einem der ersten Herbsttage feststellen mussten, dass es nicht gut gehen würde, wie sie da schon ihren Sommer verloren haben. Wie sollten sie ihn also jetzt noch zurückholen können?

Judith, Judith, klingt es aus weiter Ferne in seinem Kopf. *ABC* singen wieder *Poison Arrow: Who broke my heart, you did, you did* ... Erst jetzt realisiert Tom die Lautung, die Betonung auf »you«. Er singt die Worte auf Deutsch: *Wer brach mein Herz? Judith, Judith.*

Judith, you did!

Tom steigt in die nächste U-Bahn. Am Hauptbahnhof muss er nicht lange auf den Zug nach Münster warten. Wie oft saß er in solchen Dieselzügen? In seiner Beziehung mit Bärbel war er die Hälfte der Zeit unterwegs zu ihr oder auf der Rückfahrt von ihr, oft mehrmals die Woche, wann immer er sich freimachen konnte und mit dem letzten Geld, nur um sie zu sehen und doch immer wieder zu verlassen. Zugfahren ist Sehnsucht vor dem Ankommen und Wehmut nach dem Zurücklassen. Die Zeit von A bis Z immer nur eine Gnadenfrist.

Judith würde noch zwei Wochen in Bad Homburg bleiben. Tom wird die Zeit nutzen, um seine Seminararbeit fertigzuschreiben. Gleich morgen wird er zur Unibibliothek gehen und das langersehnte Dokument abholen. Tatsächlich findet er eine Benachrichtigung im Briefkasten. Fast hätte er sie mit allen Prospekten in die Tonne geworfen. Hat denn niemand nach Post geguckt? Ist überhaupt jemand da?

»Wo, verdammt noch mal ist der Mülleimer? Hier stinkt's ja wie im Schweinestall!« Tom ist außer sich, sein Brüllen verebbt in der Stille der Wohnung.

Angewidert greift er die Mülltüte, deren Zugbänder natürlich reißen, trägt sie halb offen nach unten in den Hof, presst sie mit Mühe in den vollen Müllcontainer und schneidet sich zu allem Überfluss noch an einer Konservendose. Wütend und blutend stürmt er wieder hoch, findet nirgendwo ein Pflaster, nimmt Klopapier und setzt sich endlich in den Sessel vor seinem Schreibtisch.

So geht das nicht mehr. Das muss sich ändern hier. Alles muss sich ändern.

»Na?« Freddie steht in der Tür, beide Hände in den Hosentaschen.

»Kannst du nicht anklopfen?« Tom ist immer noch verärgert.

»Hab ich. Aber was schreist'n hier so rum?«

»Sag mal, merkt ihr überhaupt noch was? Das stinkt hier wie Sau von der Mülltüte! Wo ist denn der verdammte Mülleimer?«

»Hat Volker geschrottet. Im Suff ... Aber ich hab echt andere Sorgen ...« Freddie druckst herum.

So kleinlaut war er neulich schon, als er Tom von seinem Ärger mit dem Paketdienst-Job erzählt hat.

»Immer noch der Mist mit dem Ausfahren?« Tom kommt langsam runter.

Freddie tritt ins Zimmer, schließt die Tür und setzt sich auf Toms Bett. Lange sagt er nichts, reibt die Handinnenflächen gegeneinander und sieht nach draußen. Nebel ist aufgezogen, doch Tom erkennt schon erstes Grün auf den Feldern. Er öffnet die Balkontür, bemerkt den Gestank. Er stammt offenbar nicht von den Mülltonnen im Innenhof.

»Gülle«, sagt Freddie. »Mach lieber zu.«

Tom schließt die Tür, setzt sich zurück in den Sessel. »Und?«

»Ach, das ist alles Mist. Den Scheiß mit dem Paketdienst hat der Anwalt abgebogen. Aber zu Hause ist die Kacke am Dampfen. Mein Vater ist krank, schafft den Hof nicht mehr. Meine beiden Brüder helfen ja schon länger mit, aber Hajo hat Prüfung. Jetzt muss ich ran.« Freddie macht eine Pause, um dann noch leiser anzufügen: »Tja, Junge, das war's. Ich zieh aus.«

»Aber ...« Tom ringt nach Worten. »Dein Studium! Schmeißt du etwa hin? Jetzt noch?«

»Ne, mach ich zu Ende. Zu den wenigen Veranstaltungen kann ich auch fahren.«

»Na ja, aber hier ...«

»Wat soll ich sagen. Ich kann mir auch wat Schöneres vorstellen, aber wat mut, dat mut.«

Die Worte wabern durch das Zimmer, legen sich wie Staub auf den Schreibtisch, *Staub zu Staub.* Stille. Freddie erhebt sich, schlägt Tom auf die Schulter, schließt die Tür hinter sich, leise und endgültig. Tom will das nicht, stürmt hinaus in den Flur, als Freddie gerade mit seiner Sporttasche aus seinem Zimmer kommt. Anders als sonst schließt er nicht ab. Niemand wird jetzt noch Schabernack treiben und die Möbel verrücken. Wenn, dann nur für den Umzug.

»Die nächsten Tage komme ich mit dem Hänger und hol die Sachen. Miete für April zahl ich noch. Sej too!« Freddie gibt Tom die Hand.

Tom schluckt schwer, hat Tränen in den Augen. Doch das sieht Freddie nicht mehr. Tom beeilt sich, will die Wohnungstür selber schließen, will wenigstens das in der Hand haben, macht sie zu, bevor die Glastür zum Treppenhaus ins Schloss fällt.

Alles verändert sich. Ohne sein Zutun. Was kann er überhaupt ausrichten? Was ist sein Gewicht in der Welt? Diese Zäsur ist nicht so schlimm wie das Ende seiner Band 1982, lange nicht so schlimm wie das Ende seiner ersten Liebe im Jahr danach, die anschließende Haltlosigkeit, ein ins Unendliche gedehnter Abschied von allem, was ihm lebenswert erschien, eine lähmende, allumfassende Wehmut. Hat er den Knall nicht gehört? Steht er nicht an der Schwelle zu einer neuen Phase? Er muss aufhören, in allem nur das Schlechte zu sehen. Sind es nicht die Momente des Glücks, diese tiefe Innigkeit mit Judith, die er, wenn auch nicht festhalten, so doch immerhin hochhalten kann? Sie geben ihm Anerkennung und Energie.

Ach, Judith, könntest du doch hier sein.

Das Telefon klingelt. Judith. Gerade richtig. Er hakt den Apparat unter, zieht die verdrehte Schnur in sein Zimmer. Lange liegen sie beisammen, er auf seinem, sie auf ihrem Bett, dreihundert Kilometer voneinander entfernt und doch so nah.

Freundeskreise

Der Frühling 1985 kommt nicht so richtig in Gang, läuft sich erst spät im Mai endlich warm, um bald darauf so abzukühlen, dass Tom mitten im Juni die Heizung hochdreht. Seine Beziehung mit Judith folgt diesem Wechselspiel zum Glück nicht, sie festigt sich immer mehr, was Tom nicht nur beim Studieren anspornt. Gemeinsam öffnen sie sich ihren Freunden. Judith verbringt zwar weniger Zeit in Toms WG, doch sie kann gut mit allen, auch mit dem Nachfolger von Freddie, einem smarten Zahnmedizinstudenten namens Ulf, den die verbliebenen W13er aus zwanzig Bewerbern herausgefischt haben – es musste unbedingt wieder ein Mann sein. Keine Experimente.

Tom ist ganz froh, dass Judith Freddie nicht mehr kennengelernt hat. Andererseits ist er sich sicher, dass sie seiner kernigen Männlichkeit selbstbewusst begegnet wäre. Schon so ist Tom manchmal nicht wohl, wenn Judith mit seiner WG am Tisch sitzt. Hat Judith ihn schon so verändert? Seine Mitbewohner kommen ihm plötzlich so kindisch vor. Er findet sie ungehobelt, besonders Volker, über den Judith allerdings milde lächelt.

Tom ist jetzt häufiger bei ihr. Sie hat sich ein neues Bett gekauft, das sie gebührend eingeweiht haben. Doch zum Arbeiten ist er lieber in seiner WG. Hier hat er Ruhe, denn seit Freddie weg ist, sind ihre Spontanfeten nicht nur gemäßigter, sondern auch seltener geworden. Neulich hat ihn eine Bewohnerin von unten sogar angelächelt. Es scheint, als atme das ganze Haus auf, weil W13 so brav geworden ist, so angepasst wie die anderen.

Volker und Torsten haben es noch einmal wissen wollen, doch ihr Elan ist schnell erschöpft gewesen, noch vor eins waren sie im Bett. Volker hat sogar einen neuen Mülleimer gekauft, Dietmar kocht jetzt richtig, manchmal sogar für alle, hat die Hühnerbeine vom Discounter endgültig aus dem Kühlschrank verbannt. Überhaupt Fleisch: Irgendwann haben alle bemerkt, dass keines mehr auf den Tisch kommt. Dietmar ist Vegetarier geworden, trägt neuerdings rötliche Kleidung, aber erst die Rosenholzkette hat allen die Augen geöffnet. Immerhin will er sie nicht bekehren, vielmehr ruht er in sich, hat stets ein verklärtes Lächeln im Gesicht und begegnet jeder Art von Hektik mit einer entrückten, zugleich wissenden Miene, als sei er erleuchtet und seine WG-Genossen noch arme Suchende. Tom ist beeindruckt. Volker und Torsten weniger, sie sticheln. Doch anders als früher rennen sie bei Dietmar gegen Gummiwände. Sanftmut und Güte sprechen aus seinen Augen.

Das weiche Wasser bricht den Stein, denkt Tom in Erinnerung an das friedensbewegte Lied von *Bots*. Der Film *Gandhi* fällt ihm ein, *Siddhartha* von Hermann Hesse, und trotzdem hält er nicht viel von fernöstlicher Weisheit, schon gar nicht von Sekten. Die Anhänger des Gurus Bhagwan sind schräge Vögel für ihn. Er wundert sich, dass selbst intelligente Menschen wie ein bekannter Linguistik-Professor Sannyasin ist, hat deswegen nie ein Seminar bei ihm besucht. Von Kommilitonen hört Tom, dass dieser Dozent seine Veranstaltungen im Lotossitz auf dem Tisch abhält. *Total banane. Und jetzt auch noch Dietmar!*

Tom schmerzt, wie sich Dinge um ihn herum wandeln. In ihm auch, er spürt eine innere Unruhe und Lust auf Neues. Manches ist wie ein anhaltender Abschied, manches wie ein fortgesetzter Neuanfang, kommunizierende Röhren mit zähflüssigem Inhalt. Ist er in der WG, kommt Wehmut auf, sobald er jedoch bei Judith ist, verfliegt diese, weicht der Neugier auf alles Neue. Aber nicht alles gefällt ihm.

Judith hat ihm immer wieder von ihrem Ex erzählt, dem Bankierssohn Sebastian. Vielleicht hat er das unterschätzt. Sie treffen sich noch, sie telefoniert ein paarmal die Woche mit ihm – ganz offen, auch wenn er dabei sitzt oder liegt. Und obwohl sie sich so offensichtlich um Transparenz bemüht, sind ihre gurrenden Laute, ein unvermutetes Flüstern, das herzliche Lachen, ja selbst die vor Rührung funkelnden Augen wie Nadelstiche in sein Herz.

Sebastian sei ein so feiner Mensch, Tom müsse ihn endlich kennenlernen, dann wisse er, was sie meine. Tom kennt ihn bisher nur von Fotos, findet ihn auch sympathisch, Sebastian ist ihm äußerlich nicht unähnlich, aber feingliedriger.

An einem Freitagabend in jenem kühlen Juni ist es so weit. Judith hat groß aufgefahren, Krabbencocktail, Lachs, Tomaten mit Mozzarella und frischem Basilikum, Tom kannte es bis dahin nur als getrocknetes Kraut. Sie hat den Tisch im Wohnzimmer gedeckt. Als es klingelt, jagt Toms Herzfrequenz nach oben, erst recht, als er ihm seine Hand gibt, die, obwohl er sie noch an seiner Hose abwischt, feucht und kalt ist.

Reiß dich zusammen, denkt er, während er seinen Blick nicht von Sebastian abwenden kann. Er ist tatsächlich so groß wie Tom, aber schmaler. Judith hat ihn umarmt und auf den Mund geküsst.

Was soll das? Und warum tut er so tuntig? Dieses gestelzte Überreichen des Blumenstraußes.

Sebastian beobachtet Tom aus den Augenwinkeln, während er Judith ins Wohnzimmer folgt und gleich höflich fragt, wo sie ihn denn platziert haben möchte. Es ist für vier gedeckt, bemerkt Tom jetzt erst.

»Klaus kommt ja auch noch«, sagt Judith, als hätte das schon immer festgestanden. »Also am besten dort am Fenster neben ihm.«

Wer zum Teufel ist Klaus? Etwa der schwule Freund? Tom erinnert sich an ihr langes Nachtgespräch im Taunus. Auf einem Foto an der Pinnwand steht Judith zwischen Sebastian und einem anderen Freund, Wange an Wange an Wange. Judith bringt eine schwarze Flasche.

»Ah, *Freixenet*, wie fein.« Sebastian nimmt ihr den Sekt aus der Hand, macht sich an dem Verschluss zu schaffen, was routiniert aussieht, eingespielt.

Es knallt, ohne dass etwas von dem Sekt herausschießt. Judith hat die Flöten nebeneinander aufgestellt, vier Stück in einer Reihe. Sebastian befüllt sie mit elegantem Schwung, ein joviales Lächeln wie festgetackert in seinem Gesicht. Es lässt ihn ein wenig wie *Pan Tau* aussehen, den gütig dauergrinsenden Zauberer aus der gleichnamigen tschechischen Kinderserie. Geziert greift er zwei Gläser, reicht eines Judith, das andere Tom, den Blick aber die ganze Zeit auf sie gerichtet und jetzt auch ganz vertraut mit ihr anstoßend, ihm nur zunickend. Gerade als sie trinken wollen, geht die Türklingel.

»Da komm ich ja gerade richtig!«

Das also ist Klaus. Tatsächlich der vom Foto. Tom erschrickt ein wenig über die knarzige, tiefe Stimme, zu der der süße Duft nicht so recht passen will, den Klaus reichlich verströmt, auch nicht das schmale und blasse Gesicht, das Tom ein wenig an das seines Bruders Rollo erinnert, nur dass Klaus etwas kleiner und flachsblond ist. Er wirkt nett, sein Handschlag ist kurz und fest, sein Blick offen und freundlich. Auch Judith umarmt er herzlich, aber nicht übertrieben.

»Schön, dich kennenzulernen«, sagt er zu Tom, als sie alle vier anstoßen.

Sebastian nickt nur knapp, Judith lächelt vielsagend. Sie verkneift sich eine Bemerkung, wohl, weil sie ihren Ex nicht verletzen will. *Was haben die noch miteinander?* Klaus sieht Tom aufmunternd an, scheint er ihn sympathisch zu finden, spricht im Weiteren meist mit Blick zu ihm. Später am Abend verzweigt sich die gemeinsame Unterhaltung. Sebastian und Judith stecken die Köpfe zusammen. Klaus macht ihm eine Andeutung, aufs Sofa zu wechseln.

»Keine Sorge. Das zwischen Judith und Sebastian – das ist was ganz Eigenes, aber keine Gefahr für dich.« Klaus boxt sanft Toms Oberarm und senkt gleichzeitig die Stimme. »Die beiden kennen sich schon aus der Schule. Ein Paar wurden die erst spät und dann gar nicht mal für so lange. Waren schon wieder getrennt, als ich ins Spiel kam. Und von mir musst du erst recht nix befürchten. Höchstens, dass ich dich ihr abjage.« Klaus lacht schallend, seine Stimme kippt in ein albernes Falsett, was auf Tom tuntig wirkt. Er ist unsicher damit, hat keine Erfahrung mit schwulen Männern; es gab nie welche in seinem Freundeskreis.

»Du hast doch kein Problem mit ...?«

»Nein, nein, überhaupt nicht!«, beeilt sich Tom, etwas zu laut zu versichern.

Judith und Sebastian schauen nur kurz auf, vertiefen sich wieder in ihr Gespräch. Er hält ihre Hand. *Keine Gefahr – wer's glaubt ...*

»Gut«, sagt Klaus und redet einfach drauflos, erzählt Tom von seinem Coming-out. Judith und Sebastian hat er sich als Erstes anvertraut, seinen Eltern erst ganz spät. Kleinstadt im Norden, schwierig, schwierig, Bauern seien brutal, nicht nur zu ihrem Vieh. (*Nüchtern und sachlich halt,* denkt Tom.) Aus der Provinz könne man nur fliehen. (*Oh ja!*) Es ziehe ihn zwar auch zurück in seine Heimat, aber wenn schon, dann in die Stadt, nach Hannover. Er habe eine WG in Aussicht, *Rosamundo* heiße die, zwei Schwule, zwei Lesben, einer auf dem Abflug, er mache das Glückskleeblatt wieder komplett.

Über *Rosamundo* muss Tom lachen. Er fragt sich, welchen Namen seine WG sich gegeben hätte, wären sie auf eine solche Idee gekommen, und ist eigentlich ganz froh über die nüchterne Nummer.

»AIDS ist natürlich ein Riesenthema«, sagt Klaus unvermittelt.

»Na klar«, sagt Tom wieder zu schnell, zu unbedacht. »Für wen nicht?«, fügt er verlegen hinzu, sieht die Spiegel-Titel augenblicklich vor sich – die zwei nackten Männer, das grüne Virus-Modell als runder Lego-Baustein, aufgeschnitten wie eine Rumkugel.

Während die Politik unterschiedlich reagiert und, statt aufzuklären, nur schwadroniert, trotz spärlichen Wissens alles wieder besser weiß, sind sich die Parteien mit dem C und die katholische Kirche mal wieder treu. Von einer »Heimsuchung Gottes« ist die Rede, davon, dass sich die Natur wehre. Promiskuität sei das Übel, wettern manche Moralapostel, aber auch Wissenschaftler, Homosexualität sowieso. Wegsperren müsse man die Kranken, denn sie seien gemeingefährlich.

»Ich mein, als Schwuler bist du doch immer noch am Pranger«, sagt Klaus. »Dabei sind alle gefährdet, die sich beim Sex nicht schützen. Oder Drogis über ihre Spritzen. Oder du, wenn du eine Blutkonserve brauchst, selbst wenn du mit einer Frau schläfst. Oder, oder ...«

»Hab ich auch Schiss vor«, sagt Tom.

»Kondome und Treue.« Klaus seufzt. »That's it. Zum Glück waren One-Night-Stands noch nie mein Ding.«

»Hast du nen festen Freund?«, fragt Tom und denkt mit einigem Unbehagen an sein vergeudetes Feten-Semester, in dem es zwar nie bis zum Sex kam, aber schon zu viel Knutscherei, dem »Austausch von Körperflüssigkeiten«; er hofft, dass es bei der Gefahr durch Blut und Sperma bleibt.

»Der Richtige kam leider noch nicht vorbei.« Klaus blickt geistesabwesend an Tom vorbei zum Fenster, durch das bläuliches Licht fällt; noch immer ist es nicht richtig dunkel. Blaue Stunde und Bärbel, immer noch untrennbar verbunden, aber dann sein wundes Herz, Herzschlagrot, Neonblau der Trost, Disco, Tanzen, Saufen. Könnte er doch malen, so wie Rollo, er sieht sein Bild vor sich, es wird Vorstellung bleiben. Vielleicht auch gut so. Er lebt jetzt und hier.

Tom liebt die langen Tage, die sinnlichen Düfte, spürt die wachsende Erregung wie das Sprießen der Pflanzen, die *Balzbereitschaft*, die fraglos auch bei Menschen im Frühling erwacht, sehnt sich nach sommerlicher Wärme. *Und nach Judith. Nach ihr allein.*

»Weißt du«, fährt Klaus fort und senkt den Blick auf seine Hände, die er wechselseitig knetet, »mich hat einmal ein Mann sehr verletzt. Hat mich angemacht, mich mit seinen Augen schon in der Bar komplett ausgezogen. Als er mich ansprach und mich sanft in eine stillere Ecke drängte, war es um mich geschehen. Er war so nett, jede Berührung von ihm ging mir durch und durch. Als ich ihn dann küssen wollte, sprang er auf und ging zur Theke zurück, wo ihn schon

Gelächter empfing. Sein Clübchen, eindeutig alle hetero, hatte sich einen Spaß gemacht. Die sind nur in die Schwulenbar gekommen, um sich über uns lustig zu machen. Über mich. Und ich war so bekloppt und hab auch noch geflennt.«

»Was für eine miese Tour!«, sagt Tom und muss schlucken. Er fühlt sich ertappt, weil er Beschimpfungen und Neckereien über »Homos« kennt, wie unüberlegt auch von ihm. Tom merkt, dass er über Homosexualität, noch nie ernsthaft nachgedacht hat. Erst jetzt, mit Klaus, seinen tränenglänzenden Augen, wird ihm einiges klar. *Er hat die gleichen Gefühle wie ich; die Verletzungen sind nicht weniger schmerzhaft, womöglich schlimmer, weil die Gesellschaft das Thema immer noch tabuisiert und sogar ächtet.*

Tom weiß nicht, was er sagen soll. Einer Frau hätte er schon längst die Hand auf den Arm gelegt, sie vielleicht in den Arm genommen. Einen guten Freund wohl auch, so begrüßen sie sich immerhin seit ein paar Jahren, was ihm anfangs trotzdem schwul vorkam und ihn animierte, einem anderen Mann immer noch einen *männlichen* Klaps auf den Rücken zu geben. Dass auch Männer herzlich zueinander sein können, sich gegenseitig *wärmen* wollen, verhindert wohl die Erziehung, die Sozialisation, wie er in manchen Party-Küchen-Gesprächen erörtert hat – mit Frauen, versteht sich. Aber er kennt auch Situationen, in denen der Alkohol selbst Chauvis enthemmt und Freddie Wange an Wange mit Dietmar posiert. Das Foto hängt an der Pinnwand ihrer WG.

»Tut mir wirklich leid«, sagt Tom, ohne Klaus anzublicken. »Danke für deine Offenheit.«

Mit einem Lächeln springt Klaus auf, geht zum Tisch und schenkt sich Wein ein. »Auf dich, Tom! Auf euch beide, Judith, ich gratuliere dir zu deinem Freund! Sorry, Basti ...«

Judith ist erst überrascht. Dann lächelt sie. »Finde ich auch«, gurrt sie und schenkt Tom einen ihrer sinnlichen Augenaufschläge.

Nur Sebastian guckt säuerlich und lässt sein Glas stehen.

Als der Besuch weg ist, räumen sie schweigend auf. Zwar hat ihn Klaus' Sympathie etwas versöhnt, doch die Vertrautheit zwischen Judith und Sebastian wurmt ihn nach wie vor. Einige Male nimmt Tom Anlauf zu einem Gespräch darüber, lässt es schließlich bleiben. Judith wirkt müde. Morgen ist auch noch ein Tag.

Langsam gewöhnt sich Tom an Judiths Freundeskreis, zu dem allerdings auch Hedwig gehört, die Co-Hiwi an Degens Lehrstuhl. Hedwig ist das genaue Gegenteil von Judith: klein, schmächtig und hässlich. Tom tut es leid, so zu urteilen, doch sie ist dazu auch noch arrogant und schnippisch, lässt ihn bei jeder Gelegenheit spüren, dass sie ihn für eine Flachpfeife hält, hat ihn einmal ins Gebet genommen, ihn in eine Diskussion über Horkheimer und Adorno verwickelt, ihn regelrecht *geprüft*. Judith hat das später als Marotte abgetan, Hedwig könne halt nicht gut mit Menschen, mit Männern zumal, sei durch und durch vergeistigt. Trotzdem würde ihm eine Lektüre der »Dialektik der Aufklärung« sicher nicht schaden. Tom hat sich nur bedankt und ist wütend nach Hause gefahren.

Judith und Tom gehen viel essen, meist zu einem Italiener an der Weseler Straße: *Il Cortile.* Der Chefkellner hat sie binnen Kurzem in sein Herz geschlossen, weniger ihn als Judith, denn er bringt ihm nicht immer das, was er bestellt hat. Einmal bekommt er eine Pizza ohne Käse. Ein Versehen, bedauert der Kellner mit einem schiefen Grinsen, das nächste Mal kriege er eine Pizza mit »doppelt Käse«. Durch Judith lernt er allerdings andere Gerichte schätzen, Risotto zum Beispiel, oft hängt er sich an ihre Bestellungen, schert nur bei Schafs- und Ziegenkäse aus, die er nicht ausstehen kann. Meistens bezahlt Judith, was ihm eigentlich gegen den Strich geht, erst recht unter den missbilligenden Augen des Italieners. Aber sie hat damit kein Problem; sie wisse ja, dass er nicht so viel habe mit seinem Job bei der Post, aber Geld sei nicht wichtig.

Nicht wichtig? Klar, wenn man es hat.

Zum ersten Mal findet Tom sich arm. Er hadert mit dem schönen, aber kostspieligen Leben, ist hin- und hergerissen. Einige Male kommen Judiths Eltern zu Besuch, laden sie beide natürlich in die besten Restaurants Münsters ein, wo Julius am Schluss ganz diskret die Rechnung begleicht, sie nicht einmal prüft, sondern nur den durchgestanzten, halb abgedeckten Kreditkartenbeleg unterschreibt. Auch Judith ist so unbekümmert, »großzügig«, nennt sie es, eine Frage der Haltung, eine »Lebenseinstellung«. Sie erwartet das auch von Tom, nicht, dass er zahlt, aber dass er so denkt. Er hat jedoch das Gefühl, seine Herkunft zu verraten, den guten Rat der Eltern, nicht über seine Verhältnisse zu leben.

Dann passiert etwas Hässliches: Sie haben wieder zu viel getrunken. Sie bezahlt. Wie immer. Er thematisiert das. Wieder einmal. Sie fragt ihn, ob er das mal lassen könne. Er fühlt sich nicht ernst genommen, bedauert, wie so oft, sie nicht einladen zu können. Sie sagt zum »tausendsten Mal«, das müsse er nicht, er solle sich mal nicht so klein machen. Er wird sauer, wirft ihr eine sorglose Ignoranz vor, wie sie Reichen zu eigen sei. Sie bezichtigt ihn, nicht arm, sondern geizig zu sein. Es gebe keine Armut in Deutschland, nur Geiz und

Neid. Bei Tom brechen alle Dämme, die Worte kotzt er förmlich heraus: Stolz sei er auf seine Herkunft, auf seine Familie, die beileibe nicht reich, dafür aber aufrichtig sei und den Menschen sehe, wie er ist, nicht was er hat, und damit zu ihr, Judith, ja, auch sie habe diese Doppelmoral – hier der marxistische, gesellschaftskritische Theorieansatz, dort ein Leben in Saus und Braus –, Wasser predigen, aber Wein trinken, genau das hasse er auch an den Achtundsechzigern, denen die Posten nachgeschmissen wurden und die heute genau wie diejenigen lebten, die sie einst bekämpften, Maden im Speck des Establishments, all jenen spottend, die sich eben kein Studium leisten konnten und die auf soziale Chancengleichheit hofften. Und über allem noch diese Kälte, die schneidende Kälte sarkastischer Intellektualität.

Ob er fertig sei? Judith lächelt dünn, spricht von Klischees und trivialen Mustern, wohlfeiler Hinterzimmer-Rhetorik, zählt ihm mit leiser, aber scharfer Stimme seine Unzulänglichkeiten auf, von denen die geistigen die schwerwiegendsten seien. Sie wünsche sich einen Mann von Format an ihrer Seite, einen, der großzügig und nicht kleingeistig ist, einen Mann eben und keinen »*Bauern*«!

Das sitzt. Geht tief – zu tief. Tom geht zu Fuß nach Hause, schreit ihr noch hinterher, sie könne ja wieder zu ihrem Sebastian gehen, der sei doch ihr *Mann von Welt*.

Sendepause.

Nein, das Ende! Wie sollen wir uns davon je erholen?

Judith ist es, die plötzlich vor seiner Tür steht, ihm sofort um den Hals fällt, dabei in sein Ohr flüstert, sie wolle keinen anderen Mann, und dass er ihr gut tue. Sie habe alles, »wirklich alles« nicht so gemeint. Und Sebastian sei zwar ein toller Mann, aber kein Mann für sie. Sie küsst ihn wild, bugsiert ihn dabei in sein Zimmer, schiebt ihn hinein und schließt die Tür ab. Er steht da, verblüfft, überwältigt, erregt. Mit glühenden Raubtieraugen kommt sie auf ihn zu, fasst ihn unten an, dirigiert ihn so zu seinem Bett. Jetzt könne er sich auf was gefasst machen, er werde schon sehen, so schnell werde er sie nicht mehr los ...

Den ganzen Nachmittag verbringen sie im Bett, rauchen und reden, schmieden Pläne. Judith will endlich Doesbeck kennenlernen, stellt es sich vor wie Hiltrup, nur eben nicht so nah an Münster, natürlich auch Toms Eltern, seine Brüder. Und sie will nach Holland, sie habe noch nie gekifft. Sie meine es ernst, es seien Herzensanliegen, keine Wiedergutmachung, falls er das meine.

Abends fahren sie mit Judiths Auto zum »Cortile«. Wieder trinken sie viel. Als »Gegengift«, sagt Judith und bleibt sanftmütig, fast schüchtern. Diesmal zahlt Tom. Der Kellner lächelt anerkennend, gibt ihnen noch einen Grappa aus – *zur Feier des Tages*, denkt Tom etwas verbittert.

Schamgrenzen

Über eines sind sich Judith und Tom gleich einig gewesen: Sie werden nicht bei seinen Eltern übernachten. Die Vorstellung, in einem hellhörigen Haus, direkt über deren Schlafzimmer zu liegen und auf jedes Geräusch achten zu müssen, ist auch Tom ein Graus, war es schon bei seinen früheren Freundinnen.

Sein Elternhaus ist tolerant. Die Intimsphäre ist zu Hause immer wichtig gewesen, wenn auch auf eine ziemlich verkrampfte Art und Weise. Tom hat selten gesehen, dass sich seine Eltern küssen, vielleicht mal flüchtig, züchtig, aber er mag auch nicht darüber nachdenken.

Toms Mutter ruft an, erwischt ihn zum Glück, als er gerade in der WG. Dietmar bringt ihm das Telefon, der Hörer riecht nach Räucherstäbchen.

Sie wolle sich nur kurz melden und fragen, ob er mit seiner neuen Freundin nicht schon zum Mittagessen kommen wolle. Ob sie was Falsches gesagt habe, will sie wissen, Toms Schweigen missdeutend, der an das »Durchgemüse« denken muss, an »Sauerkraut durchnander«, Grünkohl- oder Karotten-Kartoffelmansch aus dem Schnellkochtopf. Er liebt das Essen, hat Judith davon vorgeschwärmt und ihren Blick gesehen.

»Was gibt's denn?«, fragt Tom.

»Was mag denn Madame?«, kommt es leicht patzig aus dem Hörer.

Tom schluckt seinen Ärger runter. »Wie wär's mit einem schönen Sonntagsessen? Du weißt ja, was ich mag. Das mag Judith garantiert auch. Außerdem ist sie echt neugierig.«

»Dat mach ja sein, aber die braucht nich zu meinen, dass wir uns verbiegen. Normal wech - dat machen wir.«

»Na klar«, sagt Tom knapp.

Er ärgert sich, gefragt zu haben. Sie haben sich für Sonntag verabredet. Da gibt es eigentlich immer was Gutes. Rouladen, Gulasch, Braten, Hähnchen, meistens mit einer gehaltvollen Fleischsuppe davor, an Feiertagen auch mit Zwiebelfleisch, dem gekochten Rindfleisch und einer mehlgebundenen Zwiebelsoße, als Zwischengang und einem krönenden Dessert: Karamellpudding oder Herrencreme. Er liebt dieses Essen. Wie lange hat er darauf bereits verzichten müssen.

»Darf ich mir trotzdem was wünschen?« Tom zählt auf, was er mag, fragt, ob es zum Kaffee seine heiß geliebte Sahne-Nuss-Torte gibt.

»Mal sehen«, sagt seine Mutter; ihre Stimme klingt versöhnlich, so, als würde sie schmunzeln.

»Macht euch um Himmels willen keine Umstände. Judith ist zwar eine ›höhere Tochter‹, aber kannst du dir vorstellen, dass ich mit einer arroganten Ziege zusammen sein will?«

»Ne, ne. Kriegen wir schon hin. Bis Sonntach!«

Judith tut alles, um aus dem Besuch bei Toms Eltern keine große Sache zu machen. Sie hat sich nicht in Schale geworfen, sieht trotzdem umwerfend aus. Schon kurz nach halb elf steht sie mit ihrem Auto vor dem Wohnhaus. Auf dem Rücksitz liegt ein Blumenstrauß und eine eingepackte Flasche –*Freixenet*, wie sie verrät. *Was sonst? Sie hat eben Stil.*

Judith lässt Tom fahren. Er nimmt eine Abkürzung über die Felder, so sind sie bald schon auf der neuen Schnellstraße, die, von Umweltschützern lange hart bekämpft, unter allen Pendlern aber als Erlösung gefeiert wurde. Zwischen Altenberge und Laer endet der Komfort und es geht wie eh und je über kurvenreiche Landstraßen durch Dörfer und vorbei an Bauernschaften, bis sie nach einer langen geraden Strecke in die entscheidende Kurve kommen. Hier warnen Schilder vor dem militärischen Sperrgebiet, versetzen auch Judith in unruhige Stimmung.

Er hat ihr von den Atomwaffen erzählt, die hier angeblich lagern. »Sowas wie Mutlangen?«, hat sie gefragt. »Nur nicht mit so viel Prominenz im Widerstand«, hat er gesagt und an die Tagesschauberichte gedacht, an Petra Kelly, Walter Jens und Heinrich Böll als Sitzblockierer auf der Straße, die nicht wie anderswo von Polizisten weggetragen wurden. Tom erinnert sich gut daran, denn auch in Doesbeck haben sie zur selben Zeit, Anfang September 1983, protestiert, die wenigsten der Demonstranten waren aus Doesbeck. »Nur Chaoten«, wie die Doesbecker Nachbarn schimpften. Jedenfalls keiner vom Schlage eines Heinrich Böll. Allein seine Erscheinung, das ebenso ernste wie gutmütige Gesicht unter der Baskenmütze. Der Schriftsteller hat ihn da an seine Oma erinnert, die genauso ernst guckt, immer dann, wenn sie vom Krieg erzählt, und die sie immer mit einer ähnlichen Kopfbedeckung besuchen kam. Seit sie achtzig ist, lebt Toms Großmutter bei seinen Eltern, in den umgestalteten ehemaligen Kinderzimmern im Obergeschoss, wo sie es ruhiger angehen lässt und anstelle der jahrzehntelangen Arbeit in ihrem großen Garten ihre Zeit mit textilen Handarbeiten verbringt. *Stimmt ja*, denkt Tom, *wir werden gleich zu fünft sein.*

Wie erwartet fällt die Begrüßung freundlich, aber reserviert aus, was nicht an Judith liegt, die alle Register ihrer Herzlichkeit zieht. Die Blumen und der Sekt kommen gut an. Den sollen sie aber später mal trinken, sagt Judith, gut gekühlt, »versteht sich«.

»Natürlich«, sagt Toms Vater und beäugt die schwarze Flasche eingehend.

»Wir setzen uns auf die Terrasse«, sagt Toms Mutter. »So warm, wie das noch ist. Denkt auch keiner, dass wir schon Mitte September haben, ne?«

»Gerechter Ausgleich für den beschissenen Juni«, sagt Tom und erntet einen beifälligen Blick seines Vaters.

»Dat machs wohl sagen. Wenigstens die Pflaumen werden noch was. Die Kirschen sind fast alle verfault. Ich hab noch Rumtopf vom letzten Jahr, wollt ihr was davon?«

Judith winkt ab. Tom mag keinen Rum.

»Ne, Papa soll mal den *Asti Spumante* aufmachen«, sagt Toms Mutter. »Ich geh in die Küche. Setzt euch schon mal hin. Gibt gleich Essen.«

Sie setzen sich. Toms Vater bringt den Sekt, der immerhin gekühlt ist, wie es sich gehört. Judith lässt sich nichts anmerken, auch später beim Anstoßen nicht, als auch Toms Oma dabei ist, die aber nur Mineralwasser trinkt. Judith überrascht ihn sogar, als sie die Suppe in höchsten Tönen lobt und noch einen Nachschlag nimmt, so wie Tom, der einmal mehr erkennt, was ihm in Münster entgeht. Zum Glück gibt es kein Zwiebelfleisch. Tom weiß, dass seine Oma es liebt, gerade die glibberigen Fettstreifen, deren Anblick Judith erspart bleibt. Dass die alte Frau den Braten klein geschnitten bekommt, die Stücke mit der tiefbraunen Soße und den zu Mus gedrückten Salzkartoffeln vermanscht, den Teller mit der Gabel in der Faust und wahrem Heißhunger leert, dabei kaum kaut mit ihrem künstlichen, dumpf klingenden Gebiss, all das kennt Tom, seit er denken kann, und es ist ihm nicht peinlich. So eine rechtschaffene Frau. So großzügige Eltern, die Tom nicht in die Lebensplanung reinreden, wie Judiths Vater seiner Freundin. Sie scheint den Besuch bei den Kifflers tatsächlich zu genießen, lobt auch den Hauptgang und meint es allem Anschein nach ehrlich.

Tom ist stolz. *Habe ich nicht eine tolle Familie und eine tolle Freundin?*

Seine Eltern geben sich immer noch abwartend. Viel geredet wird nicht. Judith fragt unbeirrt nach diesem und jenem, erzählt ein wenig von sich, auch davon, wie Tom und sie sich kennengelernt haben. Tom versucht, das Thema abzubiegen, doch Judith kann es nicht lassen. Mit diebischer Freude erzählt sie von ihrer Begegnung im *Droko*, wie Tom plötzlich vor ihr gestanden habe, groß und dunkel, fast bedrohlich, wie er sie aber angeguckt habe, mit diesem flehenden Blick, »ein bisschen wie ein bettelnder Hund.« Sie stockt, merkt, dass sie zu weit gegangen ist, murmelt eine vage Entschuldigung. Verlegen greift sie nach dem Glas, trinkt einen Schluck von dem Moselwein, verzieht diesmal den Mund wohl eher über ihren Fauxpas.

Toms Eltern blicken sich unsicher an. Tom hilft ihr aus der Klemme, gibt wieder die alte Geschichte von seinem Kinderfreund und späterem Mitmusiker Botte zum Besten: dass der ihn immer *Hund* genannt habe, wegen seiner treublickenden braunen Augen, seine beiden Brüder *Pferd* und *Maus* – und sich selbst *Schwein*. Damit habe er sogar mal eine Ansichtskarte unterschrieben.

Alle lachen, auch seine Oma. »Ach, wat seid ihr doch für Blagen«, hat sie immer gesagt, mag es jetzt wieder denken.

Zum Nachtisch gibt es tatsächlich Herrencreme: Vanille-pudding mit Sahne, grobgeraspelter Block-Schokolade und Rum-Backaroma. Judith isst nur ein kleines Schälchen, fragt, ob sie rauchen darf. Tom holt einen Aschenbecher aus Zinn, macht sich aber weiter über das Dessert her. Judith betrachtet ihn amüsiert und bläst den Rauch zur Seite. Toms Oma zieht sich zurück.

Später beim Kaffee wiederholt sich das Spiel: Judith ver-zichtet auf die Sahne-Nuss-Torte, raucht lieber, während Tom drei Stücke isst, sie so genießt wie das teuerste Essen im Restaurant mit Judiths Eltern. Er sagt das nicht laut, trotz-dem legt Judith ihre Stirn in Falten.

Ob ich jetzt wieder ein Bauer für sie bin? Tom ist es egal und seine Mutter freut sich über seinen Appetit. Sein Vater hat sich nach drinnen verzogen. Durch das Fenster sieht Tom, dass er den Fernseher angemacht hat, wahrscheinlich irgend-eine Sportsendung guckt. Früher ist er daran verzweifelt, wenn sein Vater ihre Kindersendungen einfach weggeschaltet hat, doch jetzt findet er es unhöflich. Toms Mutter offenbar auch. Sie geht rein, Sekunden später ist der Fernseher wieder aus.

Es ist kühl geworden, sie wechseln alle ins Haus, sitzen noch eine Weile im Wohnzimmer, das aus lauter Eichen-möbeln besteht. Toms Vater ist stolz auf die eigenhändige Restaurierung des alten, vormals weiß lackierten Schranks und das selbst gebaute Regal. Tom weiß noch, wie sie die alten Bohlen aus dem abgekippten Schlamm des Schlossgra-bens geborgen und vom ehemaligen Sportplatz mühsam nach Hause geschleppt haben, den schwersten Balken sogar im Schlepptau des VW Käfers, was einen Höllenlärm auf dem Asphalt gemacht hat. Nur die Couchgarnitur, den Wohn-zimmertisch und das Bord mit den Zinntellern haben sich seine Eltern gekauft. Tom findet Eiche erdrückend, sie machen die Wohnung des Einfamilienhauses trotz der Wanddurchbrüche düster und klein.

»Hier!« Toms Vater hat eine Weinflasche aus dem Keller geholt. Tom erkennt ihn sofort, weil er ihn schon oft in den Händen gehalten hat: ein Weißwein von 1967, einer für einen besonderen Anlass, wie die Eltern immer betont haben, ein Mosel-Saar-Ruwer, braune Flasche, buntes Etikett, bunt wie das St.-Pepper-Album der Beatles, das auch 1967 erschienen ist, damals war Tom fünf Jahre alt und leider noch zu jung für beides.

»Willst du den wirklich aufmachen?«, fragt Tom. »Lohnt sich doch nicht. So lange bleiben wir ja auch nicht mehr und außerdem muss ich noch fahren.«

»Kann ich auch«, sagt Judith. »Meinetwegen müssen Sie die Flasche nicht aufmachen, Herr Kiffler!«

»Ach, die is mal langsam fällig. Wenn schon, denn schon. Ihre Eltern haben unsern Tom doch auch schon öfter verwöhnt, ne?«

Judith wirft Tom einen verwunderten Blick zu. Der macht eine unschuldige Geste. Sein Vater öffnet die Flasche mit dem Glockenkorkenzieher, erwischt nur einen Teil des Korkens, setzt neu an und kann doch nicht verhindern, dass die bröseligen Teile in die Flasche fallen. Erst jetzt sieht Tom, dass der Füllstand deutlich zu niedrig ist. Offenbar ist über die Jahre ein Teil verdunstet. Toms Vater gießt sich als erstes ein, schüttet die bedenklich braune Flüssigkeit samt Krümeln in sein Wasserglas und schenkt allen großzügig ein.

»Na, wie Wein sieht der ja nicht mehr aus«, sagt Toms Mutter und schnuppert an ihrem Glas.

Ölig, denkt Tom, *gar nicht gut …*

»Wir werden sehen«, sagt Toms Vater, prostet ihnen zu, trinkt einen Schluck und verzieht das Gesicht. Judith zögert, blickt Tom erwartungsvoll an. Der fackelt nicht lange und trinkt.

»Schmeckt gar nicht mal so gut«, lacht er, hört sich dabei an wie *Tony Curtis* aus der Fernsehserie *Die 2*, räuspert sich auch noch so affektiert wie er.

Judith muss lachen. Sie stellt das Glas zurück. Toms Eltern sammeln die Gläser ein und bringen sie in die Küche. Dort streiten sie leise, kommen mit roten Köpfen zurück.

Zum Abschied umarmt Tom auch seinen Vater. Judith bedankt sich überschwänglich, sagt, sie habe sich sehr wohl gefühlt. Die Kifflers lächeln dünn, sehen aber erleichtert aus. Tom sagt, dass er sich meldet.

»Aber auch tun«, sagt Toms Mutter. »Übrigens, meinen Geburtstag feier ich nicht groß, aber Papa wird im April fünfzig, da kommt ihr aber spätestens, ne?«

»Allerspätestens«, sagt Tom.

»Fein«, sagt Judith. »Da lerne ich dann ja die ganze Familie kennen.«

»Und? War's sehr schlimm?«, fragt Tom erst, als sie bereits auf der Schnellstraße sind.

Einen Gutteil der Fahrt haben sie geschwiegen, die aufziehende Dämmerung und den Dunst auf den Wiesen mit den halb darin versunkenen Kühen auf sich wirken lassen.

Einmal Hinterwald und zurück, hat Tom gedacht und dem Impuls widerstanden, mehr Gas zu geben. Er ist froh, wieder nach Münster zu können, für sich zu sein – nur für sich zu stehen. Er schämt sich nicht für seine Eltern, fühlt sich aber für ihre deutlich spürbare Bedrückung, ihr Gehemmtsein verantwortlich. Hätte er doch bloß nicht schon so viel von Judith erzählt, woher sie kommt, wer ihr Vater ist. Er hat sie überfordert, verunsichert, und ist damit auch noch dort eingebrochen, wo sie sich sicher und wohlfühlen – wo auch er einmal zu Hause war. Der Palast und die Hütten, die Zwei-Klassen-Gesellschaft – wer weiß, was sein politischer Vater alles gedacht, aber nicht gesagt hat. Seine Mutter, die genauso denkt wie er, aber eben auch »nur« Hausfrau ist.

Tom verbietet sich diese Gedanken und trotzdem hat es wehgetan, wie sie sich verbogen haben, mit dieser überlagerten Flasche Wein etwas Besonderes anbieten wollten. Dabei sind die besten Gastgeber und Eltern, lässige und tolerante Eltern – Tom verdankt ihnen so viel.

»Sie sind, wie sie sind«, sagt Tom, ohne eine Antwort abzuwarten. »Um nichts in der Welt will ich andere Eltern haben.«

Judith lehnt ihren Kopf an seine Schulter. »Und ich bin froh, dass sie dich in die Welt gesetzt haben. Keine Sorge, ich habe mich sehr wohlgefühlt bei ihnen.«

Als die ersten Lichter der Stadt in Sicht kommen, ist Judith eingeschlafen. Gleich sind sie da, doch eigentlich möchte er immer weiterfahren, auch Münster hinter sich lassen, weiter nach Süden, bis nach Italien, irgendwohin, wo es schön ist und nur eines zählt: dass sie zusammen sind.

Seine Augen füllen sich mit Tränen, die Lichter verschwimmen. Er ist glücklich.

Feiertage

Das Wintersemester hat es in sich. Sie tauchen tagelang ab, sehen sich manchmal nur am Wochenende. Seit Neuestem treffen sie sich samstags auf dem Wochenmarkt, essen auf der Domplatte einen Backfisch beim Holländer und besorgen noch in aller Eile etwas Gutes zum Essen. Judith entspannt sich beim Kochen, was Tom recht ist. So lernt auch er dazu, etwa, wie man Miesmuscheln zubereitet. Bevor es aber nach Hause und ans Kochen geht, treffen sie sich meistens noch mit Freunden im *Bunten Vogel*. Einige Male versacken sie dort, müssen dann einen Teil ihres Einkaufs wegschmeißen, weil er schlecht geworden ist. Das tut selbst Judith leid.

Judith mag den *Bunten Vogel* eigentlich nicht. Er ist ihr zu touristisch inzwischen – und früher fand sie ihn zu studentisch, auch etwas *unappetitlich*. Über die Lasagne mit den grünen Nudeln rümpft sie die Nase, dabei findet Tom gerade die *selten gut*, womit er *sehr gut* meint. Wie oft hat er zu Anfang des Studiums mit Rike genau bei dieser Lasagne über Gott und die Welt philosophiert, politisiert und nicht selten das Essen darüber kalt werden lassen, dafür unzählige Selbstgedrehte geraucht.

Dabei war er zu Anfang des Studiums ohnehin schon zu dünn. Richtig ausgemergelt sehe er aus, ob er Drogen nehme, haben Nachbarn und Verwandte in Doesbeck Toms Eltern gefragt und sie dennoch nicht aus der Ruhe bringen können. Die »Knallköppe« sollten selber mal abspecken, hat Toms

Vater im Familienkreis gesagt, sonst platzten die noch. *Knall-köppe eben.*

In Toms WG herrscht Grabesstille. Auch Volker und Torsten sind eingespannt, Ulf sowieso, er hat regelmäßig Leute zum gemeinsamen Lernen da, was offenbar so konzentriert abläuft, dass kein Mucks zu hören ist. Sie kommen und gehen wie geheimnisvolle Schattenwesen. Dietmar ist nur noch selten zu sehen, er scheint Anschluss an ein Sannyasin-Wohnprojekt gefunden zu haben und ist somit wohl der nächste Auszugskandidat. Aber solange er sich nicht rührt, soll es Tom recht sein.

Weihnachten verbringen Judith und Tom getrennt in ihren Familien. In Doesbeck ist tote Hose. Auch am Tag vor Heiligabend bleiben viele seiner Bekannten dem traditionellen Ehemaligentreffen in der *Schloßklause* fern. Der Laden ist voll, aber die meisten Gäste kennt Tom nicht oder nur vom Sehen. Ein paar belanglose Gespräche später will er schon gehen, als ihn eine Frau an der Tür anspricht. Sie ist deutlich älter als er, aber Tom findet sie mit ihrer fetzigen *Katchagoo-goo*-Frisur und ihren grünen Katzenaugen auf Anhieb attraktiv. Sie lädt ihn zu einem Drink an der Theke ein, wo sich herausstellt, dass sie eine gute Freundin der Wirtin ist. Adelheid heiße sie, aber alle nennen sie Heide, nicht Heidi, denn dieser Name gehöre eindeutig in die Berge und nicht ins nordische Moor wie der andere. Tom findet sie witzig und mit jedem weiteren Bier auch immer erotischer. Heide ihn wohl auch. Tom zieht die Reißleine, geht zur Toilette, wo er sich einschließt und lange nicht urinieren kann.

Was mach ich hier eigentlich? Ab nach Hause, bevor noch was passiert.

Im Gastraum wird die Musikanlage aufgedreht. *Anne Clark*'s *Our Darkness* versetzt die Leute in Tanzstimmung, auch Tom. Ihm gefällt der punkig-düstere Synthesizersound, der leicht klagende, sehr britisch klingende Sprechgesang. Der Song schreit nach einem Stroboskop oder wenigstens nach einem abgedunkelten Raum, doch die *Schloßklause* ist nun mal eine Kneipe, eine ziemlich biedere sogar, und kein Tanzschuppen. Die Leute scheint es nicht zu stören. Tom mischt sich unter die Leute und tanzt. Wie immer ragt er aus dem wogenden Haufen, ihm ist klar, dass Heide ihn beobachtet. Schon bei den ersten Takten des nächsten Songs umfasst sie ihn von hinten. *One More Night* von *Phil Collins* lässt die Paare unmittelbar in den Stehblues wechseln. Auch Heide und Tom.

Moment mal!

Sie schlingt ihre Arme um seinen Hals, zieht seinen Kopf zu sich und öffnet ihre Lippen zu einem Kuss. Tom kann nicht anders, er umfasst ihren Po, der sich kräftig und stramm anfühlt.

Sie macht wohl Aerobic, womöglich vor dem Fernseher bei »*Enorm in Form*« ... Er muss an die ZDF-Sendung denken, leider auch daran, wie sich seine Mutter auf dem Wohnzimmerteppich mal an der Telegymnastik probiert, aber schon nach wenigen Minuten wieder aufgegeben hat.

Er wischt die Gedanken beiseite und drückt Heide an sich, während sie ihre Hüften kreisen lässt, ihre Lippen an seinen kleben und ihre beiden Körper zu zittern beginnen. Sie zieht ihn Richtung Garderobe, wo sie hektisch nach ihren Jacken suchen. Tom hilft ihr in den Mantel, schlüpft in seinen Parka. Sie habe schon bezahlt, sagt sie. Er blickt zur Theke, sieht den missbilligenden Ausdruck im Gesicht der Wirtin, doch Heide nimmt seine Hand, winkt ihrer Freundin zu, schon sind sie draußen.

Der Nachtwind kühlt sein Gesicht, ernüchtert ihn schlagartig. Sie hat sich untergehakt, ist mit ihm losgegangen. In ihre Richtung. Das widerstrebt ihm. Der Zauber ist wie weggeblasen. Seine Gedanken kreisen um Judith und irgendwie auch wieder um AIDS. Im Oktober ist Rock Hudson an HIV gestorben, der amerikanische Schauspieler und Frauenschwarm – sein Bekenntnis, dass er schwul und krank war, erschütterte die Welt, sein hageres Gesicht, aus dem einen schon der Tod anblickte.

Tom kann nicht. Er muss Heide enttäuschen. Sie lässt ihn los, streift ihn nur mit einem Hab-ichs-doch-gewusst-Blick und geht ohne ein Wort weiter. Tom schaut ihr nach, kehrt schließlich um. Er nimmt einen anderen Weg nach Hause, nicht an der *Schloßklause* vorbei. *Verbrannte Erde ab jetzt.*

An Heiligabend kommt Steff mit »Beate2« dazu. Sie sieht seiner ersten Freundin Beate, der Schwester von Bärbel, seiner Ex-Bärbel, nicht allzu ähnlich, heißt aber genau so. Dass Tom deshalb die »2« hinzufügt, meint er nicht böse; er versteht sich gut mit ihr. Er ist froh, nicht mit seinen Eltern allein sein zu müssen. Wäre Rollo auch da, wäre es wie früher, doch der will mit seiner Freundin allein bleiben. Die Mutter hält das für eine Ausrede und vermutet vielmehr, dass die beiden bei den Eltern der Freundin sind. Eifersucht schwingt mit.

»Und dass wir da sind, reicht euch nicht?« Steff ist verschnupft.

Tom nickt nur.

»Ach«, sagt die Mutter und macht eine wegwerfende Handbewegung.

Der Vater hat sich bereits vom Tisch erhoben, kaum dass Beate2 ihren Teller geleert hat und von den zwei Brathähnchen nur noch abgenagte Knochen auf dem großen Haufen in der Mitte des Tisches liegen. Seit Tom denken kann, gibt es Brathähnchen an Heiligabend. Nur die Beilagen haben über die Jahre gewechselt, von Kartoffelsalat über Pommes bis zu Backofenkartoffeln, wie heute.

Bald gesellen sich alle zum Vater ins Wohnzimmer. *Der kleine Lord* läuft im Ersten, aber den haben alle schon gesehen. Im Dritten kommt ein alter Schwarz-Weiß-Schinken von 1936 mit Opernmusik, den der Vater angewidert wegschaltet. Bleibt nur das Zweite, *Die Familie Robinson*, die in der Wildnis der Rocky Mountains zurechtkommen muss, was natürlich gelingt, denn amerikanische Abenteuer haben immer ein Happy End.

Gegen halb elf gehen die Eltern zu Bett. Wenig später verabschiedet sich auch Beate2, die mit ihrer Familie zeitig frühstücken und zur *Eucharistiefeier* muss. Steff geht sofort an den Eichenschrank, holt die »Mariacron«-Flasche und zwei Weinbrandgläser heraus. Tom wechselt in den *Papa-Sessel*, legt die Beine auf den Wohnzimmertisch, Steff setzt sich neben ihn aufs Sofa, beide prosten sich zu, erinnern sich lachend an den Abend, als sie, viel zu früh von einer langweiligen Fete kommend, Rollo mit glitzernden Branntweinaugen antrafen, die leere Flasche vor sich auf dem Wohnzimmertisch. Sie haben sich dann am Bierkasten des Vaters bedient und einen *Dracula*-Film geguckt. Tom weiß noch, wie Rollo schon beim Vorspann »Der phantastische Film« eingeschlafen ist, während Steff und er sich gegruselt haben. Den Film selbst fanden sie eher witzig, besonders den Schluss, wenn *Dracula* Christopher Lee im gleißenden Sonnenlicht zu einem Häufchen Asche vergeht und verweht. Krönender Abschluss war die Nationalhymne vom Hambacher Schloss, das Testbild und dann: Schnee.

Wenn schon draußen keiner liegt ...

Heute Abend finden sie nichts Lustiges. Überhaupt verheißt die *Gong* nichts Gutes für den Rest des Abends.

»Scheiß Heiligabend«, sagt Steff und pfeffert die Programmzeitschrift zurück auf den Tisch.

»Gibt's eigentlich noch die Porno-Kassette?«

Steff lacht. »Die mit Freddie? Das wär's ja noch.«

Er greift im Regal hinter die Bücher, in das immer schon schlechte Versteck, und wird tatsächlich fündig.

»Wieso verstecken die die eigentlich noch? Ich hab denen schon erzählt, dass wir den Film wohl mindestens zehn Mal gesehen haben. Wie alt war ich da? Fünfzehn?«

»Echt? Und was haben sie gesagt?«

»Dass das primitiver Schweinkram ist und dass die Kassette jetzt mal in den Müll kommt.«

»Wie man sieht!« Tom lacht und reibt sich die Hände.

Mit dem Abstand von Jahren wirkt der Pornostreifen noch schlechter als früher. Schauspielerinnen, die keine sind und nicht mal hübsch aussehen. Und der Stecher, der nicht nur äußerlich *Freddie Mercury* von *Queen* (und Toms ehemaligem Mitbewohner) ähnelt, sondern auch in dem Film *Freddie* genannt wird, ist schauspielerisch einfach nur ungelenk und steif – sein Pimmel nicht immer: In ihrer Lieblingsszene liegt er in der Badewanne mit einer brennenden Zigarette im Mundwinkel, als gleich drei albern kichernde Frauen hereinkommen, sich vor die Wanne knien und beherzt in den Schaum greifen. »Oh nein«, kreischen sie, »jetzt ist er zusammengefallen«.

Steff schluckt den Branntwein zu hastig runter, muss zugleich husten und lachen.

»Neulich hat der Wettermoderator in der Glotze gesagt, ›die Wolken fallen in sich zusammen‹. Ich hab den Sessel bei Beate mit Rotwein versaut, so hab ich mich beömmelt.«

»Spul nochmal mal hin!«, lacht Tom.

»Ich weiß gar nicht, warum wir das so witzig fanden«, sagt Steff enttäuscht, als die Szene vorbei ist.

»Der kann einem ja echt leid tun, oder?« Tom muss an *seinen* Freddie denken. Er hat sich nicht mehr gemeldet seit dem Auszug. Ob er wenigstens seine Freundin noch hat, die so »laut« ist? Ob sie beide auf dem Bauernhof leben, sich im Jugendzimmer lieben und mit dem Vieh um die Wette schreien. Tom wischt die Bilder weg; um nichts in der Welt will er mit Freddie tauschen. Er kann sich nicht mehr vorstellen, hier auf dem Land zu leben.

»Ich fahr morgen Nachmittag zurück, nach dem Kaffee.«

»Ich nach dem Mittagessen«, sagt Steff. »Rollo kommt erst am zweiten Feiertag. Selber schuld.«

Tom schläft lange. Er zwingt sich förmlich dazu, will das öde *Fest* endlich hinter sich haben. Er ist allein in der WG und, wie es scheint, sogar im ganzen Haus. Durch den Vorhang dringt kaum Licht, dabei ist es früher Nachmittag. Tom hört das Plätschern von Regen auf dem Balkon. Und jetzt auch das Telefon im Flur. Es klingelt lange, zu lange. Tom geht ran.

»Na, mein Liebling, vermisst du mich?«

»Judith! Wo bist du?«

»In zwanzig Minuten bei dir. Das heißt ... Wenn du willst.«

»Was für eine Frage!«

Tom springt unter die Dusche, bleibt aber in Unterhose und T-Shirt.

»Oh, die Entscheidung ist leicht.« Judith lässt ihre Tasche und ihren Mantel noch im Flur fallen. Sie fallen übereinander her wie ausgehungerte Raubtiere.

»Welche Entscheidung denn?«, fragt Tom danach. Sie liegen nackt und erschöpft auf seinem Bett. Er schwitzt, sie zieht sich fröstelnd die Decke über.

»Wen oder was ich zuerst vernasche. Bringst du mir meine Tasche?«

Er holt sie, zieht eine Flasche Champagner heraus.

»Da ist noch mehr drin. Ganz viele kleine Schweinereien von zuhause. Die haben es wieder total übertrieben mit dem Essen. Tu uns den Gefallen und hol einen großen Teller, bist du so lieb?«

Tom nimmt die Tasche mit in die Küche, drapiert Oliven, Cracker und Käse auf einen Teller, vergisst auch Besteck und Gläser nicht, die »Leonardo«-Sektflöten, die Judith ihm geschenkt hat. Er muss an ihren Ex *Basti* denken, während er den Schampus öffnet.

Wie lächerlich. So ein Großkotz. Als ob ich das nicht ...

Der Korken knallt gegen die Decke, der Champagner schießt wie eine Fontäne aus der Flasche; Tom hat große Mühe, den Strahl in die Gläser zu lenken, sieht aus dem Augenwinkel, dass einige Bücher und auch seine Schreibmaschine besudelt sind. Judith lacht. Fröhlich, nicht hämisch.

»Na, wenigstens hast du nicht auf mich gezielt«, sagt sie. »Verdient hätte ich es ja, weil ich die Tasche einfach auf den Boden geknallt hab.«

Sie trinken, essen, haben Sex – alles passt so wunderbar zusammen, ist so sinnlich. *Übersinnlich.*

Ist wohl doch was dran, denkt Tom, *dass es das eine nicht ohne das andere gibt. Yin und Yang, der Geist und die Sinnlichkeit, der höchste Grat, der tiefste Abgrund.*

Tom hält nicht viel von Esoterik, trotzdem findet er es bemerkenswert, dass ausgerechnet die Feten im Fachbereich Katholische Theologie immer die besten und – erstaunlicherweise – flirtfreudigsten sind. Am schlimmsten dagegen die Feten der Pädagogik, auf denen Humor und Lockerheit oder auch nur ein männliches Zulächeln offenbar schon eine Vorstufe von Sexismus und Unterdrückung der Frau sind. *Roter Alarm* auf der *Enterprise*, Tom hört ihn förmlich.

Aus dem Notizbuch von Tom: *Die PH ist ein Kraftwerk von Umweltschützerinnen und missionierenden Besserwisserinnen, und ich mag ungerecht sein, aber sind es nicht gerade die wollsockigen Frauen, die weinerlich bis empört auf das Waldsterben hinweisen, den sauren Regen, natürlich die westliche Industrie brandmarken und nicht auch die Braunkohle-Verpestung in der DDR inklusive Westberlin, das ganz schön stinken kann? Natürlich stehen sie links, sind gegen Aufrüstung und Atomkraft. Sind für Lernen in Freiheit nach Montessori, für die Waldorf-Erziehung und weiß-der-Kuckuck für was noch, Hauptsache nicht für humanistische, »männlich geprägte« Pädagogik, auch wenn die jungen Lehrerinnen nachher an stinknormalen Grundschulen unterrichten, wo ihre grün-alternativen Illusionen sehr schnell an der Realität scheitern. Aber wer weiß, wer hätte gedacht, dass strickende Männer und Ökobauern in den Bundestag einziehen?*

Silvester feiern Judith und Tom auf einem seltsam steifen Fest im Kreuzviertel. Der ältere Bruder von Sebastian, ein erfolgreicher Rechtsanwalt, hat eingeladen. Tom hat die Nase gerümpft, aber leider keine Alternative gehabt. Natürlich ist Sebastian da, diesmal jedoch in Begleitung. Klaus kommt wieder alleine und wie Tom in Jeans und dunklem Hemd, nicht wie alle anderen Männer im Smoking und mit Fliege. Judith trägt einen dunkelgrauen Hosenanzug statt eines

Abendkleides wie die meisten anderen Frauen; sie sieht trotzdem am umwerfendsten aus, findet Tom.

Etwa vierzig Leute tummeln sich in der schicken Altbauwohnung. Es gibt Punsch in der Diele, ein edles Buffet in der Küche, zusätzlich Kanapees auf einem silbernen Tablett, das eine Kellnerin mit weißer Bluse und schwarzem Rock durch die Räume trägt. Im Wohnzimmer brennt ein Kamin, doch niemand sitzt davor. Alle stehen in kleinen Gruppen beieinander, wandeln umher oder lauschen der Musik eines Klavierspielers am Steinway-Flügel. In der Bibliothek – so etwas kennt Tom nur aus Filmen – sitzen drei ihm unbekannte ältere Männer in Klubsesseln und rauchen Zigarre. Offenbar sind auch Eltern zugegen, hat er nicht vorhin eine Dame mit Zigarettenspitze gesehen?

Tom fühlt sich fehl am Platz. Eine Weile beschäftigt er sich mit Essen. Klaus organisiert Flaschenbier und unterhält sich mit ihm, bevor auch er, wie Judith, in Gespräche gezogen wird. Nicht aber Tom. Niemand beachtet ihn, was ihm recht ist. Und so setzt er sich schließlich vor den Kamin, raucht eine Zigarette nach der anderen, wirft die leere Schachtel ins Feuer, wartet gedankenleer auf Mitternacht. Als es endlich so weit ist, kann er Judith vor lauter knutschenden Menschen erst nicht finden, entdeckt sie schließlich auf dem kleinen Balkon, Arm in Arm mit Klaus.

»Komm«, sagt sie. »Ich hab dich schon vermisst.«

»Ja, komm«, sagt Klaus.

Sie nehmen ihn in die Mitte und küssen ihn *stereo* auf beide Wangen. Feuerwerk knallt am Himmel, streut bunte Sträuße von Licht in die frostig-klare Neujahrsnacht. Ihm wird kalt, da zieht ihn Judith zu sich und sie küssen sich endlich richtig. Nicht lange, und sie verschwinden ohne jeden

Abschied, als müssten sie flüchten. Tom fühlt sich jedenfalls so.

»Versprich mir, dass wir ein solches Silvester nicht wiederholen«, sagt er, als sie endlich in einem Taxi sitzen.

»Ehrenwort«, lacht Judith und küsst ihn, bis der Wagen vor ihrer Wohnung hält.

»Ein gutes Neues«, wünscht ihnen der Fahrer und dreht beim Wegfahren das Radio lauter; *Live Is Life*, singen *Opus*.

Oh ja, denkt Tom, *jetzt kann 1986 kommen.*

Katastrophen

Vier Wochen nach dem Neujahrsfeuerwerk 1986 explodiert die amerikanische Raumfähre »Challenger« genau 73 Sekunden nach dem Start in Cape Canaveral, Florida, in rund 15 Kilometern Höhe. Die zwei Astronautinnen und fünf Astronauten haben keine Chance, sie fallen in ihrer Kabine vom Himmel wie die Trümmerteile ihrer Raumfähre. Unklar ist, ob sie noch bei Bewusstsein sind, als der Feuerball aufflammt und Luftschlangen aus Dampf ein geisterhaftes Gebilde in den Himmel malen, das dort noch steht, als alle Wrackteile und die sieben Menschen bereits heruntergeregnet sind. Tom mag nicht darüber nachdenken und doch kann er solche Fragen nicht verdrängen.

73 Sekunden lang schraubt sich die »Challenger« mit den unglücklichen Sieben in die Höhe. Zwischen Hoffen und Bangen sitzen sie eingezwängt, abwartend, dem Startprozess bis in den Orbit ausgeliefert. Erstmals ist eine Zivilistin an Bord, eine Lehrerin, ausgewählt unter mehr als 11.000 Kandidatinnen und Kandidaten, ausersehen, aus der Umlaufbahn zu unterrichten und die jungen Menschen in Amerika so für Technik zu begeistern.

73 Sekunden später der Schock, fassungsloses Starren, langsames Begreifen, Hilflosigkeit, Ohnmacht. Dazu der Sprecher aus dem NASA-Zentrum, der eben noch Daten verlesen hat, nun erst, schon in die Stille und Sprachlosigkeit der Welt

hinein sagt, was nicht von der Hand zu weisen ist: »obviously a major malfunction«.

Die ganze Welt verfolgt die Katastrophe live an den Fernsehbildschirmen und schon kurz danach in den Dauerschleifen der Nachrichten, erste Hinweise in Zeitlupe, Bild für Bild wird der Hergang seziert; alles beginnt mit einer Stichflamme aus der Dichtung einer Feststoffrakete.

Tom ertappt sich bald bei dem Gedanken, das alles könne eine Hollywood-Inszenierung sein, schlimmstenfalls eine Verschwörung wie in »Capricorn One« über eine vorgetäuschte Raumfahrt zum Mars, einem Kinofilm, den er während der Klassenfahrt 1979 in London gesehen hat und in dem am Ende auch das Gute siegt. Und konnten nicht auch im echten Leben alle drei Astronauten von Apollo 13 gerettet werden? Wann war das? 1970?

Seltsamerweise nährt das Schicksal der »Challenger« nicht seine Flugangst – er ist noch nie geflogen, wird es wohl bald mit Judith –, sondern lässt ihn an den Kolbenfresser in seinem ersten Auto denken. Damals hat er das furchtbare Rasseln gehört, das verbrannte Motoröl gerochen, hat den Dampf aufsteigen sehen und sich nach dem Abschleppen über den Totalschaden und die hohe Rechnung des Autohauses geärgert. Damals hat er das Vertrauen in Technik verloren, auch wenn er *nur* liegen geblieben ist auf dem Weg zu Bärbel, die er später am Abend, nach einer Bus- und Bahnreise doch noch in die Arme schließen konnte.

Während für Tom das achte Fachsemester in Germanistik beginnt, ist Judith bereits in ihrem zehnten. Obwohl sie am Lehrstuhl eingespannt ist, macht sie sich Gedanken über ihre Magisterprüfung. Sie will nicht »trödeln« – *hat sie das je?*

Tom lässt sich davon anstecken. Judiths Eifer macht ihm ein schlechtes Gewissen, obwohl alles bestens läuft. Er wird im Sommer alle Scheine beisammen haben, mit durchweg guten bis sehr guten Noten. Judith treibt ihn trotzdem an, fragt, ob er in Philosophie nicht mehr Gas geben könne, doch das ist im Lehramtsstudium nicht so einfach. Dass er sein erziehungswissenschaftliches Begleitfach hat schleifen lassen, sagt er ihr nicht. Er hat ein Praktikum an der Gesamtschule zugesagt bekommen. Solche »schulpraktischen Studien« sind mit der letzten Reform in die Prüfungsordnung aufgenommen worden und gelten leider auch für Tom.

Wider Erwarten lässt es sich gut an. Nur das frühe Aufstehen und die lange Anfahrt durch die noch sehr frische Morgenluft machen ihm zu schaffen. Mit dem Oberstufenkurs und dessen Lehrer hat er es offensichtlich gut erwischt. Sie lesen gerade Schillers »Kabale und Liebe«, wollen sich das Stück auch noch im Theater ansehen und sind mit Feuereifer bei der Sache. Mit Schiller kennt Tom sich aus. Er erklärt ihnen den literarischen Kontext, macht Ausflüge in die Geschichte der Aufklärung, erklärt ihnen die gesellschaftlichen Veränderungen der Zeit. Nicht nur die Schüler sind angetan, auch der Lehrer stellt ihm ein sehr gutes Praktikumszeugnis in Aussicht. Tom muss einen Bericht schreiben, der ihm ein wenig zu poetisch gerät, so sehr schwärmt er von seiner Erfahrung mit der Schule. Zum ersten Mal kann er sich vorstellen, Lehrer zu werden.

»Willst du das wirklich?« Judith lächelt schief.

Den Ausdruck kennt er. Missbilligung, Spott – er fühlt sich angegriffen. Sie streiten sich wieder. Wieder einmal dreht sich ihr Konflikt um Judiths Lieblingsbegriff »Format«. Er habe keinen Anspruch an sich selbst, es komme darauf an, sich selbst zu fordern, mehr zu wollen, als das, was einem zufliegt. Sicher habe er Talent, aber zu wahrem »Format« gehöre einfach mehr.

Tom bläst zum Gegenangriff: Er bereue zutiefst, sie jemals als »Frau von Format« bezeichnet zu haben. In Wirklichkeit sei sie ein von Ehrgeiz zerfressenes Luxusgeschöpf, ihrem Vater so ähnlich, dass er sich frage, warum sie nicht längst auf die Erfolgsspur gewechselt sei, statt an Degens Lehrstuhl zu versauern.

Judith kontert: Degen sei ihr Doktorvater, das habe sie in diesem Moment festgelegt.

Tom: Na wunderbar, sie solle aber erst mal ihren Magister machen.

Judith: Er solle ihr nicht sagen, was sie zu tun habe.

Tom: Dann könne er ja gehen.

Judith: »Gute Idee!«

In ihre »Sendepause« regnet buchstäblich eine weitere Schreckensnachricht: In Norwegen, Schweden und Finnland seien ungewöhnlich hohe radioaktive Werte gemessen worden, Menschen seien nicht gefährdet, als Ursache werde ein schadhafter sowjetischer Atomreaktor vermutet, vermelden die Abendnachrichten am letzten Montag im April. Wenig später bestätigt die sowjetische Nachrichtenagentur TASS, es habe bereits am frühen Samstagmorgen ein Unglück in einem Atomkraftwerk nahe Kiew in der Ukraine gegeben, mehrere Menschen seien zu Schaden gekommen. Tschernobyl heißt der Ort. Tom sieht in seinem Schulatlas nach, findet dort aber keinen mit dem Namen. Die Nachrichtensprecher können sich zunächst nicht auf eine einheitliche Aussprache einigen – drei Silben, drei Varianten. Was so exotisch und weit weg wirkt, holt Europa schnell ein. In weiteren Teilen des Kontinents werden hohe Konzentrationen von Radioaktivität gemessen, Meteorologen erklären das mit der ungünstigen Wetterlage, zeigen auf Karten die Windströmungen, von denen die gefährlichen Wolken bis in die Heimat getragen werden. Immer deutlicher wird das Ausmaß der Katastrophe, die nun ganz offiziell als »Größter anzunehmender Unfall«, kurz GAU, bezeichnet wird. Der Reaktor brennt, steht auch Tage nach dem GAU in Brand, verteilt weiter Partikel in die Luft. Noch immer informieren die Sowjets scheibchenweise, halten mit Opferzahlen hinter dem Berg, rufen schließlich nach internationaler Hilfe.

Berichte aus Deutschland zeigen die Folgen auch hier: Bauern und Gartenbesitzer werden ihre Ernte vernichten, sogar ihre Böden abtragen müssen, Wild und Waldfrüchte auf Jahre nicht mehr genießbar sein, wenn auch mehr in Süddeutschland als im Münsterland. Wovor Experten immer gewarnt haben, wird bittere Realität: Die Atomkraft zeigt ihre todbringende Kehrseite. Auch ohne einen Atomkrieg wird der *Fallout* zur Pest. Regen wäscht die strahlenden Teilchen förmlich aus der Luft, lässt sie auf die Erde niederprasseln, verseucht alles Vertraute. Und die Gefahr ist unsichtbar, mit den menschlichen Sinnen nicht wahrnehmbar, die Spätfolgen nicht absehbar, auch wenn die Bundesregierung in Gestalt von Innenminister Zimmermann abwiegelt. Tom muss wieder an den Film »The Day After« denken; er macht sich große Sorgen.

»Ist das nicht schrecklich?«, ist Judiths Begrüßung am Telefon. »Ich bin wie gelähmt. Kannst du kommen? Oder können wir jetzt nicht mehr raus?«

»Quatsch. Jetzt bin ich also wieder gut genug, oder was?«

»Das ist so furchtbar. Was ist dagegen unser blöder Streit. Ich brauch dich jetzt!«

»Such dir doch jemanden mit *Format*.«

»Ach, lass doch. Ich entschuldige mich auch. Ich liebe dich!«

Tom wird weich, aber er hat am Wochenende was vor, will zu Dietmars 25er-Geburtstagsfete, die er in seinem Elternhaus in Beckum feiert. Die anderen WGler können nicht, also darf er nicht auch noch absagen, schon gar nicht so kurzfristig. Die Fete kommt ihm jetzt doppelt gelegen: Abstand zu Judith, soll sie ruhig mal schmoren, und Ablenkung von der Katastrophe.

»Wann fährst du denn?«, fragt Judith.

»Morgen Nachmittag, aber ich hab hier echt noch zu tun. Tut mir leid.«

Judith legt auf, meldet sich abends noch einmal, sagt ihm, dass er gerne am Sonntag vorbeikommen könne. Vom Bahnhof sei es ja nicht weit. Tom sagt, er überlege es sich.

Er fährt mit dem Zug nach Hamm. Dietmar holt ihn mit dem Golf seines Vaters vom Bahnhof ab, denn die Familie wohnt nicht direkt in Beckum, sondern irgendwo zwischen Hamm, Ahlen und Beckum. Dietmars Eltern begrüßen Tom wie einen alten Bekannten. Dabei hat er sie nur ein paarmal gesehen, immer nur kurz, wenn sie ihrem Sohn die Fressalien gebracht und gleich wieder abgehauen sind. Jetzt steht Tom mit Dietmars Vater im Garten. Der gemütliche Herr raucht eine mit, druckst herum, rückt dann raus mit der Sprache. »Was halten Sie denn von dieser Sekte? Wieso macht Didi das?«

Didi – Tom kann sich ein Grinsen nicht verkneifen. Nennen ihn seine eigenen Eltern also auch so.

Dietmars Vater setzt nach: »Sie scheinen ja ein ganz vernünftiger Kerl zu sein, können Sie nicht auf ihn einwirken?«

Tom könnte viel dazu sagen, aber er findet, dass Dietmar sich durchaus zum Positiven verändert hat.

»Ich glaub, diese Bhagwan-Jünger sind harmlos. Finden Sie nicht, dass Diet ... äh ... Didi viel offener geworden ist? Zufriedener?«

»Ist Ihnen das auch aufgefallen? Wir machen uns halt Sorgen, meine Frau und ich, aber wenn Sie als Freund das so sagen ... so sehen ... Dann is ja gut.«

»Was ist gut?« Dietmar steht plötzlich hinter ihnen.

Sein Lächeln ist echt. Das war es früher nicht, findet Tom. Die Sonne scheint auf Dietmars zufriedenes Gesicht, lässt es zusätzlich strahlen. Sein Vater klopft ihm auf die Schulter und lässt die beiden Freunde stehen.

Ist er mein Freund? Jedenfalls bin ich hier und echt mal gespannt auf die Fete.

»Hilfst du mir bei den letzten Vorbereitungen?«

Das einzige Mal, dass Tom ein Bierfass an eine Zapfanlage angeschlossen hat, war bei der Abifete im nachbarlichen Partyschuppen in Doesbeck. Auch in Dietmars Schuppen hat er einen Heidenrespekt vor der Gasflasche und braucht wieder lange, den Druck so einzustellen, dass aus Schaum endlich Bier wird. Die Kühlanlage scheppert, aber das dürfte die Musik nachher mühelos übertönen. Die Anlage sieht professionell aus.

»Ist geliehen«, sagt Dietmar. »Ein DJ war mir allerdings zu teuer. Willst du das nicht machen?«

»Was'n noch? Nene, lass das mal jemand anderen machen. Ich will mir heute mal so richtig die Kante geben.«

»Stress mit der Freundin?«

»Sieht man das?«

»Joa, irgendwie schon.«

Tom sagt nichts mehr. Dietmar wird ihm langsam unheimlich. Früher war er so sensibel wie ein Holzklotz. Wenn er jetzt noch was Sinnvolles machen würde, können seine Eltern echt zufrieden mit ihm sein. Aber vielleicht macht er das ja schon.

Nur langsam tröpfeln die Gäste ein, ausschließlich Männer, Burschen vom Land, wie damals bei Toms erstem Band-Konzert mit professioneller Anlage in dem viel zu kleinen Jugendheim in Darrendorf, wo es zwischen Bärbel und ihm gefunkt hat. Irgendwann stoßen doch noch ein paar Frauen dazu. Sie sind arrogant, wozu ihr Äußeres eigentlich keinen Anlass gibt. Tom lässt sie links liegen, unterhält sich hier und da mit jemandem, begibt sich schließlich doch an die Anlage, um den missratenen Mix aus *Bangles, Münchner Freiheit* und *Modern Talking* endlich aufzupeppen. *Irresistible* von Prinzessin *Stéphanie* würgt er einfach ab, spielt Altbewährtes, die *Simple Minds, The Cure, U2,* zieht für später die älteren Scheiben von *Fischer-Z, Duran Duran* und *Talk Talk* heraus und natürlich *Tainted Love* von *Soft Cell*, absolute Tanzgarantie, wie *Live Is Life* von *Opus*, aber das hasst er mittlerweile. *Depeche Mode* findet er gut.

Viel besser als Bärchen bei der Droko-Fete, findet er, *und wer hier nicht tanzt, ist entweder knülle oder will knutschen.* Jetzt wird er schwermütig, denkt an den ersten Abend mit Judith zurück. Fast mechanisch zieht er *Jeanny* von *Falco* heraus. In dieser Düsternis verlässt er den Partyschuppen, einen vollen Becher in der Hand, den wievielten, weiß er nicht mehr.

Er muss nachdenken, braucht frische Luft, Ruhe. Der Mai kommt mit viel Sonne und sommerlichen Temperaturen. Alles duftet nach Frühling, die Bäume schlagen schon aus. *Dietmars Familie wohnt echt in der Pampa*, inmitten von Äckern und Wiesen. Er geht einen Feldweg entlang, genießt den Sommerabend, den lauen Wind, das ins Bläuliche wechselnde Licht des zu Ende gehenden Tages. Ob Judith auch gerade in diesen Himmel schaut? Noch sind keine Sterne zu sehen, kein Mond. Vielleicht versteckt er sich hinter den Wolken dort hinten. Was sind das für Lichter? Ist das Dampf? Je näher Tom kommt, desto schärfer werden die Konturen des Kraftwerks.

Hamm-Uentrop! Ist das nicht ein Kernkraftwerk?

Tom biegt ab. Er hofft, dass er in einem großen Bogen zurückfindet. Der Becher in seiner Hand ist inzwischen leer. Trotzdem klebt ihm die Zunge am Gaumen. Er beginnt zu schwitzen. Irgendwann ist Schluss; der Weg endet an einer Silo-Anlage. Kein anderer scheint in der Nähe zu sein. Dunkelheit senkt sich über die Landschaft. Es wird ganz still. In der Ferne plötzlich ein Grollen. Tom erschrickt. Es hilft nichts, er muss umkehren. Die blauen und gelben Lichter des Kraftwerks geben ihm wenigstens Orientierung.

Er hat Judith wehgetan. Warum war er so bockig? *Ich liebe dich*, hat sie gesagt, sich entschuldigt. Am liebsten würde er jetzt mit ihr reden, noch lieber wäre er bei ihr. Dietmar wäre sehr gut ohne ihn ausgekommen inmitten seiner Landeier. Trotzdem passt sein Mitbewohner nicht mehr hierher – so wenig wie Tom nach Doesbeck.

Er geht schneller. Der Wind hat aufgefrischt, auch das Grollen wird lauter. Der Himmel ist jetzt bedeckt. Nicht lange, und die ersten Tropfen fallen. Tom rennt los.

Völlig durchnässt kommt er zurück. Er hat keine Lust mehr auf Party. Die liegt auch schon in den letzten Zügen. Er entdeckt Dietmar, der ihn wie einen Geist anstarrt.

»Bist du bescheuert?«, schreit er. »Oder willst du dich absichtlich verseuchen?«

»Scheiße!« Die ganze Zeit denkt Tom an den radioaktiven Regen – und jetzt das. »Kann ich duschen?«

»Unbedingt«, sagt Dietmar.

Er legt ihm eines seiner T-Shirts hin, zeigt ihm das Gästebett. Tom hat den Papp auf, wälzt sich unruhig in schweren Gedanken. Erst gegen Morgen schläft er ein. Im Traum sieht er Judith. Sie steht in einem dunklen Raum. Er öffnet den Vorhang, sieht noch ihren traurigen Blick, bevor sie im gleißenden Sonnenlicht erstarrt und zu Staub zerfällt.

Tom hält es nicht länger hier. Dietmars Vater ist schon auf, fährt ihn zum Bahnhof, wo Tom den erstbesten Zug nach Münster nimmt und bald darauf in Judiths Armen versinkt. Sie hat so recht. Sie müssen zusammenhalten, jetzt erst recht. Jahrelang hat er gedacht, ein Atomkrieg würde die Welt vernichten. Doch jetzt spürt er, dass das Leben von ganz anderen Gefahren abhängen kann. *Sorge dich nicht, lebe!* – heißt so nicht ein Buch, das immer noch in den Bestsellerlisten ist?

Am Montag holt er sich den neuen *Spiegel*, der nach Gaddafi und AIDS ein neues Thema hat: »Mörderisches Atom« steht auf dem giftgrünen Titel mit dem Radioaktiv-Symbol und dem zerstörten Reaktor von Tschernobyl. Inzwischen ist von einem »Super-GAU« die Rede.

Zwei Wochen später erzählt ihm Dietmar, dass es auch in Hamm-Uentrop einen Zwischenfall gegeben hat.

»Und jetzt rate mal, wann!«

»Als ich durch den Regen gelaufen bin?«

»Bingo!«

Als Reaktion auf die Reaktorkatastrophe von Tschernobyl gründet die Kohl-Regierung ein neues Ressort: das Bundesministerium für Umwelt, Naturschutz und Reaktorsicherheit.

»Det kriechste nich mehr weg«, sagt Judiths Vater bei einem der sporadischen »Familienessen« in Münster. »Det übernehm ürjenwann die *Grünen*, wenn se rejiern.«

»Tun sie doch schon«, sagt Judith, »zumindest bei euch in Hessen.«

»Genau, die rot-grüne Landesregierung«, pflichtet Tom bei, »mit Joschka als Umweltminister. Mit weißen Turnschuhen bei der Vereidigung. Demofritzen wie den wollte der dicke Börner doch mal mit der ›Dachlatte‹ begegnen.«

»Ach, der Börner ...« Julius seufzt theatralisch. »Ick bin nur froh, det der dicke Sozi bei uns Bankfritzen nix zu sajen hat. Det is Bundesanjelejenheit. Sache vom juten Dicken.«

»Trotzdem mach ich mir echt Sorgen, Papa.« Judith schiebt den vollen Dessertteller weg. »Der Anschlag auf den Siemens-Manager ...«

»Karl Heinz Beckurts«, wirft Tom ein.

»Die RAF mordet weiter«, fährt Judith fort. »Diesmal ging's denen wohl auch um die Kernenergie. Da war er verantwortlich. Wie steckt ihr von den Banken denn da drin?«

»›Ihr von den Banken‹ – wat soll'n det?« Judiths Vater schiebt seinen Teller auch weg. »Macht euch da mal keenen Kopp. Für diese Mörderbande jehörn doch alle Manager zum ›Schweinesystem‹. Und ick sache euch: Die DDR is bald am Ende. Der Gorbatschow begreift det ooch langsam mit seiner *Perestroika* und *Glasnost*. Dann ham diese Terroristen keenen Nährboden mehr. Die Zukunft liegt in Europa, wie ich euch jesacht hab. Spanien und Portugal sind jetzt ooch dabei. Da kommen noch mehr ... Herr Ober, zahlen!«

Kreta

Kreta! Beim Frühstück stößt Judith auf die Annonce von *Rote Reisen* im Münsteraner Stadtmagazin und geht sofort damit in den Flur, um zu telefonieren. Noch am selben Tag sitzen sie dem kleinen Geschäft gegenüber dem Schloss, einem unscheinbaren Laden, der eher einer Zimmervermittlung, einer Asta-Vertretung oder einem Eine-Welt-Laden gleicht als einem Reisebüro. Nirgendwo ein bunter Prospekt oder eine Werbung, die Lust auf Urlaub in fernen Ländern machen könnte. Drinnen ist es stickig und verraucht, die Augustsonne brennt direkt durchs Schaufenster, in dem vergilbte Plakate hängen, eines davon mit Hammer und Sichel, was Tom nicht sonderlich überrascht. *Rote Reisen* – der Name ist Programm.

Judith lässt sich nicht aus dem Konzept bringen, auch nicht, als der bärtige, langhaarige Typ hinter dem wackeligen Holztisch ihnen einen maschinengetippten »Reiseplan« vorlegt: mit dem Zug nach Berlin, Flug mit *Balkan Bulgarian Airlines* ab Berlin-Schönefeld (DDR), Zwischenaufenthalt in Sofia, Bulgarien, Weiterflug nach Athen und von dort aus mit *Olympic Airways* nach Heraklion, Kreta, schließlich mit dem Bus in den Süden der Insel bis Damnoni, wo sie oberhalb einer malerischen Bucht wohnen würden, nein, nicht in einem Hotel, sondern auf einem Bauernhof in eigens für Touristen umgebauten Ziegenställen. »Ehrlicher, solidarischer und antiimperialistischer Tourismus.«

Hat er das wirklich gesagt?

So also würde Toms erste Flugreise aussehen. *Bulgarian Airlines* – beide haben noch nie davon gehört, alles da drüben hinter dem *Eisernen Vorhang* ist Ostblock, grauer Einheitsbrei. Allein die Aussicht, nach Berlin fahren zu müssen, bringt Tom ins Schwitzen. Die Schikanen, das lange Warten am Grenzübergang, die ständige Angst, rausgezogen und womöglich festgenommen zu werden, weil sie etwas finden könnten, das ihm aber gar nicht gehört. Er traut dem Osten nicht, fürchtet die DDR, und jetzt soll die Reise ausgerechnet von dort losgehen, aus Ostberlin! Was Judiths Vater wohl sagen würde?

Judith strahlt über beide Backen. Das werde ein großer Spaß, sagt sie, klatscht in die Hände, reibt sie aneinander und zwinkert dem Bärtigen zu, der für Toms Geschmack einen Tick zu spöttisch grinst. Ob die Fluggesellschaft denn eine gute sei, will Tom wissen. So gut wie die kapitalistischen allemal, entgegnet der Typ jetzt offen sarkastisch, immerhin pflege das Reisebüro sehr gute Beziehungen zu den sozialistischen Freunden, während die Bonzenläden ja bloß den Profit im Blick hätten, sich um das Wohl ihrer Kunden aber in Wahrheit einen feuchten Dreck scherten.

Judith setzt wieder ihr feines Lächeln auf, fragt nach dem Preis, der tatsächlich unfassbar niedrig ist, und zahlt, ohne zu zögern. Sie werden sich die Reise teilen. So viel kann Tom tatsächlich noch aufbringen.

Die Tickets sollen sie eine Woche später abholen, Mitte September würde es losgehen. Eine sehr gute Reisezeit sei das für Kreta, trotzdem könne es da auch dann noch ziemlich heiß werden.

Judith ist total im Reisefieber, selig lächelnd, zuversichtlich. Auch noch, als der Westberliner Bus sie an einer verlassenen Haltestelle irgendwo im Nirgendwo absetzt und wendet. Unbekümmert setzt sich Judith auf die Bank. Einen Fahrplan suchen sie vergeblich, aber Judith ist sich sicher, dass der Bus bald kommen würde, der DDR-Bus. Tom berührt seinen Brustbeutel mit den Reisedokumenten. Ihm ist immer noch nicht wohl damit, von einem DDR-Flughafen mit einer Ostblock-Maschine über Sofia zu fliegen. Was für ein Irrsinn, nur um Geld zu sparen. Er weiß, dass Judith es nicht aus Geiz tut. Auch nicht für ihn. Sie findet es tatsächlich »spannend«.

Von der anderen Seite nähert sich ein Bus. Er sieht kaum anders aus als der, der sie hier abgesetzt hat. »Transit Westberlin« steht vorne drauf, doch als sich die Türen öffnen, ist es, als begäben sie sich in die Fänge eines feindlichen Systems. Stumm kontrolliert der Fahrer, ein spindeldürrer Mann mit Halbglatze, ihren Fahrausweis. Tom hievt ihre beiden Reisetaschen in die Ablagen, behält seinen Rucksack auf dem Schoß, während sich der Bus nur mit den beiden an Bord in Bewegung setzt und schon bald auf einen Sperrzaun zuhält, auf eine Schleuse mit Wachgebäude. Zwei Uniformierte betreten den Bus, kurz nachdem sich das Tor hinter dem Fahrzeug geschlossen hat.

Gefangen, denkt Tom und nimmt nervös seinen Reisepass und die Einreisebestätigung aus dem Brustbeutel. Judith lächelt, während sie ihre Handtasche öffnet, strahlt die beiden Beamten förmlich an. Tom staunt über die Wirkung: Die beiden, etwa gleichaltrigen Männer haben nur Augen für Judith, werfen lediglich einen kurzen Blick in Toms Dokumente und einen umso längeren auf die von Judith – auf Judith selbst. Sie greift nach Toms Hand, während sie weiter freundlich die Uniformierten anblickt, *die Bürgerliche die*

*Einheitssozialisten, die Weltläufige die Eingesperrte*n – um Himmels willen, was denkt er da?

Mit einer zackigen Bewegung gibt ihr der eine Beamte die Papiere zurück. Kaum dass die Kontrolleure den Bus verlassen haben, öffnet sich ein weiteres Tor, gibt den Blick frei auf das Flughafengebäude, einen kastenförmigen, gerade mal dreistöckigen Betonbau mit einer abgetönten Fensterfront, der an den Palast der Republik erinnert und den Tom eigentlich nur von Bildern kennt – und aus der Berichterstattung über das Konzert von Udo Lindenberg 1983. An dem Gebäude, das sie ansteuerten, prangt in großen Buchstaben »Flughafen Berlin-Schönefeld«. Kein Ort zum Bleiben; sie freuen sich darauf, von hier verschwinden zu können.

Es ist schon dunkel, als sie in Sofia landen. Während des Fluges hat es Turbulenzen gegeben, sodass die Maschine nicht nur regelmäßig durchgesackt ist, sondern innen auch so erbärmlich geklappert und gequietscht hat, dass Tom Panikanfälle bekam. Judith hat etwas angestrengt gelächelt, auch ihre Hand war klamm.

Im Terminal werden sie gleich separiert und einem Transitbereich zugewiesen, in dem es weder einen Imbiss noch einen Automaten gibt. Sie haben noch ein paar Kekse und etwas Saft aus dem Flieger; an Bord hat Tom vor lauter Aufregung nichts essen können. Der Wartebereich ist vom Rest des Flughafengebäudes nur mit halbhohen Absperrgittern abgetrennt, aber überall stehen Uniformierte und behalten die wenigen Fluggäste im Auge. In einer nur durch Bänder abgetrennten Ecke des Raumes schart sich eine Gruppe von Flughafenbeschäftigten um ein Fernsehgerät; gebannt schauen sie auf den Bildschirm. Tom schlendert auf sie zu, blickt ihnen über die Schulter. Die vier Frauen und zwei Männer lassen sich nicht stören.

Im Fernsehen läuft ein Film. Tom kennt ihn, er lief Anfang 1985, wenige Wochen, bevor er Judith kennenlernte, hat die ganze Republik in Atem gehalten und mutmaßlich auch im Vatikan für Diskussionen und Empörung gesorgt: *Die Dornenvögel*, ein Mehrteiler, in dem es um die Liebe zwischen einem Pater (und späterem Kardinal) und der (zunächst noch kleinen) Nichte einer Großgrundbesitzerin in Australien geht, ein Skandal gleich in zweifacher Hinsicht, ein herzergreifendes Drama, das unendlich viele Taschentücher mit Tränen füllte, wie auch hier im sozialistischen Sofia, wo der Film nicht mal richtig synchronisiert ist; sämtliche Dialoge werden nur von einer Sprecherin (für die weiblichen Figuren) und einem Sprecher (für das männliche Personal) auf ziemlich monotone Weise *vorgelesen*. Warum keine Untertitel?

»Siehst du«, sagt Judith, als Tom von seiner Entdeckung erzählt, »auch da hat uns der real existierende Sozialismus vielleicht was voraus. So entlarvt er die kitschige Bigotterie, reduziert den vermeintlich schönen Schein auf das ärmliche Sein, auf das, was ökonomisch dominierte Systeme nunmal sind: ausbeuterisch und keinesfalls erstrebenswert. Auch Unterhaltung, zumal aus Hollywood, hat immer einen ideologischen Überbau.«

»Das meinst du jetzt aber nicht ernst?«

Judiths Blick verdüstert sich, bekommt wieder diese intellektuelle Härte, das Glühen, das Tom gleichermaßen fasziniert und abstößt. »Ach, Liebling!« Ihr Tonfall klingt spöttisch. »Das hatten wir doch schon so oft. Muss ich dir den historisch-kritischen Ansatz immer wieder erklären?«

»Musst du nicht, interessiert mich auch nicht. Aber witzig ist schon, dass die Sozialisten da drüben gerade ihre

Taschentücher vollheulen. Klappt auch mit Verfremdung, wie's scheint.« Tom ist eingeschnappt. Er muss sich bewegen, hält sich von Judith fern, so gut es eben geht.

Sie starten in der Morgendämmerung Richtung Athen. Endlich. Der zweite Flug macht Tom schon weniger Angst. Vielleicht ist es auch die leise Wut über Judith, mit der er nur die nötigsten Worte wechselt.

In Athen müssen sie vom internationalen Teil des Flughafens zum nationalen für die Inlandsflüge wechseln. Das gestaltet sich schwieriger als gedacht, denn sie müssen das Gepäck auschecken und zu allem Überfluss auch noch den Flughafen verlassen, weil es keine direkte Verbindung gibt. Tom merkt, dass er besser Englisch spricht als Judith, leider auch besser als die schöne Griechin am Infoschalter. Er versucht, die widersprüchlichen Informationen zu sortieren, am Ende setzen sie sich in das erstbeste Taxi, das Gepäck auf dem Schoß und der Rückbank. Der Fahrer versteht weder Englisch noch Deutsch, reckt aber den Daumen, als Judith „Domestic Flights", „Airport" und „Iraklion" sagt, schreit „Iraklio" und „Kriti" und fädelt grinsend in den Stau ein, wo sie erst einmal festsitzen. Wenn Tom es richtig gesehen hat, müssen sie ziemlich weit fahren, oder vielmehr rollen, denn sie stehen mehr, als dass sie fahren, schwitzen und atmen feuchtheiße, nach Abgasen, Kloake und fettigem Rauch stinkende Luft. Von der Stadt sehen sie so gut wie nichts, keine Akropolis, keine altehrwürdigen Säulen, nur heruntergekommene Häuser, begleitet von hektischem Rufen und Hupen.

Nach einer Ewigkeit können sie endlich aussteigen, Judith hat Drachmen abgezählt, ein üppiges Trinkgeld draufgepackt, trotzdem bleibt der Fahrer sitzen, murmelt etwas Unverständliches in seinen Bart und schüttelt immer wieder den Kopf.

Wenigstens müssen sie nicht lange auf ihren Flug warten; sie haben den größten Teil ihres Zeitpuffers in den ungastlichen Straßen von Athen verbraucht und sich kein bisschen ausruhen können.

Der Flug mit der deutlich moderneren »Olympic«-Maschine dauert gerade eine Dreiviertelstunde; schon wenig später sitzen sie im Hafen von Heraklion, wo sie sich in einem kleinen Café endlich ein spätes Frühstück gönnen. Die Sonne steht schon hoch am Himmel, die wenigen Schattenplätze sind natürlich belegt. Missmutig beißt Tom in das Blätterteighörnchen, schmeckt zu seiner Überraschung aber nicht Schokolade, sondern salzigen, muffigen Schafskäse. Er muss würgen, schluckt den Bissen mit viel Kaffee hinunter, verbrennt sich dabei die Zunge und schüttelt sich noch immer vor Ekel. Was er denn erwartet hätte, lacht Judith, in Arkadien komme die Milch schließlich von Ziegen und Schafen. Sie ist wieder bester Laune, küsst und umarmt ihn.

Die Fahrt in den Süden der Insel ist Abenteuer pur. Der Bus hält an jeder erdenklichen Straßenecke, nimmt mehr Leute auf, als er Sitze hat, noch dazu Ladung aller Art: Strohballen, große Plastiktaschen, Käfige, Hühner auf Schößen schwarz gekleideter Frauen, die nach Mottenkugeln riechen. Von draußen kommt der Geruch nach feuchtem Feuer, den Tom ab jetzt wohl immer mit kargen, ärmlichen Gegenden verbinden wird, mit Ruinen und halb fertigen Häusern, vor denen hagere Alte stehen und Kinder im Staub spielen. So stellt sich Tom die »Dritte Welt« vor.

Je weiter sie ins Innere der Insel kommen, desto unruhiger und halsbrecherischer wird die Fahrt. Tom sucht über den Rückspiegel Blickkontakt zum Fahrer, doch dessen Augen verstecken sich hinter einer Piloten-Sonnenbrille.

Eher ein Bruchpilot, denkt Tom.

Das schwarze, kurz geschnittene Haar des Fahrers, der gepflegte Schnäuzer erinnern ihn an ... *Wie viele Freddies gibt es eigentlich auf der Welt? Diese Art von Männern scheinen auch alle das gleiche Temperament zu haben.*

Immer schneller wird die Fahrt, in Kurven droht der Bus seitlich abzuheben und nicht nur einmal trennen die Fahrgäste nur wenige Zentimeter zwischen Bus und der ungesicherten Kante tiefer Schluchten. Tom ist überzeugt, dass hier schon schlimme Unfälle passiert sind.

Da gibt man sein Schicksal in die Hände eines Rocksängers, eines Pornodarstellers – eines männlichen Machos allemal.

Freddie dreht das Radio lauter. Das Geschnatter im Bus wird leiser, verstummt aber nicht. Eine hallige, strenge Stimme dringt aus den Lautsprechern, immer wieder unterbrochen von Applaus. Jemand, offenkundig ein Politiker, spricht ständig von „Demokratia", jedenfalls versteht Tom nur dieses Wort, und wo sonst passt es besser hin als nach Griechenland, der Wiege der Demokratie? So lange ist sie noch nicht wieder lebendig: seit 1974, ausgerechnet mithilfe der Türken, die in Zypern einmarschierten, und das alles im Jahr des deutschen Fußball-WM-Triumphs. Natürlich hat das eine nichts mit dem anderen zu tun. Tom hat vor ihrer Reise ein bisschen darüber gelesen, kriegt aber auch jetzt nicht zusammen, wie ein Land mit einer solchen Geschichte in der Gegenwart so bedeutungslos, fast ärmlich sein kann, jedenfalls hat er diesen Eindruck von Athen und Kreta.

Von hier aus ist es nicht weit bis nach Afrika und Libyen. Erst im April haben US-Kampfflugzeuge Luftangriffe auf die Küstenstädte Tripolis und Bengasi geflogen – eine Vergeltungsaktion für einen Bombenanschlag auf die besonders von US-Soldaten besuchte Westberliner Diskothek *La Belle,* bei dem drei Menschen getötet und 229 verletzt worden waren.

Nur vier Tage nach den Luftangriffen rächte sich Machthaber Muammar al-Gaddafi mit einem weiteren Bombenanschlag auf einen US-Offiziersklub in Ankara, vier mutmaßliche libysche Terroristen wurden festgenommen. Zuvor war ein Beschuss der italienischen Insel Lampedusa mit zwei „ballistischen Scud-B-Raketen" gescheitert; sie waren nur einen Kilometer vor dem Ziel ins Meer gefallen.

Tom stürzt sich auf solche Nachrichten. Sie tun ihm nicht gut, zu oft denkt er darüber nach, was dem Kalten Krieg folgen mag, wie stark der Nahost-Konflikt künftige Kriege provozieren wird, der Bürgerkrieg im Libanon, die Radikalisierung des Islam in Ländern wie dem Iran.

War das der Plan der Studentenbewegung bei ihrem Protest gegen den Schah von Persien? War das die Opfer wert? Den Tod von Benno Ohnesorg 1967? Wo sind sie denn heute, unsere Achtundsechziger, was ist übrig geblieben außer schaler, zunehmend erstarrender Rituale ihrer Epigonen, etwa gegen die Hochschulreform oder für Emanzipation? Außer tödlichem Terror der Radikalen gegen das »System«, das immer noch besser ist als viele anderen in der Welt.

Tom schüttelt den Kopf, hat plötzlich das Gefühl, dass Freddie ihn im Rückspiegel beobachtet, während zum hundertsten Mal das Wort »Demokratia« aus dem Radio kommt. *Achte auf die Straße, herrgottnochmal!*

Judith lehnt schlafend an seiner Schulter, bekommt von allem nichts mit. Er hält ihren Kopf fest, stützt ihren Körper und schwitzt, weil sie wie eine zusätzliche Heizung ist. Aber so kann er sich wie ihr Beschützer fühlen. Er weiß ja, dass sie das mag.

Tom wacht mit einem fiebrigen Gefühl auf. Er sieht die streifige Rötung auf Judiths Rücken und befürchtet Schlimmeres für seinen eigenen; seine Haut ist empfindlicher als ihre. Wie unvernünftig, ohne Sonnenschutz an den Strand zu gehen. Es ist fast Abend, doch die Sonne brennt hier noch wie in Münster zur Mittagszeit. Die leichte Brise vom Meer hat sie getäuscht. Endlich am Ziel, haben sie ihre Sachen nur abgestellt, sich ihre klebrigen Sachen vom Leib gerissen und bäuchlings in den Sand fallen lassen, wo sie auf der Stelle eingeschlafen sind.

»Sieht aus wie ein Dreieck«, sagt Judith und fährt prüfend mit dem Finger über Toms Rücken, sanft wie immer, doch Sandkörner kratzen an seiner wunden Haut. »Als hätte dich jemand mit einem Bügeleisen gebrandmarkt.«

Eigentlich wollten sie noch ins Meer springen, sich nach dieser langen Anreise erfrischen, doch das lassen sie jetzt lieber. Eine kalte Dusche wäre jetzt wohl genau das richtige, danach Salbe drauf. Vorsichtig ziehen sie sich ihre T-Shirts über und stapfen missmutig den Hang hoch, erst barfuß über heißen Sand, dann in Sandalen einen staubigen Schotterweg entlang.

Anders als auf ihrem Voucher vermerkt sind sie nicht in den niedrigen Gebäuden, ehemaligen Ziegenställen, mit Aussicht auf die Bucht untergebracht, sondern in einem modernen, weiß getünchten Appartementhaus dahinter, dessen vorderen Teil auch die Gastgeber, ein altes Bauernpaar, bewohnen. Von hier aus fällt der Blick nur auf das Hinterland und damit auf eine karge, braunverbrannte Vegetation, und wäre nicht ab und zu das Geräusch eines Autos von der Straße hinter der Bergkuppe, wäre die Ödnis erdrückend. Gegen Abend wird das Ratschen der Grillen immer lauter und verstummt nach und nach mit Anbruch der Dunkelheit.

In ihrem Zimmer riecht es nach Mottenkugeln und Schimmel, die Rollläden sind heruntergelassen, alle Fenster geschlossen. Sie reißen sie auf, sind noch unbekümmert wegen der Mücken, hoffen auf eine frische Brise und atmen doch nur schwüle Luft. Sie haben noch zwei Flaschen Wasser, drei platt gedrückte Teigtaschen aus Heraklion, sind aber zu müde für all das, selbst für eine erfrischende Dusche, fallen stattdessen in das viel zu weiche Doppelbett, hören das Quietschen der Matratze, das enervierend hohe Summen der Mücken, schlafen wieder ein, wälzen sich in unruhigen Träumen, erleben darin die ganze Anreise noch einmal und leiden, Toms Rücken brennt, morgen wird er zerstochen sein – Judith wie immer nicht.

Zum Frühstück müssen sie nach vorne zur Bucht, zu den umgebauten Ziegenställen. Müde trottet Tom hinter Judith her, die sich ein leichtes Sommerkleid über ihren Bikini geworfen hat und so erfrischt wirkt, wie er sich gerne gefühlt hätte. Die halbe Nacht hat er Moskitos gejagt, irgendwann ist er aufgewacht, hat die Fenster geschlossen und mit dem *Spiegel* (Ausgabe 33/1986 „Die Klima-Katastrophe", mit einem halb abgesoffenen Kölner Dom, die Zeitschrift stammt offenbar von ihrem Vormieter) um sich geschlagen, während Judith durch nichts aufzuwecken war. Auf Toms Stirn hat sich ein Horn gebildet. Das kennt er noch von der Jungs-Tour in Südfrankreich 1983; auf dem Campingplatz nahe Sète war es am schlimmsten gewesen.

Die Gäste frühstücken auf einer Terrasse mit herrlichem Blick über die Bucht, sitzen auf Holzbänken an langen Tischen in der prallen Sonne. Noch bevor sie bestellen, geht Judith in die Offensive und spricht die Gastgeberin, eine alte Bäuerin, an. Halb auf Englisch, halb auf Deutsch und mit viel Gestik versucht sie der einfachen Frau klarzumachen, dass sie keine Nacht länger drüben im Haus verbringen möchten.

Tom nickt heftig dazu, macht mit seinen Armen ein Sperr-kreuz vor der Brust – und sieht einen Mann am Nebentisch grinsen.

»Ena Ei?«, fragt die Alte mit ernstem Blick, deutet auf Tom und dann auf Judith, nickt eifrig, und verschwindet in ihrer kleinen Küchennische, nur um wenig später mit Spiegel-eiern und Toast zurückzukommen. Da sitzt der grinsende Mann schon an ihrem Tisch, Judith gegenüber und damit auf Toms Platz; der hat sich nur kurz umgesehen, setzt sich dann eben neben Judith. *Auch gut, wenn nicht sogar besser.*

»Richard«, sagt der ziemlich gut aussehende Mann und gibt Tom die Hand, blickt ihn aber nur kurz an, vielmehr seine Stirn mit dem fetten Mückenstich, runzelt dabei seine makellos braune, heftet seine strahlend blauen Augen wieder auf Judith. Ob er helfen könne, fragt er, er könne etwas Grie-chisch, nicht viel, aber für die Lösung ihres Anliegens könnte es reichen. Außerdem kenne er das alte Ehepaar sehr gut, denn er komme jedes Frühjahr hierher, diesmal hätten die Geschäfte ihm nur den Herbst gelassen, was schade sei, weil die Landschaft jetzt kein Vergleich sei zu der im Mai, wenn alles blühe und dufte und selbst das Meer blauer und frischer erscheine als der lauwarme braune Tümpel dort unten. Judith hängt an seinen Lippen, schönen vollen Lippen in einem ebenmäßigen, fast antiken Gesicht. Er ist nicht mehr der Jüngste, Tom schätzt ihn auf Ende 30, Anfang vierzig, sein gepflegt frisiertes Haar glänzt leicht silbrig in der Morgen-sonne. Judith lässt ihr Ei kalt werden, schiebt sogar den Teller weg.

Ob er denn mal für sie fragen könne, unterbricht Tom Richards Monologe, die Judith mit Nachfragen zu ganz ande-ren Themen als ihrer Unterkunft weiter anheizt. Richard fährt unbeirrt fort, erzählt weniger Tom als Judith von den

Vorzügen der Insel, den Sehenswürdigkeiten, die sie unbedingt entdecken solle. Auf keinen Fall aber die Höhlen in den Felsen der Bucht, dort hausten nur die Hippies, kackten alles voll, diese Wildcamper würden regelmäßig von der Polizei eingesammelt und zwangsweise in teure Unterkünfte verfrachtet, zum Glück nicht hier oben, das wär's ja noch. Ein Geheimtipp sei aber die *Schweinebucht* gleich hinter den Felsen links, FKK sei dort zwar nicht erlaubt, aber auf den nackten Steinen direkt am Wasser sei man ungestört, weil der einzige Zugang über glitschige Klippen führe, ein Wagnis und ein echtes Hindernis für Ordnungshüter.

Judith sagt nichts, sie mag FKK nicht, genauso wenig wie das Nacktsein in öffentlichen Saunen und selbst privat bei ihren Eltern, wenigstens darin ist sie sich mit Tom einig. Richard lässt nicht locker: Gerne biete er sich als Fremdenführer an, ihm mache das Spaß, zumal mit so netten Leuten.

Oh ja, das glaube ich dir, du Schlawiner, mal sehen, ob ich dir den Spaß nicht verderbe. Tom blickt finster Richtung Meer.

»Allós kafés?« Die alte Bäuerin steht an ihrem Tisch.

Judith reagiert, greift nach Richards Arm. Eine verblüffend vertraute Geste, findet Tom.

Ist das Mitleid im Blick der Bäuerin?

Sie sieht ihn an, wissend und traurig. Aber vielleicht wirkt das auch nur so, weil sie ganz in schwarz gekleidet ist, ein Kopftuch ihr weißes Haar halb bedeckt. Die Sonne glitzert in ihren Augen, die viel jünger wirken als ihr tiefbraunes, von tiefen Falten geprägtes Gesicht.

Mitten in Toms Verstimmung dringt die sanfte Stimme Richards, griechisch offensichtlich, ein charmantes Säuseln, das Tom unangenehm ist, aber bei der Wirtin die Wirkung nicht verfehlt. Die Alte nickt, sieht erst Judith, dann Tom an, krümmt ihren rechten Zeigefinger mehrmals kurz, bedeutet ihnen so, ihr zu folgen, ein paar Schritte nur, zu einem *Stall*, der für Judith und ihn sein soll, wenn Tom ihre Gesten richtig deutet. Das Bett ist noch nicht gemacht, aber er legt seine Sonnenbrille schon auf den kleinen Nachttisch – seine Seite, rechts von Judith, die Liebste an seinem Herzen.

Das Wasser ist kühler als erwartet, das Meer nicht so blau, aber es erfrischt ihn, holt ihn wieder etwas runter. Es ist das erste Mal, dass er Judith so erlebt, abgesehen von ihrem vertrauten Umgang mit ihrem Ex Sebastian. Tom spürt genau, dass ihr Richard gefällt. Wenn er sie wäre, würde er ihm wohl auch gefallen. Er ist so souverän, wie Judith einen Mann gerne hat, nicht ganz so überlegen und mächtig wie ihr *Big Boss Daddy*, aber wohl sehr erfolgreich – ein Geschäftsmann ohne Geldsorgen. Tom weiß, dass Judith nicht auf Geld abfährt – es war ja immer da –, sondern genau deshalb auf andere Werte: Es ist diese innere Ruhe, Selbstsicherheit, ein starker Charakter, womöglich auch ein Grad an Reife und eine gewisse Überlegenheit – Eigenschaften, an denen Tom noch arbeitet. Er ist ja immer noch auf der Suche nach sich selbst. Judith fordert ihn, aber das macht es nicht einfacher.

In den folgenden Tagen weicht Richard nicht mehr von Judiths und Toms Seite. Tom merkt, dass Richard es sich nicht mit ihm verscherzen möchte, noch nicht jedenfalls, denn auch Judith spürt, dass Tom die traute Dreisamkeit bekümmert. Da sei nichts, hat sie ihm nach dem Sex versichert, dabei nervös an ihrer Zigarette gezogen und ein wenig ausgesehen wie Romy Schneider in einem französischen Film. Aber selbstverständlich sei er ein überaus interessanter, attraktiver Mann. Er hat seine Zigarette ausgedrückt und sich weggedreht.

Eigentlich mag er Richard. Er ist geistreich, offenkundig belesen und unternehmungslustig. Er zeigt ihnen die Insel, fährt sie in seinem Oberklasse-Mietwagen zur Samaria-Schlucht, die sie einen Tag lang kräftezehrend durchmessen, zusammen mit Horden anderer Touristen und doch immer wieder abseits ausgetretener Pfade. Richard weiß viel, und auch Tom hängt an seinen Lippen, ärgert sich zugleich über die Sogwirkung, der Judith offensichtlich immer mehr verfällt, sodass sie ihm manchmal schon ganz fremd wird.

Dann lasse ich es eben drauf ankommen, lasse sie einfach allein, überlasse meinem Konkurrenten das Feld. Es ist mir egal! Er zieht sich zurück.

Am frühen Abend verlässt er, während Judith duscht, die Unterkunft und geht zu Fuß nach Plakias. Er lässt sich durch den kleinen Ort treiben, genießt den lauen Abend, die Düfte nach gegrilltem Fisch, Fleisch und Knoblauch aus den Straßenrestaurants, setzt sich schließlich in eines, etwas abseits des abendlichen Treibens, isst ein Thunfisch-Steak vom Grill, trinkt viel, tanzt trunken von Alkohol und Selbstmitleid für sich am Strand und später in einer Diskothek, wo die Hits der Saison laufen: *Sledgehammer* (*Peter Gabriel*), *Lessons In Love* (*Level 42*), *Rage Heart* (*Frankie Goes To Hollywood*), *Papa Don't Preach* (*Madonna*), *West End Girls* (*Pet Shop Boys*) und ein ganz neuer Kracher: *The Final Countdown* von einer Gruppe namens *Europe*. Völlig verschwitzt wechselt er nach oben in die Bar, setzt sich in einen Sessel direkt vor den weit geöffneten Fenstern. Er bestellt sich einen Longdrink, den er noch nicht lange kennt und halbwegs mag: Gin Tonic mit Zitrone und Eis, viel Eis.

Während er abwechselnd an den zwei Strohhalmen und seiner Zigarette nuckelt, bemerkt er, dass ihn jemand beobachtet. Auf einem Sofa sitzt ein Mann mit einem langen, grauen Bart in einem schwarzen, bis zum Hals zugeknöpften Gewand, einem zylinderförmigen Hut mit Schleier, auf der Brust ein silbernes Kreuz an einer Kette. Ein Geistlicher? Hier in der Bar? *Okay, das reicht dann wohl mit dem Trinken.*

Tom erhebt sich, fällt zurück, steht wieder auf, taumelt, da streckt der vermeintliche Kirchenmann auch noch ein Bein vor ihm aus. Wieso trägt er weiße Turnschuhe? Wie die von John Lennon! Der Schwarzgewandete beginnt zu lachen, heiser und schnarrend, er will nur eine Zigarette schnorren, bittet mit einer Daumenbewegung um Feuer, inhaliert genüsslich den Rauch und schließt die Augen. Tom verlässt die Bar zu den Klavierklängen von *Bruce Hornsbys The Way It Is.*

Auf dem Rückweg über die asphaltierte Straße, vorbei an Häusern, nur halb fertig, aber schon lange bewohnt sind (»bewohnter Rohbau« aus steuerlichen Gründen, wie Richard wusste – *immer Richard*), biegt Tom in einen *Olivenhain* ab. Haben nicht die Dichter des 18. Jahrhunderts in ihrer Griechenverehrung davon geschwärmt, unter einem Olivenbaum zu sitzen, den Grillen zu lauschen und in den Sternenhimmel zu blicken – das »Erhabene« stets beschwörend, Arkadien als Sehnsuchtsort? Schon an ihrem ersten Abend auf Kreta hat ihn der tiefschwarze, von Milliarden Sternen glitzernde Himmel derart beeindruckt, dass er Judiths entzückten »Fantastisch«- und »Großartig«-Ausrufen beseelt beigepflichtet hat. Nur leider mit einem Begriff, der ihre Hochstimmung schlagartig beendet hat: »Total romantisch«, hat er gesagt, nach ihrer Hand gegriffen, die sie zu seinem Erschrecken kühl zurückgezogen hat.

»*Romantisch*?« Ihr Lächeln ist säuerlich gewesen. So hohl sei das Wort, abgegriffen und verschandelt durch amerikanische Filmschnulzen, ob ihm das eigentlich klar sei und ob er wisse, was wirklich »*romantisch*« sei, das hätten die »großartigen Texte« der Romantik nicht verdient, so verkitscht und trivialisiert zu werden, sie sei jetzt wirklich enttäuscht und frage sich, was er eigentlich studiere, Literatur ja offensichtlich nicht. Kopfschüttelnd hat sie ihn einfach stehenlassen, und er hat konsterniert in den Himmel gestarrt und gedacht: *Der ist auch ohne uns da, egal was wir von ihm halten und ihm andichten – er war es schon immer und wird es immer sein.*

Judiths intellektuelle Unerbittlichkeit geht ihm auf den Sack. Er ist nicht mehr bereit, sich so behandeln zu lassen.

Was bin ich eigentlich für sie, wenn doch andere Männer so viel niveauvoller sind? Richard kann sie haben. Soll er ihr doch zeigen, was »romantisch« ist – oder »großartig«. Übermorgen geht unser Flug, dann wars das eben.

Obwohl es immer noch tropisch warm ist, zittert er. Müde schleppt er sich zurück zur Bucht. Es geht auf drei Uhr zu, als er die Unterkunft betritt. Judith ist nicht da.

Im Morgengrauen wacht er kurz auf, sieht sie neben sich liegen. Später beim Frühstück fehlt Richard. Judith ist wie ausgewechselt, küsst Tom auf die Wange, schmiegt sich an ihn und blickt verträumt aufs Meer.

»Heute gehen wir einfach an den Strand«, sagt sie, als sei nichts gewesen. »Lass uns den letzten Tag genießen. *Uns* genießen, ja?«

Tom blickt an Judith vorbei aufs Meer.

So einfach? Ne, mein Liebling, so schnell kriegst du mich nicht rum.

Die Gastgeberin kommt, Arm in Arm mit ihrem Ehegatten, einem noch älter wirkenden, hageren Mann. Er stellt eine kleine Vase mit rosafarbenem Heidekraut auf den Tisch. Beide lächeln erst Judith und Tom, dann sich an. Ohne ein Wort zu sagen, gehen sie wieder. Ein Paar am Nebentisch reckt die Hälse und tuschelt.

Judith nimmt Toms Hand, ihre Blicke treffen sich, ihre Lippen. Als wäre nicht gewesen. Sie küssen sich lange, sind sich wieder nahe. Und so erregt, dass sie hastig in ihr Zimmer wechseln, aus dem sie erst mittags wieder herauskommen, um ein letztes Mal hinunter zum Strand zu gehen. Ihre Sonnenbrände brennen nicht mehr, Toms „Brandzeichen" sei jetzt braun, sagt Judith, viel brauner als der übrige Rücken. Etwas, das er mit nach Hause nimmt, das sich über den Winter verlieren wird, anders als ihre Liebe, hofft er. Er kann sich nicht sicher sein, nicht ihrer, Judith ist buchstäblich *unfassbar.* Aber ist es nicht genau das, was seine Liebe zu ihr ausmacht, was sie nährt? Erwächst nicht aus dem Risiko eine Verbundenheit, aus der Gefahr seine Erregung?

Sie kontrolliert mich, manipuliert mich – und andere. Sie könnte jeden haben, aber sie will mich. Und will ich eine andere? Begehre ich sie nicht dann am meisten, wenn ich ihre Macht spüre, wenn sie mich ansieht, wie eine Jägerin ihre Beute? Raubtieraugen ...

Ihr Blick ist noch auf seinen Körper gerichtet, ihre Hand wandert nach unten. Keine Sekunde vergeht, da fallen sie schon wieder übereinander her.

Anderntags am Flughafen glaubt Tom, Richard zu sehen: Er küsst eine blonde Frau, nimmt ein kleines Kind auf den Arm, verschwindet mit ihnen im Strom der Ankömmlinge nach draußen.

Dritter Teil

Kälte

Volker zieht aus. Er kommt nur noch zum Zusammenpacken, hat einen Miettransporter dabei und zwei Freunde, die Tom nicht kennt. Eine Sache von zwei Stunden, dann ist das Zimmer leer.

»Besenrein übergeben«, sagt Volker und gibt Tom die Schlüssel. »Miete läuft noch bis Ende Februar.«

Sie reichen sich die Hand. Irgendwie passt das jetzt.

»Sag den anderen schöne Grüße. Vielleicht komm ich mal vorbei, wenn mich der Schuldienst nervt. Weiß eh noch nicht, ob ich das Referendariat durchziehe.«

Er zögert einen Moment. Ein süffisantes Lächeln umspielt seine Lippen, als er ein letztes Mal in die Wohnung blickt.

In der WG war er nach seinem Examen nur noch sporadisch. Typisch Volker: verschlossen, unberechenbar. Tom hat deswegen erst neulich wieder angeregt, über seine Nachfolge zu reden. Doch Torsten war mit Büffeln beschäftigt, Ulf sowieso, und Dietmar hat nur mit den Achseln gezuckt. Jetzt wird Tom ihnen den Marsch blasen, wo sind überhaupt alle?

»Wollen wir mal ne Frau reinlassen?«

Torsten hat leicht reden, er wird wohl der nächste Abtrünnige sein. Seine Prüfung ist schon bald.

»Warum nicht?«, sagt Dietmar, und Ulf nickt auch.

Tom ist etwas mulmig bei dem Gedanken, aber zugleich sieht er ein, dass W13 Geschichte ist.

Alles hat seine Zeit. Scheißspruch …

»Also gut. Wer macht die Annonce für die *Na dann?*«

Alle sehen Tom an. Der seufzt. Er wird sich nicht anstrengen, die üblichen Sachen, was eben in den Vordruck passt, fünf Mark dazu und ab in den Briefkasten des Stadtmagazins. Liegt ja auf dem Weg.

Die Resonanz ist überwältigend. Das Telefon steht kaum noch still. Obwohl Tom in der Annonce ausdrücklich »Mitbewohnerin gesucht« geschrieben hat, melden sich rund ein Dutzend Männer, aber sie werden es schwer haben. Etliche Frauen machen sofort einen Rückzieher, als sie von der Männerübermacht hören, natürlich hat Tom nichts davon geschrieben, lässt am Telefon aber keinen Zweifel daran aufkommen, dass sich die einzige Frau sicher und wohl fühlen werde, stellt sich und seine Mitbewohner als wahre Softies dar, was jetzt auch halbwegs stimmt, wo Freddie und Volker nicht mehr da sind. *Weichei*, hätte Freddie gesagt, Volker süffisant dazu gegrinst.

Acht Bewerber kommen in die engere Wahl, sechs Frauen, zwei Männer. Dietmar hat vor allem auf die Stimme geachtet, Torsten hat gewürfelt, Tom knallhart abgefragt: Alter, Fächer, Ansichten – bei den Frauen war er etwas gnädiger. Ulf hat keinen Anruf entgegengenommen, dafür muss er jetzt die Auserwählten anrufen und Termine ausmachen. Alle auf einen Nachmittag, im Halbstundentakt.

Sie geben sich die Klinke in die Hand. Tom und Dietmar sind bei allen Gesprächen dabei, Ulf und Torsten nur bei einigen, so auch bei der letzten Bewerberin. Sie haut alle um. Tom lädt sie später noch in sein Zimmer ein, will ihre grünen Katzenaugen allein genießen, den Anblick ihrer langen, brünetten Haare. Er verspürt wieder dieses wohlige Ziehen, als er sich vorstellt, wie diese schöne Frau bald immer um ihn sein wird.

Dietmar grinst hinterher. »Na dann. Die Annette also.«

»Nur, wenn ihr das auch so seht.«

»Also, ich auf jeden Fall, ist ne Nette, die Annette.«

Nett? Frauen sind nicht nett, Frauen sind – er schneidet Freddie in seinem Kopf das Wort ab.

Torsten und Ulf sind einverstanden. Annette ist nicht überrascht, als Tom sie anruft. Sie freue sich und wolle gleich nächste Woche einziehen.

Tom versucht, Judith eifersüchtig zu machen. Er schwärmt von Annette, erzählt von ihrem langen Gespräch in seinem Zimmer, setzt hinzu, wie sehr er sich auf sie freue, darauf, dass die WG jetzt endlich erwachsen werde, weil die Frau nicht nur einen anderen Stil reinbringen werde, sondern auch neue Gedanken, die den Jungs bisher fernlagen, bis auf Dietmar vielleicht, denn sie engagiere sich für den Umweltschutz, kaufe nur Sachen aus biodynamischer Produktion, und trotzdem sehe sie keinesfalls wie eine Müslifrau aus.

Judith schweigt. Tom spürt genau, dass sie nicht zuhört. Ihr Blick ist auf ihn gerichtet, scheint aber eigentlich nach innen gewendet zu sein. So kriegt Tom sie nicht. Aber wie denn noch? Die Weihnachtsferien haben sie wieder getrennt verbracht. Tom ist nur am ersten Feiertag nach Doesbeck gefahren, morgens hin, abends zurück, ist in Münster auf eine Silvesterfete gegangen, wo er sich so betrunken hat, dass er heute noch nicht weiß, wie er nach Hause gekommen ist. Als er Judith wiedergesehen hat, ist sie ihm fremd vorgekommen. Selbst der Sex hat sie anfangs nicht wieder locker und vertraut gemacht.

Sie verkrampft, ascht unkontrolliert ab, weil sie zittert, inhaliert tief, bläst ihm Rauch ins Gesicht und merkt es nicht. Sie müsse jetzt Gas geben, die Magisterarbeit habe absoluten Vorrang, sie habe nur bis September Zeit.

»So lange?!« Tom ist ehrlich erstaunt.

Judith sieht ihn nur verständnislos an, verbucht seine Reaktion wohl als weiteren Beweis für die Unbedarftheit, mit der er sein Studium mache. Unter diesen Voraussetzungen ist Tom ganz froh, dass sie sich gerade nicht so häufig sehen. Und wenn, steht ihr Schreibtisch wieder zwischen ihnen, ihre Konzentration, das Kettenrauchen, die Zigarette zwischen Zeige- und Mittelfinger, während Daumen und kleiner Finger mit ihren Nägeln gegeneinander knispern, ihr gesenkter Blick, der Seite um Seite, Buch um Buch verschlingt, das Anstreichen und Notieren wichtiger Passagen, unmittelbar gebannt auf Karteikarten, die den Zettelkasten langsam füllen – so hat Tom sie zuletzt bei seinem Besuch in Bad Homburg erlebt, so hat er sie schon damals gehasst, den Sex von ihrer intellektuellen Strenge nicht mehr trennen können, anders als sie, die sich wenigstens im Bett auf ihn konzentriert, sich verwöhnen lässt, ihn nimmt, als habe sie es verdient. Wieder ist Tom in der Rolle eines Liebedieners, eines bloßen Betthasen, eines *Rammlers*. Er denkt das Wort so laut, während er stößt, dass er sich hinterher nicht mehr sicher ist, ob er es ausgesprochen hat, immerhin kommen sie gemeinsam, und er genießt es, wenn sie genau dann, ihre Fingernägel in seine Pobacken krallt. Dann ahnt er, dass er ihr Unrecht tut, dass nicht sie, sondern er selbst ein Problem hat da draußen, außerhalb des Betts. Seine Ausflüchte sind billig, er fürchtet, wieder in ein Motivationsloch zu fallen, flüchtet sich in die Exegese jeder neuen *Spiegel*-Ausgabe, er sammelt die Magazine seit 1982 als

Zeitdokumente – hätte er doch besser Politik oder Geschichte studieren sollen?

Die Häme um die falsche Neujahrsansprache Kohls im Fernsehen – der Sender hat angeblich aus Versehen die Rede zum Jahr 1986 gebracht –, während das richtige Jahr 1987 in Russland mit einer Ansprache von US-Präsident Reagan beginnt, die eigens an das sowjetische Volk gerichtet ist – Tom kann kaum glauben, was gerade passiert, dass ein Sowjetführer jetzt sogar Reformen für die UdSSR ankündigt, die er *Perestroika* nennt und in aller Munde ist. Die lähmende Angst einer atomaren Konfrontation zweier Supermächte fällt wie eine bleierne Rüstung von ihm ab.

Wie gerne würde er seine Erleichterung mit Judith teilen, sich mit ihr freuen. Doch sie nickt nur, ist in Gedanken bei Franz Kafka, dessen Erzählungen und Romane, eigentlich »Fragmente«, sie »unglaublich spannend« findet, wissenschaftlich betrachtet, versteht sich. Ihre Magisterarbeit wird das Adjektiv »kafkaesk« vermeiden, was sie genauso banal und verhunzt findet wie das Wort »romantisch«, dabei liege doch auf der Hand, was die Texte im historischen und gesellschaftlichen Kontext bedeuten. Tom hat Kafka in der Schule gelesen, fand *Die Verwandlung* spannend, die Textanalyse aber zäh und verwirrend.

Judith macht so viel Wind um ihre Sachen, dass Toms Staatsarbeit kein Thema ist. Das ist ihm ganz recht; er wird sie mit seinem Prof besprechen, einem gutmütigen älteren Herrn mit wässrigen Augen und großen Tränensäcken, der ihn mit seiner väterlich überlegenen Art ein wenig an *Professor Brinkmann* (Klausjürgen Wussow) aus der *Schwarzwaldklinik* erinnert. Toms Abgabetermin ist ebenfalls im September. Er hat sich Jean Paul ausgeguckt, jenen seltsamen Literaten, der in keine Schublade passt, einen Roman namens *Siebenkäs* geschrieben hat, 1796 in erster und 1818 in zweiter Fassung, dazwischen nicht nur eine Jahrhundert-, sondern eine wahre Zeitenwende. *Siebenkäs* und sein Freund *Leibgeber* sind in dem Roman Doppelgänger im Geiste, die als »Humoristen« auf die Welt blicken. Ein bisschen wie Botte und er, findet Tom. Selbst nach den gut vier Jahren ist ihm seine Zeit mit ihm, ihrer Freundschaft und ihrer Musik noch so präsent, dass es wehtut, weil nichts davon wiederkommt.

Mit Botte war alles locker, witzig, wir haben so viel Spaß gehabt, uns trotzdem gefordert, gegenseitig gefördert. Botte mehr mich als ich ihn. Aber anders als mit Judith war da Wärme, verspielte, oft alberne Fantasie, Unbekümmertheit, wohl auch der Drang nach Selbstbestätigung, der Traum, berühmt zu werden – kein kühles Kalkül, keine keimtötende Disziplin, keine unerbittliche Intellektualität.

Tom denkt an seine WG, die unbeschwerte erste Zeit, wie schnell sie verging. Im Auslauf sind sie oft nur zu zweit unterwegs gewesen, besonders denkwürdig war der Abend mit Volker.

Sie sind im *Jovel*, Volker dauergrinsend an der Tanzfläche, niemals darauf (»Ich mach mich doch nicht zum Affen!«), dann noch lieber an der Theke, wo er sich gleich in eine Bedienung verguckt, eine mit dunkler Punkfrisur, tiefschwarz geschminkten Augen, schwarzem T-Shirt, schwarzer Jeans. Ihre Miene ist starr, latent aggressiv, kein Lächeln – für niemanden.

»Hast du ihre Muskeln gesehen? Wenn die kein Krafttraining macht, weiß ich es auch nicht.«

»Die legt dich mühelos flach«, sagt Tom.

»Boah, bloß nicht. Die ist so ein Eisklotz, da erfrier ich ja. Wetten, dass du es nicht schaffst, die zum Lächeln zu bringen.«

Tom springt an. »Um was wetten wir?«

»Gewinner zahlt alle restlichen Biere.«

»Abgemacht!«

Tom hat keinen Plan. Er winkt ihr zu. Sie sieht gleich wieder weg, bedient die andere Seite der Theke. Volker grinst hämisch, doch Tom lässt sich nicht aus der Ruhe bringen. Plötzlich steht sie vor ihm, nickt ihm knapp zu. Dann geht alles wie von selbst. *The Night You Murdered Love* von *ABC* erklingt und Tom beugt sich vor, ist jetzt nah an ihrem rechten Ohr.

»Ich weiß«, schreit er, »das klingt jetzt saudoof. Aber mein Kumpel hier glaubt nicht, dass ich es schaffe, dich zum Lächeln zu bringen. Hat er recht?«

Tom weicht vor dem eisigen Blick zurück. Volker feixt schon, als sie sich unvermittelt ihm zuwendet – und ihn kurz, aber deutlich angrinst.

»Scheiße!«, ruft er, als sie ihnen den Rücken zudreht. »Freundlich war das aber nicht!«

»Aber die Mundwinkel waren oben.«

Sie sind es auch noch, als sie mit zwei Krügen Bier zurückkommt.

»Für dich! Geht aufs Haus.« Ihre Augen nehmen Tom gefangen, schwarz auch sie, schön schwarz. »Na ja, und für deinen Kumpel da. Ich bin übrigens Trixi.«

»Tom«, sagt Tom und meidet Volkers Blick.

»Ist dir das unangenehm?« Trixi blickt ihm tief in die Augen.

An dem Abend haben Tom und sie sich angefreundet, haben hier und da geredet, auch geflirtet, immer gegen den

Donner der Musik an, *Tina Turner*, *The Communards*, *Bronski Beat*, *Simply Red* und wie sie alle heißen, haben sich ihrer besonderen Beziehung vergewissert mit Blicken, die sich wie Magnete immer wieder angezogen haben, ohne dass Trixi je hinter der Bar hervorgekommen wäre oder sie sich überhaupt woanders getroffen hätten.

Doch jetzt steht sie plötzlich im Durchgang zum Innenhof der Post, hat ihn zu seiner Pause abgepasst, ihn aus seiner Nachtschicht auf einen Spaziergang durchs Viertel entführt. Hinter dem Bahnhof haben sie sich trotz der Kälte auf eine Bank gesetzt.

»Sag ehrlich!«

Tom weiß nicht, was er antworten soll. Er fühlt sich unwohl in seiner Arbeitskleidung, die etwas ranzig riecht.

»Oder magst du mich nicht mehr? Nicht hier. Nicht draußen. Nachts sind alle Katzen grau, was?«

»Quatsch!« Tom fühlt sich unwohl, rückt etwas von ihr ab.

»Ich bin aber auch blöd. Das passt dir nicht, klar!« Trixi ist im Begriff aufzustehen.

»Jetzt warte mal. So lass ich dich jetzt auch nicht gehen. Ich mein, es ist schön, dass du da bist. Aber eben auch ziemlich überraschend.«

»Ist meine Spezialität. Auflauern und zuschlagen. Mach ich mit allen Männern so, die mir gefallen. Ups ...«

»Du ... ich ...«

»Schon gut! War blöd von mir. Entschuldige.«

»Nein, nein, aber du weißt ja, ich habe ...«

»Klar.« Trixi sieht traurig aus.

Tom ist es auch. Der Faden ist gerissen. Trixi sieht ihn an. Ihre Wimperntusche ist etwas verlaufen.

»Hey!«, sagt Tom. »Es gab da jemanden, der nicht geglaubt hat, dass ich dich zum Lächeln bringen kann.«

»Unter einer Bedingung …« Trixi grinst, aber ihr Blick ist traurig. »Dass du mich mal in den Arm nimmst.«

Krise

Die WG ist tot. Nicht nur, dass die verbliebenen Jungs sich kaum noch blicken lassen, auch Annette vergräbt sich meistens in ihrem Zimmer. Dafür hinterlässt sie überall *Duftmarken*. Ihr Kunstpelzmantel an der Garderobe müffelt so ranzig, dass Tom am Anfang gedacht hat, es sei ein echter, aber noch verwesender Nerz. Das ganze Bad riecht modrig von ihrem feuchten Duschhandtuch. Ihr Deoroller ist leer und hat mittlerweile den Geruch angenommen, den er bekämpfen sollte; nicht nur einmal ist Tom versucht, ihn wegzuschmeißen, notfalls würde er Annette auch einen neuen Mantel kaufen. Aber er will sich nicht einmischen, will überhaupt so wenig wie möglich mit ihr zu tun haben, denn anders als bei ihrem Vorstellungsgespräch ist sie verschlossen und abweisend. Und sie ist abstoßend. Sie lässt sich gehen, hat meist fettige Haare, ein graues Gesicht und dunkle Augenringe. Ob sie Drogen nimmt?

Nur wenn ihre Freundin sie besuchen kommt, ist sie wie ausgewechselt, ein wenig wie bei ihrer Vorstellung in der WG. Dann macht sich Annette hübsch, schminkt sich sogar. Das erste Mal, als »Aische« (Ayşe) auf der Bildfläche erschien, hielt Tom sie für einen Jungen: kurzgeschnittenes, schwarzes Haar, eine prägnante Nase, ein Schatten von Flaum über ihrer Oberlippe, noch dazu ist sie groß und von kräftiger Statur. Sie spricht nicht, ist einfach da, blickt frech, fast aggressiv aus ihren dunkelbraunen Augen. Gleich bei diesem ersten Mal ist sie Annette wie selbstverständlich auf den Balkon gefolgt, eine Flasche Sekt in der einen, zwei Plastikbecher in der anderen Hand – obwohl Tom an seinem Schreibtisch saß und sich auf seine Staatsarbeit konzentrieren musste, den ersten warmen Frühlingstagen zum Trotz. Zwei Stunden haben sie direkt vor seiner Nase gesessen, sich zugeprostet, kein Wort gesprochen, sich nur lange angesehen und immer wieder geküsst und umarmt.

Der eigentliche Tiefpunkt kommt im Sommer, mitten im größten Stress, als Tom damit beginnt, die Arbeit in seine Olympia zu tippen, innerlich so angespannt, dass seine Tagesabläufe immer unregelmäßiger werden. Oft arbeitet er bis zum Morgengrauen, adrenalingetrieben, holt sich mittags kurz Brötchen, beneidet wieder das geregelte, allenfalls körperlich anstrengende Leben der Verkäuferinnen oder der Monteure bei ihrer Kaffeepause. Wie gern wäre er wieder einer von ihnen, so wie in den Semesterferien vor drei Jahren, als er mit einer Doesbecker Firma in einem Münchener Vorort Warenhauslager auf- und abgebaut hat und nichts denken musste, sich im Gegenteil den schlichten, oft derben Gesprächen seiner Arbeitskollegen voll und ganz hingeben konnte; er kannte das ja schon von der Bundeswehr. Jetzt stört alles seinen Gedankenfluss: sein Karteikarten-Chaos, die Unterbrechungen durch seinen Postjob, die notwendigen Einkäufe, das Kochen, überhaupt das Essen, die Körperpflege – der ganze Alltag. Die Enge in seiner Brust ist zurück; Tom hat das Gefühl, nicht richtig atmen zu können. Das hatte er zuletzt in der Pubertät, als ihm mehrmals während der sonntäglichen Gottesdienste schwindelig wurde und er deswegen bei der Hausärztin war, ohne dass diese etwas fand. Letztendlich ging sein Leiden von alleine weg – so wie die Pickel.

Wieder und wieder rechnet er die verbleibende Zeit bis zur Abgabe durch. Das macht ihn nur nervöser, unproduktiver. Er vernachlässigt sich immer mehr, lässt jetzt auch die wenigen Treffen mit Judith platzen, jeden Samstagabend und den Sonntag haben sie sich bisher freigehalten, sich zum Essen getroffen, zum Kino oder Theater, zu Spaziergängen in der Umgebung oder einer kleinen Radtour nach Gievenbeck, wo es das beste Eis der Stadt gibt. Aber Tom hat nichts davon gehabt, ist in Gedanken nur bei seiner Arbeit gewesen – so wie Judith auch, nur gefasster, zwei Menschen wie Satelliten, jeder in einer anderen Umlaufbahn. Dazu passt, dass Tom der Sex mehr und mehr wie eine Verzweiflungstat vorgekommen und alles andere als befriedigend gewesen ist. Tom hat mehrmals versucht, über seine Arbeit zu reden, doch Judith ist gar nicht darauf eingegangen. Keine Frage, auch sie leidet. Sie kann ihm nicht helfen.

Und ausgerechnet in dieser Zeit verkündet Torsten seinen Auszug. Tom ist verzweifelt und wütend. Er hat ja mit Torstens Auszug gerechnet, aber so kurzfristig kommt er überraschend. *Diesmal müssen die anderen die Weitervermietung stemmen, eigentlich Torsten alleine, wenn er schon ohne Vorwarnung geht.* Doch der stellt sich tot und lässt seine Sachen von Freunden aus seinem Heimatort abholen und die Wände neu streichen, angeblich hat er eine Sommergrippe. Torstens Mutter putzt noch hinterher, dann steht das Zimmer leer und Tom fühlt sich wie der einsamste Mensch der Welt. Dietmar und Ulf sind nicht da, auch Annette ist offenbar verreist oder bei ihrer Freundin.

Tom versucht, sich wieder auf seine Arbeit zu konzentrieren, was ihm immer schlechter gelingt. Tränen steigen ihm in die Augen, lassen die Arbeit, sein Zimmer, die Welt da draußen verschwimmen. In seiner Verzweiflung ruft er Judith an. Er muss so erbärmlich klingen, dass sie keine halbe Stunde später vor der Tür steht.

Geduldig lässt sie sich sein Konzept erklären. Rauchend liest sie die Seiten, die er bereits fertig hat, sagt lange nichts, um ihn dann einfach in den Arm zu nehmen. Tom lässt seinen Tränen freien Lauf. Das letzte Mal, dass er in den Armen einer Frau so hemmungslos geweint hat, war mit Bärbel vor vier Jahren, als er erkannte, dass er sie, seine erste große Liebe, an einen anderen Mann verloren hatte. Sie hat nur »Pschhh« gemacht und ihm mütterlich übers Haar gestrichen, während er zitterte, untröstlich über die unabänderliche Situation.

»Das ist doch alles schon sehr fein«, sagt Judith. »Ich mein, ich dachte wirklich, du wärst schlimmer dran.«

Tom setzt sich auf, sieht sie ungläubig an.

»Tatsache«, sagt Judith und erklärt ihm, wie er am besten weitermacht und wie wenig eigentlich noch zu tun ist. Kennt sie seinen Stoff etwa auch? Oder ist er so einfach für sie? Er wischt sich die Tränen ab, schämt sich jetzt für sein Geheule und vor allem dafür, Judith so zu begegnen.

Später sitzen sie bei Kaffee und Zigaretten auf dem Balkon, blicken von außen in das leere Zimmer, das bis vor kurzem noch Torsten gehörte. Torsten, sein Chili-Kumpel. Tom muss an *Betty Blue* denken, daran wie er mit Judith aus dem Kino kam und in der *Leinwand* unbedingt noch ein Chili con Carne essen wollte, wie sie schließlich nur fade Bolognese mit grünen Nudeln bekamen, aber wie heiß dann die Nacht wurde, wie sie sich geliebt haben, dreimal, mit Zigaretten und kurzen Schlafphasen dazwischen. »*Wir bumsten jede Nacht*«, hat das nicht der Erzähler in Betty Blue gesagt? *Zu viel Leidenschaft tötet*, denkt Tom mit Blick auf das ergreifende Ende des Films. *Zu wenig aber auch …*

Tom schämt sich immer noch, doch als hätte sie seine Gedanken gelesen, küsst Judith ihn unvermittelt und so schön, dass sie bald darauf in sein Bett wechseln. Tom lässt sich fallen, Judith fängt ihn auf. Was gäbe er dafür, ganz in ihr versinken zu können, vollständig in sie hinein zu schmelzen, bedingungslos wie die Liebe selbst.

Zum Glück liegen sie schon entspannt nebeneinander, als es an der Tür klopft und Annette gleich darauf in sein Zimmer tritt. Über ihrer Schulter erscheint der Kopf von Ayşe. Beide grinsen nur, tauschen amüsierte Blicke.

»Ähm«, sagt Tom, Judith lacht.

»Selber schuld«, sagt Annette. »Hättest ja abschließen können.«

»Und du vielleicht erst anklopfen?« Tom ist empört, muss dann aber auch grinsen.

»Hab ich doch«, lacht Annette.

Sie setzen sich beide auf je eine Sessellehne und schauen Judith und Tom erwartungsvoll an.

»Und?«, fragt Tom.

»Wir haben uns was überlegt«, sagt Annette. »Es wird dich vielleicht nicht überraschen: Ich mein, es wäre doch für uns alle das Einfachste, wenn Ayşe in Torstens Zimmer zieht. Oder was denkst du?«

Tom ist überrumpelt. Wieso hat er daran nicht gedacht? Ist heute sein Glückstag? Erst Judith, jetzt Annette, zwei Frauen, die ihn retten. *Gut, mit Ayşe drei.*

»Dachte ich mirs doch«, sagt Annette. »Ich denke mal, die beiden Jungs sind auch einverstanden?«

»Und wenn nicht, selber schuld«, sagt Tom. »Denen geht doch die WG mittlerweile am Arsch vorbei.«

Annette und Ayşe klatschen sich grinsend ab.

»Das müssen wir feiern«, ruft Ayşe und zieht aus ihrer Jutetasche eine Flasche Sekt heraus. Ohne zu fragen, gehen die beiden Frauen auf den Balkon. Tom angelt sich seine Unterhose und zieht die Vorhänge zu, was ihm einen spöttischen »Spießer« einbringt, gefolgt von einem lauten »Plopp« des Sektkorkens.

Es wird dann doch noch eng. Nach einer der kurzen Schlafphasen, die Tom sich nur noch gönnt, wird ihm klar, dass er noch ein Kapitel einfügen muss. Das wirft seinen Zeitplan durcheinander. Hat er überhaupt einen? Tom weiß jetzt schon, dass ihm für die Zusammenfassung der kühle Kopf fehlen wird und für das Literaturverzeichnis die Geduld. Drei Wochen noch. Zum Glück hat ihn Judith gedrängt, rechtzeitig einen Termin mit dem *Schreibladen* zu machen, einem ehemaligen Reisebüro in der Grevener Straße, das jetzt zehn EDV-Arbeitsplätze, ein Chefbüro und einen Druckerraum beherbergt. Tom ist einmal dort gewesen, um den Auftrag zu unterschreiben und den Terminrahmen abzusprechen, hat die studentischen Mitarbeiterinnen gesehen, deren Köpfe zwischen Manuskripten und Bildschirmen hin und her pendelten, während ihre Finger mit System die Tastaturen bearbeiteten und ein vielstimmiges Klapperkonzert erzeugten.

Der Chef des Schreibladens ist kaum älter als Tom, womöglich selber noch Student, einer von der Wirtschaftsfakultät, ein smarter Blondschopf mit selbstbewusster Haltung und einem sichelförmigen Schmiss am Kinn wie ein grinsender Mund unter dem Mund. Tom findet solche Leute ätzend, aber was soll er machen? Die Staatsarbeit soll ordentlich aussehen. Das kann er mit seiner Olympia, selbst mit *Tipp-Ex*, unmöglich schaffen; er darf, anders als bei den Hausarbeiten, keine zusammengestoppelte Kopie aus dem Kopierer abgeben. Sechshundert Mark wird ihn das saubere Abfassen seines Manuskripts kosten. Das Binden der Seiten muss er dann noch in einem Copyshop machen lassen.

Hoffentlich steigen die durch mein Chaos durch, denkt Tom, während er hier und da noch handschriftliche Notizen anfügt, ganze Passagen ausschneidet und neu aneinanderklebt. Spätestens jetzt bleibt keine Zeit mehr für anderes, auch nicht für Judith. Aber ihr scheint es ähnlich zu gehen. Tom isst kaum noch etwas, raucht Unmengen an Zigaretten, bestellt sich ab und zu was beim Scheißer, der ihn beim Abholen kühl abfertigt – kein Wunder, die Jungs und er haben ihn gnadenlos vernachlässigt, anders als seine Stammgäste, die an der Theke sitzen, als wäre die Zeit stehen geblieben. Sie beachten Tom nicht, nur Gerold, der ihn durch seine Goldrandbrille ansieht, als wüsste er besser als Tom, was die Stunde geschlagen hat. Und Tom beneidet ihn und die anderen um ihre Zeit, die es ihnen erlaubt, einfach hier zu sitzen und den Tag gemächlich zu beschließen. Sie schlummern friedlich in ihren Betten, auch der Scheißer nach seinem Tagwerk, wenn Tom die Nacht zum Tag macht und selbst in seinen kurzen Schlafphasen gegen Morgen nicht zur Ruhe kommt.

In den folgenden Tagen geschehen die Dinge nach einem mehr oder weniger klaren Schema: Um 10 Uhr muss er im *Schreibladen* sein, neues Futter für die Computer abgeben, Ausdrucke zum Korrekturlesen mitnehmen. Auf dem Heimweg geht er beim Bäcker vorbei, deckt sich mit belegten Brötchen und Kuchen ein, seine einzige Nahrung für den Tag, denn er hat keinen Nerv mehr, zum Scheißer zu gehen. Im Tabakladen nebenan holt er sich Zigaretten, montags den *Spiegel,* den er momentan nur noch durchblättern kann.

Spätestens um 11 Uhr sitzt er wieder an seinem Schreibtisch, redigiert die frisch ausgedruckten Seiten und das, was er zuletzt geschrieben hat, überwindet die kurze Schreibblockade, indem er Mücken und Fliegen totschlägt, Sachen von hier nach da räumt oder mit ähnlich beknackten Dingen Ablenkung sucht. Unvermeidlich nimmt er die Aktivitäten um sich herum wahr, den Einzug Ayşes, die Küchengespräche, Telefonate und Quatschereien im Flur, doch das alles bleibt vage wie Hintergrundrauschen. Niemand stört ihn. Und er huscht nur zu notwendigen Verrichtungen hinaus, wenn es still ist – bloß kein Gespräch jetzt, bloß keine Zeit verlieren. Schon ist er wieder im Tunnel, tippt drauflos, liest, verwirft, tippt weiter, muss sich ein neues Farbband besorgen, was ihn fast aus der Kurve wirft, nervös raucht er Zigarette um Zigarette, kleine Belohnungen für Geleistetes, Sammlungsrituale, Stimulationen, als ob so alles leichter würde, wie beim *HB-Männchen* aus der alten Zigarettenwerbung, ihm so erst die Ideen kommen, das Nikotin seine Synapsen anregt, der Rauch zwar seine Sinne, nicht aber seinen Geist vernebelt. So hält er sich wach und seinen Körper in einem Zustand permanenter Anspannung und Konzentration. Er weiß, wie schädlich das alles ist. *Nicht mehr lange*, sagt er sich, *bald bin ich dort, wo die Romanfigur »Siebenkäs« am Ende ist*: in den Armen seiner großen Liebe wie Jesus in den Armen der Gottesmutter – die letzten Worte des Romans fast biblisch: »... und die Leiden unseres Freundes waren vorüber.«

Schon zum dritten Mal macht Tom Anstalten zu gehen, doch der Chef des *Schreibladens* redet einfach weiter.

Du Schnösel, denkt Tom und ärgert sich, dass er wieder einmal zu höflich ist, einfach aufzustehen und Tatsachen zu schaffen. Schließlich bezahlt er ihn gut, ist ihm also nichts schuldig, außer, sein Manuskript leserlich und abschrifttauglich abzuliefern. Stattdessen sitzt er diesem *Fatzke* in seinem Büro gegenüber, lässt sich bequatschen von der öligen Stimme, die so gut zu seiner parfümierten, gepflegten Erscheinung passt, zu seiner blonden Föhnfrisur, dem sommerlichbeigen Anzug und dem hellblauen Hemd, der fettigen Gesichtshaut mit der Schnittnarbe am Kinn, die für ihn nicht Makel, sondern Trophäe sein dürfte. Jetzt breitet der Schnösel wieder seine Arme aus, lächelt zufrieden, gefällt sich in seiner behaglichen Selbstsicherheit inmitten seiner Schreibkräfte, ihrem Tastaturgeklapper. *So klingt Frondienst.*

»Studentinnen? Iwo! Das sind fertige Lehrerinnen. PH-Mäuse.« Schnösel lehnt sich zurück und verschränkt die Hände hinter dem Kopf; sein Sakko spannt sich und gibt den Blick auf Hosenträger mit Edelweißmuster frei. »Die sind alle auf EDV umgeschult, verdienen hier jetzt gutes Geld. Hoffen natürlich alle, dass die Schulen irgendwann wieder Lehrer brauchen. Aber hey: Da können sie lange warten.« Ein verächtliches Grinsen umspielt seine Mundwinkel, der Schmiss grinst noch breiter. »Ich mein, wie dämlich muss man sein, sorry ... Aber dass man sehenden Auges in die Arbeitslosigkeit studiert, will mir nicht in den Kopp, mal ehrlich jetzt. Nix für ungut.«

Seine Augen flackern kurz. Tom deutet sie als Anflug von Unsicherheit, wohl weil seinem Gegenüber eingefallen ist, dass seine Überheblichkeit auch Tom trifft. So ist er um Schadensbegrenzung bemüht, wenigstens ein bisschen, nicht aus Mitleid, sondern wegen seines Geschäfts. Wie bitter, so einem *Arsch* ausgeliefert zu sein. Dabei hat er nicht einmal unrecht; er spricht nur aus, was auch Toms Eltern umtreibt und ihn selbst erst recht, je mehr der Stress an seinen Nerven zerrt und ihn immer wieder am Sinn seines Tuns zweifeln lässt.

Na warte, du Lackaffe! Dass ihm nun auch noch das Schimpfwort seiner Eltern einfällt, lässt Tom lächeln. *Dir werde ich es zeigen! Wer sagt denn, dass ich Lehrer werden will? Als ob ich neidisch auf dich und deine Klitsche wäre, du Großkotz mit Spatzenhirn!*

Schnösel wird blass. Tom fährt zusammen. Hat er das etwa laut gesagt? Warum hören plötzlich alle auf zu tippen? Schnösel erhebt sich, knöpft sein Sakko zu und deutet mit der rechten Hand zur Tür. Das Geklapper ist unvermindert da, ist vermutlich nie verstummt.

Alles Täuschung, Halluzinationen, denkt Tom, als er den Laden verlässt und niemand aufsieht. *Jetzt wirds echt Zeit …*

Gandia

»Willst du wirklich mit dem Auto da runter?« Kopfschüttelnd trinkt Judith von ihrem Frascati. Sie sitzen im *Il Cortile*, zum ersten Mal seit Monaten.

»Warum nicht? Ich fahr gerne und vor vier Jahren hat das mit den beiden Jungs auch super geklappt. Bis an die Costa Brava sind wir gekommen. Ohne Stress. Und wir können viel Gepäck mitnehmen, auch Proviant.« Tom hat noch mehr Argumente, das für ihn wichtigste sagt er ihr nicht: Er hat Angst vorm Fliegen. Immer noch. Noch mehr, weil in diesem Jahr bereits zwei Verkehrsmaschinen mit Hunderten Menschen abgestürzt sind. Die Bilder aus Detroit spuken noch in seinem Kopf, gerade einmal einen Monat ist das her.

Judith grinst. Ob sie ahnt, was ihn eigentlich umtreibt?

»Also gut, wenn ich nicht fahren muss ... Mein Auto war gerade erst in der Inspektion. Daran wird es also wohl nicht scheitern. Aber du weißt schon, dass Gandia noch ein ganzes Stück südlicher liegt, oder?«

Sie fahren, ohne zu übernachten durch, nutzen nur die Tankstopps, um Pause zu machen, sitzen irgendwo im Gras, kurbeln nachts die Sitze zurück für einen kurzen, unruhigen Schlaf, lassen den Süden Kilometer für Kilometer kommen, die zunehmend wärmere Luft bei offenen Fenstern durch den Wagen und in ihren Haaren wirbeln. Tom ist bester Laune, das Fahren macht ihm Spaß, es ist fast meditativ und es verdrängt die Anspannung der vergangenen Wochen – umso mehr, je näher sie ihrem Ziel kommen.

Dass sie in Gandia nicht in einem Ferienhaus der Eltern Judiths, sondern der Familie ihres Ex-Freundes Sebastian unterkommen, hat Tom erst kurz vor ihrer Reise erfahren. Aber er hat sich kein bisschen aufgeregt – bloß weg, ab in den Süden, wo Zitrusfrüchte, Wein und Oliven wachsen und das Leben so viel leichter erscheint als in Münster.

Tom hat stark abgenommen, die engste Jeans schlackert um Hüfte und Beine, sein Gesicht ist ausgezehrt, die Arme sind so dünn wie die von Judith. Sie mustert ihn oft aus den Augenwinkeln, ist dabei so schön wie immer, ohne sichtbare Spuren von dem, was hinter ihr liegt. Fast scheint es, als bräunte ihre Haut hier noch schneller als auf Kreta.

Sie fahren hoch in die zunehmend karge Berglandschaft der Pyrenäen. Zur Küste geht es über Serpentinen hinunter, das Meer liegt wie ein glänzender Spiegel in der gleißenden Sonne. Auch der Fahrtwind lindert jetzt kaum noch die Hitze im Auto. Kurz vor Barcelona nimmt Tom die falsche Abfahrt. Und so landen sie ausgerechnet zum stärksten Berufsverkehr in der katalanischen Metropole. Judith ist genervt, doch Tom lässt sich nicht aus der Ruhe bringen. Das hier sei ein Klacks gegen Marseille, sagt er, drückt auf die Hupe und zwängt sich langsam, aber fordernd von ganz links über fünf Spuren nach ganz rechts, schafft gerade noch die Ausfahrt zur richtigen Route.

Judith lächelt anerkennend, legt ihre Hand auf sein Knie und wirkt auf ihn jetzt wie eine spanische Frau. Wie hat er sie, ihre Schönheit, ihre Nähe und ihre Liebe, all die Wochen vermisst. Immerhin war sie da, als er sie am nötigsten brauchte, er bewundert sie seitdem noch mehr, und er hat sich geschworen, nie wieder schlecht über ihre unterkühlt wirkende Zielstrebigkeit zu denken, ihre Stärke, die schließlich auch ihn ermutigt und wahrhaftig gerettet hat. Sie ist eine so traumhafte Frau, eine Traumfrau; er muss aufpassen, dass er sie nicht überhöht, so wie *Siebenkäs* seine *Natalie*, lieber möchte er der *Monaco Franze* aus der Fernsehserie sein, der trotz seiner amourösen Abenteuer immer zu seinem *Spatzl*, der von *Ruth-Maria Kubitschek* gespielten feinen Münchener Dame, zurückkehrt. Judith, sein *Spatzl*.

Sie, blickt ihn an, als wisse sie, was er gerade denkt. Sie wird ihm nicht erzählen, dass ihr Charme die beiden aus dem Stau geführt hat. Sie hat nur lächeln müssen, ein wenig winken und zwinkern, schon haben ihr die katalanischen Männer – nur solche waren am Steuer – Platz gemacht, mochte Tom hupen oder nicht.

Sie wohnen ein Stück außerhalb von Gandia in einer Wohnsiedlung auf einem Hügel mit herrlicher Aussicht auf die Costa Blanca. Das Meer können sie vom Wohnzimmer aus sehen, die Veranda geht nach Südwesten raus, um über den Tag möglichst viel Sonne zu haben, allerdings mit dem Blick auf die nächsten Häuser. Ihr Haus ist ein moderner, einstöckiger Bau, ein kleiner, weiß getünchter Bungalow mit leicht schrägem Dach aus terrakottafarbenen Schindeln. Über die Inneneinrichtung ist Tom enttäuscht, alle Räume sind sparsam eingerichtet und wirken wegen der recht kleinen Fenster und der bräunlichen Wände düster – mit Ausnahme des großen Wohnzimmers, das eine Glasfront mit Schiebetür zur Veranda hat. Judith reißt gleich bei ihrer Ankunft die dunklen Vorhänge auf und schiebt die Tür ganz auf, um die abgestandene, leicht modrige Luft zu vertreiben, die Tom an ihre erste Unterkunft auf Kreta erinnert. Heiße Luft ergießt sich wie Lava ins Haus. Tom lässt sich von ihr in die übrigen

Räume treiben, die vom langen Flur abgehen, das kühlere Schlafzimmer mit Doppelbett, Meerblick und Sonnenaufgang, das kleine, zweckmäßige Bad, die überraschend geräumige und moderne Küche und ein Gästezimmer mit zwei getrennten Betten.

»Die haben wir zusammengeschoben, Sebastian und ich.« Judith steht neben ihm im Türrahmen. »Wir mussten hier schlafen, weil seine Eltern zur selben Zeit hier waren. Der Urlaub war ziemlich verkorkst, wie du dir vorstellen kannst.«

»Hm«, sagt Tom nur und denkt an den Urlaub mit Bärbel und seinen Eltern in Südtirol, wo sie in einem Haus untergebracht waren, aber zwei sehr entspannte und harmonische Wochen verbracht hatten. Das war im Sommer 1982, da war er noch bei der Bundeswehr und alles andere als verwöhnt.

»Später waren wir noch mal hier, haben dann im Doppelbett geschlafen und ...« Judith stockt, wird rot. »Ist aber auch egal.«

»Schon komisch«, sagt Tom. »Dann war das hier euer Liebesnest. Das muss ich irgendwie verdrängen.«

»Unsinn!« Judith schlingt einen Arm um seine Hüfte. »Das müsstest du ja bei mir in Münster auch. Aber ich sag nix mehr, war blöd von mir. Und jetzt gehen wir was essen, ja?«

Sie fahren nach Gandia rein, wollen weiter zum Meer, am liebsten zum Fischerhafen, der inzwischen zu beiden Seiten der Küste von modernen Hochhäusern und Rohbauten eingezwängt wird. Judith staunt über den ausgreifenden Tourismus, deutet an, wie alt und ehrwürdig Gandia eigentlich sei, eine »Königsstadt« mit historischen Bezügen bis nach Rom, die *Borja* in Spanien und Portugal, die *Borgia* in Italien, der weltliche Papst Rodrigo alias Alexander der sechste und seine berühmte Tochter Lucrezia, die angeblich so männermordende Adelige, die aber wohl eher eine der ersten halbwegs emanzipierten Frauen in der Geschichte war – aber das wisse er ja alles.

Tom sucht schweigend einen Parkplatz, was im Hafen nicht so einfach ist. Sie finden eine kleine Bar direkt an der Mole. Tom hat Lust auf eine Paella, muss an Ludger denken, der auf ihrer Jungstour an der Costa Brava keinen Bissen aus der großen Pfanne gegessen hat, weil ihn die Garnelen mit ihren schwarzen Punktaugen »so komisch angeguckt« haben. Tom hat sich eher daran gestört, die Garnelen mit den Händen schälen zu müssen und den fischigen Geruch an den Fingern trotz intensiven Waschens nicht sofort losgeworden zu sein.

Tom und Judith genießen den Abend, blicken lange verträumt auf die sanft schaukelnden Boote, schnuppern der Melange von Knoblauch, Fischgegrilltem und würzigem Tabakrauch nach, die es so nur am südlichen Meer gibt, und trinken viel zu viel Wein. Später machen sie einen ausgedehnten Spaziergang am Meer entlang, um wieder etwas nüchtern zu werden. Judith besteht darauf zu fahren, Tom hat ein schlechtes Gewissen, beide verkrampfen, blicken angestrengt in die Nacht, werden ein paarmal von Scheinwerfern geblendet – kommen endlich wohlbehalten bei ihrem Haus an. Müde fallen sie ins Bett und verschlafen die erste heiße Nacht in Spanien.

Als sie aufwachen, steht die Sonne schon hoch am Himmel. Tom ärgert sich, zu gerne hätte er den Sonnenaufgang gesehen. Das Meer ist wieder spiegelglatt. Leider ist es zu diesig, um weit zu blicken, sowieso nicht bis nach Ibiza, das zu weit entfernt dort draußen liegt. Toms Tante ist jahrelang dorthin geflogen, hat auf der Insel nichts anbrennen lassen, da war ihr Mann, Toms Onkel, aber schon tot.

Sie sind zu verkatert, um Sex zu haben, also stehen sie auf, trinken drei Tassen Kaffee, essen von ihrem Proviant. Morgen würde Tom Brötchen holen, wenn es so etwas überhaupt hier gibt. Judith zündet sich schon die dritte Zigarette an, Tom wird flau im Magen. Er setzt sich in den noch schattigen Bereich der Veranda. Judith zieht ihr Hemd aus, entblößt ihre Brüste, was Tom hektisch zu den Häusern hinüberblicken lässt. Doch Judith tut unbekümmert, rekelt sich sogar auf eine Weise, die selbst Tom doch wieder aufgeilt. Aber schon bald lähmt beide die Hitze.

Sie bleiben den Tag über am Haus. Nichts zieht sie an den Strand. Man müsse weiter fahren, um ein schönes, auch einsames Stück zu finden, weiß Judith. Für den Abend machen sie sich schick, soweit es Tom möglich ist; das weiße Hemd ist ihm viel zu weit geworden, sein dünner Hals ragt aus dem Kragen wie der eines Geiers.

Sie fahren nach Benidorm. Tom kennt die Stadt von Bildern, findet, dass sie mit ihren dicht gedrängten Hochhäusern seltsam künstlich und gar nicht spanisch wirkt. *Und so will Gandia werden?* Anders als diese Stadt scheint Benidorm nicht natürlich gewachsen, sondern aus der Retorte entstanden zu sein, entwickelt für Massentourismus in großem Stil. Judith weiß es wieder besser, sagt, dass auch Benidorm eine lange Geschichte habe, jetzt aber leider dabei sei, Masse durch Klasse zu ersetzen. Die Reichen, überhaupt Menschen mit Geschmack, wichen ins Umland aus, überall entstünden Bungalows und Ferienhäuser, *Fincas*. Tom muss lachen, weil Judith wie eine Reiseführerin klingt.

Sie essen in einem kleinen Lokal etwas abseits der Strand-promenade. Tom trinkt diesmal nur Wasser und Cola. Er hat sich angeboten zu fahren, was Judith sofort dankbar angenommen hat. Sie will sich amüsieren, dazu gehörten nun mal schöne Drinks. Als es dunkel wird, gehen Abertausende Lichter an. Das Nachtleben erwacht, für das Benidorm weit über Spanien hinaus bekannt ist. Im Pulk von Hunderten anderer Menschen flanieren Tom und Judith die Promenade entlang, links die Restaurants vor glitzernden Hochhausfassa-den, Bettenburgen für die vielen Touristen, rechts die Straße, dahinter der Strand und das Meer, das von den bunten Lich-tern der Stadt bis weit hinaus erhellt ist wie eine riesige Disco-Tanzfläche. Teure Autos rollen extra langsam über den Asphalt, halten hier und da an. Elegant gekleidete Paare stei-gen aus, gehen zielstrebig auf die Lokale zu, vor denen jetzt jeder Tisch besetzt oder reserviert ist. Familien mit Kindern sind zu dieser Stunde kaum noch zu sehen, würden das mon-däne Nachtleben auch nur stören.

Judith kennt sich noch ein bisschen aus, weiß ungefähr, wo interessante Bars und Diskotheken sind und wundert sich dann doch, dass alles schon wieder ganz anders ist, als sie es in Erinnerung hat. Sie landen in einer Bar im zwölften Stock, die einen Rundum-Blick über Benidorm bietet und nur dezent beleuchtet ist, überall brennen Kerzen, verleihen dem Raum eine fast sakrale Atmosphäre. Direkt am Panoramafenster stehen Sessel und Sofas, natürlich sind alle besetzt. Tom ent-deckt eine Treppe, die nach oben führt zu einer Dachterrasse mit einem großen Baldachin, unter dem bunte Scheinwerfer kreiseln und tanzende Körper mit Farben aus Licht bespren-keln. *La Isla Bonita* von *Madonna* dringt aus den vier großen Lautsprechern in den Ecken der Tanzfläche; eine solche Anlage hätte sich Tom für seine Band gewünscht. Judith drückt ihm ihr Cocktail-Glas in die Hand, um zu tanzen. Schnell hat sie zwei braun gebrannte, muskulöse Männer in weit aufgeknöpften weißen Hemden um sich, ihre Brustbehaarung wirkt obszön, außerdem riechen sie nach Moschus wie Stiere. Sie umgarnen Judith, gerieren sich wie zwei Flamenco-Tänzer.

Was für ein Kitsch, denkt Tom, aber Judith lächelt die beiden Männer zuckersüß an, stachelt sie nur noch weiter auf, *die Hähne*. Doch dann passiert etwas Bemerkenswertes: Zwei Blondinen schieben sich an Tom vorbei auf die Tanzfläche, drängen sich zwischen Judith und die Männer und ohrfeigen diese synchron. Wie einer eingeübten Choreografie folgend, wenden sich die zwei Paare ab, haken einander unter und verschwinden. *Was für Waschlappen!*

Judith kommt zurück, gerade rechtzeitig, bevor *Walk Like An Egyptian* von den *Bangles* erklingt und die Tanzfläche von einer Herde seltsam wackelnder Menschen bevölkert wird. Judith saugt etwas verlegen an ihrem Strohhalm, muss plötzlich husten, beginnt, ansatzlos zu lachen, so sehr, dass sie Tom ansteckt.

»Komm«, sagt sie mit erstickter Stimme, hakt sich bei ihm unter wie die Blondinen bei ihren spanischen Gockeln, nur ohne Ohrfeige für Tom. Darüber lachen sie herzlich. Er entdeckt ein freies Sofa mit Blick auf das buntangeleuchtete Meer. Immer wieder kehrt das Lachen zurück, führt bei Tom zu einem Schluckauf, den Judith schließlich mit einem langen Kuss beendet. Sie kuscheln sich aneinander, genießen ihre Nähe, den Urlaub, das Leben.

Am nächsten Tag fahren ins Hinterland, die Altstadt Gandias laufe ihnen nicht weg, denken sie. Umso mehr erfreuen sie sich der bergigen Landschaft und den frischeren Temperaturen. Sie besichtigen eine Burgruine, bummeln durch ein Dorf, in dem überall Girlanden mit bunten Fähnchen gespannt sind. Auf der Weiterfahrt erzählt Judith von einer düsteren Prozession, die sie in dieser Gegend zu Ostern erlebt hat. Der Zug habe aus lauter weiß verhüllten Gestalten mit langen, spitzen Hüten bestanden. Sie hätten Holzkreuze getragen und irgendwie sei sie das Gefühl nicht losgeworden, dass sie diese auch als Waffen oder Folterinstrumente benutzen würden. Es habe Grabesstille geherrscht, ab und zu unterbrochen von Kettenrasseln und Trommelschlägen, und die Menschen am Wegesrand hätten sich immer wieder furchtsam bekreuzigt und nicht gewagt aufzuschauen. Das alles sei total gruselig gewesen. Obwohl Sebastian dabei gewesen sei, habe sie vor Angst gezittert.

In einem gottverlassenen Dorf will Judith aussteigen, um auf die Toilette zu gehen. Sie halten vor einer schmucklosen Bar, in der offensichtlich das ganze Dorf versammelt ist. Als sie eintreten, kehrt augenblicklich Stille ein.

»Mist«, zischt Judith. »Hier dürfen wohl nur Männer rein.«

»Aber ich kann leider nicht für dich gehen«, nuschelt Tom grinsend und blickt in die Runde. Tatsächlich sitzen nur Männer hier, die meisten sind alt und grau. Sie glotzen Judith an wie einen Geist. Empörung und Ablehnung blitzt aus ihren Augen. Dann kommt die Erlösung.

»Komm!« Eine kleine, ältere Frau steht hinter dem Tresen und deutet auf eine Tür an der Seite.

»¿Una cerveza para el caballero?« Sie wartet nicht ab, öffnet eine Flasche und stellt sie vor Tom auf den Schanktisch.

»Salud!«, tönt es vielstimmig. Das Eis ist gebrochen. Die kleine Spanierin lächelt kurz und wendet sich kopfschüttelnd ab. Tom trinkt, merkt jetzt erst, wie groß sein Durst ist. Als Judith zurückkommt, steht ein einfaches Glas mit einer hellgelben Flüssigkeit auf dem Tresen.

»¡Vino blanco, Signora! Es de aquí.«

»Oh, muchas gracias«, sagt Judith etwas unsicher, aber mit perfekt gerolltem R, und in die Runde: »Salud!«

Niemand der Männer rührt sich. Tom hebt sein Glas, schon rufen alle »Salud« und lachen.

Auf der Rückfahrt platzt Judith, hält Tom einen Vortrag über die Unterdrückung der Frau, den durch nichts gerechtfertigten Chauvinismus der Männer, der in solchen Ländern, in solchen »hinterletzten Käffern« besondere Blüten treibe. Solche »Machos« hätten null Bildung, bildeten sich aber wahnsinnig was ein auf ihre Männlichkeit. Krieg führen, sinnlos töten, das könnten sie, mehr aber auch nicht. »Bestimmt haben einige von denen Franco die Füße geküsst, einem Faschisten, der, ohne mit der Wimper zu zucken, seine eigenen Leute sinnlos verheizt hat.«

»So wie Hitler«, sagt Tom. »Da waren aber genug gute Männer, selbst George Orwell hat im Spanischen Bürgerkrieg gegen Franco gekämpft.«

»Und?« Judith redet sich in Rage. »Soll das irgendwas rechtfertigen? Willst du irgendwas damit entschuldigen? Sag mir, *Liebling*, fandest du das vorhin etwa in Ordnung? Lustig gemacht hast du dich! Oh ja, auf meine Kosten habt ihr gelacht. Die Wirtin, die hat mich verstanden. Hast du gar nicht gesehen, oder? Während ihr gelacht habt, hat sie die Augen gerollt, hat hinterher noch meine Hand genommen, aber da warst du ja schon draußen. Warum hat sie wohl kein Geld von uns verlangt? Kannst du mir das erklären? Ich kann es!«

In der Nacht fegt eine Gewitterfront über die Küste. Tom hört das Trommeln des Starkregens, das Schlagen von Fenstern und Türen und immer wieder Donnern. Er sieht das Zucken der grellen Blitze wie blutrote Funken hinter den geschlossenen Lidern. Und doch schafft er es nicht, die Augen zu öffnen, geschweige denn aufzustehen. Judith versucht ihn schon eine Weile wachzurütteln, steht schließlich mit dem Mut der Verzweiflung auf; sie fürchtet sich vor Gewittern, ein Trauma aus früher Kindheit, das sie nicht loswird. Sie hat ihm davon erzählt, in Bad Homburg, als sie auch Donnergrollen vernommen hatten.

Das Licht geht nicht, aber auch so sieht sie, dass das halbe Wohnzimmer voll Wasser steht. Sie watet hindurch, schließt die Schiebetür und die Fenster, die sie vor dem Schlafengehen geöffnet hat, um die Schwüle zu vertreiben. Unter dem Spültisch in der Küche findet Judith einen Aufnehmer und einen Eimer. Zweimal muss sie ihn ausleeren. Wut verdrängt ihre Angst und sie fragt sich unter den zuckenden Blitzen, dem Donnergrollen, warum sie wieder die Gutmütige ist, die Fürsorgliche, die jetzt auch noch die leeren Flaschen und Gläser vom Tisch räumt. Tom hat allein anderthalb Flaschen Wein getrunken, während sie schweigend im Wohnzimmer saßen, Judith lesend, Tom starrend, saufend.

»Was war denn das?« Judith ist immer noch fassungslos.

Tom verzieht das Gesicht, er hat rasende Kopfschmerzen und ihm ist schlecht.

»Was bist du eigentlich für ne Memme?« Judith erhebt sich vom Sofa, auf dem sie schon gesessen hatte, als Tom noch seinen Rausch ausschlief. Sie zeigt auf die Fliesen vor der offenen Schiebetür; draußen scheint die Sonne, nichts erinnert mehr an das nächtliche Unwetter. »Bis hier stand das Wasser, so heftig hat es reingeregnet. Und du? Du warst zu betrunken, um was zu merken. Das wäre Sebastian nicht passiert. Er wäre da gewesen. Für mich. Er hätte mich beschützt.«

»Es tut mir leid«, sagt Tom kleinlaut. Trotzdem steigt Wut in ihm auf. Wie oft muss er sich noch mit ihrem Ex vergleichen lassen, selbst jetzt, nach zweieinhalb Jahren? Das Gewitter hat er tatsächlich verschlafen, aber nicht so, wie Judith denkt. Das Tosen und Blitzen hat einen Albtraum ausgelöst, vermutlich verstärkt durch den Alkoholrausch. Er weiß nur noch, dass er sich nicht bewegen konnte, dass ihm unfassbare Angst die Kehle zugeschnürt hat. Albträume dieser Art hat er seit seiner Kindheit, doch nie waren sie so tiefgreifend und so lähmend wie in der letzten Nacht.

Er versucht, Judith zu erklären, warum er nicht aufstehen konnte, doch sobald das Wort *Angst* fällt, wird sie zornig.

»Angst? Oh ja, die hatte ich auch! Du weißt, wie sehr ich mich bei Gewittern fürchte. Einmal, nur ein einziges Mal hätte ich dich als Mann gebraucht. Aber du hast dich verkrochen. Angst! Dass ich nicht lache. Du warst betrunken und nicht für mich da. So einfach ist das!«

Für die lange Fahrt nach Hause hat sich Tom munitioniert. Die restlichen Tage ist Judiths Vorwurf kein Thema mehr gewesen, aber für Tom schwelte er weiter im Hintergrund. Sie haben keinen Sex mehr gehabt. Weder Judith noch Tom haben Verlangen danach gehabt, und auch wenn sie so getan hat, als sei alles in Ordnung, auch wenn sie wieder zusammen gelacht und einige interessante Touren unternommen haben, kann Tom Judiths Vorwürfe nicht vergessen. Sie haben ihn in seinem Selbstwertgefühl getroffen. *Die Sache muss ausgeräumt werden. Wie soll das sonst mit uns weitergehen?*

Weil Judith die erste Etappe fahren will, nutzt Tom die Gelegenheit und kommt gleich auf den Punkt. Im ersten Anlauf hält er ihr Inkonsequenz vor, weil sie erst die Frauenrechtlerin gebe und dann von einem Mann ein klassisches Rollenmuster erwarte, sich damit aber selbst wieder in eine klassische Frauenrolle füge.

»Och, Schatz ... Du weißt, dass das am Thema vorbei geht und grob unfair ist, nicht wahr?« Judith bleibt ruhig, kurbelt ihr Fenster herunter. Warmer Wind und Verkehrslärm dringen ins Innere.

Tom muss jetzt fast schreien, was ihm sogar recht ist, denn die Worte kommen aus seinem Herzen. Er öffnet sich, spricht über seine Verletzungen, erzählt noch einmal von seinen Albträumen seit seiner Kindheit, von dem außergewöhnlichen in jener Nacht. Aber er erzählt nicht nur, sondern versucht auch zu analysieren. Noch während er spricht, bemerkt er seinen Fehler, entdeckt die Angriffslust in Judiths Augen. Ein abfälliges Grinsen steht in ihrem Gesicht.

»Machen wir jetzt Seelenstriptease? Da hätte ich auch was zu bieten. Nur dass ich mich nicht in Küchenpsychologie flüchte.« Judiths Hände krampfen sich um das Lenkrad.

Tom weiß, auf was sie hinaus will. Sie hat zwar ihm von ihren Ängsten erzählt, er aber hat damals über seine geschwiegen, es wäre ihm billig vorgekommen. Jetzt ist es offenbar zu spät. Was auch immer er sagt: Sie wird ihm nicht glauben. Tatsächlich wirkt seine Rechtfertigung schwach. Und dennoch wird er wütend.

Warte! Das ist so einfach. Immer so, wie es ihr passt: Ich kann nur verlieren, egal, was ich tue. Sie spielt mit mir. Wie tief willst du noch sinken, Tom Kiffler?

Ihm bleibt keine andere Wahl. Er zieht die Reißleine. Dann sei wohl nur noch die Frage, ob sie so noch weitermachen könnten. Er könne es jedenfalls nicht. Als *Hanswurst*. Sie lasse ihm keine Luft mehr zum Atmen. Nicht in ihrer Beziehung.

»Geht's noch dramatischer?« Judith verringert die Geschwindigkeit. Die ersten Autos hinter ihnen hupen bereits; auf diesem Stück Landstraße ist Überholverbot. »Und warum kommst du erst jetzt damit an? Hast du nicht den Mumm gehabt, mir das gleich zu sagen?«

Tom ist fassungslos. Selbst in dieser existenziellen Frage reitet Judith einfach weiter auf ihrem Trip, bohrt ihren Finger nur noch tiefer in die Wunde, die sie selbst ihm beigebracht hat.

»Verdammt noch mal, hörst du mir überhaupt zu?«, schreit er wütend. Am liebsten würde er sie schlagen, doch stattdessen greift er nach dem Zündschlüssel, will ihn herausdrehen.

»Das ist doch ... Spinnst du jetzt komplett?« Judith lässt den Wagen ausrollen, stellt den Motor ab und sieht ihn aus großen Augen an. Sie füllen sich mit Tränen. Unter wildem Hupen und Schimpftiraden versuchen die anderen Autofahrer an Judiths Auto vorbeizukommen. Eine elegante Frau in einem Cabrio, die aussieht wie Audrey Hepburn, bleibt kurz auf ihrer Höhe stehen und fragt auf Französisch, ob sie helfen könne. Judith und Tom wedeln in gleicher Weise mit den Händen, bedeuten ihr, sie könne weiterfahren, sind beide überrascht über ihre einige Geste.

»Lass *mich* fahren«, sagt Tom und steigt mit dem Autoschlüssel in der Hand aus. Tatsächlich rutscht Judith auf den Beifahrersitz. Ohne sie anzusehen, startet Tom den Motor. »Jetzt möchte ich nur noch nach Hause. Und dann war's das. Endgültig.«

Judith sagt nichts mehr.

Auf der ganzen Strecke durch Frankreich schweigen sie sich an. Die Pausen sind kurz – für das Nötigste. Immer wieder überlegt Tom, ob er mit dem Zug weiterfahren sollte. Doch der laute Fahrtwind hilft, die Grabesstille im Wagen zu ertragen.

Kurz vor der deutschen Grenze passiert es: Judith bittet ihn, die nächste Abfahrt zu einem Parkplatz zu nehmen. Tom gehorcht. Er nimmt an, dass sie auf die Toilette muss. Doch es kommt anders. Als er das Auto auf dem Parkstreifen ausrollt, nimmt Judith seine Hand.

»Es tut mir leid«, sagt sie. »Ich will keinen anderen Mann. Vergiss alles, was ich gesagt habe. Ich war ungerecht. Ich weiß auch nicht, warum ich manchmal so bin. Aber du bist manchmal auch ... ach, ich weiß nicht. Was ich weiß: Ich war noch nie so glücklich mit einem Mann wie mit dir. Ich liebe dich. Total! Die Vorstellung, dass du ... dass wir ... Bitte verzeih mir.« Sie küsst ihn. Beide spüren, was sie vermisst haben, wie sie ihre wertvollen Tage im Süden verschwendet haben. Für nichts. Sie nimmt ihre Hand aus seiner und flüstert: »Jetzt bring uns schnell nach Hause, Tom!«

Stuttgart

Nun also Stuttgart. Bei Judith überschlagen sich die Ereignisse. Kaum hat sie ihren Magister in der Tasche, erwartungsgemäß mit einer glatten Eins, schon winkt ein Job – und was für einer! Tom freut sich für Judith. Über den Ortswechsel, noch dazu so schnell, ist er erschrocken. Sie kann noch im November anfangen. Der Verlag will sie »schnellstmöglich« an Bord haben. Ihr künftiger Arbeitgeber organisiert ihr den kompletten Umzug, gewährt ihr einen Teil der Arbeitszeit für die Promotion, nun eben an der Universität Stuttgart und nicht mehr bei Degen, und bezahlt sie »überdurchschnittlich«. Die Stelle ist ein Lottogewinn, wenngleich weder Judith noch Tom klar ist, was eine *Verlagsmanagerin* so macht. Sie werde sich wohl auch juristisch und ökonomisch fortbilden müssen, meint Judith.

»Hat dein Vater also doch noch gewonnen.« Tom kann eine leichte Häme nicht unterdrücken.

Judith starrt ihn nur an. Ihr hatte eigentlich eine Lektorinnenstelle vorgeschwebt, doch ihr Vater, der selbstverständlich seine Beziehungen hat spielen lassen, macht keine halben Sachen.

»Ich bin ihm nicht böse«, sagt Judith. »Die Stelle ist großartig. Ich werde aktiv am Verlagsprogramm beteiligt sein und alles schon vorab lesen. Ich werde mit Autoren umgehen, mit der ganzen Branche und den wichtigsten Feuilletons Deutschlands. Raddatz, Karasek, Schirrmacher, sogar Reich-

Ranicki ...« Ihre Augen leuchten. Sieht Tom darin auch Mitleid – für ihn?

Er nimmt den Ball auf. »Und ich werde mich noch ein Jahr mit Büffeln für Prüfungen plagen und hier in Münster versauern.«

»Ach, Liebling! Lass mich mal ne Wohnung finden, dann kannst du auch in Stuttgart lernen. Wir könnten zusammenziehen.«

»Willst du das denn?«

»Kommt auf die Wohnung an. Aber ja, warum nicht? Ich mein, das hat doch hier in Münster auch ganz gut geklappt, nicht wahr?«

Tom wäre das recht. Er wird pendeln müssen, aber oft auch lange bleiben können und so ausprobieren, ob das Zusammenleben unter diesen neuen Voraussetzungen funktioniert. In Stuttgart hätte er den ganzen Tag Zeit für sich, abends würden sie ausgehen, etwas, das sie in Münster zuletzt kaum noch gemacht haben. Nicht nur Judith, auch Tom hat den Eindruck, der einst so verlockenden Studentenstadt entwachsen zu sein.

»Die meisten Absolventen müssen hier weg«, hat mal jemand zu Tom gesagt. »Wer bleibt, macht irgendwas mit Kirche oder wird Beamter.« Tatsächlich fühlt sich Tom nicht mehr wohl in Münster. Er ist inzwischen zu alt für die meisten Münsteraner Lokale. Für die Feten sowieso. Nur noch junges Gemüse, Mädchen, die ihm wie Kinder erscheinen – und die ihn nicht beachten. *Kann mir auch schnuppe sein.* Ist es aber nicht. Es kratzt an seinem Selbstverständnis.

Fast alle Freunde und Bekannte gehen gerade oder sind bereits weg. Einzig sein Bruder Steff denkt an ein spätes Studium. Er spekuliert auf sein WG-Zimmer. Tom taktiert noch – was, wenn sich Judith und er in Stuttgart überwerfen?

Noch einmal zurück nach Doesbeck will Tom um nichts in der Welt.

»Ich hab ein gutes Gefühl«, sagt Judith, die seine Gedanken zu erraten scheint. »Die meisten Widerhaken haben wir doch entfernt, findest du nicht?«

Widerhaken! Tom ist sich nicht sicher, ob sie diese vor allem auf ihn bezieht. Rückblickend betrachtet waren ihre Konflikte ziemlich einseitig. Hat er nicht immer mehr preisgegeben als Judith, ihr nicht meistens nachgegeben? Hat sie ihn nicht immer dominiert? *Domptiert, domestiziert, dressiert ... Der dressierte Mann,* heißt so nicht ein Buch? Gewiss, auch sie hat mitunter klein beigegeben. Aber war es am Ende nicht immer so, dass nur das, was sie wollte, gemacht wurde? Lief es nicht immer so? Hat sie ihn mit einer scheinbaren Niederlage nicht immer wieder rumgekriegt?

Wie blicken Freunde und Verwandte auf ihre Beziehung? Wie sehen sie seine Rolle? Diese Fragen haben Tom immer wieder beschäftigt. Seine Mutter und ihre Andeutungen, Steff und Rollo, die mit Judith nie warm geworden sind, auch deshalb, weil sie so selten bei Familienfeiern dabei war, genauer gesagt, nur bei einer, der Geburtstagsfeier seiner nicht so lieben Oma, die Judith nicht nur peinlich ausfragte, sondern das Menü im Restaurant offenbar so geizig beauftragt hatte, dass es Supermarkt-Wein ausschenken ließ, 2,88 Mark die Flasche; die Kellner hatten die grellgrünen Preisschilder demonstrativ kleben lassen.

Judith passt nicht in diese kleine Welt. Aber Tom auch nicht mehr. Seine Freunde, die wenigen, die er wenigstens noch ab und zu sieht, sind nicht ihre – doch ihre sind notgedrungen auch seine. Einseitig auch das. Und Tom ein Wanderer zwischen den Welten, demnächst auch noch über eine größere Entfernung.

Judith nimmt seine Hand. »Sieh es doch mal so: Wenn ich erst in Stuttgart bin, kann ich das neue Terrain erkunden. Bestimmt ergibt sich auch für dich eine Perspektive. Vielleicht kannst du schon mal für Zeitschriften schreiben, Stadtmagazine, Zeitungen ...«

Tom findet, dass sie recht hat. Im Grunde hat er jetzt alle Optionen: Er kann sich in Ruhe auf das Staatsexamen vorbereiten, sich aus sichererer Distanz ansehen, wie das Arbeitsleben funktioniert, kann tatsächlich Kontakte knüpfen – durch Judith vielleicht knüpfen *lassen* –, erste Praxiserfahrungen machen. Er will schreiben, auch das Fernsehen reizt ihn, seitdem er in Dortmund mit seinen Freunden Videos produziert hat. In Stuttgart gibt es ein großes Funkhaus, nicht nur ein kleines Studio wie in Münster. Selbst in der Freizeit ist er freier denn je. Er kann wieder Freunde besuchen, in Dortmund, Köln, München – wo auch immer sie inzwischen sind. Fährt er nicht gerne Zug? Hat er nicht Sten Nadolnys Roman *Netzkarte* verschlungen und davon geträumt, er begebe sich selbst auf die Fahrt quer durch Deutschland, offen für kleine und große Abenteuer? Stoff auch für seine schriftstellerischen Ambitionen. Er wird Musik hören; die neuen Kopfhörer seines Walkman bringen richtig viel Bass. Ganze Sinfonien wird er auf langen Zugfahrten hören können. Daran ist Steff schuld, der in Holland Kontrabass-Unterricht nimmt, was ihm und auch Tom die E-Musik näher bringt, allen voran Franz Schubert, der ihm schon vor einem Jahr über den Fernsehfilm *Mit meinen heißen Tränen* nahegekommen ist.

Judith küsst ihn und Tom lässt sich fallen. Das Leben ist wieder spannend geworden. Die Welt liegt ihnen zu Füßen. Judith mehr als Tom. Er kann sich nicht helfen: Er ist eifersüchtig auf ihr neues, viel erwachseneres Leben. Und er hat Angst, sie zu verlieren.

Der väterliche Arm ist lang, bis in die Immobilienwelt Stuttgarts reicht er dann doch nicht. Der Verlag hat zunächst nur ein Zimmer zur Untermiete organisieren können. Es liegt etwas außerhalb, in einem Vorort namens *Weilimdorf*. Den Namen finden sie witzig, auch manche Haltestelle der gemütlich dahinzuckelnden Straßenbahn, *Pfostenwäldle* zum Beispiel, schwäbisch durch und durch.

»Ist das nicht putzig?«, sagt Judith lachend, und Tom denkt an ein niedliches Tier, einen Feldhamster, der emsig Wintervorrat anlegt, das »kleine possierliche Tierchen«, wie Tierfilmer Bernhard Grzimek gesagt hätte. Viel weiß Tom nicht von den Schwaben. Dass sie fleißig sein sollen, »schaffen« statt arbeiten, den »Pelz nach innen tragen«, bloß nicht angeben, mit dem, was man hat, deshalb auch alles verniedlichen, ihr »Häusle«, ihr »heilix Blechle«, meist ein Synonym für einen gediegenen Mercedes, ihren »Daimler«.

Tom erinnert sich an den zum Mops verzauberten Schwabendichter in Heinrich Heines *Atta Troll*. Heine hatte die »Schwäbische Dichterschule« um Kerner, Uhland und auch Mörike auf dem Kieker; die Borniertheit und Provinzialität der Schwaben habe geistige Größen wie Schiller, Schelling und Hegel von dort vertrieben, heißt es bei Heine, dem frankophilen Freund der Revolution.

Warum ausgerechnet Stuttgart?, denkt Tom. Die Stadt kommt ihm auf Anhieb eng und verschlossen vor, fast düster in ihrem Kessel, aber das kann auch am Novemberwetter liegen. Jede andere Stadt hätte er auf dem Zettel gehabt: Hamburg, Berlin, München, vielleicht noch Köln – aber

Stuttgart? Ein Name auf Autobahnschildern, eine Richtung, aber kein Ziel.

In den letzten Wochen des Jahres 1987 lernt Judith weitere Eigenarten ihrer neuen Heimat kennen. Ihre Vermieterin ist eine ältere Frau von kleiner, hagerer Gestalt, mit blau-grauen Haaren und einem *Damenbart*, den Judith erst für Oberlippenfältchen hält. Frau Kurrle ist freundlich-distanziert und wenig mitteilsam außer bei zwei Themen: den Hausregeln und der *Kehrwoche*.

»Kennet Se die Kehrwoch?« Ein kurzer lauernder Blick, schon legt sie los. Die drei Untermieter in ihrem Haus hätten sich wöchentlich abzuwechseln und nicht nur das Treppenhaus »nass zom wische«, sondern auch vor dem Haus den »Trottwar« inklusive »Kandl«, zu »kehra« und »älles mit Kutterschaufel ond Kehrwisch in de Kutteroimer zom do. Do send no au massig Bläddr, wisset Se.«

Judith versteht kaum ein Wort. Sie beschließt, später ihre Nachbarn zu fragen, die hoffentlich Hochdeutsch sprechen. Die Untermieter haben eine eigene Etage über der Wohnung der Vermieterin und müssen sich Küche und Bad teilen. Eigentlich fast eine WG, aber die Türen haben Nummern und einen Haken für das *Kehrwochen*-Schild, ein Holzbrettchen mit Aufschrift und schrägem Besen drauf. Es hängt an Tür 3; Judith hat die 2, also noch zwei Wochen Zeit, bis zu ihrem Einsatz. Die resolute Schwäbin ist noch nicht fertig. »Ond d'Hausdür au nass abwische. Do bebbet emmer d'Abdrügg von denne Kender ond denne ihre Dreckfenger dra. Abr koine scharfe Butzmiddl, bloß mid Wassr, gell?«

Endlich kann Judith ihren Schlüssel in Empfang nehmen. Im Zimmer riecht es muffig. Sie reißt das Fenster auf, das nach hinten rausgeht, mit Blick auf einen kleinen Garten, der akkurat gepflegt, aber trostlos aussieht. Die Herbstluft trägt keine Frische, nur feuchte Kälte herein, sodass Judith das Fenster wieder schließt.

Das Zimmer ist recht klein, zweckmäßig, wenn auch bieder möbliert. Das Bett ist nur eins-zwanzig breit. Sie wird Tom vertrösten müssen. Mal ein Wochenende, aber mehr wäre nicht zu ertragen. Bei aller Liebe. Sie muss hier schleunigst raus und eine Wohnung finden. Sie setzt sich ein Ziel: Eine Kehrwoche muss reichen, Auszug in einem Monat. Spätestens.

Und sie hat Glück: Nicht nur der neue Job lässt sich gut an, auch die Kolleginnen und Kollegen sind hilfsbereit und nett, obwohl sie Judiths Rolle im Verlag anfangs reserviert betrachten. Schon bald ist auch eine Wohnung in Sicht.

Ihre Funktion als Verlagsmanagerin ist ganz frisch eingerichtet worden, ein »Schleudersitz«, wie aus der Belegschaft zu hören ist. Tatsächlich erwartet ihr Verleger, ein kleiner, stämmiger, schon über sechzigjähriger, stets gutgekleideter Mann mit geölt-glänzender Glatze und stechend-blauen Augen, dass »die Neue« ihm »zuarbeitet«, ihn auch in allen Belangen vertritt, weswegen sie engsten Austausch pflegen müssten. Judiths Verdacht, dass sich Dienstliches und Privates vermischen könnten, zerstreut sich schnell, als sie die Frau des Verlegers kennenlernt, die fast täglich im Haus unterwegs ist, als kontrolliere sie nicht nur ihren Mann, sondern als sei sie selbst die Chefin; ihr markantes Äußeres, das Judith an die britische Premierministerin Margaret Thatcher erinnert, verstärkt diesen Eindruck. Doch Judith wäre nicht Judith, wenn sie sich davon unterkriegen ließe. Gleich in den ersten Tagen macht sie ein paar gute Vorschläge. Und nicht nur das. Ihre Art, den Mitarbeitern lernend und mit Wertschätzung zu begegnen, verschafft ihr schnell Respekt und Sympathien – und eine neue Freundin.

Sandra ist die Lektorin des Verlags. Sie ist kaum älter als Judith, hat aber mit ihren 27 Jahren bereits einen Doktortitel. Als sich die beiden Frauen zum ersten Mal begegnen, räumt Sandra jegliches Konkurrenzgebaren gleich beiseite. Sie sei Lektorin mit Leidenschaft, habe nie ein anderes Ziel gehabt. Als Judith dann auch noch ihre Doktorarbeit liest und erkennt, dass sie thematisch und methodisch ihrer eigenen Dissertation nutzen wird, noch dazu von ihrem künftigen Doktorvater betreut wurde, ist das Eis vollends gebrochen.

Schon am Ende der ersten Woche stürzen sie gemeinsam ab, was in Stuttgart nicht leicht ist, weil die meisten Lokale wochentags vor Mitternacht schließen. Im *Schwabenzentrum*, einem lang gezogenen Karree mit Läden, Büros, Tiefgarage und U-Bahn-Station, gibt es im Innenhof eine Kneipe nach Sandras und jetzt auch Judiths Geschmack. Sie verpassen die letzten Bahnen, trinken noch einen darauf und nehmen frühmorgens ein Taxi zu Sandras Wohnung. Judith will erst ablehnen, aber Sandra besteht darauf; sie wohne in Degerloch, »Höhenlage«, bekannt durch den Fernsehturm und die Stuttgarter Kickers. Letztere interessierten aber eher Werner, ihren Freund. Den werde sie dann auch noch kennenlernen, denn in seinem Zimmer werde sie schlafen, nein, nicht was sie denke, da stünden das Gästebett und Werners heiß geliebter Computer. Es würde sie nicht wundern, wenn er jetzt noch arbeitete, er sei halt ein Computerfreak.

Orangefarbene Stadtlichter flackern ins Wageninnere, wo es still geworden ist. Judith betrachtet Sandra, findet sie apart mit ihrem blonden Pagenschnitt und den rot geschminkten Lippen im Licht-und-Schattenspiel der vorbeiziehenden Straßenlaternen. Dann wird es dunkel. Das Taxi windet sich bewaldete Serpentinen hinauf. Durch die kahlen Bäume funkeln die Lichter im Tal und für einen Moment glaubt Judith, in einem startenden Flugzeug zu sitzen. Das da unten sei der südliche Stadtteil Heslach, ein Ausläufer des Stuttgarter *Talkessels*, der im Sommer brütend heiß und stickig werden könne, weil die *Frischluftschneisen* der Stadt ziemlich zugebaut worden seien; das werde sie noch merken, denn der Verlag habe keine Klimaanlage. Sandra stößt Judith an, zeigt nach rechts. Dort drüben befinde sich der *Waldfriedhof*, da läge alles, was Rang und Namen habe: Theodor Heuss und Frau, ein Ministerpräsident, mehrere Oberbürgermeister und Unternehmer wie Bauknecht, Bosch und Breuninger.

»Und hier links – ah, wir sind schon dran vorbei – liegen mehrere Terroristen«, doziert Sandra weiter. »Allen voran Baader, Ensslin, Raspe, die Todesnacht von Stammheim, du weißt. Gibt ja immer noch Zweifel, ob es wirklich Selbstmorde waren. Jedenfalls haben sie ein ordentliches Begräbnis bekommen, das wollte unser OB Rommel so. Im Tod ende jede Feindschaft, hat er gesagt. Zehn Jahre ist das schon her. Wenn man die alten Bilder anguckt, sieht das aus wie ein Staatsbegräbnis mit Hippies. Die *rechtschaffenen Bürger* haben geschäumt, mein Vater auch. Er ist Polizist. Und ich kann ihn verstehen. Denn wer hält die Opfer der RAF so in Ehren wie offensichtlich ihre Mörder? Es gibt nicht wenige, die an das Grab der Terroristen pilgern.«

Judith denkt an ihren Vater, der die Gefährdung immer herunterspielt, schließlich, so sein Argument, habe es schon ein Jahr keine Terroranschläge mehr gegeben und viel spreche dafür, dass sich das »totlaufe«. Irgendwann würde sie Sandra von ihren Eltern erzählen. Vorher will sie durch Leistung überzeugen, es reicht ihr schon, dass der Verleger offenkundig eine Schwäche für sie hat. Ihre Herkunft würde jetzt am

Anfang alle gegen sie einnehmen, auch Sandra, da ist sie sich sicher.

»Wir sind da«, sagt Sandra. Das Taxi hält vor einem modernen Mehrfamilienhaus in einer Neubausiedlung. Judith zahlt. Als sie aussteigt, rutscht sie fast aus. Hier oben liegt tatsächlich Schnee, eine hauchfeine Schicht, wie Puderzucker.

»500 Meter über dem Meeresspiegel«, sagt Sandra. »Hier oben ist es immer einen Kittel kälter, wie der Schwabe sagt. Der Spruch gilt aber eigentlich nur für die raue Alb. Pass bloß auf mit deinen feinen Schuhen. Ledersohle, stimmt's?«

Judith erkennt, dass sie noch ganz am Anfang steht. So viel gibt es zu entdecken und sie will das auch mit Tom tun. Später, als sie schon im Bett in Werners Arbeitszimmer liegt, denkt sie an ihren Freund, kurz nur, dann ist sie eingeschlafen.

»Was um Himmels willen …« Judith erstarrt, als sie Tom vor ihrer Haustür sieht. Er hockt auf der kleinen Treppe und sieht völlig durchgefroren aus. Sein Rucksack steht neben ihm. »Seit wann sitzt du denn hier? Komm erstmal rein!«

Tom hat keine Augen für das Zimmer. Er legt sich in Judiths Bett, zittert am ganzen Leib.

»Hoffentlich hast du dir nichts eingefangen«, sagt Judith. »Ich mach dir erstmal einen Tee. Wie unvernünftig von dir.«

»Wieso unvernünftig?«, bibbert Tom. »Ich wollte dich überraschen. Wie soll ich denn darauf kommen, dass du am Samstag frühmorgens nicht da bist.«

»Ich hab bei ner Freundin, äh Kollegin übernachtet.« Judith weiß genau, was Tom jetzt denkt. »Wir sind abgestürzt gestern Abend. Sie ist nett. Ihr Freund auch. Sandra und Werner, die werden dir gefallen.«

Tom zittert schweigend vor sich hin. Judith setzt sich auf die Bettkante.

»Jetzt tu nich so. Sei doch froh, dass ich hier so schnell Anschluss finde. Diese Bude hier ... Da will ich nicht drin versauern, da sind wir uns doch einig, oder? Warum hast du nicht bei Frau Kurrle geklingelt?«

»Weiß ich, wer Frau Kurrle ist. Deine Vermieterin? So'ne kleine Kiebige? Oh, die kam gleich morgens raus und hat mich gefragt, was ich da will. Ich bin ja gar nicht gleich zu dir, musste mich in Mannheim ziemlich lange in der Kälte rumdrücken, bis endlich der Frühzug kam.«

»Wieso bist du denn über Nacht gefahren und nicht einfach mit dem frühesten Zug?«

»Um dich zu verpassen? Ich wusste ja nicht, ob du dann weg bist. Ich hab gedacht, ich komme so früh, dass ich dich sicher antreffe.«

»Ganz schön mutig. Ich hab mit dem Gedanken gespielt, nach Bad Homburg zu fahren. Aber dann hat mich Sandra ... nun ja. Was war denn jetzt mit Frau Kurrle. Warum hat sie dich nicht reingelassen?«

»Was fragst du *mich*? Ich hab mich ganz höflich vorgestellt und gesagt, dass ich dein Freund bin, aber sie hat mich nur böse angeguckt. Da kann ja jeder kommen, hat sie gesagt, und dass sie hier kein Lomba ... Lomba-irgendwas will.«

»Lombapack, Lumpenpack, das Wort hab ich schon mal gehört.« Judith muss lachen.

»Lach nich. Ich hab noch'n paarmal bei dir geklingelt, bin dann erstmal in den Ort – der Name ist ja echt Programm –, hab ewig gesucht, bis endlich auch ne Bäckerei offen hatte. Aber da gab's nix, wo ich mich hätte aufwärmen können. Ich dachte, ich bring uns Brötchen mit. Sind da drin.« Tom deutet auf den Rucksack. »Hab nach normalen Brötchen gefragt, da blaff die Alte mich an: ›Was wellet Se?‹ Und ich zeige auf die hellen Brötchen. *Rosebrötle* nennen die das. Wie soll ich das wissen? Echt jetzt: Warum sind die hier alle so unfreundlich?«

Judith kann sich ein Grinsen nicht verkneifen. »Oh, Schatz, das tut mir so leid. Ich musste mich auch erst daran gewöhnen, aber ich finde die Leute hier ganz nett. Natürlich sind die Schwaben speziell, Frau Kurrle allen voran, sie fremdeln ziemlich. Und dann sind sie wieder ganz offen und richtig hilfsbereit. Neulich hab ich mit dem Stadtplan nur kurz irgendwo gestanden, da kamen gleich zwei Leute und haben mich gefragt, wohin ich denn müsste.«

»Klar, würde ich auch, wenn ich so eine tolle Frau sehen würde.«

»Ach, Tom, ich liebe dich!« Endlich legt Judith sich zu ihm. Tom macht ihr Platz, stößt an die andere Bettkante. Sie umarmen sich, kuscheln sich aneinander, schlafen unversehens ein.

Als Tom aufwacht, ist es stockdunkel im Zimmer. Alles ist still bis auf das Surren des kleinen Kühlschranks. Tom versucht aufzustehen, ohne Judith zu wecken, sieht durch den Vorhang nach draußen. Das Fenster hat Eisblumen, draußen liegt etwas Schnee. Bald ist Weihnachten; ob sie es diesmal zusammen verbringen? Womöglich hier in Stuttgart? *Aber nicht in diesem Zimmer!*

»Vielleicht krieg ich bald ne Wohnung.« Judith gähnt und macht die Nachttischlampe an. »Der Werner von der Sandra hat beim Frühstück gesagt, dass er ein paar Leute anruft. Das geht hier nur noch mit Vitamin B, hat er gemeint.«

»Wär ja super«, sagt Tom. »Sag mal, kriegt man hier um neun noch was zu essen?«

Es ist nur ein kurzes Stück mit der Straßenbahn nach Feuerbach. Werner hat dort mal gewohnt und von einem Chinesen geschwärmt, den Sandra und er immer noch oft besuchen würden. Tom entdeckt das Lokal, kurz vor der nächsten Haltestelle. Wider Erwarten ist das Restaurant bis auf den letzten Platz besetzt.

»Samstagabend – was erwartest du«, sagt Judith und will schon wieder umdrehen, als sie ihren Namen hört. Von einem runden Tisch am Fenster winkt eine blonde Frau. Sandra!

Judith tut überrascht, hat aber insgeheim gehofft, sie hier zu treffen. Sandra und Werner sind nicht allein. Ein weiteres Paar sitzt bei ihnen. Alle stehen gleichzeitig auf, um Judith und Tom zu begrüßen. Sandra umarmt auch ihn, die anderen geben ihnen die Hand.

»Frau Wu hat bestimmt noch zwei Stühle für euch«, sagt Werner. »Am Tisch ist genug Platz für sechs. Wir haben auch erst gerade bestellt.«

Keine Minute später sitzen alle an dem roten, auf Hochglanz polierten Tisch, in dessen Mitte sich eine große drehbare Scheibe in derselben Farbe, aber mit goldenen Mustern befindet. Bald stehen die ersten dampfenden Schüsseln darauf. Tom nimmt ein großes Bier, Judith eine Weißweinschorle. Sie prosten sich zu.

»Das Essen ist ziemlich authentisch hier«, sagt Werner. Er sitzt neben Tom, der ihn gleich sympathisch findet. Tom mag sinnliche Menschen wie Werner, dessen Bäuchlein, aber auch seine lustvoll gespitzten Lippen beim Essen große Freude am Genuss erkennen lassen. Auch Tom hat wieder etwas zugelegt, doch von der gemütlichen Figur Werners ist seine weit entfernt. Ähnlich wie die von Arvid, einem jungenhaften Mann, der Keyboard spielt und ein eigenes Tonstudio besitzt, wie er erzählt. Arvid hat schulterlanges, blondes Haar mit einem Mittelscheitel, das Tom an Lupo, seinen Doesbecker Bandförderer erinnert, nur dass Arvid dessen Sohn sein könnte. Seine Freundin ist hochgewachsen und schlank. Sie hat einen braunen Teint wie eine Südländerin und dunkelblondes, langes Haar. Sie arbeitet im Modeladen ihrer Eltern in der Königstraße. Tom findet sie sehr attraktiv, bis auf die schmalen Lippen und die seitlichen Fältchen, die ihrem Mund einen verkniffenen Ausdruck verleihen. Benita heißt sie. Tom nimmt sich vor, sie niemals Beni zu nennen wie die anderen.

An diesem Abend isst Tom Dinge, die er lieber nicht genauer hinterfragt. Er verzichtet auf das Abnagen von frittierten Hühnerfüßen, langt dafür umso mehr beim Gemüse zu, das wie Spinat schmeckt, aber »Flussgras« sein soll. Dass die Stücke in der Suppe nach Hühnchen schmecken, aber grob zerhackte Erdkröten sind, erfährt er zum Glück erst nach dem Essen. Sie trinken und lachen viel, torkeln als letzte Gäste aus dem Lokal und umarmen sich herzlich zum Abschied.

Als Tom am Sonntagabend aus Stuttgart abfährt, ist er erfüllt von Zuversicht. Judith wird es gut gehen. Ihm auch, denn er wird sie so oft wie möglich besuchen, wird Wochen, sogar Monate bei ihr sein, wenn sie erst ihre Wohnung hat. Und er wird Stuttgart kennenlernen, weil er bereits Stuttgarter kennt, neue Freunde, die auf seiner Wellenlänge sind, die er nicht erst durch Judith, sondern gleichzeitig mit ihr kennenlernt. Tom ist bereit für ein neues Leben. Die Prüfung wird er meistern, aber wie gern wäre er jetzt schon fertig.

Die Wochen in Münster vergehen wie im Flug. Tom legt seine Examensthemen fest, spricht mit den Professoren, von denen er sich prüfen lassen wird, beginnt bereits mit den ersten Vorbereitungen, auch wenn die Klausuren erst im nächsten Frühjahr und die mündlichen Prüfungen im September sein werden. Mitte Dezember bekommt Judith die Zusage für eine Wohnung im Stuttgarter Westen, die sie sofort beziehen kann. Eine Altbauwohnung im dritten Stock mit Stuck an den Decken, Parkettboden, zwei großen Räumen mit Erkern und langen Fenstern, durch die man auf die Hauptstraße mit den Straßenbahnschienen blickt; an der Küche befindet sich ein kleiner Balkon mit Blick auf eine alte Kastanie. Judiths Vater hat natürlich einen Umzugswagen samt Helfern bestellt, sodass die *Sechserbande*, wie Werner sie scherzhaft nennt, nicht gefragt ist. Tom ist dennoch zur Stelle, hilft, wo er kann. Das deckenhohe Bücherregal sortiert Judith alleine, nach eigenem System. Tom staunt ein weiteres Mal über die Menge an Büchern. Abends sitzen alle sechs Freunde bei Sekt und Bier am langen Tisch, essen Ciabatta-Brot und allerlei »Schweinereien« vom Italiener, die Benita aus der Markthalle besorgt hat. Auch an diesem Abend ist die Stimmung ausgelassen und so harmonisch, wie Tom es selten mit seinen Freunden erlebt hat.

Kurz vor Weihnachten erhält Tom die Note für seine Hausarbeit. Steff hat ihm den Brief nach Stuttgart geschickt; sein Bruder wohnt jetzt »zur Probe« in Toms Zimmer – so wie Tom in Judiths Wohnung. Mit zittrigen Fingern öffnet Tom den Umschlag, sieht die 2,0 und ist dann doch enttäuscht. Zu gerne hätte er eine *Eins* vor dem Komma gehabt. Aber sein mentaler Einbruch hat ihm die Note versaut. Judith nickt, findet das Ergebnis »fair«. Er weiß, dass sie recht hat, doch das Wort lässt ihn frösteln.

Ohne große Umstände gleiten sie in einen friedvollen Abend, lieben sich so langsam und gefühlvoll, dass sie noch lange eng umschlungen liegen bleiben und mit den abebbenden Geräuschen der Großstadt schließlich einschlafen.

Glatteis

Dieses Weihnachten werden sie endlich zusammen verbringen. Aber anders, als Tom es sich vorgestellt hat. Schon das Telefon scheint anders zu klingeln, wenn Judiths Vater anruft. Das Dröhnen seiner Stimme dringt so laut aus dem Hörer in der Diele, dass Tom es noch im Schlafzimmer hört – sonntags um sieben Uhr morgens.

Als Judith zurückkommt, wirkt sie verwirrt. »Wir gehen Skifahren. Dienstag geht's los. Übermorgen!« Übermorgen ist der 22. Dezember. Jetzt ist Tom hellwach. Judith setzt sich zu ihm aufs Bett, sieht ihn sorgenvoll an.

»Kommst du denn mit? Bitte, sag ja!« Sie weiß, dass Tom noch nie auf Skiern gestanden hat.

»Irgendwann musste das ja mal kommen«, seufzt Tom. Ohne lange nachzudenken, sagt er zu.

Judith küsst ihn begeistert, hält plötzlich inne. »Das Problem ist nur, dass ich am Dienstag noch mein Gespräch mit Professor Kleist habe wegen der Doktorarbeit. Das kann ich unmöglich verschieben so kurz vor der Weihnachtspause. Mist, Mist, Mist!«

Der Plan ihres Vaters ist, dass sie schon morgen Abend nach Bad Homburg fahren, bei Judiths Eltern übernachten und zusammen in aller Frühe von Frankfurt aus nach Sankt Moritz fliegen. Sie würden in einem kleinen Ort im Engadin wohnen und könnten den Dienstag bereits zum Skifahren nutzen.

»Und wenn wir nachkommen?« Tom setzt sich auf. »Ich brauch ja auch noch Skikleidung. Weiß gar nicht, was man da trägt. Wann ist denn dein Gespräch?«

»Um 11 Uhr.« Judiths Fingernägel knipsen gegeneinander, Daumen und kleiner Finger, eine Zigarette zwischen Zeige- und Mittelfinger.

Tom ist genervt, denkt aber pragmatisch. »Dann bereiten wir alles vor, packen schon mal dein Auto voll und ich hol dich um 12 Uhr an der Uni ab. Okay?«

Judiths Gesichtszüge entspannen sich. »Das ist eine gute Idee, Tom! Ob wir mitfliegen oder nicht, kann meinen Eltern ja egal sein, der Jet ist eh gebucht. Und das Auto ist gerade erst durch den TÜV und hat neue Winterreifen.«

»Klasse«, sagt Tom und stutzt. »*Jet*? Was denn für einen Jet?«

»Na, so'n kleines Flugzeug. Privatjet. Denkst du denn, Big Boss fliegt Linie?«

Am Dienstagmittag läuft alles nach Plan. Pünktlich um zwölf starten sie Richtung Süden, sind bald auf dem *Schattenring*, wo sich Tom allerdings erst mal verfährt. Sie verlieren eine Stunde, weil sie auch noch in einem Stau landen. Nur langsam kommen sie an der *Hulb*, an Sindelfingen und Böblingen vorbei, wo sich Elektronikunternehmen angesiedelt haben und anscheinend zu jeder Tageszeit Berufsverkehr herrscht.

Das *Ländle* mache alles richtig, hat Werner ihm erzählt, moderne Elektronik, Kommunikation und Datenverarbeitung seien *Schlüsseltechnologien*, eine echte *Zukunftsinvestition*. Diese Entwicklung würden andere Bundesländer gerade verschlafen, allen voran Nordrhein-Westfalen mit dem Ruhrpott. Tom hat von den Strukturproblemen gelesen, auch von England, wo die *alte Industrie* mit Kohle und Stahl schon früher abgewirtschaftet hat. »Wir sind eben das *Musterländle*«, hat Werner gesagt und es augenscheinlich nicht ironisch gemeint.

Die Landschaft wechselt, wird ländlicher und hügeliger. Bald erscheinen die ersten Kegelberge, ehemalige Vulkane, wie Judith weiß, typisch für den Hegau. Der leichte Nieselregen geht in Graupel über. Das aufwirbelnde Salz auf der Straße verschmiert die Frontscheibe. Tom ist froh, dass nach der Inspektion alles funktioniert. Im Wageninneren ist es warm, es riecht nach Gummimatte, nach Öl und Benzin; das Auto hat seine besten Jahre gesehen.

An der Grenze fragt der Beamte nach ihrem Ziel und weist sie auf die Maut hin. *Als ob ich das erste Mal in die Schweiz fahre,* denkt Tom, nickt aber brav. In den Bergen herrsche außerdem Schneekettenpflicht, setzt der Uniformierte nach. Tom blickt Judith fragend an. Sie winkt ab. Später sagt Judith, dass sie keine Ketten bräuchten, die Winterreifen seien nagelneu. Tom ist da nicht so sicher, will Judith aber nicht widersprechen, weil sie im Gegensatz zu ihm Erfahrung mit Winterurlauben hat. Das hofft er zumindest.

»Wir müssen über den Julierpass«, sagt Judith. Je höher sie kommen, desto dichter wird der Schneefall. Die Strecke wird kurviger und immer steiler, der Neuschnee liegt in einer dicken Schicht auf der Straße, deren Begrenzung im dichten Schneetreiben schwer zu erkennen ist. Holzstäbe ragen aus den seitlichen Schneewänden, die mehr als einen Meter hoch sind. Tom verdrängt die Tatsache, dass es gleich dahinter steil in den Abgrund geht. Bald fährt er nur noch Schritttempo und trotzdem hat er das Gefühl, dass das Heck ständig ausbricht. Er lenkt gegen, wird immer besser darin. Der Geruch von Achselschweiß dringt ihm in die Nase. Sein Schweiß. Angstschweiß. Adrenalin.

Sie erreichen den höchsten Punkt. *Vor der Kuppe Gas weg,* denkt Tom. Der Spruch seines Fahrlehrers. Viel Gas gibt er gar nicht mehr, und zum Glück kommt ihnen niemand entgegen. *Welcher Idiot fährt auch bei diesem Wetter über den Pass, noch dazu ohne Schneeketten?* Ab jetzt muss Tom gegen die Schwerkraft arbeiten – und wie! Der Weg bergab kommt ihm noch steiler vor. *Motorbremse. Herunterschalten, Kupplung langsam kommen lassen, Schleifpunkt.* Der Motor jault laut auf. *Stotterbremse. Das Bremspedal mehrmals treten, um dazwischen lenken zu können. Nicht zu stark!* Doch mehrere Male driftet der Wagen von ganz alleine weg. Fast scheint es, als wolle ihn das Heck überholen. Plötzlich dreht sich das Auto um die eigene Achse, Judith stöhnt auf, hält sich krampfhaft am Sitz fest, Tom geht instinktiv vom Gaspedal, tritt die Kupplung, lässt sie langsam kommen, gibt dabei etwas Gas und lenkt behutsam gegen. Er bringt das Auto unter Kontrolle, wieder auf Spur. Bald ist der Spuk vorbei. Erster Asphalt glänzt in der Sonne. Die Wolken reißen auf, geben ein zauberhaftes Alpenpanorama frei. Erschöpft fährt Tom rechts ran.

»Respekt, Tom«, brummt Judiths Vater. »Aber ooch janz schön blauäujick. Ick hab dich jewarnt, Judith.«

Tom zuckt die Schultern. Ein wenig fühlt er sich wie ein Held, ist in Julius' Ansehen wohl auch gestiegen. Beim Abendessen, das sie sich von der Hotelküche in ihr Appartement kommen lassen, erzählen Judiths Eltern von ihrem sonnigen Tag auf der Loipe. Lotte strahlt über beide Backen, die schon sonnengebräunt wirken. Während Julius immer red- und weinseliger wird, gähnt Judith unverhohlen und stößt Tom unter dem Tisch an.

»Tut mir leid, aber Tom und ich sind total müde«, sagt sie und sicht dabei nur ihre Mutter an. »Außerdem wollen wir gleich morgen früh starten. Müssen ja noch im Sportgeschäft vorbei und die Ausrüstung für Tom ausleihen.«

»Dit übernehm ick!« Julius lässt seine Faust wie einen Richterhammer auf die schwere Holzplatte sausen. »Auto- und Tiefjaragenschlüssel liejen da. Deine Ski sind im Skisack. Manfred hat an allet jedacht und den Wajen an den Flughafen jebracht, ist dann mit dem Flieger zurück.«

Am nächsten Morgen kriegt Tom vor Aufregung kaum was runter. Sie frühstücken im Hotelrestaurant. Judiths Eltern brechen schnell auf. Sie können direkt vom Appartementhaus mit ihren Langlauf-Skiern starten; die Loipe ist nur wenige Meter entfernt. Tom würde gerne mit ihnen tauschen. Die Vorstellung, auf langen Brettern einen steilen Berg hinunter zu sausen, macht ihm Angst. Am liebsten würde er hierbleiben oder einfach wandern, so wie der kleine Mann mit Halbglatze dort drüben. Er trägt keine Skikleidung, steht ganz entspannt an der Kaffeebar und blättert in einer Zeitung. Der Mann kommt Tom bekannt vor. Judith ist seinem Blick gefolgt. Das sei Manfred Wörner, der Verteidigungsminister, er komme regelmäßig hierher. In diesem Moment dreht der Minister sich um, nickt ihnen zu und verlässt den Frühstücksraum. Zwei Männer stehen von einem Tisch nahe der Tür auf und folgen Wörner. Tom ist beeindruckt, findet aber, dass der Politiker im Fernsehen größer wirkt.

Aus den parkenden Autos in der Tiefgarage sticht der schwere Mercedes sofort hervor. Judith öffnet ihn per Fernbedienung. *Schon verrückt*, denkt Tom. Er findet sich großkotzig, aber sie haben keine andere Wahl. Der Sportladen ist im nächsten Ort. Dort befindet sich auch die Skischule mit dem Übungshang, auf dem schon Judith als Kind Skifahren gelernt hat. Diese Gelegenheit hatte Tom in der Oberstufe, aber er hat sie ausgeschlagen. Auch jetzt bereut er nicht, statt des Skikurses lieber die Studienfahrt nach London gewählt zu haben, wo er mit seinem Freund Botte auf den Spuren der Beatles unterwegs war. Der einzige Wintersport, den Tom beherrscht, ist Schlittschuhfahren, und das hat er sich selbst beigebracht; als Kinder haben sie auf dem zugefrorenen alten Badesee Eishockey gespielt – mit selbst gebauten Schlägern und einer mit Nägeln gefüllten Niveadose als Puck.

Skifahren sei was ganz anderes, sagt Judith, die auch schlittschuhfahren kann.

Goldenes Sonnenlicht fällt auf den verschneiten Ort, als sie in ihrem schwarzen Panzer aus der Tiefgarage rollen. Die wenigen Fußgänger atmen weiße Wölkchen aus. In der Nacht hat es zweistellige Minusgrade gegeben. Wäre nicht der Schnee, könnte man sich in Italien wähnen, so anders sehen die Häuser hier aus. Tom denkt wieder an Südtirol, den Urlaub mit Bärbel und seinen Eltern im Sommer 1982. Der Mercedes ist komfortabel, hat äußerst bequeme Ledersitze und der Motor schnurrt kaum hörbar. Er schaltet automatisch, hat eine *Antischlupf-Regelung*, wie Judiths Vater betont hat, und hält auf den verschneiten Straßen die Spur, als fahre er auf Kufen. *Wie ein Schlitten.* Judith lenkt den schweren Wagen lässig und mühelos, wühlt währenddessen sogar im Handschuhfach, zieht eine CD heraus und schiebt sie ohne weitere Prüfung in den Schlitz des Autoradios. Ein CD-Player im Auto! Tom ist begeistert.

»Der neueste Schrei. Technisch ist mein Vater immer ganz vorne dran.«

»Moonlight Lady«, singt eine glasklare, leicht kehlige männliche Stimme.

»*Al Bano*?«

»Ne, *Julio Iglesias*. Ich mag ihn irgendwie.«

»Klingt gut.« Tom mag schöne Melodien, zumal von so schönen Stimmen gesungen. In dieser Beziehung ist er immer »schnulzig« gewesen, was Botte ihm in der Band desöfteren vorgehalten hat: Tom sei mehr der brave Paul McCartney, er dagegen der rebellische John Lennon, mit Ecken und Kanten, auch in den Harmonien.

Tom betrachtet die CD-Hülle. »Der sieht ja aus wie dein Ex auf der Silvesterfete!«

Judith lacht. »Tatsächlich. Aber nicht schlecht, oder?«

Tom grunzt unwirsch. Er muss zugeben, dass Julio Iglesias auf dem Cover sehr attraktiv wirkt in seinem Smoking mit Fliege und mit seinen pechschwarzen, halblangen Haaren, den blütenweißen, perfekten Zähnen, dem leicht kecken Lächeln, das er dem Betrachter schenkt. *1001 Bel Air Place* heißt das Album. Tom geht die Titel durch.

»Das sind ja alles Liebeslieder. Was für ein Schmalz.«

»Ich finde sie schön.«

»Hm ... Oh, bei dem hier ist sogar Diana Ross dabei.«

»Siehste mal!«

»To all the girls I've loved before«, singt Julio. Tom muss zugeben, dass ihm das Lied gefällt. *Schöne Idee, die Liebschaften der Vergangenheit zu würdigen, wehmütig und zugleich stolz wie ein toller Hecht.* »Aber schon ziemliche Elternmusik, oder?«, versucht er seine Faszination zu überspielen.

»Wir sind da.« Judith hält direkt vor dem Geschäft. Ein Ständer mit Skiern steht draußen. Ein junger Mann in Skijacke rollt ein Karussell mit Sonnenbrillen vor die Tür. »Hast du eine Sonnenbrille«, fragt Judith.

Tom verneint.

»Brauchst du. Ne Skibrille eigentlich nicht, es soll schön bleiben. Komm, wir schauen mal.«

Auf der Fahrt zur Skischule kann ihn auch Julio nicht trösten; Tom hat weiche Knie. Aber er will Judith auch nicht enttäuschen. Sie liebt das Skifahren. Jetzt liefert sie ihren Freund an der Schule ab wie eine Mutter ihr Kind. Sie solle bitte nicht warten, bittet Tom. Er ist erleichtert, als sie tatsächlich wegfährt und so nicht mit ansehen muss, wie er eine halbe Stunde später schon am Tellerlift versagt. Tom denkt, er müsse sich auf die Plastikscheibe setzen, was dazu führt, dass er nach hinten fällt und mit verkanteten Skiern ein Stück den Hang hochgeschleift wird. Der kleine Lift hält schließlich an. Der Skilehrer hilft Tom auf und geleitet ihn an seinem ausgestreckten Skistock das kleine Stück nach unten.

Der Lehrer heißt Andrea. Er sieht italienisch aus und ist etwa so alt wie Tom. Die Skigruppe besteht nur aus vier Männern, die drei anderen sind deutlich älter als Tom.

»Das ist suprr«, hat Andrea in typisch schwyzerdütschem Singsang gesagt, »weil das ist ja wie Privatunterricht, odrr?«

Nach dem Missgeschick mit dem Tellerlift erklärt Andrea ihnen die Handhabung. Auch die drei anderen Mitstreiter sind blutige Anfänger, was Tom aber nur wenig tröstet. Denn Andrea macht keine halben Sachen.

»Wir fahren jetzt bis ganz nach oben. Dort wartet ihr bitte auf mich, odr?«

»Oder was?« Einer der drei, ein etwa vierzigjähriger Mann mit Schnäuzer und *Vokuhila*, der sich als *Manni aus Recklinghausen* vorgestellt hat, grinst Andrea frech an. Das sei keine Frage gewesen, sagt ein etwas jüngerer Typ mit blondem Pferdeschwanz, so redeten die hier halt.

Andrea steht schon wieder am Lift, reicht dem Vierten im Bunde, einem pausbackigen Mann mit Pudelmütze den Teller. Der macht alles richtig, schiebt mit einem Ruck ab. Pferdeschwanz stellt sich auf, setzt sich ebenfalls ohne Probleme in Bewegung. Bevor Manni dran ist, beugt er sich zu Tom. »Teller zwischen die Arschbacken und ziehen lassen, dat kriss doch hin, Kerl.«

»Immr lockr bleiben, odr?«, sagt Andrea augenzwinkernd.

Es klappt. An einer Stelle kann Tom sogar den linken Ski korrigieren und so in der Spur halten.

Von oben gesehen wirkt der Übungshang steiler. Außerdem nervt Tom, dass noch andere Skigruppen üben, darunter Kinder, die ohne Kurven kreuz und quer runterbrettern, »Schuss fahren«, wie Andrea sagt. Das empfehle er seinen Schülern aber noch nicht.

Der Unterricht besteht darin, dass er ihnen den »Schneepflug« zeigt, »Belastung und Entlastung«, »Tal- und Bergski«, den Oberkörper immer zum Tal drehen, aus Bergski wird Talski, »immr schön auf den Kanten, odr?«. So komme jeder »Lööli« heil hinunter. Er fährt ein kurzes Stück vor. Seine Schüler sollen die Bögen genauso fahren wie er, immer schön der Reihe nach. Manni ist zuerst dran. Schon den ersten Bogen versemmelt er, saust in steiler Falllinie und Rückenlage an Andrea vorbei und verschwindet hinter einer Kuppe.

»Der nächste«, sagt Andrea unbeeindruckt. Tom stellt sich ziemlich gut an. Er bekommt ein Gefühl für die richtige Belastung, geht gut in die Knie, kriegt sogar ein Extralob von Andrea. Bald sind sie unterhalb der Kuppe, wo Manni bäuchlings im Schnee liegt und dümmlich grinst. Sein linker Ski befindet sich einige Meter weiter unten.

»Das ist perfekt«, ruft Andrea. »Der Manni zeigt euch jetzt, wie man am Hang in einen Ski steigt. Auf geht's, Manni!« Aber Andrea ist kein Unmensch; er zeigt Manni, wie man auf den Kanten von Ski und Skistiefel parallel zum Hang absteigt, sich mit den Stöcken abstützt, den Ski in Position legt, die Bindung öffnet und wieder hineinsteigt.

In der Mittagspause könnte Tom einen ganzen Eimer austrinken – Folge des übermäßigen Schwitzens, aber auch der dünneren Bergluft, wie Pferdeschwanz weiß. Anders als Manni trinkt Tom lieber kein Bier, isst auch nur eine Bündner Gerstensuppe statt einer fetten Portion überbackener Rösti. Der Käsegeruch ist ihm unangenehm; er erinnert ihn an den Silo- und Güllegestank im Münsterland.

Als sie wieder starten, hat die Sonne den Schnee an vielen Stellen weich gemacht, »sulzig«, wie Andrea es nennt.

»Knochenbrecher-Schnee«, sagt Manni. Er will nicht mehr. Auch die anderen sind missmutig, bis auf Tom. Die ersten erfolgreichen Versuche machen ihm Mut. Und er freut sich, als er den Hang schon fast parallel runterfährt, nur leider am Schluss nicht bremsen kann und stürzt. Direkt vor Judith. Sie hilft ihm auf und küsst ihn wie einen Helden.

»Supr für den ersten Tag. Nei, mehr als supr«, sagt Andrea und schüttelt Judith die Hand.

»Dann kann er ja bald schon mit mir fahren«, sagt Judith und zwinkert Andrea zu. Tom fühlt sich wieder wie ein Schuljunge.

»Sichr«, sagt Andrea. »Am Freitag ist schließlich das Sikrennen.«

»Au fein, das will ich auf keinen Fall verpassen.« Judith klatscht vergnügt in die Hände.

Doch am Freitag ist der erste Weihnachtstag und den hat Judiths Vater schon verplant. Gegen Mittag fahren sie nach Sankt Moritz. Und während Julius mit Lotte in einem der Edelhotels verschwindet, machen sich Judith und Tom auf, den See zu umrunden. Erst zur Kaffeezeit wollen sie sich wieder in dem Hotel treffen.

Sie lassen den Ort schnell hinter sich, auch die Pferdeschlitten mit Paaren und Familien. Der Spazierweg rund um den vereisten See führt etwa zur Hälfte durch Wald. Von hier haben sie einen schönen Blick auf die Silhouette des Ortes, dessen kastenförmige Bauten sich in Ocker- und Brauntönen an den verschneiten, mit hohen Tannen bewaldeten Berg schmiegt. Zusammen mit der weißglitzernden Fläche des St. Moritzersees wirkt das Städtchen unter den gezuckerten Berggipfeln wie die weihnachtliche Szenerie in einer Schneekugel. Überall funkeln Lichter, tausendfache Reflexionen von Weihnachtsschmuck an Häusern und Bäumen. Erst später werden auch die Lichterketten erstrahlen. Wie gern würde Tom bis zum Abend bleiben.

Sein Wunsch geht in Erfüllung. Die »Engländer« würden sich verspäten, weswegen man sich jetzt erst zum Abendessen treffen wolle, sagt Julius und schlürft seinen Kaffee durchaus vernehmlich. Sie sitzen draußen auf der Caféterrasse des Hotels, in dem sie später speisen werden. Das Ganze sei damit kein reines Arbeitsessen mehr – Julius wirkt fast erleichtert – und »die Kinder« seien jetzt natürlich mit eingeladen. Zwei Tische weiter sitzt ein älteres Paar. Beide tragen lange, braune Pelzmäntel, die Dame zusätzlich einen Fuchs um den Hals. Erst jetzt sieht Tom den kleinen Hund auf ihrem Schoß, einen blond-braunen Yorkshire-Terrier, der immer nach der Schnauze des Fuchses schnappen will. Tom stellt sich vor, wie der Fuchs plötzlich lebendig wird, sich beide Tiere ineinander verbeißen und er, Tom, sein Mineralwasser auf die Dame kippt, so wie ein Doesbecker Nachbar mal mit einem Wasserstrahl aus dem Schlauch zwei kämpfende Hunde getrennt hat. Tom muss laut lachen. Alle schauen ihn an. Er deutet mit einer seitlichen Kopfbewegung auf den Tisch mit den Bepelzten.

»Eindeutig Amerikaner«, flüstert Lotte. Wie immer zieht sich mit dem Grinsen ihr ganzes Gesicht glatt. »Seit Jahren will ich Julius einen Pelzmantel schenken, aber er will partout keinen.« Jetzt lachen alle.

Sie wechseln an die Hotelbar. Tom trinkt mit Julius Whisky, die Frauen Martini. Julius gönnt sich eine Zigarre, Judith und Tom bleiben lieber bei ihren Zigaretten.

»Oh, such a pleasure!« Eine schrille Frauenstimme hallt quer durch die Lobby. Eine Dame in dunkelgrünem Kostüm kommt auf sie zu, hinter ihr ein hochgewachsener Mann in braunkariertem Jackett, weinrotem Pullover und beigefarbener Hose. *Fehlt nur noch die Pfeife*, denkt Tom und überlegt kurz, ob er der Dame einen Handkuss geben soll. Doch anders als ihr klischeehaftes Auftreten zunächst vermuten lässt, sind die beiden alles andere als steif.

John ist Chef bei einer britischen Bank, seine Frau heißt Emma und ist Gattin von Beruf. Tom wird zu ihrer Rechten platziert, links von ihm sitzt zum Glück Judith. Sie sitzen an einem runden Tisch nah am Kamin. *Wie weit reicht eigentlich Julius' Einfluss?* Tom beherrscht den Small Talk nicht so gut wie Judith, die sich gleich angeregt mit ihrem Tischnachbarn John unterhält. Ihr Englisch ist besser geworden, sie braucht es auch im Verlag. Emma lächelt Tom an, offenbar wartet sie auf seine Initiative.

»Well«, erbarmt sie sich. »Do you enjoy your Christmas Holiday in Saint Moritz?«

»Oh, yes! Thank you! But ...« Weiter kommt Tom nicht. Die Suppe wird aufgetragen, was er dazu nutzt, sich auf das Essen zu konzentrieren. Der Plauderton am Tisch ist etwas gedämpfter, begleitet von leisem Schlürfen und einer energischen Löffelführung Julius´. Emma legt ihren Löffel schon bald beiseite.

»Too hot?«, fragt Tom und beißt sich gleich auf die Zunge. Doch Emma lächelt ihn freundlich an. Sie dürfte nicht viel jünger als Judiths Mutter sein, wirkt mit ihrer blonden, recht flotten Kurzhaarfrisur aber kaum älter als Mitte dreißig. Ein wenig erinnert sie ihn an Lady Di.

»Let's say hot, yes!« Emma lacht herzlich, tupft sich mit der Serviette die Lippen. Tom versteht nicht. Vielleicht schmeckt ihr die Suppe auch nicht. Graupen sind nicht jedermanns Sache. »But you: Obviously the soup is quite to your taste!«

Tom starrt in seine leere Terrine und wird rot.

»›Yes‹, I suggest.« Emma nickt übertrieben; sie macht sich offensichtlich über ihn lustig. Tom fühlt sich provoziert.

Scheiß drauf! Er plappert einfach drauflos, fragt sie, wo sie genau herkommt, sagt, dass er auch schon in Salisbury war, wenn auch nur eine Stunde, ein Etappenziel auf dem Weg nach Stonehenge. Dass die Reise eine Studienfahrt seiner Schule war, verschweigt er lieber. Ob sie jetzt in London wohne? Sie bejaht. Jetzt kann er aus dem Vollen schöpfen, vergisst darüber fast das Essen. Er hat so viele Fragen. In doppeltem Sinne ist das Eis geschmolzen.

Tom sieht Emma jetzt mit anderen Augen, kann sich lebhaft vorstellen, wie sie als junges Mädchen den Beatles zugejubelt hat. Sie habe sie ein paarmal gesehen, habe immer John Lennon am besten gefunden, selbst später mit langen Haaren und Yoko Ono an seiner Seite. Wie schön, dass ihr »Darling«

auch John heiße – an dieser Stelle wirft sie ihrem Mann einen verliebten Blick zu, wofür Tom sie hätte küssen können. Dass ihr John eher aussieht wie Brad Sinclair alias Roger Moore aus *Die 2*, fällt ihm jetzt erst auf.

»Was hattet *ihr* denn miteinnander?«, fragt Judith später beim Wein in ihrem Appartement. Sie lächelt leichthin, aber ihre Stimme hat einen eifersüchtigen Unterton.

Tom nippt an seinem Wein, sucht nach einer flapsigen Antwort, doch Judiths Mutter kommt ihm zuvor: »Du kannst stolz sein auf Tom. Emma war richtig beseelt von dem Abend und hat mir zu meinem ›Son-in-law‹ gratuliert.«

»Na, na«, knarzt Julius. »So weit wolln wa noch nich jehn, wa?«

Dem harmonischen Weihnachtsurlaub folgt ein dickes Ende. Julius ordnet an, dass Judiths Auto in der Schweiz verscherbelt wird und sie in Bad Homburg einen Neuwagen bekommt. Judith zuckt nur mit den Achseln. Widerspruch zwecklos. Es ist ihr auch nicht wichtig. Sie und Tom nehmen das Angebot dankbar an, mit dem Privatjet zurückzufliegen. Tom staunt über den Düsenjet, der sich technisch nicht von einem großen unterscheide, wie die beiden Piloten betonen. Sie lassen ihre Tür offen, sodass Tom wie im Auto nach vorne gucken kann, was ihn begeistert und jegliche Flugangst vertreibt. Ohnehin ist er in Hochstimmung ob seines Lernfortschritts beim Skifahren. Zum Ende ihres Urlaubs konnte er schon mit Judith zusammen fahren. Der Stolz darüber und drei Gläser Whisky aus der Bordbar machen Tom übermütig und redselig. Er bemerkt zu spät, dass er politisch geworden ist, seine Meinung zu sozialer Gerechtigkeit, Atomkraft und den Kapitalismus so freimütig kundgetan hat, dass Judiths

Vater, der ihm schräg gegenübersitzt, einen roten Kopf bekommt. Judith hat Tom noch heimlich Zeichen gemacht, doch es ist zu spät.

»Dit ist ja schön, det Se det allet so jut wissen«, poltert Julius los. »Ick werd Se als Bundeskanzler empfehln. Bis dahin rat ick Ihnen aber, besser den Mund zu halten.«

Das sitzt. Den Rest des Fluges schweigen alle. Auch Judith weicht seinem Blick aus.

Ein kühler Abschied in Frankfurt, ein flüchtiger Kuss von Judith. »Ist besser so«, sagt sie und folgt ihren Eltern.

Prüfungen

Tom ist froh, dem wütenden Impuls, nach Münster statt nach Stuttgart zu fahren, widerstanden zu haben. Aber die Nacht in der Wohnung ohne Judith ist seltsam. Nicht direkt einsam. Dazu ist zu viel Lärm. In der Wohnung über ihm ist ein Streit im Gange; Tom hört das Stampfen von Absätzen, das Ächzen der alten Holzdielen, so laut, dass ihm die Zimmerdecke dünn wie Papier vorkommt. Immer wieder eine Männerstimme. Wie heiseres Bellen. Judith und Tom haben das Paar bisher nur zwei-, dreimal gesehen, unscheinbare Mittvierziger, die durchs Treppenhaus huschen wie Mäuse. Man bleibt lieber anonym in diesem Haus, aber Tom ist sich sicher, dass die Nachbarschaftskontrolle so gut funktioniert wie in der DDR. Durch die hohen Doppelfenster dringt Verkehrslärm. Die Geräusche der Straßenbahnen, das manchmal abrupte Bremsen, gefolgt von hektischem Klingeln, weben sich bald in seine Träume. Tom will den Tag nur noch vergessen.

Es ist der 30. Dezember. Sie werden Silvester in Judiths Wohnung feiern. Ein gepflegtes Essen mit guten Getränken, danach steht der *Sechserbande* der Sinn. Werner hat sich angeboten zu kochen. Ein Überraschungsmahl werde er zubereiten, sagt er am Telefon. Das werde Judith gefallen, sagt Tom. Ihm natürlich auch, setzt er schnell hinzu.

Er ist immer noch verunsichert über das unglückselige Ende des Skiurlaubs. Gerade legt er auf, da hört er die Wohnungstür. Missmutig pfeffert Judith den Schlüsselbund auf das Dielenschränkchen. Sie fasst sich an die Stirn. Tom geht auf sie zu, sie wehrt ab.

»Gleich«, sagt sie. »Lass mich kurz ankommen.«

Das Parkett ächzt und knallt unter ihren Schritten.

Wenigstens streiten wir nicht, denkt Tom. *Aber wer weiß?*

»Der ist so ignorant!« Judith schnaubt.

Tom muss nicht fragen. Es gibt nur einen Menschen, der Judith so aus der Fassung bringen kann. Das Alphatier Julius, ihr Vater. Tom ist noch in T-Shirt und Unterhose, Judith im Mantel, den sie jetzt auszieht und wütend aufs Sofa pfeffert.

Nach und nach erfährt Tom, wie der Abend in Bad Homburg verlaufen ist. Judiths Mutter habe sich in dem Moment zurückgezogen, wo Vater Julius whiskyselig und selbstgefällig auf seine *Potentia* abgehoben habe. *Julius Caesar.* Angefangen habe alles mit der jovialen Übergabe des Autoschlüssels, der zu einem nagelneuen Ford Fiesta, Farbe rot, gehört, so etwas besorge er »mit links«, genauso wie gute Jobs, noch bessere aber bei der richtigen Berufswahl. In diesem Moment sei ihr nichts mehr eingefallen. Jede Gegenrede und Darstellung dessen, wie gut sie in ihrem Job angekommen sei, wäre vergeblich gewesen. Womöglich hätte er dann gelacht und dies als selbstverständlich abgetan, auch weil er wohl jederzeit Erkundigungen über sie einziehen könnte. Es wohl auch tut.

Judith schreit laut auf. »Am liebsten würde ich alles hinschmeißen, verdammt!« Das letzte Wort geht in Schluchzen über.

Tom umarmt sie. *Geht es ihr also auch nicht besser als ihm. Aber die eigene Tochter so zu behandeln – was für ein Arsch!*

»Das Schlimmste …«, flüstert Judith, »Das Allerschlimmste ist: Er ist allgegenwärtig. Wohin ich auch gehe, er ist immer schon da.«

»Hat er sich denn wenigstens entschuldigt nachher?«

»Ach was! Am nächsten Morgen war er schon weg. Mama auch. Kannst du dir vorstellen, wie das ist? Ich hab fast die ganze Fahrt geheult.«

Tom drückt Judith an sich. Sie kommt ihm klein und schutzlos vor. Er muss an eine Situation aus seiner frühen Kindheit denken. An das Nest mit den Rotkehlchen-Küken im Gartenhaus. Wie er die Tür zugeschlagen hat, als die Vogelmutter hereingeflogen war, und so lange nach ihr geschnappt hat, bis er den süßen Vogel in Händen hielt, behutsam zwar, aber übermächtig gegenüber dem Tier, das Todesangst haben musste. Wie sein Vater zur Tür hereinkam und mit ihm schimpfte. Wie er den Vogel losließ und lange bangte, ob er zurückkommen würde, um die Jungen zu versorgen, froh, das Nest nicht berührt zu haben, denn das, so sein Vater, hätte ihr Todesurteil sein können.

Es wird ein schönes Silvester. Werner hat nicht zu viel versprochen; sein Menü ist ausgezeichnet, wenn auch durchgehend schwäbisch. Zum ersten Mal, seit Tom denken kann, verschwendet er keinen Blick auf das Feuerwerk. Stattdessen übt er sich mit den anderen im Bleigießen, auch wenn ihm die bizarren Formen ein Rätsel bleiben. Anders Benita: Sie erkennt in allen einen tieferen Sinn, sieht in der Bleifigur von Judith so etwas wie einen Talisman. Sie solle ihn deshalb unbedingt aufbewahren.

Den Guss von Tom betrachtet sie eine Weile, rückt ihn an die Kerze, um auch den Schattenwurf zu beurteilen, druckst dann herum. Werner spricht schließlich ein Machtwort, er glaube nicht an Wahrsagerei, das alles sei ein netter Spaß, mehr aber auch nicht. Alle nicken, auch Benita, wenngleich zögernd.

Das Jahr 1988 lässt sich gut an. Tom pendelt einige Male zwischen Stuttgart und Münster, übernachtet dort immer auf einer Luftmatratze in seinem ehemaligen Zimmer, nicht ohne vorher mit Steff eine Sauftour durch Münster zu machen. Nur vor den drei Klausur-Terminen hält er sich zurück. In Germanistik und Pädagogik läuft alles gut, bei der Philosophie ist er sich unsicher.

In Stuttgart beginnt Tom, Tennis zu spielen. Judith hat zuletzt als junges Mädchen trainiert, aber die Freunde schenken beiden einen zweistündigen Crashkurs zum Geburtstag, damit die *Sechserbande* auch diese Freizeitaktivität teilen kann. An den ersten warmen Tagen im April geht es los.

Ohne die Hilfe der anderen hätten Judith und Tom den Tennisplatz nie gefunden. Er befindet sich nicht weit weg von Sandras und Werners Wohnung, am Rande der Siedlung. Das Gelände steht jedem offen, ist nicht wie die Tennisplätze in Doesbeck ein exklusiver Klub der Reichen. Überhaupt entwickelt sich Tennis zum Breitensport, wozu vor allem Boris Becker und Steffi Graf beigetragen haben, deren Turniere zum Straßenfeger geworden sind. Unvergessen der Wimbledon-Sieg des »17-Jährigen aus Leimen« gegen Kevin Curren im Sommer 1985. Ein rotblonder Junge betritt die Weltbühne, hechtet nach schier unerreichbaren Bällen, bringt mit seinem harten Aufschlag selbst erfahrene Tennisstars zur Verzweiflung und steigt als »Boom Boom Becker« zum Liebling der Boulevardpresse auf. Aus Fußball-Deutschland wird Tennis-Deutschland und Tom findet Spaß daran. Der Sport liegt ihm, seine langen Arme sind von Vorteil.

Den Sommer über treffen sich die sechs Freunde jeden Sonntagmorgen in Sonnenberg, spielen Tennis, einzeln und im Doppel. Danach sitzen sie lange an ihrem Stammplatz, lassen sich vom Besitzer der Anlage, einem stadtbekannten Unternehmer, bewirten und Geschichten aus Stuttgart erzählen, um erst später am Nachmittag nach Hause zu fahren, nicht selten mit einem ordentlichen Schwips. Bald gehört auch der Sonntagabend zum Ritual: erst die *Lindenstraße* gucken, von der Tom dachte, dass sie nur *seinem* Bedürfnis nach trivialer Ablenkung entspricht, dann beim Abendessen in wechselnden Lokalen über die Figuren und ihre Konflikte herziehen. Sie machen sich einen Spaß daraus, die wöchentliche Serie zu *rezensieren*, aber ein bisschen gehört die Lindenstraße zu ihrem Leben, denn sie spiegelt die aktuellen Ereignisse in Deutschland.

Zum ersten Mal spürt Tom hautnah, was es heißt, im *Talkessel* zu wohnen. Die Sommersonne heizt die Häuser darin wie Schamottsteine auf, selbst in der Nacht bleibt die Wärme in den Gemäuern. Bald hält es Tom beim Lernen nur noch auf dem Balkon aus, und auch dort nur in Unterhose. Die Kastanie im Innenhof spendet zwar Schatten, aber weil kein Lüftchen weht, bleibt es heiß und stickig. Die »Begleitmusik« zum Lernen besteht nicht nur aus Verkehrslärm, sondern auch aus beständigem Klirren vom Altglascontainer des kleinen Lebensmittelgeschäfts gegenüber. Trotzdem ist Tom entspannt. Er hat sich den Lernstoff gut eingeteilt und sieht den mündlichen Prüfungen einigermaßen gelassen entgegen.

Judith und Tom sind ein eingespieltes Team. Es ist, als hätten sie erst zusammenziehen müssen, um sich vorbehaltlos vertrauen zu können. Und doch fehlt etwas. Der Alltagstrott, die Anspannung beider in Beruf und Studium zehren an der Erotik. Immer häufiger gehen sie ins Bett wie ein altes Ehepaar, geben sich gerade noch einen keuschen Kuss. Judith scheint das nicht zu stören, doch Tom sorgt sich deswegen. Denn sie hat angefangen, am Telefon zu flirten. Immer häufiger ruft dieser Feuilletonchef an, Geistreich sei er, sagt Judith, und ohne Absichten. Es sei einfach nett, mit ihm zu »plaudern«. Tom wird nur zu oft Zeuge davon, hört noch im Nebenzimmer, das spitze Lachen Judiths, ihr Gurren, das sie so gern einsetzt, wenn sie jemandem schmeicheln möchte. Bis vor einer Weile war dieser Jemand noch Tom. Er fühlt sich zurückgesetzt, doch er hat keine Lust und keine Zeit für Konfrontationen.

Kurz vor den mündlichen Prüfungen passieren Dinge, die ihn belasten. Am 16. August 1988 wird die Öffentlichkeit Zeuge, wie zwei Bankräuber in Gladbeck Geiseln nehmen, später einen voll besetzten Linienbus entführen, einen Vierzehnjährigen ermorden, dokumentiert von Kameras wie in einem Krimi. Fassungslos verfolgt auch Tom, wie Journalisten den späteren Fluchtwagen in der Kölner Innenstadt umringen, Interviews führen, während einer der Geiselnehmer die Pistole an den Hals eines unschuldigen Mädchens drückt und Kameras das Geschehen live in die Wohnzimmer übertragen. Nach drei Tagen Irrfahrt durch den Nordwesten Deutschlands schlägt die Polizei auf der Autobahn zu und kann trotzdem nicht verhindern, dass die erst 18-jährige Silke Bischoff von den Geiselnehmern erschossen wird. Lange wird Tom das Bild nicht los: das hübsche blonde Mädchen auf dem Rücksitz des Fluchtautos, völlig verängstigt und wie gelähmt, neben ihr Dieter Degowski, schmierig und mit stierem Blick, die Pistole an ihren Hals drückend. Keine leere Drohung für Polizei und Medien, aus dieser Waffe wird der tödliche Schuss kommen. Vorne sitzt Hans-Jürgen Rösner, ein bärtiger Hüne mit tätowierten Armen, seelenruhig rauchend und doch drohend. Die Journalisten nehmen alles begierig auf. Eines weiß Tom genau: Wenn er je Journalist werden sollte, dann niemals so einer wie diese Sensationsreporter.

Zehn Tage später gerät eine Flugschau auf der US Air Base in Ramstein zu einer Katastrophe, bei der 70 Menschen sterben. Auch hier sind es die wieder und wieder im Fernsehen gezeigten Bilder, die Tom in ihren Bann ziehen: Wie die italienische Fliegerstaffel *Frecce Tricolori* ihr »durchstoßenes Herz« vorführt, die dreifarbigen Kondensstreifen von neun Flugzeugen ein großes Herz in den Himmel malen, ein zehnter es wie ein Pfeil durchkreuzen soll, aber zu früh, zu tief kommt und mit zwei Maschinen kollidiert. Ein Feuerball fällt vom Himmel. Hunderte Liter brennendes Kerosin ergießen sich in die Menschenmenge. Panik, Schreie, Chaos – und hilflos wirkende Rettungskräfte. Die vor dem Inferno fliehenden Menschen lösen etwas in Tom aus. Er hat diese unmittelbare Verzweiflung schon als Kind gesehen, auf einem der bekanntesten Fotos des Vietnamkriegs. Es zeigt schreiende Kinder auf einer Straße, unter ihnen ein nacktes Mädchen, dessen Kleidung von einer Napalmbombe in Brand geraten war. Auch sie rennen auf die Kameras zu, auf Menschen also, die erst mal draufhalten, anstatt zu helfen, ohne die es die bedrückenden Bilder aber nicht gäbe. Dokumente, die sich weitaus stärker als jedes Wort in das kollektive Menschheitsgedächtnis einbrennen.

Immerhin setzt sich das Tauwetter in der Weltpolitik fort. Nicht nur, dass Gorbatschow für zunehmend freundlichere Perspektiven sorgt. Der Sowjet-Chef besucht sogar New York, vor dessen Skyline er sympathisch lächelnd mit den einstmaligen Erzfeinden Ronald Reagan und George Bush posiert wie auf einem Urlaubsfoto – als wäre nie etwas gewesen.

So sehr sich Tom darüber freut, dass alles, was die Achtziger so gefährlich gemacht hat, wie *Nenas 99 Luftballons* am Horizont verschwindet, so sehr fühlt sich Tom auf eine merkwürdige Weise betrogen: um den ganzen Weltschmerz, die Angst vor der atomaren Vernichtung, die sinnlose Zeit bei der Bundeswehr. Dass die DDR sich von diesem neuen Friedensmissionar aus Moskau augenscheinlich kaum angesprochen fühlt, wundert ihn nicht. Die Deutschen sind eben prinzipientreu; in diesem preußischen Geist sind sie wohl immer noch vereint. Zwar wird viel spekuliert über mögliche Erleichterungen, über Annäherung, aber die Mauer steht, die Menschen drüben dürfen nach wie vor nicht raus. Tom hat es seit 1980 nicht mehr nach Westberlin gezogen. Bärbels Schwester lebt wohl immer noch dort, womöglich immer noch in der WG, während Bärbel ganz spießig auf Familie macht und mit ihrem Arzt und dessen Sohn irgendwo am Niederrhein lebt. Bestimmt hat sie geheiratet, erwartet vielleicht schon ein Kind. Steff könnte das wissen, er hat noch Kontakt zu ihrer Schwester, aber Tom hat nicht vor, ihn zu fragen.

In einem Anfall von Nostalgie kramt er nach der alten Kassette von Bärbel. Er findet sie in seiner Reisetasche, steckt sie in seinen Walkman. Er spult so lange hin und her, bis er die Stelle gefunden hat. *City: Am Fenster*. Kaum dass die ersten unbeholfenen Akkorde der Gitarre erklingen, ist Tom wieder achtzehn. Doch die Illusion kippt schnell. Schon bei den ersten Geigentönen wechselt er die Kassette.

Arvid, der Keyboarder aus der *Sechserbande*, hat ein »Tape« kompiliert und beim Tennis verteilt. Sie sollten mal reinhören, hat er gesagt, eine Band aus Leipzig, die sei supercool, er sei da gerade mit *Amiga* im Gespräch, der ostdeutschen Plattenfirma. »Wegen Kooperationen und so.« Rock und Pop könnten die, das wisse man ja nicht erst seit gestern. Alles gut ausgebildete Musiker. Aber die Technik. Die abfällige Geste, das breite Grinsen – Arvid ist selbstbewusst. Dabei läuft sein Studio nicht allzu gut, wie Tom von Werner weiß. Arvids Freundin Benita ist es, die mit dem Laden ihrer Familie das Geld reinbringt.

Tom betrachtet die Fotokopie des Covers. *Karussell* heißt die Band, ziemlich alberner Name findet er, und die Platte *Café Anonym*.

Hätten sie wohl gern, aber die Stasi ist überall. Niemand in der DDR ist anonym.

Das Album ist gerade ein Jahr alt. Tom spielt alle Stücke nur kurz an, ist nicht allzu begeistert, spult vor, wechselt zur B-Seite und stößt dort zufällig genau auf den Anfang des letzten Stücks. Die Instrumente klingen zwar genauso altbacken wie bei den anderen Stücken, eine Gitarre und ein Synthesizer unisono, aber die Melodie nimmt ihn sofort gefangen. Es dauert ein bisschen, bis der Gesang einsetzt – und da ist es vollends um Tom geschehen. Wieder muss er erkennen, dass die DDR eine ganz eigene, ebenso rätsel- wie zauberhafte Lyrik hat, Wörter, die er so nicht verwenden würde, die er schwülstig und antiquiert findet und die ihn trotzdem faszinieren.

Als ich fortging heißt das Stück. Tom hat von den geheimen Botschaften in ostdeutschen Texten gelesen, von der allgegenwärtigen Zensur in der DDR, den Künstlern, die deswegen in den Westen gekommen oder abgeschoben worden sind, der Liedermacher Wolf Biermann, aber auch die Lyrikerin Sarah Kirsch. Braucht es solche Symbole und Chiffren überhaupt noch? Immer mehr West-Bands spielen in der DDR, im Juli hat Bruce Springsteen in Ostberlin Massen angezogen. Vor mehr als 160.000 Zuschauern hat »der Boss«

die Hoffnung geäußert, dass »eines Tages alle Barrieren umgerissen werden«. Sein Präsident Ronald Reagan hatte ein Jahr zuvor Gorbatschow aufgefordert: »Tear down this wall!« Das war in Westberlin, direkt an der Mauer zum Brandenburger Tor. *Bewegt sich doch was? Ist die Rockmusik für die Berliner Mauer, was in der Bibel die Trompeten von Jericho sind?* Tom muss Arvid bei nächster Gelegenheit nach seinem Projekt fragen. Doch jetzt erst mal das Staatsexamen.

Die mündlichen Prüfungen liegen direkt hintereinander: Germanistik am Montagnachmittag, Philosophie am Dienstagmorgen. Tom war erst sauer deswegen, doch jetzt ist er froh. Auch darüber, dass er sein altes Zimmer für sich haben wird; Steff ist auf einer kleinen Konzerttour mit einem niederländischen Orchester. Tom bewundert seine Fortschritte auf dem Kontrabass. Im Gegensatz zu ihm ist sein Bruder sehr musikalisch.

An einem kühlen Sonntagnachmittag im September fährt Tom mit dem Zug nach Münster. Judith hat ihn zum Bahnhof gebracht, ihm etwas fahrig »viel Erfolg« für die Prüfungen gewünscht und dabei fahl und müde ausgesehen. Bis Mannheim geht ihm ihr Gesicht nicht aus dem Kopf.

Wenn das alles vorbei ist, muss ich mich um sie kümmern, denkt er. *Um uns!*

Er kann es sowieso nicht erwarten, endlich etwas anderes zu tun, als zu lernen. Zu lange hat er schon studiert. Jetzt muss was *Handfestes* kommen, Arbeit, auch Geld. Seine Ersparnisse sind längst aufgebraucht. Judith »hält ihn aus«, wie die Doesbecker Kleinbürger sagen würden. *Dumme Sprüche,* sagt sich Tom, aber sie stecken tief in seiner Erinnerung, nagen an seinem Selbstbewusstsein. Noch immer ist ihm nicht klar, *was er mal werden will.* Sein Studium hat zwar einen Abschluss, aber keine Perspektive, das weiß er ja. Und noch eines weiß er ganz sicher: Promovieren wird er auf keinen Fall.

Kann einem eine Stadt so schnell fremd werden? Schon als Tom auf den Münsteraner Bahnhofsvorplatz tritt, fehlt die alte Vertrautheit. Er blickt zum Postgebäude hinüber, zu den wenigen erhellten Fenstern an diesem Sonntagabend. Die Spätschicht hat jetzt viel zu tun, das weiß er. Das meiste war immer schon abgearbeitet, wenn er um Mitternacht seinen Dienst antrat. Auch das weit weg, ein abgelegtes Leben.

»Hey, Tom!« Der Ruf kommt aus der Reihe der Taxis. Ein junger Mann steigt aus einem Wagen weiter hinten, winkt Tom zu.

Er geht auf ihn zu, erkennt ihn erst, als er schon fast beim Wagen ist. Disco-Dieter! Der Geschmack von Kotze liegt kurz auf Toms Zunge. Eine ihrer letzten Begegnungen: ein Abend in der *Eule*, Disco mit angeschlossener Küche. Nachts um zwei haben sie Spaghetti bolognese gegessen, und obwohl Tom dreimal betont hat, dass er kein Parmesanpulver draufhaben will, ist die Fleischsoße komplett davon bedeckt gewesen. Schon der Geruch hat ihn würgen lassen, während Dieter gierig beide Portionen verputzt hat. Vorher hatten sie an der Tanzfläche gestanden und »Frischfleisch beschaut«, wie Dieter es ausdrückte, der alte Sauerländer, der immer noch von »Perlen« sprach, aber bis dahin nie eine Freundin gehabt hatte und deswegen wie ein Jäger auf der Pirsch war. Gerne in Begleitung von Tom, von dessen »Wirkung auf Frauen« er überzeugt war, weshalb er auch hoffte, durch ihn »jemanden abzubekommen«. Kennengelernt hatten sie sich auf einer Studentenparty. Dieter studiert Chemie – oder studierte? *Warum fährt er Taxi?*

»Steig ein, du alter Schwede!«, ruft er begeistert, während er Tom die Hand schüttelt und sich schon wieder auf den Sitz plumpsen lässt. »Wohnst du noch immer da draußen?«

Dieter ist dicker geworden. Sein Bäuchlein stößt fast an das Lenkrad. Im Wagen riecht es nach süßlichem Rauch, Tom sieht die Pfeife in der Mittelkonsole.

»Erzähl ma, was treibste so. Wo biste denn jetzt?«

Tom sagt kurz, was Sache ist. Dieter nickt nur, rutscht unruhig auf seinem Sitz hin und her. Die Holzperlen der Massage-Matte klickern in seinem Rücken. Ohne dass Tom fragt, sprudelt es aus Dieter heraus. Es sei alles nicht ganz nach Plan gelaufen, er habe pausieren müssen, weshalb, sagt er nicht. Jetzt werde er aber wieder »Gas geben«, fürs Erste ganz handfest, weil die Ampel auf Grün springt. Sie sind so ins Gespräch vertieft, dass Tom überrascht ist, als sie vor dem Studentenwohnhaus halten. Wieder geben sie sich die Hand. Dieter meidet seinen Blick, nimmt die Pfeife aus der Konsole und einen ledernen Beutel. »Fahrt geht natürlich auf mich.«

Tom will ihm trotzdem etwas geben, aber Dieter wehrt ab. »Nächstes Mal aufer Party. Gibs mir n Bier aus und gut is.«

Wenig wahrscheinlich, denkt Tom und öffnet die Tür. Dieter zündet sich seine Pfeife an.

»Schön, dich mal wiedergesehen zu haben«, sagt er und bläst den süßen Rauch in seine Richtung. Tom mag den Duft. »Bis ja echt noch der Alte. Aber du redest so komisch.«

»Wie jetzt?«

»Na, so ... so süddeutsch irngwie.«

Tom sieht ihn verdutzt an. Dieter winkt ab. »Nix für ungut. Mach's gut!«

»Mach's besser«, sagt Tom. Eigentlich hasst er diesen Spruch, aber für Dieter passt er.

Tom muss klingeln. Nach einer Ewigkeit ertönt der Summer. Oben steht die Tür offen, W13 ist dunkel, alle Zimmertüren sind zu. Es riecht nach Knoblauch. Toms Magen knurrt. In der Küche steht noch eine Pfanne auf dem Herd, der Rest eines Gemüseauflaufs darin. Ohne nachzudenken, isst Tom aus der Pfanne. Er schmeckt den Schafskäse, aber diesmal ist der Hunger stärker.

Den ganzen nächsten Morgen hört er keinen Ton in der Wohnung. Er bleibt im Bett liegen, geht noch einmal seine Unterlagen durch. Später duscht er, ist angenehm überrascht über die Ordnung und Sauberkeit im Bad. Nichts riecht mehr muffig. Als er sich abtrocknet, klingelt das Telefon. Ein Anrufbeantworter springt an. Der ist neu. Doch er wagt nicht, den Anruf abzuspielen. Judith hätte nicht draufgesprochen, da ist er sich sicher. Mehr als rechtzeitig fährt er los. Sein Fahrrad läuft unrund. Das Tretlager. Ein »Schlick«. Steff! »Der tritt jedes Rad in Grund und Boden« – die Worte des Doesbecker Fahrradhändlers kommen Tom in den Sinn. Tatsächlich hat Steff schon als Kind so kräftig in die Pedale getreten, dass selbst sein nagelneues Hollandrad schon nach wenigen Tagen zur Reparatur musste. Als Zwölfjähriger hat er mit einem klapprigen Rad ohne Gangschaltung bei einem Radrennen den dritten Platz gemacht und selbst teure Rennräder auf hintere Plätze verwiesen. Damals war Tom sehr stolz auf seinen kleinen Bruder. Pure Muskelkraft, ein unbedingter Wille, ohne verbissen zu sein – »einfach gucken, wie weit ich komme«, hat Steff hinterher gesagt. Er ist einfach locker geblieben.

Das ist Tom bei der Germanistik-Prüfung nicht ganz, aber sie läuft trotzdem sehr gut. Eine glatte Eins bekommt er. Beide Professoren klopfen ihm väterlich auf die Schulter, der Vorsitzende bedankt sich für die »inspirierenden Antworten«. Er ist Gymnasiallehrer und hat sich so oft in das Gespräch eingeschaltet, dass die Professoren abwechselnd mit den Augen gerollt und nachsichtig gelächelt haben. Da hat Tom gewusst, dass sie auf seiner Seite sind und er selbst goldrichtig unterwegs.

Bei der Philosophie-Prüfung am nächsten Morgen gelingt ihm das nicht. Zwar hält sich der Vorsitzende zurück, auch die Fragen zu Hegel stellt Toms Wahlprofessor ohne Arglist. Doch dann kühlt die Atmosphäre abrupt ab. Beim zweiten Prüfer hat er nie Veranstaltungen besucht, was sich jetzt rächt. Auf ein *Verhör* ist Tom nicht vorbereitet. Alles, was er sich zu Rousseau und seiner Gesellschaftslehre angelesen hat, zerpflückt der Professor mit unverhohlenem Genuss. Jedes Wort legt er auf die Goldwaage, jeden Satz hinterfragt er mit ausdrucksloser, kalter Miene. Am Ende dreht er die Aussagen so durch den Fleischwolf, dass Tom gar nichts mehr weiß. Die Blicke wechseln hin und her, der erste Prüfer ist sichtlich enttäuscht, weniger über Tom als über das Verhalten des Kollegen, so will es Tom jedenfalls scheinen. Am Ende erhält er eine *Drei minus* und nur ein verdruckstes »Alles Gute« vom Vorsitzenden, dann ist er entlassen. Verschwitzt und enttäuscht. Aber frei.

Scham

»Jetzt stell dich nicht so an.« Judith ist gereizt. »Hilf mir lieber dieses verdammte Ding zu finden.«

Sie ist wie jeden Morgen in Eile, aber jetzt ist ihr auch noch eine Kontaktlinse vom Finger gerutscht.

Hoffentlich ins Waschbecken, denkt Tom und vergisst sein Anliegen für einen Moment.

»Wolltest du nicht neue Birnen reinschrauben?« Judith stampft wütend mit dem Fuß auf. »An diesem Spiegel sieht man wirklich nichts mehr. Kannst du mir sagen, wie ich mich hier vernünftig schminken soll?«

Meine Taschenlampe, denkt Tom. Er ist noch in T-Shirt und Unterhose. Tom öffnet die Tür zum kleinen Kabuff hinter dem Bad, das gerade mal Platz für ein Einzelbett hat. Früher muss hier wohl die Speisekammer gewesen sein und im Badezimmer die Küche. Auf dem Bett liegen seine Sachen, ein paar Dinge aus seinem Münsteraner Studentenleben. Wie weit weg ihm das schon vorkommt, obwohl seine Bemühungen um einen Job nicht recht vorankommen und seine Tage mitunter ziemlich langweilig sind. Zum Glück hetzt Judith ihn nicht. Trotzdem hat er das Gefühl, in eine Versagerrolle zu rutschen; Judiths Tage sind lang, die Freunde haben alle zu tun, das ganze Schwabenland »schafft«. Ob die Rezension einiger Lyrik-Neuerscheinungen für ein Kölner Stadtmagazin die Erwartungen von Judiths Freundin, einer Redakteurin dort, erfüllt haben? Tom hat seit der Abgabe nichts mehr gehört, hat sich das Magazin sogar am Bahnhof besorgen müssen, immerhin den Artikel gefunden, seinen Namen gelesen, was ihn aber nicht stolz, sondern ängstlich gemacht hat.

Wie ein Hochstapler ist er sich vorgekommen. Gewiss, er hat die Autorinnen recherchiert, frühere Rezensionen ihrer Werke, ist eigens in die Landesbibliothek gegangen, und trotzdem sind ihm die meisten Gedichte rätselhaft geblieben. Was sollte er darüber schreiben? Er hat sich an der Sprache orientiert, den Bildern, soweit überhaupt vorhanden, und am Ende ist ihm sein Manuskript selber rätselhaft vorgekommen. Moderne Lyrik, überhaupt moderne Kunst, das muss sich Tom eingestehen, bleiben ihm verschlossen. Sie lösen auch nichts in ihm aus. Außer einen leisen Zorn vielleicht, über sich und seinen mangelnden Sachverstand trotz seines Studiums, aber mehr noch über die Künstler, die nach seiner Meinung ihren mehr oder weniger strahlenden Nimbus einer eingeschworenen Kritikerblase, einem bürgerlich-eitlen Publikum verdanken, das sich mit Prominenz *schmückt*, mit kulturellen Veranstaltungen, auf denen man *posieren* und *wichtig sein* kann, die man keinesfalls verpassen darf, oder mit Bildern, die je namhafter der Urheber, desto teurer sind – oder je hochpreisiger, desto stolzer der Besitzer. Mit Judith hat Tom nie über diesen stillen Groll gesprochen. Entweder ist sie eine gute Schauspielerin oder sie kann wirklich mit alldem was anfangen. Einige Male war er kurz davor, ihr seine Unsicherheit zu beichten, flapsig verpackt, extra *proletig*, um hinterher alles als Witz hinstellen zu können. Aber Judith ist zu ernsthaft in diesen Dingen, fast unerbittlich. Also hat er ihr seinen Text nicht gezeigt, ihn einfach abgeschickt. Und die Zeitschrift mit seinem Artikel hat er nach der Lektüre bei McDonalds im Hauptbahnhof verschämt weggeworfen.

Mit der Taschenlampe in der Hand blickt Tom ins leere Badezimmer. Der Duft ihres Parfums steht noch darin. *Verduftet*, denkt er. *Nicht einmal verabschiedet hat sie sich.* Was gäbe er dafür, ihren Lippenstift auf seinen Lippen zu schmecken, so wie früher. Aber auch das gehört zu den Dingen, die sich geändert haben. Bevor Tom in die Badewanne steigt, um zu duschen, gibt er sich seiner Fantasie hin. Darin kommt Judith zurück, umschlingt ihn von hinten, umfasst es, bewegt es in der Faust, beißt ihm dabei sanft in den Hals, es kitzelt in der Hüfte, als er ihren heißen Atem an seinem Ohr spürt. Er spritzt ins Waschbecken, seine Knie knicken ein und schon kündigt sich jene Nüchternheit an, die allein ungleich schaler ist als beim Sex zu zweit. Fad und armselig fühlt er sich. Sein Spiegelbild ekelt ihn an.

Wieso hat er nachgegeben und ist zu diesem Friseur gegangen? Judith ist so fordernd, so zwingend. Sie hat die Rechnung bezahlt, eine teure Rechnung, ist anschließend mit ihm essen gegangen, hat ihn immer wieder gemustert; offenbar gefiel ihr, was sie sah. Die Seiten kurz, das Deckhaar lang – und das bei seinen Locken!

Wie ein Pudel sehe ich aus, hat Tom gesagt, denkt es immer noch. Judith hat herzhaft gelacht, hat ihm schließlich gut zugeredet, dabei immer wieder gegluckst, ihn aber später so hinreißend verführt, dass er ihr in diesem Moment verziehen hat. Zu selten sind solche Momente. Schon am nächsten Morgen ist er wieder verzweifelt gewesen. Und auch heute hat er erneut damit anfangen wollen. Aber blöderweise einen schlechten Moment erwischt. Immerhin scheint sie ihre Kontaktlinse gefunden zu haben.

»Also, ich finde dich echt zum Anbeißen«, sagt Klaus.

Tom lächelt gequält. Ihm wäre lieber, Klaus würde nicht so ein Gewese um seine Frisur machen, die inzwischen auch schon etwas herausgewachsen ist. Er hat das Gefühl, alle glotzen ihn an, nicht nur Klaus und Judith.

Sie sitzen an einem Bistrotisch im *Rosenberg*, einer Schwulenbar ganz in der Nähe der Wohnung. Klaus ist zu Besuch in Stuttgart, hat eine Einladung für Hannover mitgebracht. Endlich hat es mit der WG geklappt, und nicht nur das: Klaus ist total verliebt. Ein »Bild von einem Mann« sei sein neuer Schwarm, er könne sein Glück noch gar nicht fassen. Aber das Beste sei, dass Frank, so heißt sein neuer Freund, mit ihm in die WG ziehen könne, weil ein weiterer Bewerber wieder abgesprungen sei. Die »Mädels« seien auch raus, hätten sich aber gleich um Nachfolger bemüht, Jungs diesmal, »da sag ich nicht nein«. Beseelt nuckelt Klaus an seinem Cocktail; die Lichter der Bar funkeln in seinen Augen, das macht ihn attraktiv, findet Tom. Selbst er bemerkt jetzt so manchen begehrlichen Männerblick. Aber Klaus ist nicht nach Flirten.

Als sie das erste Mal im *Rosenberg* saßen, hat Klaus Tom erklärt, »wie wir Schwulen so ticken«. Die Ironie passte, denn zumindest er ticke »wie die meisten Menschen«, sehne sich nach der einen, »wahren Liebe«. Und wie »Heteros« auch kämen die Schwulen hierher, weil sie auf ein neues Gesicht hofften, auf den Mann fürs Leben, um schließlich doch wieder bei jemand Bekanntem im Bett zu landen, bloß um den Abend nicht allein zu bleiben. Selbstverständlich sei AIDS noch immer ein Riesenthema, wer da unbekümmert handle, sei ein Riesenarschloch, nein, sogar ein Mörder. Schon deshalb sei es ratsam, sich in vertrauten Bahnen zu bewegen. Was im Übrigen auch für Tom und Judith gelte, denn die Seuche sei nie nur ein Problem homosexueller Menschen gewesen, aber das wisse er ja.

Klaus hat plötzlich lachen müssen.

»Du glaubst ja gar nicht, wie viele Männer dich gerade anschmelzen. Die halbe Bar, mindestens!«

Tom hat verwirrt in die Runde geblickt, aber anders als er es von Frauen gewohnt ist, hat kein einziger Typ offenen Blickkontakt mit ihm gesucht.

Das liege daran, dass er mit ihm da sei, hat Klaus gesagt und dabei zufrieden gelächelt. Wäre er alleine da, bliebe er das nicht lange. Toms Größe, seine schlanke Gestalt, die braunen Locken und die warmen, braunen Augen ...

Ehe Klaus zu sehr ins Schwärmen geraten ist, hat Tom übertrieben laut noch ein Bier bestellt und mindestens zwanzig Blicke auf sich gezogen.

»›Rosa Winkel‹ wird sie heißen. Frank bastelt gerade einen aus einem Stück Bilderrahmen«, sagt Klaus. »Ich finde, eine Wohngemeinschaft braucht ein Statement. Das Symbol darf ruhig verstören. ›Rosamundo‹ auf dieser pinken Weltkugel war ja ganz nett, aber lahm. Ich mein, der Zeitpunkt ist doch spitze: Die beiden Mädels raus, zwei knackige Jungs rein. Dann Frank und ich. Kompletter Neubezug. Hallöchen, neue Männer-WG!«

»Find ich gut«, sagt Judith. »Den neuen Namen meine ich.«

»Politisch halt. Aber so, wie wir immer noch geächtet werden in unserer Gesellschaft ...«

»Aber müsst ihr dazu ausgerechnet auf ein Nazi-Abzeichen zurückgreifen?« Toms Frage klingt aggressiver, als er wollte. »Ich mein, die Geschichte allein ist doch schon grausam genug. Und sowas verbietet sich einfach aus Respekt vor den Opfern. Oder würdest du auch einen Judenstern tragen?«

Judith nickt und guckt auch fragend.

»Provokation«, knurrt Klaus. »Sonst ändert sich nie was. Dir ist schon klar, dass der Paragraph 175 immer noch gilt? Auch nach der Nazizeit wurden Schwule verurteilt. Auf einer Demo in Hamburg hat die Polizei Fotos gemacht, macht sie garantiert immer noch, überall. Und ziemlich sicher stehen wir alle auf *Rosa Listen*. Schwule Lehrer und Priester – du kennst die Diskussionen. Und jetzt frage ich dich: Wie weit ist es da noch zum ›Rosa Winkel‹ der Nazis? Außerdem trage ich den nicht, sondern nenne nur unsere WG so.«

»Echt jetzt! Das ist doch total daneben! Oder wird heute noch jemand vergast?« Tom ist aufgebracht. Vielleicht auch ungerecht. Aber die Art, wie Klaus ihn belehrt, stört ihn, zumal vor Judith.

»Lasst gut sein«, sagt sie.

Klaus seufzt. »Immer müssen wir uns rechtfertigen. Immer sind wir die Dummen.«

»Ja, immer seid ihr die Opfer.«

»Deinen Zynismus kannst du dir sparen, Tom!« Klaus steht auf und geht auf die Toilette.

»Musst du so einsteigen?« Judith blickt Tom vorwurfsvoll an. »Bitte entschuldige dich bei ihm!«

»Wieso denn?« Tom will von seinem Stuhl aufspringen, aber Judith hält ihn zurück. »Ich mein, ich hab doch recht! Oder etwa nicht?«

»Darum geht es nicht. Erstens ist er mein Freund. Und zweitens ist er gerade überglücklich. Passt dir das nicht? Bist du eifersüchtig?«

»Hä? Was soll denn das jetzt? Und wenn du schon fragst: Müssen wir uns Sorgen machen? Über uns?«

»Wie bitte?« Judiths Augen röten sich. Energisch drückt sie ihre Zigarette aus.

»Tu doch nicht so. Deine Flirterei mit dem Feuilletonfritzen. Wann haben wir das zuletzt getan? Wann haben wir uns das letzte Mal richtig geküsst? Von Sex rede ich gar nicht erst. Klar bist du gestresst, ich auch, aber mal ehrlich: Bist du noch glücklich mit mir? Liebst du mich eigentlich noch?«

»Och ne!« Judith verdreht die Augen. »Hast du's nicht etwas kleiner? Solche Gespräche kann ich gerade echt nicht gebrauchen.«

»Aha, na dann ist ja gut. Dann passt das ja.«

Judith blickt auf. Klaus steht vor ihnen und grinst wie ein Polizist, der jemanden auf frischer Tat ertappt hat. »Na, na, na! Ihr Süßen, bleibt locker! Jetzt besorg ich uns mal ein paar richtig feine Drinks. Ich will feiern. Und in drei Wochen nochmal richtig – mit euch *beiden*, verstanden?«

Tom findet Hannover auf Anhieb hässlich. Vielleicht liegt es auch an der Strecke, die der Taxifahrer nimmt und die sich jetzt schon eine ganze Weile hinzieht. Der Taxameter zeigt bereits zwanzig Mark an. Sie sind mit dem Zug gekommen, Judiths Auto ist in der Werkstatt.

Weil Judith am Bahnhof keine Lust hatte, Klaus' Adresse auf dem Stadtplan zu suchen und dann auch noch die richtige Verkehrslinie, hat sie sich kurzerhand in ein Taxi gesetzt.

Klaus wohnt in einem Altbauviertel, das zentraler gelegen wirkt, als es die Strecke ihnen vorgegaukelt hat. Tom nimmt sich vor, wenigstens für den Rückweg am nächsten Tag auf die Karte zu gucken; in der WG wird sich sicher eine finden. Judith drückt die summende Tür auf.

»Dritter Stock«, dröhnt es von oben. Klaus.

Tom ist nicht überrascht, einen rosafarbenen Winkel aus Holz an der Tür zu sehen und überdies noch ein Schild mit der Aufschrift »Zum Rosa Winkel« – *als ob es eine Kneipe wäre*. Er schüttelt den Kopf. Klaus sieht es nicht, weil er Judith umarmt und dann auch Tom, ihm sogar einen Kuss auf die Wange drückt, was er noch nie getan hat.

»Kommt, ihr Süßen«, sagt Klaus in einem etwas tuntigen Tonfall, den er sich hier offenbar angewöhnt hat, »ich zeige euch die Wohnung!«

Ein großer, blonder Mann schaut aus der Küche, begrüßt Judith mit zwei Küsschen links und rechts und Tom mit einem kernigen Händedruck, der zu seinem athletischen Körper passt. Frank sieht fantastisch aus, muss Tom ihm neidvoll zugestehen. Auch Judith scheint ganz angetan zu sein. Ob er der *Mann* ist? Tom weiß von Klaus, dass Hetero-Rollen, zumal die traditionelle Rollenverteilung, nur bedingt auf gleichgeschlechtliche Beziehungen übertragbar sind, und doch wirken beide wie Mann und Frau auf ihn, vielleicht, weil Frank so sportlich-maskulin auftritt und Klaus seine eigentlich tiefe, sonore Stimme so feminin verstellt, was Tom fremd und abstoßend findet. Judith lässt sich nichts anmerken.

Die Wohnung hat einen langen Flur, von dem großzügige Zimmer mit hohen, stuckumrahmten Decken ausgehen. Obwohl Klaus und Frank zusammen sind, hat jeder ein eigenes Zimmer, das von Klaus hat ein Doppelbett, das von Frank nur einen schmalen Futon auf zwei Paletten, dafür eine Sprossenwand wie in einer Turnhalle und Seile mit Schlaufen, die von Deckenhaken herunterhängen, darunter eine große, blaue Gummimatte und weiter am Rand eine Hantelbank.

Frank schmunzelt über die vielsagenden Blicke von Judith und Tom.

»Meine Folterkammer«, lacht Frank.

»Nicht was ihr denkt«, lacht auch Klaus. »Auf Sado-Maso stehen wir beide nicht. Bei den beiden Anderen bin ich mir da nicht so sicher. Aber Frank lässt niemanden hier rein, nicht mal mich.«

»Es gibt Grenzen«, stimmt Frank zu. »Hier schwitze ich ganz allein. Und das ist gut so.«

Wie zur Bekräftigung lässt er seine Brustmuskeln unter dem T-Shirt tanzen. Tom staunt, Judith lacht. Ist das Erregung in ihrem Blick?

Klaus blickt auf die Uhr. »Wir müssen langsam loslegen und alles für die Party fertigmachen. Wo sind eigentlich unsere beiden Nordlichter?«

Alex und Hannes kommen aus Hamburg, sind aber kein Paar, wie Klaus erzählt. »Sie müssten längst hier sein. Es ist doch Samstag, die Geschäfte haben längst zu und das Zeug muss gekühlt werden.«

»Wo sollen die denn jetzt stecken?« Frank schüttelt den Kopf, erzählt ansatzlos, wie sich Hannover verändert habe, zum Schlechten, wie er bitter anmerkt, wie »geil« alles noch vor ein paar Jahren war, die Musik- und Kunstszene, die es mit Westberlin hätte aufnehmen können, die »Gigs«, das ausschweifende Leben trotz AIDS – und wie langweilig die Stadt geworden sei, »bürgerlich, spießig, piefig wie eh und je«.

Klaus nickt nur; er ist ja noch nicht lange hier. »Dafür genießen wir unser Leben zu zweit. Wir sind so glücklich, uns gefunden zu haben.« Er sieht Frank verliebt an, dann küssen sich beide.

Tom räuspert sich und sieht weg, ärgert sich zugleich. Ist er auch ein Spießer? Judith nimmt seine Hand, immerhin.

Abends kommen die Gäste im Minutentakt. Selbst die große Wohnung wird schnell zu eng. Wie immer sind die meisten Gäste in der Küche und auf dem angrenzenden kleinen Balkon, auf dem die Zapfanlage steht. Die Wanne im Badezimmer ist mit Eiswasser gefüllt. Sekt- und Weinflaschen schwimmen darin wie eine Armada von Flaschenpost. Über der Wanne liegt ein Brett, auf dem allerlei bunte Flaschen stehen, mit denen sich die Gäste Getränke mixen können. Überall stehen Gläser, auch auf der Toilette, die mit Klebeband versiegelt ist. Wie in Toms ehemaliger WG gibt es auch hier im »Rosa Winkel« ein separates Klo, vor dem er zwei Stunden später Schlange stehen muss und schon ins Auge fasst, im Garten oder irgendwo auf der Straße zu pinkeln.

Nach etlichen Bechern Bier ist Tom schon ziemlich betrunken. Er hat wenig Kontakt gehabt, sich hier und da mal dazugestellt, kaum geredet, nicht mit Frank und Klaus, die immer unterwegs sind, nicht mit Judith, die sich schon eine ganze Weile mit einem grauhaarigen, professoral wirkenden Mann mit Bart und runder Nickelbrille unterhält. Tom hält ihn für hetero, denkt an Judiths guten Draht zum *Lehrkörper* und ist eifersüchtig. Er wechselt in Alex' Zimmer, das wie ein Wohnzimmer eingerichtet ist, wo jetzt aber alle Möbel an die Wände gerückt sind, bis auf ein großes Sofa, das mitten im Raum steht. Hier ist keine Menschenseele. Erschöpft lässt Tom sich auf das Sofa fallen. Etwas Bier schwappt aus dem vollen Becher. *Bier macht keine Weinflecken*, blöder Spruch aus seiner Jugend.

»Na, auch was am Fremdeln?« Ein etwas bieder aussehender junger Mann steht plötzlich da, setzt sich in die andere Ecke des Sofas gesetzt und grinst ihn an. Dann schwenkt er den Kelch mit Rotwein hin und her, schnuppert daran wie ein Kenner, trinkt und atmet genüsslich aus.

»Bist wohl auch geflohen, wó?«

Der Typ erinnert Tom an einen Bekannten aus dem Sauerland. Tatsächlich stellt er sich als Herbert aus Iserlohn vor. Er sei ganz zufällig hier, alter Schulfreund von Frank. An fast jeden Satz hängt er ein »Wó« mit kurzem O-Laut an für »Woll« – ein Partikelwort, das, ähnlich wie *gell* oder *ne,* zwar in fragendem Ton gesprochen wird, aber keine Zustimmung verlangt, sondern eher der Bekräftigung dient.

»Das ist schon ziemlich anstrengend für Normale wie wir, wó?« Er grinst wieder, seine Grimasse wirkt feist.

Schweinekopf, denkt Tom und muss an den Kioskbesitzer in Doesbeck denken, den sein Freund Botte wegen seines Aussehens so getauft hatte. Anders als der stets Zigarre rauchende Tabak- und Zeitschriftenverkäufer ist Toms Sofagenosse Nichtraucher. Er trägt auch keine wuchtige Brille, sondern ein klassisches Doppelstegmodell mit Nickelrahmen. Seine halblangen, blonden Haare glänzen fettig, ebenso seine aknenarbige Gesichtshaut, überhaupt wirkt er ungepflegt und unsympathisch. Solche Typen kennt er aus den naturwissenschaftlichen Studiengängen, vor allem der Mathematik und Physik, vielleicht muss man so sein, wenn man mit diesen Fächern gut kann. Tatsächlich sei er gerade mit Laborstudien beschäftigt, Doktorand der Chemie hier in Hannover, wie er stolz erzählt. Tom lässt ihn reden, schlummert ziemlich bald ein.

Am nächsten Tag, einem kühlen, grauen Sonntag, versteht Tom die Welt nicht mehr. Noch vor dem Aufräumen ist Klaus mit ihm in den nahe gelegenen Park gegangen, um

314

»mit ihm zu reden«. Erst war Tom nur verdattert, doch als Klaus loslegt, kommt die Erinnerung schnell zurück. Rasend schnell. Wie ein Hammer saust sie auf ihn herab, lässt seine Scham wie Sodbrennen aufsteigen.

»Normal, was heißt schon ›normal‹«, hat Tom dem Fettigen geantwortet und nur ein hämisches Grinsen geerntet.

»Der Frank war mal'n super Typ. Mit dem konnte man Pferde stehlen, wó? Kann mir keiner erzählen, dass das hier normal ist. Hast du die Tunten gesehen? Also mal ehrlich!«

Tom denkt angestrengt über die Unterhaltung nach, seine Halsschlagadern pochen. Auch ihm ist die affektierte Art der Partygäste auf den Geist gegangen, die Knutscherei, das exaltierte Gehabe einiger wie Frauen geschminkter Typen, die ihn hier und da an den schwulen Popstar *Boy George* erinnert haben.

»Meine Welt ist das auch nicht«, hat Tom schließlich geantwortet und doch lachen müssen. »Die *Normalen* sind hier halt in der Minderheit. Meine Judith noch und vielleicht der Typ, an dem sie sich heute Abend festgebissen hat. Aber wer weiß, ob der nicht auch ...«

Die Normalen! Was ihm einfalle, so etwas zu sagen? Klaus' Stimme zittert vor Empörung. Jedes Wort habe er mitbekommen; er und Frank hätten direkt hinter dem Sofa gelegen.

Tom ringt nach Luft. *Wie peinlich!* In Gedanken geht er das Gespräch mit diesem Herbert noch einmal durch. Der, nicht Tom, hat doch gelästert, von »normal« gesprochen. Er hat den Ball nur zurückgeworfen.

»Wenn ihr ›normal‹ seid, was sind dann wir? Erklär mir das?«

»Das war doch ironisch gemeint«, sagt Tom und merkt, wie kläglich das klingt.

»Quatsch! Du fandest das lustig, hast gelacht! Über uns. Uns *Unnormale* ausgelacht!« Klaus bleibt stehen, sieht Tom direkt in die Augen. Seine Lippen beben. »Und das nach allem, was uns inzwischen verbindet. Ich dachte, du bist ein Freund. Weißt du eigentlich, wie verletzt ich bin? Und Frank! Nicht wegen dem Typen, der ist für ihn gestorben. Nein, wegen dir! Wegen Judith!« Klaus schluckt hart, ist den Tränen nahe. Er setzt nach: »Ganz ehrlich: Wärst du nicht Judiths Liebster, würde ich dich sofort abservieren. Ich bin sowas von enttäuscht!«

»Ich kann mich nur in aller Form entschuldigen!« Tom weicht Klaus' Blick aus. Er denkt an Judith. Auch sie wird enttäuscht sein von ihm. Er ist enttäuscht von sich selbst.

Später im Zug, in dem Judith und er sich anschweigen, steht ihm glasklar vor Augen, wie sehr er immer noch in Konventionen und engstirnigem Spießertum gefangen ist. Judith hat alles Recht, ihm das vorzuhalten. Wieder ist sie in der einen und er in der anderen Welt. Wieder ist er doch nur der Bauer vom Land, der nie die intellektuelle Reife Judiths erreichen wird, das tiefe Empfinden eines Klaus. *Immer schön normal bleiben* war die Devise, damals, als er mit Botte vom Ruhm als Musiker geträumt hat, davon, einmal aus dem Schatten zu treten, groß zu denken und seine Leidenschaft zu leben. So weit ist es nicht annähernd gekommen. Und dennoch: Auf eine gedankenlose Weise war sich Tom sicher, er wäre weiter, reifer – im Denken, aber auch emotional.

Judith öffnet schließlich ihr großes Herz, wirft ihre Vernunft wie eine wärmende Decke über seine nackte, beschämte Seele.

»Harte Arbeit sei das«, sagt sie, als sie im Bahnhof von Mannheim stehen und das Abteil sich geleert hat. Niemand könne sich aus seiner Sozialisation so ohne Weiteres befreien. Was den einen schmerze, müsse den anderen nicht einmal stören, dazu seien die Menschen zu verschieden, und ausnahmslos alle machten Fehler, hätten falsche Annahmen oder auch Vorurteile, oft aus Angst. Das müsse auch Klaus anerkennen. Er habe doch selbst mit seiner Erziehung, den Zwängen und Konventionen gekämpft und genau deshalb erst sein sehr spätes Coming-out gehabt. Und er habe gesehen, dass seine Familie gar nicht so intolerant sei, wie er gedacht habe. Genau das habe sie ihm gesagt, habe ihn auch bald beruhigen können, und immerhin sei der Abschied doch einigermaßen versöhnlich gewesen.

»Ihr beide braucht Zeit«, sagt Judith mit sanfter Stimme und nimmt seine Hand. »Und du tust gut daran, deine Gefühle zu zeigen. Hättest du Klaus gesagt, wie emotional überfordert du bist und dich ihm auf diese ehrliche Weise geöffnet, hätte er dich verstanden.«

Tom kommen die Tränen. Wortlos drückt er Judiths Hand. Sie setzt sich neben ihn, hält ihn im Arm. Es ist, als komme er nach langer Reise endlich nach Hause.

Startrampe

»Jetzt flutschts aber!« Judith klatscht vergnügt in die Hände und lacht.

Sie ist verzückt, denkt Tom. *Bei Männern wirkt so ein Gehabe schwul. Was Freddie wohl macht?* In letzter Zeit denkt Tom wieder häufiger an W13, die WG-Jungs, die es in alle Richtungen verschlagen hat, ihn am weitesten.

»Hab ich dir nicht gesagt, das klappt?« Judith stößt mit ihm an, trinkt das halbe Glas Weißwein auf einmal leer und gießt sich gleich aus der Karaffe nach.

Sie sitzen draußen, umgeben von gläsernen Fassaden auf der einen und Gründerzeitbauten auf der anderen Seite. Ihr Lieblingsitaliener wirkt wie die Kantine des Glaspalastes, der einer Versicherung gehört. Mittags sitzen hier Menschen mit weißen Hemden und Krawatten, mit Kostümen oder Sommerkleidern. Die ersten warmen Tage des Jahres 1989 machen aus Stuttgart wieder eine südländische Stadt. Bis vor Kurzem war Tom nicht bewusst gewesen, dass sie umgeben ist von Weinhängen und Wäldern. Er hat die Stadt lieben gelernt, sogar die Leute versteht er immer besser, im doppelten Wortsinn.

»Und das, mein Liebling, hast du ganz allein geschafft.« Judith küsst ihn über den Tisch hinweg.

»Gibts was zu feiern?« Werner steht grinsend vor ihrem Tisch, neben ihm taucht Sandra auf. Sie trägt ein helles

Sommerkleid und einen weißen Stirnreif, sie hat ihr Haar wachsen lassen.

»Oh, habt ihr euch extra schick gemacht?«, lacht Tom, blickt Werner in seinem Labber-T-Shirt an und verkneift sich eine weitere Bemerkung.

»Feiern? Klingt gut. Was liegt an?« Benita und Arvid sind auch da, alle vier setzen sich zu Judith und Tom.

Judith streckt beide Hände in Richtung Tom aus wie ein Showmaster zu einem Star. »Na? Nun sag schon!«

Tom genießt die erwartungsvollen Blicke, trinkt noch einen Schluck Bier und will gerade loslegen, als der stets mürrische Kellner am Tisch steht.

»Prosecco für alle!«, ruft Judith. »Am besten gleich zwei Flaschen.«

Der Kellner verschwindet, ein anderer kommt, verteilt die Speisekarten. Alle Blicke ruhen wieder auf Tom.

»Also ...«

»Ne, jetzt warten wir, bis der Sekt kommt«, sagt Werner lachend. »Da ist der Brummel ja schon.«

Sandra zischt ihn an. »Hör doch auf! Das hat er doch gehört.«

»Na und? Soll er doch. Er ist doch ein ...«

Sandra hält ihm den Mund zu.

Mit griesgrämiger Miene öffnet der Kellner die erste Flasche und verteilt das schaumige Getränk seelenruhig auf die sechs Gläser, stellt die zweite Flasche in einen Kühler.

»Präzise ist er, das muss man ihm lassen«, lacht Werner, als der Kellner weg ist. »Jetzt aber, zum Wohl!«

Und wieder schauen alle erwartungsvoll.

»Also ...«, beginnt Tom.

Es war ein Spaziergang. Die Bewerbung war ihm leicht gefallen, denn er hatte sie als Spiel, eine Art Fingerübung, um ganz unverbindlich Erfahrungen zu sammeln, betrachtet und sie nicht allzu ernst genommen. Anders als bei der Zeitung, wo er nach etlichen Absagen von anderen Verlagshäusern ein ziemlich hartes Vorstellungsgespräch für ein Praktikum gehabt hatte und jetzt noch als freier Mitarbeiter für fünfzig Pfennig die Zeile arbeitet, hat er diesmal kein bisschen *Prüfungsangst* gehabt.

Er hatte sich seine Reportage noch einmal angeschaut und war zwei Seiten weiter auf eine Stellenanzeige gestoßen:

> *bist du unser neuer juniortexter und -kontakter?*
> *wir sind eine kleine, aber feine werbeagentur mit*
> *großartigen kunden.*
> *bei uns arbeitest du, wo andere residieren:*
> *über den dächern von stuttgart.*
> *Beck, Böpple*

Da unter den Namen mit dem Komma ohne Leerzeichen nur eine Telefonnummer gestanden hatte, hatte Tom beherzt zum Hörer gegriffen. Eine Jungmädchenstimme hatte sich gemeldet, ihn gleich »mit Herr Beck« verbunden. Sekunden später hatte er eine bellende Stimme am Ohr, die ihm nur kurz die Adresse und einen Termin für den nächsten Abend genannt hatte. Tom kam so um einen Vereinsabend in Strümpfelbach herum – und doch zu spät zum Termin.

Die Agentur befindet sich in einer sogenannten *Halbhöhenlage*, nahe dem *Kräherwald* und zieht sich zu Fuß ein ganzes Stück hin, sodass Tom ins Schwitzen geriet. Er hatte sich mit der Anfahrt per Bus und Bahn total verkalkuliert und als er erst in der Abenddämmerung an dem dreistöckigen, in den Hang gebauten Haus ankam, brannte darin kein einziges Licht. Doch ein Sportwagen stand in der leicht abschüssigen Einfahrt. Er ging daran vorbei in den Hof, nicht ohne vorher noch einmal die Aussicht auf Stuttgart zu bewundern, den noch hellen Horizont über den bläulich verschwimmenden Häusern im Talkessel. Von hier aus würde man die Morgensonne sehen, nicht den Sonnenuntergang. »*Residieren – über den Dächern von Stuttgart ...*«

Hinten im Hof war es hell. Der Haupteingang und das große Fenster daneben waren erleuchtet. Tom erkannte einen Tresen, dahinter einen Mann, der in diesem Moment auf ihn aufmerksam wurde. Noch bevor Tom bei der Tür war, wurde diese geöffnet.

Der Mann vom Tresen stand vor ihm, schlank und fast so groß wie Tom, Bart und Kopfhaar kahlrasiert. Er stellte sich als Matthias Beck vor und bat ihn herein. Drinnen roch es nach Plastik, einem herben Männerparfüm, Rauch von dunklem Tabak und Kaffee. Beck ging vor Tom her, schaltete überall Licht an, führte ihn eine Treppe hoch, einen Flur entlang in einen Konferenzraum mit langem Glastisch und einem Dutzend Freischwingerstühle aus Chrom und schwarzem Leder. An den weißen Wänden hingen großformatige Werbeplakate in edlen Rahmen, die von drahtgespannten Spots beleuchtet wurden.

Für einen Moment standen die beiden Männer vor dem Panoramafenster, den Blick auf das Lichtermeer der Stadt gerichtet, Beck fast ehrfürchtig, sichtlich stolz, sich mit der rechten Hand über den kahlen Kopf fahrend, als hätte er doch eher sein Spiegelbild als das Panorama betrachtet. Er trug ein chromgrünes Sakko, schwarze Jeans und hellbraune, teuer wirkende Schuhe. Um seinen Hals hatte er einen violetten Seidenschal geschlungen, der dem schlanken Mann, den Tom auf etwa vierzig Jahre schätzte, den letzten Schliff einer künstlerischen Erscheinung gab.

»Ich denke, da habe ich wohl nicht zu viel versprochen, Herr äh ...«

»Kiffler.«

»Äh ja, ich zeige Ihnen gleich noch Ihr Büro, da haben Sie zwar ein kleineres Fenster, aber dieselbe Aussicht.« Beck wies auf einen Stuhl; sie setzten sich über Eck, der Boss an die Stirnseite des Tisches, Tom mit dem Rücken zum Fenster, dem Blick auf die Wand und ein großformatiges Bild, das eine chromglänzende Küchenspüle zeigte.

»Tut mir leid, dass ich zu spät gekommen bin, aber ...«

Beck schnalzte mehrmals mit der Zunge und winkte mit dem Zeigefinger hin und her.

»Jetzt sind Sie ja hier. Um diese Zeit bin ich meistens noch da. Ich genieße die Stille hier oben, da kommen mir die besten Ideen.«

Tom nickte. Beck sah ihn erwartungsvoll an und gleichzeitig durch ihn hindurch, wie in Gedanken. Das lag wohl an Becks blauen Augen, die zugleich wässrig und durchdringend wirkten. Er hatte seinen Mund gespitzt, wodurch sich die Bartstoppeln stachelig aufstellten.

»Was wir brauchen, ist einen Juniortexter mit einer journalistischen Schreibe«, begann Beck mit leiser Stimme. »Sie sagten, Sie arbeiten als Zeitungsredakteur, Herr äh ...?«

»Kiffler. Ja, genau, bei der ...«

»Hm mh!«, machte Beck und deutete auf Toms Mappe mit den Artikelkopien in Klarsichthüllen. Tom hatte auch noch einen tabellarischen Lebenslauf beigefügt, den Beck aber gleich überblätterte. Er holte eine Schachtel *Gitanes* hervor, zündete sich eine an und nahm sich die Mappe vor. Tom sog den Rauch ein, dachte an Lupo, seinen Band-

Mentor, und war sich mit einem Mal sicher, dass er hier und jetzt erfolgreich sein würde.

Beck überflog die Artikel mit starrer Miene und gespitztem Mund, was Tom albern fand, weil er doch wohl auf Basis genau dieser Arbeitsproben eingeladen worden war. Als hätte er seine Gedanken gelesen, schlug Beck die Mappe zu und sah Tom durchdringend an.

»Ssehr gut, Herr äh ... Kiffler. Alsso!« Wie die meisten Schwaben sprach er das stimmhafte S stimmlos aus, wie ein scharfes S. Dafür hatte neulich der Fernsehmoderator der Regionalnachrichten beim Wort *Service* ein stimmhaftes S benutzt wie in *Sommer. Verkehrte Welt, dieses Schwabenland.*

»Alsso!«, rief Beck noch einmal und erhob sich. »Jetzt zeig ich Ihnen Ihr Büro. Und dann ssagen Sie mir, ob Sie am ersten Juli anfangen können.«

Beck ging mit tänzelnden Schritten voraus, die linke Hand in der Hosentasche, den rechten Arm pendelnd. »Ach sso, bevor ich es vergesse: 3.000 Mark. Brutto versteht sich. Das ist für einen Berufsanfänger ssehr viel.« Sein Blick duldete keinen Widerspruch.

Das Büro wirkte so, als sei es gerade erst möbliert worden. An dem Stuhl hing noch ein Etikett.

»Na, ist das was? Sie kriegen natürlich noch alles, auch eine elektrische Schreibmaschine. Ihre Manuskripte gibt unsere Schreibkraft dann immer ssauber in den Computer ein.«

Während Beck ihm weitere Details des künftigen Jobs erläuterte, überschlug Tom die Kosten. Er rechnete mit 1.900 Mark netto. Davon würde er sich eine kleine Wohnung leisten können, auch einen Gebrauchtwagen, schließlich würde er als Kontakter Kundenbesuche machen müssen. Sein wichtigster Job würde ihn oft nach Böblingen führen, ein anderer nach

Hockenheim. Er würde eine neue Heimwerker-Zeitschrift konzipieren und redaktionell betreuen, außerdem eine Image-Broschüre für einen bekannten Elektro-Konzern und ein Händler-Handbuch für einen italienischen Mittelklasse-wagen, der bald auf den Markt kommen sollte. Mit Autos hat Tom nicht viel am Hut, aber er würde sich einarbeiten. Das hatte er schon bei der Zeitung geschafft.

Die Wohnungssuche gestaltet sich schwieriger als erwartet. Immerhin bekommt er Anrufe auf seine Annonce, was er nicht zuletzt dem Tipp der Zeitungskollegin Hedi vom *Umbruch* zu verdanken hat. »Schreib bloß nix von Werbung, scho gar et von Journalismus«, hat sie gesagt. »Des isch nix für rechtschaffene Schwobe. Schmarotzer und Spinner send des für'd Leit. S' langt ja scho, dass du so en Fischkopf von do droba bisch.« Damit zieht sie ihn immer auf; sie schätzt ihn, findet seine Artikel erfrischend, auch wenn sie fürs fertige Layout oft noch Hand anlegt, ganze Sätze umformuliert, »weil des älles halt au neibasse muss«. Hedi war es, die auf den Allerweltsberuf *Kaufmännischer Angestellter* kam. Tom muss jedes Mal lachen, wenn jemand, meistens ältere Damen, am Telefon gleich fragen, ob er der *kaufmännische Angestellte* sei.

Nachdem er manches Kellerloch und manche Wohnung mit Pferdefuß (Kinderbetreuung oder Gartenarbeit inklusive) besichtigt und verworfen und schon nicht mehr an den Erfolg der Annonce geglaubt hat, meldet sich ein Rechtsanwalt aus Degerloch, in dessen Kanzlei Tom schließlich entnervt einen Mietvertrag für eine 40-Quadratmeter-Dachwohnung im feinen Stadtteil Sillenbuch zum Preis von 1.000 Mark monat-lich und einer Kaution von 2.400 Mark unterschreibt. Er muss an seine Ersparnisse gehen. Kurz hat er noch überlegt, weiter bei Judith zu wohnen, was sie ihm auch freigestellt hat. Aber Tom sehnt sich danach, auf eigenen Füßen zu stehen, zu lange schon hat er Judiths Großzügigkeit ausgenutzt, sich aber immer wie ein Gast gefühlt, ohne eigenen Rückzugsraum.

In Doesbeck hat Toms Vater über Beziehungen einen günstigen Ford Escort aufgetan, den Tom mit einem elterlichen Zuschuss und seinen letzten Ersparnissen finanziert. So bleibt kaum noch Geld für Möbel, nur für ein kleines Regal und Klappstühle von Ikea. Hausrat, Matratze und Tisch kratzt er in Doesbeck zusammen, fährt alles mit dem Ford nach Stuttgart.

Es ist ein trauriger Umzug. Judith und alle anderen sind beschäftigt. Und so sitzt Tom spätabends bei Leitungswasser und Zwieback in seinem Appartement in Sillenbuch, wo die Läden bereits geschlossen sind, selbst die Tankstelle und das einzige Lokal, eine Weinstube im alten Dorfkern.

Das Geld zerrinnt förmlich zwischen Toms Fingern. Er hat nicht an passende Kleidung für die Kundenkontakte gedacht, kauft sich bei C&A ein günstiges, aber schlecht sitzendes Sakko, zwei billige Krawatten sowie zwei Hemden und eine Stoffhose im Sonderangebot. Er grast die Anzeigenblättchen ab, ersteht für ein paar Mark einen rostigen Wäscheständer, Bügeleisen und Bügelbrett. Eine Waschmaschine für 50 Mark kann er sich vorerst nicht leisten, schließlich muss er auch noch essen, und sein Konto ist bereits überzogen.

Ausgerechnet in diesem Nobel-Stadtteil, wo fast jeder mindestens einen Mercedes, oft auch einen Porsche fährt, erlebt er die größte Pleite seines Lebens: Der Bankautomat spuckt kein Geld mehr aus; sein Dispolimit ist erreicht. Und ausgerechnet jetzt ist Judith nicht da. Sie ist für drei Wochen auf Geschäftsreise in Berlin, wo der Verlag ein kleineres Verlagshaus übernehmen will. Schweren Herzens pumpt Tom seine Eltern an, die seine Lage verstehen, aber keine großen Sprünge machen können, weil sie auch seine beiden Brüder unterstützen, die sich in einer ähnlichen Situation befinden wie Tom. Steff schlägt sich mit Gelegenheitsjobs durch, hat einen Privatlehrer für Kontrabass, Rollo schreibt an seiner Doktorarbeit, ist in Münster mit seiner Freundin zusammengezogen, die nach der Krankenschwestern-Ausbildung wieder studiert und auch kein Geld hat.

Tom ist frustriert, würde am liebsten alles hinschmeißen, noch bevor er seinen Job in der Werbeagentur antritt. Anfang Juni hört er bei der Zeitung auf. Von dem schmalen Autorenhonorar blieb kaum etwas übrig. Rechnete er die Fahrten und Auslagen bei Abendterminen gegen – oft aß er trotz knurrenden Magens nur eine Flädlesuppe, während sich die *Vereinsmeier* über Braten mit Spätzle hermachten und *Viertele* für *Viertele* Trollinger *schlotzten* –, stand der Aufwand in keinem Verhältnis mehr zum Nutzen.

Hedi ist die Einzige, die seinen Weggang bedauert, ihn zum Abschied sogar umarmt, alle anderen Kollegen wünschen ihm schmallippig »alles Gute«; ein neuer Praktikant hat bereits Toms Platz eingenommen.

Ausgerechnet ein Ereignis in Fernost reißt ihn aus seiner seelischen Lähmung. Am 3. und 4. Juni beendet Chinas Regime mit militärischen Mitteln die monatelangen Proteste rund um den *Platz des Himmlischen Friedens* in Peking. Die Bilder im Fernsehen erinnern an den Volksaufstand in der DDR am 17. Juni 1953. Wieder rollen Panzer auf Menschen zu, schießt das Militär auf Demonstrierende, die für politische Öffnungen kämpfen. Die gewaltsame Niederschlagung des Aufstands schockt die Welt in einer Situation, in der sich im Osten Europas Grenzen öffnen, in Polen das »Bürgerkomitee Solidarność« erste demokratische Wahlen gewinnt und sich in der DDR Proteste an der Manipulation der Kommunalwahlen entzünden.

Wenn die halbe Welt für Freiheit kämpft, was schmollst du hier in deinem piefigen Sillenbuch? Was ist dein Frust gegen solche existenziellen Umwälzungen? Tom schöpft neuen Mut. Zum ersten Mal, seit sie zusammen sind, spielt Judith für sein Fortkommen nicht mehr die entscheidende Rolle. Er sieht seinen Weg vor sich – einen, den er allein einschlägt und der sich zwangsläufig von Judith entfernt. Tom erschrickt über den Gedanken, aber das Erstaunliche ist: Er berührt ihn nicht allzu tief. Ob es ihr genauso geht?

»Generisch, verstehen Sie?« Der Marketing-Mann des Konzerns ist kaum älter als Tom. Aber er tut so. Alles an ihm ist reif, zugleich locker und schick. In seinem Sommeranzug ähnelt er Don Johnson aus der amerikanischen Serie *Miami Vice,* nur die akkurat gebundene Krawatte stört die Florida-Illusion.

Beck nickt wissend. Tom versteht nur Bahnhof. Sie sitzen in einem schmucklosen Konferenzraum, in dem es nach Essen aus der nahen Kantine riecht. Toms Magen knurrt, er hat keine Zeit mehr zum Frühstücken gehabt. Immerhin ist der Raum klimatisiert, anders als sein Büro in der Agentur. Seit Tagen pendeln die Temperaturen um die 35-Grad-Marke. Tom schwitzt in seinem Anzug, wäscht jeden Abend ein Hemd in der Badewanne, das er am darauffolgenden Abend für den nächsten Tag bügelt, oft erst nach Mitternacht, weil er Arbeit mit nach Hause nimmt – sein Start in der Agentur ging gleich von null auf hundert.

Der Grafiker von *Beck, Böpple* ist ein älterer, frohgemuter Herr, dessen Leidenschaft eigentlich Karikaturen sind. Er zeigt gerade auf den Entwurf des Titelblatts für die neue Heimwerker-Zeitschrift, auf dem bereits eines von drei Projekten zu sehen ist. Neben Artikeln über das ergonomische Design der konzerneigenen Elektrowerkzeuge soll es Schritt-für-Schritt-Anleitungen eines Schreiners geben, die Fotos und Texte liegen Tom bereits vor. Die Pressetexte des Konzerns seien »avisiert«, wie es Don Johnson ausdrückt.

Tom lernt schnell, trotzdem hat er das Gefühl, den Dingen hinterherzuhecheln. Bis zu zehnmal am Tag ruft die strenge Kollegin von Don Johnson an und bombardiert Tom mit Änderungswünschen und neuen Zielterminen.

»Ssuper, ssuper, ssuper!«, sagt Beck, als ihm Tom von der Abnahme eines Artikels über das »Biodesign« von Luigi Colani berichtet. Beck ist zufrieden mit ihm. Sein Geschäftspartner Böpple hoffentlich auch; ihn hat Tom bisher nur zweimal aus der Ferne gesehen. Er leitet die finanziellen Geschicke der Agentur, die offenbar gut laufen, denn er ist nicht oft da. Tom dagegen von morgens bis spät abends, oft geht er als letzter, kommt dann nicht mehr zum Einkaufen und gibt Geld für Fast Food aus. Außerdem raucht er zu viel, jeden Tag mindestens eine Schachtel *Lucky Strike*, seiner neuen Lieblingsmarke. Würde ihn Judith nicht öfter zum Essen einladen, käme Tom mit seinem Geld nicht hin. Das ärgert ihn, aber noch kann er keine Gehaltserhöhung verlangen. Oder doch?

Als Beck und er von einer gelungenen Präsentation zurückfahren, nutzt Tom die gute Laune seines Chefs und fragt vorsichtig nach. Das beseelte Grinsen Becks verschwindet schlagartig. Er wedelt mit seinem Zeigefinger und schüttelt mit spitzen Lippen den Kopf.

Als ob er jede weitere Nachfrage im Keim ersticken wolle, bittet er Tom schon am nächsten Tag in den Konferenzraum.

Beck hat den Senior-Texter, Herrn Gustrow, dazu gebeten. Mit ihm hat Tom bisher wenig zu tun gehabt, obwohl er so etwas wie sein Ausbilder sein sollte. Man wolle Tom über das Ende seiner Probezeit informieren, von der zuvor nie die Rede gewesen war. Man habe insgesamt einen guten Eindruck von ihm, sagt Beck. Gustrow nickt kaum wahrnehmbar. Aber Tom müsse noch viel lernen, führt Beck weiter aus, wozu man ihm gerne die Chance geben wolle. Gustrow schaut weg. Tom ist verdattert und enttäuscht, mit glühenden Wangen verlässt er den Raum. Warum hat er nichts gesagt? Er hat doch allen Grund, selbstbewusst zu sein: Die erste Ausgabe des Heimwerker-Magazins ist draußen und von allen Seiten gelobt worden, besonders die beiden Artikel, in die er viel Zeit investiert hat. Selbst die eiserne Lady der PR-Abteilung hat kaum Änderungswünsche gehabt.

An einem ungewöhnlich warmen Septembernachmittag bestellt Beck die gesamte Kreativabteilung zu einem »Meeting« in den Konferenzraum. Auf dem Tisch stehen Weingläser und ein Dutzend eisgekühlter Flaschen Frascati.

»Brainstorming! Wir gehen hier nicht eher raus, bis wir eine zündende Idee haben«, läutet Beck das Meeting ein. »Greift zu, Leute, macht euch locker!«

Gustrow verzieht den Mund, fragt nach Mineralwasser. »Sorry«, sagt Beck und gibt der Sekretärin, die schon mit Schreibblock Platz genommen hatte, ein Zeichen. Zwei Kolleginnen aus der Media-Abteilung sehen sich vielsagend an. Tom vermutet wohl richtig, dass Gustrow ein Alkoholproblem hat, und muss an die Kollegen von der Zeitung denken; immer ab 18 Uhr kreiste der Trollinger in der Teeküche der Redaktion.

Berufsrisiko, denkt Tom. *Die natürliche Korrelation von geistigen Getränken für geistige Berufsgruppen.* Wie zum Trotz zündet sich Gustrow eine Zigarette an, inhaliert besonders tief und pustet den Rauch verächtlich gegen die Flaschen vor ihm. Gläser werden gefüllt, weitere Zigaretten angezündet. Bald liegt ein schwerer Dunst über der Runde.

Beck erläutert, um was es bei der Imagebroschüre für den Konzern geht, »einen Global Player, in der Welt zu Hause und doch bodenständig schwäbisch«, in einer kleinen Werkstatt habe alles begonnen, mit Fleiß und Spucke, aber auch Tüftlerhandwerk, die Schwaben sind die größten Erfinder, der Konzern von Anfang sozial, er wolle sich nicht aufdrängen, Understatement sei angesagt, der Schwabe trage den Pelz nach innen, und jetzt Feuer frei für Ideen – Schweigen.

»Wollen die denn überhaupt so'ne Broschüre?« Gustrows Mundwinkel hängen herunter.

Ein Sauertopf, denkt Tom, *ein richtiger Bruddler. Das schwäbische Wort hat er erst vor Kurzem gelernt.*

»Der wieder«, flüstert Toms Nebensitzer Florian ihm zu. »Frag mich echt, warum der nicht bei der FAZ geblieben ist.«

Beck verzieht das Gesicht. »Ist das alles, was dir einfällt, Bernd?«

»Naja, überleg doch mal«, sagt Gustrow. »Denen können wir es doch überhaupt nicht recht machen. Und will irgendjemand im Flieger oder im Zug so'n selbstzufriedenes Geschichtskompendium lesen. Ich seh's schon vor mir: ›Alles begann mit einer zündenden Idee‹ oder so.«

»Gar nicht mal schlecht«, sagt Beck, funkelt Gustrow aber böse an. »Na kommt, Leute, da ist mehr drin!«

»Vielleicht sollten wir erstmal wirklich über die Form reden«, wirft der freundliche Grafiker ein.

»Form follows function, ganz wichtig, Siegfried!« Beck beugt sich nach vorn, als wolle er angreifen. »Das kommt auf jeden Fall in den Brainpool, Anja, gell?«

Die Sekretärin schreibt eifrig mit.

»Ich meine aber schon die Form der Broschüre. So nennen würde ich sie schon mal gar nicht«, hakt Siegfried, der Grafiker nach.

»Scho klar!«, ruft Beck, spitzt seinen Mund und verneint mit wedelndem Zeigefinger. »Und Bernd hat ja recht, das Ding darf echt kein Wälzer werden. Kein Märchenbuch. Überhaupt kein Buch. Aber auch kein billiges Heftchen. Leicht, aber wertig. Informationen, aber keine Bleiwüste. Trotzdem muss man schon was in der Hand haben, nicht irgend so einen Prospekt, den man gleich wegschmeißt. Was zum Aufheben, zum später Anschauen. Denkt immer dran: Die Geschäftskunden sind müde, wenn sie vom Konzern kommen, die wollen nur noch nach Hause und sich auf dem Flug oder der Zugfahrt ablenken – am besten mit der Imagebroschüre. Und dabei NICHT EINSCHLAFEN! HAL-LOOO?!«

Der Fotograf öffnet erschrocken die glasigen Augen. Beck hat ihn zum Brainstorming bestellt, damit er seinen Auftrag gleich richtig begreift, womöglich sogar eigene Vorschläge einbringt. Als sich das vereinzelte Kichern legt, erkennt Tom seine Chance.

»Wie wäre es denn mit einem Bilderbuch?«, ruft er etwas zu laut.

Alle starren Tom an, Gustrows Mund entweicht ein verächtliches »Pfff«. Doch Beck horcht auf.

»Ne, lass mal«, sagt er. »Lassen Sie mal hören, Kiffler!«

Tom ist vorbereitet: »Die Bilder müssen viel aussagen, nicht unbedingt informativ sein, aber sie müssen den Betrachter packen, die emotionale Botschaft zur Textbotschaft sein, den Text sogar in den Schatten stellen. Bilder sagen mehr als Worte. Sie müssen nicht übersetzt werden. Sie wirken verbindend, über Ländergrenzen und über Sprachbarrieren hinweg. Ich hab das mal in einem philosophischen Seminar –«

»Ein Bilderbuch!« Beck stoppt Toms Redefluss gerade rechtzeitig, bevor er sich verzettelt hätte. Becks Augen funkeln in die Stille.

»Genial, Kiffler! Ich sehe es vor mir: ein Highway, schnurgerade, hinten die roten Kegel Arizonas – in der Welt zuhause! Ein Briefing! Kiffler, Sie gehen mit Siegfried noch mal da hin und lassen sich die Philosophie des Konzerns erklären. Leiern Sie denen jedes noch so kleine Detail aus den Rippen, sammeln Sie Geschichten, Skurriles, nicht langweilige Slogans.« Beck klingt jetzt fast verschwörerisch. »Und Siegfried, du bist die imaginäre Kamera, das Auge!«

»Ich könnte meine Kamera mitbringen und gleich losgehen«, meldet sich der Fotograf schüchtern.

Beck wirft ihm einen vernichtenden Blick zu, wendet sich wieder an den Grafiker. »Siegfried, ich bau auf dich. Das wird ssuper, ssuper, ssuper!«

Beck springt unvermittelt auf und verlässt den Raum.

Schon zwei Tage später gehen Tom und Siegfried, der ihm das Du angeboten hat, auf Spurensuche im Konzern. Siegfried ist es, der sich nicht beirren lässt; er zieht Tom mit und bald merken die PR-Leute, dass sie mit ihren eloquenten, aber wohlfeilen Textbausteinen nicht weiterkommen, sondern mehr liefern müssen. Entnervt gewähren sie den Werbeleuten schließlich tiefere Einblicke, vermitteln Gespräche mit Kollegen aus der Produktion, der Entwicklung und des Testzentrums, das Tom besonders beeindruckt, weil dort Bohrmaschinen, Diamantschleifer und andere Geräte auf Betonwände und Stahlrohre losgelassen werden. Ein älterer Mitarbeiter zeigt Tom eine Vitrine mit einem Presslufthammer, der ziemlich ramponiert aussieht, und erzählt ihm, dass genau dieses Werkzeug einem Bauarbeiter das Leben gerettet habe. Der arme Kerl habe damit eine Zehntausend-Volt-Erdleitung getroffen, aber ihm sei nichts passiert. PR-Mann Don Johnson kennt die Geschichte nicht, verspricht aber, die Einzelheiten zu besorgen. Und auch hier ist es Siegfried, der nach Bildern fragt, einen Zeitungsbericht, den es doch sicher gebe. Als er und Tom sich verabschieden, meint Tom, Erleichterung zu spüren. Siegfried lacht still in sich hinein und lässt sich von Tom über einen kleinen Umweg nach Hause fahren.

Eine Woche später hat Siegfried zwanzig Dummies gebaut, Doppelseiten mit großformatigen Bildern aus Zeitschriften, eigenen Scribbles und minimalen Blindtext-Passagen. Tom weiß, dass er jetzt dichten muss, verdichten, eindampfen, Geschichten in maximal drei Sätze pressen. Er spürt, dass ihm nichts, was er gelernt hat, helfen wird, auch Judith nicht. Er ist so beseelt von seiner Aufgabe, dass er nach der erfolgreichen Präsentation in einen Tunnel gerät.

Für eine ganze Woche taucht er mit seinem Material ab, will weder in der Agentur, noch privat jemanden sehen. Man lässt ihn in Ruhe, auch Judith. Wieder isst er so gut wie nichts, raucht zu viel, schläft zu wenig. Aber er fühlt sich besser als während seiner Examensarbeit in Münster. Er spürt, dass ihm die Aufgabe liegt, ist mit den ersten Texten mehr als zufrieden. So wie später auch Beck und bald darauf die PR-Abteilung des Konzerns. Don Johnson ist merklich gerührt, schweigt lange, um Tom beim Abschied besonders fest die Hand zu drücken und ihm tief in die Augen zu sehen.

Werbung ist sexy, denkt Tom, *wer hätte das gedacht?*

»Affirmation!« Rudi, der blasse, wohl bald vierzigjährige Mann mit den dünnen, filzigen Haaren kostet den Nachhall aus.

Die Runde schweigt betreten. Alle schauen Tom an, Rudi verächtlich. Tom kennt ihn kaum, weiß aber, dass er immer noch studiert, vom Gehalt seiner Frau Lisa, einer Angestellten der Uni lebt, die er jeden Tag dorthin fährt, um sich selbst in irgendeinem Seminarapparat zu verschanzen. Lisa sitzt im Rollstuhl, ist nur wenig älter als Judith und Tom.

Sie sind zu Besuch bei Judiths Promotionskommilitonin Gesine und ihrem netten Freund Jens, einem promovierten Historiker, dessen Blick ebenso wie die der anderen zu Rudi wechselt, als dieser über den Tisch mit den leer gegessenen Tellern hinweg weiter doziert.

»Werbung, pah! Gibt es ein größeres geistiges Entgleisen als das Verfassen affirmativer ... ach, ich scheue mich gar, von Texten zu sprechen. Ein Verrat an der kritischen Wissenschaft, die du angeblich studiert hast. Und wenn das so ist: Ist sie dir denn gar nichts mehr wert? Wie kann man nur das genaue Gegenteil dessen machen, was diese Texte ausmacht und was diese Gesellschaft braucht? Das ist enttäuschend. Nachgerade beschämend.«

Tom hat gut gelaunt von seiner gelungenen Präsentation erzählt, von den Geschichten, die er über den Konzern ausgegraben hat und von den PR-Leuten, denen er es gezeigt hat. Erst haben noch alle gelacht. Nur Rudi von Anfang an nicht. Tom hätte es wissen müssen. Aber Judith hat ihm Mut gemacht; er solle zu seinem Job stehen, zumal er darin schließlich erfolgreich sei.

Judith liebt Erfolg, findet ihn erotisch, was ihrem Sex gerade sehr zugutekommt. *Und ist nicht auch Judith über die*

Literaturwissenschaft hinaus und trotz aller kritischen Theorie Geschäftsfrau geworden, ganz affirmativ dem kapitalistischen System dienend?

»Rudi, ich finde ...«, setzt Judith an, aber Tom unterbricht sie. Er muss aufpassen, dass sich seine Stimme vor Wut nicht überschlägt, doch er hat dazugelernt – neue Gelassenheit eines Berufstätigen.

»Weißt du, Rudi«, sagt Tom jetzt ganz ruhig. »Was ist Kritik und Negation, wenn daraus nichts folgt? Viele Achtundsechziger haben doch mit deinem Adorno gebrochen, weil er sich mit den Konsequenzen seiner kritischen Theorie nicht gemein machen wollte. Ein schöner Maulheld! ›Affirmation‹ – na und? Ja, ja und ja! Ich arbeite, liege niemandem auf der Tasche und ich freue mich über meine Erfolge, statt düster und schlechtgelaunt über angestaubten Theorien zu brüten, alles nur immer zu hinterfragen und hier die Spaßbremse zu geben. Immerhin habe ich einen Beruf – und stell dir vor: Er macht mir total Spaß!«

Rudi ist ganz blass geworden. Lisa greift nach seiner Hand, guckt dabei aber Tom dabei an, so traurig, dass ihm seine Worte schon wieder leidtun.

Rudi hält nichts mehr. »Komm, Lisa, wir gehen!«, sagt er mit erstickter Stimme, steht auf und macht sich an dem Rollstuhl zu schaffen. Dabei stößt er gegen den Tisch. Ein Glas kippt um, Rotwein ergießt sich über Lisas helle Hose.

Nach nur zwei Minuten ist der Spuk vorbei. Gesine kommt lachend von der Haustür zurück. »Dem hast du es aber gezeigt«, sagt sie anerkennend. »Das hat ihm bestimmt noch keiner gesagt.«

»Obwohl er in der Sache ja nicht unrecht hat«, sagt ausgerechnet Judith. »Aber wer weiß, was davon bleibt. Schon verrückt, was um uns herum passiert. Ungarn, DDR-Bürger, die plötzlich in den Westen können.«

Während sich Gesine, Jens und Judith angeregt über die neuesten Entwicklungen im Ostblock unterhalten, muss Tom an die Magie der Bilder denken. Die ungarische Grenze, ein Tor öffnet sich kurz und doch so lange, dass 600 DDR-Bürger völlig überraschend in den Westen flüchten können. Ungläubiges Lachen, Weinen, Männer mit kleinen Kindern auf dem Arm, ein Durcheinander begleitet von Kameras. Man hat sie einfach ziehen lassen, obwohl Ungarn damit gegen ein Abkommen mit der DDR verstoßen hat.

Tom hat sich beim Fernsehen beworben. Die Leidenschaft für Bilder, die Erinnerung an ihre Filme für den *Offenen Kanal* in Dortmund, der Journalismus, den er mehr vermisst, als er gedacht hat – Tom hat ein neues Ziel. Die Absage vom Rundfunk war ein Standardschreiben. Er wird ein weiteres Mal hinschreiben und diesmal richtig Werbung für sich selbst machen – *für etwas muss der Job in der Agentur ja gut sein, wenn schon nicht für ein gutes Gehalt.*

Entgrenzung

Judith ist wieder in Berlin. Oder noch? Tom schwitzt. Er sitzt im IC von Dortmund nach Stuttgart. Den 23. Oktober 1989 muss er sich merken. An diesem Montag ist plötzlich wieder Sommer. Für den Südwesten hat das Tagesschau-Wetter unglaubliche 27 Grad angezeigt. Im Großraumwagen ist es gefühlt dreißig Grad heiß und die Fenster lassen sich nicht öffnen.

Zum Glück hat Tom noch Urlaub. Schon am Donnerstag ist er nach Dortmund gefahren. Die Freunde aus Doesbeck haben sich dort nach langer Zeit wieder getroffen, haben wie in alten Zeiten bei Jochen und Ellen in der Lindemannstraße übernachtet, überall verteilt mit Luftmatratzen, vier Pärchen – und Tom. Gerne hätte er Judith mitgebracht. Doch sie schien ganz froh zu sein, nicht in Dortmund ganze Tage mit Gesellschaftsspielen verbringen zu müssen, Spaghetti mit Tomatensoße zu essen und auf Lumas (eine Abkürzung, die Tom ihr erst übersetzen musste) zu liegen, sondern in Berlin sein zu können, ihrem geliebten Berlin, und sich in der Kulturszene zu tummeln.

Ellen hat erst enttäuscht, dann belustigt reagiert, als Tom allein vor der Tür stand. Man könne ja meinen, diese Judith gebe es gar nicht. Alle haben gelacht, auch Tom. Er hat die mitleidigen Blicke ignoriert, eine Flasche Sekt aus seinem Rucksack gezogen und sie übertrieben laut auf den Tisch gestellt.

»Ihr Lieben, wir haben was zu feiern!«

»Wollen Sie mehr Geld?« Beck hat ihn angesehen wie ein enttäuschter Vater seinen missratenen Sohn.

Tom hat keine Sekunde nachdenken müssen; der Sender hat ihm gleich einen Vertrag zugeschickt, am 8. Januar 1990, gleich nach den Weihnachtsferien, wird er sein Volontariat antreten. Und obwohl er zunächst nur ein Ausbildungsgehalt von gut tausend Mark bekommen wird, mit dem er sein augenblickliches Leben unmöglich weiterfinanzieren kann, widersteht er Becks Lockangebot.

Wieder haben sie in dessen Sportwagen gesessen, noch beseelt von ihrem Erfolg, einen lukrativen Job bei einem Spezialisten für Tunnelbohrungen gewonnen zu haben, was vor allem an Toms guter Vorbereitung lag. Beck hat ihn über den grünen Klee gelobt, und hätte Tom nicht schon das Volontariat in der Tasche gehabt, hätte er jetzt gepokert. Für einen Moment hat er das erwogen, einfach nur, um zu sehen, was Beck ihm bieten würde. Doch dann hat sich Tom für die Wahrheit entschieden, ihm auf den Kopf zugesagt, was Sache ist. Beck hat eine Vollbremsung hingelegt und ihn fassungslos angesehen.

»Nein, das ist es nicht«, hat Tom gesagt. »Mehr Geld bräuchte ich dringend, aber ich muss mein eigentliches Ziel verfolgen, meine Berufung.«

Beck ist weitergefahren, hat lange geschwiegen, sich schließlich gefangen. »Herr Kiffler, machen Sie das! Sie sind kein Werber, das ist so klar wie ... Ihre Stärke ist ganz eindeutig der Journalismus. Und wahrscheinlich wären Sie bei uns à la longue nicht glücklich geworden. Versprechen Sie mir nur eins: Bringen Sie unsere Jobs noch gut zu Ende und machen Sie eine ssaubere Übergabe. Ich schalte heute noch eine Stellenanzeige.«

Tom muss zugeben, dass ihn das schnelle Parieren Becks ein wenig verletzt hat. Er blickt auf den Rhein, die putzigen Häuser zur anderen Seite, denkt wieder an sein erstes Open-Air-Festival auf der Loreley, an die waghalsige Fahrt zu fünft im klapprigen Käfer. Damals hat er kurz Todesangst gehabt. Sie hat sich anders angefühlt als die Ängste und Sorgen wegen Aufrüstung, der atomaren Bedrohung, viel direkter und doch wie in einem Traum. Wo ist das alles hin? Ist nur er selbst taub geworden, oberflächlich, *affirmativ*, unkritisch? Nein, der Westen ist es auch, seine Freunde, die in Dortmunds Eck-kneipen deutsche Schlager mitgrölen, die albernen Hits von *Dschingis Khan*, allen voran *Moskau*, oder *Eiermann* von *Klaus&Klaus*. Auch international nudeln die Popsender nur noch Seichtes durch: *The Look* von *Roxette*, die harmlosen *Simple Minds* oder *Love Is A Shield* von einer Band namens *Camouflag*e, die aus Bietigheim-Bissingen in der Nähe von Stuttgart kommt.

Auch Toms Bruder Steff lässt kein gutes Haar an der aktu-ellen Popszene. *Joe Jackson* habe das auch begriffen und mache langsam wieder »richtige« Musik, »um nur ein Beispiel zu nennen«. Und so vertieft sich Steff mehr und mehr in klassi-sche Musik für Kontrabass, spielt immer weniger Funk auf seinem *Fender Precision*, hat zum Konkurrenten *Gibson* und zum Jazz gewechselt, um vor dankbarem Münsteraner Publi-kum »sahnige Lines« zu spielen, wie sein Bass-Kumpel Fritz seine eigenen Fertigkeiten beschreibt. Beide fahren jetzt jede Woche zu ihrem neuen Kontrabasslehrer, einem Hochschul-dozenten, der in einem Kaff am Neckar wohnt, immer diens-tags frühmorgens hin, spätnachmittags zurück. Sie haben sich auch an der Stuttgarter Musikhochschule beworben. Dabei mag Steff die Schwaben nicht.

Tom hat Steff und Rollo gestern noch gesehen. Von Dortmund aus ist er mit dem Dieselzug nach Doesbeck gefahren, hat mit seinen Eltern und seinen Brüdern gegrillt und viel Bier getrunken. Ihr Vater hat wieder politisiert, Rollo hat sich wie immer zurückgehalten und Steff schließlich die von ihrer Mutter geäußerte Sorge, dass die DDR ihre Bürger doch noch militärisch angreift, vielleicht mit Panzern in die Leipziger Montagsdemonstration fährt wie 1953 oder wie die Chinesen jetzt in Peking, in allgemeine Heiterkeit verwandelt.

»Das macht der Krenz nicht«, hat Steff gesagt.

»Wieso nicht?«, hat Tom gefragt. »Der neue Staatsratsvorsitzende wird nix anders machen als der alte Honecker.«

»Ich glaub nicht«, hat Steff gemeint, »Ich finde, der sieht lieb aus, findet ihr nicht?«

Alle haben Steff angestarrt. Dann hat Tom gelacht.

»Du meinst wie Bata Illic und Claus Seibel?«

Tatsächlich gehört zu ihren Familienerzählungen, dass der kleine Steff den Schlagersänger und den ZDF-Nachrichtenmoderator so gern mochte, weil sie so »lieb«aussahen. Ein bisschen wie sein Patenonkel, um den ihn besonders Rollo beneidet.

»Naja«, hat sich Rollo gemeldet. »Bestimmt nicht wie Heinz Wrobel. Der liest die Nachrichten immer so streng. Wie ein Beamter. Ähnlich wie Gerhard Klarner. Ist der Dicke nicht mal bei *Dalli Dalli* vom Kinderdreirad gefallen?«

»War das da, wo du kotzen musstest?« Steff lacht.

»Musst du immer mit der alten Geschichte kommen?« Rollo ist sauer geworden. »Da war ich krank.«

»Ach, die alten Nachrichtensprecher sind in Ordnung«, hat ihr Vater eingeworfen, »aber diesen Hahne, den kannste ja nicht *bekucken*.«

»Wie macht der das, dass er gar nicht vom Blatt lesen muss wie die anderen?«, hat ihre Mutter gefragt.

Ihr Vater hat nur die Achseln gezuckt. »Der soll mal nicht so überheblich tun. Das ist doch auch'n Kohl-Lakai, so wie der ganze schwarze Sender. Und der Kirch! Die kannste doch alle –«

»Dafür gibt's in der DDR den *Schwarzen Kanal* mit dem Schnitzler«, hat Tom ihn unterbrochen. »Der Sendungstitel täuscht. Übelster Rotfunk! Oder gibt's den gar nicht mehr?«

»Findest du *Report München* etwa besser?« Sein Vater hat Tom herausfordernd angestarrt. Er sieht in seinem Sohn einen politisch Abtrünnigen, seitdem er mit der »Tochter aus reichem Hause« zusammen ist.

Tom muss zugeben, dass es ihm zunehmend schwerfällt, der SPD die Treue zu halten, aber er spricht nicht darüber. Auch diesmal nicht.

Ihr Vater hat wieder seinen *Polit-Krampf* bekommen, Steff und Rollo haben nur die Augen verdreht. Die alte Leier – sie kennen sie längst auswendig.

»Der Russe ist nie unser Feind gewesen. In der Geschichte hat er uns und Westeuropa immer näher gestanden als die Amis. Das wusste auch Willy Brandt. Ohne ihn wären wir nicht da, wo wir jetzt sind. Der dicke Kohl soll mal nicht so tun, als ob er –«

Da ist ihre Mutter aufgestanden, um den Abwasch zu machen, Steff, um Bier zu holen, Rollo, um auf die Toilette zu gehen, und Tom, um wiederum seiner Mutter zu helfen. Wenig später ist der Fernseher gelaufen – und der Abend auch.

Erst jetzt denkt Tom an Judith. *Schon seltsam ...* Sie ist nicht so euphorisch gewesen wie er, als er ihr freudestrahlend von seinem Volontariat erzählt hat. Sie hat gehetzt geklungen. Überhaupt kommt sie ihm immer öfter abwesend, manchmal sogar abweisend vor. Tom spürt, dass sie auseinanderdriften. Seltsamerweise stört ihn das wenig. Er schaut jetzt öfter andere Frauen an, eine Weile schon die hübsche Blonde zwei Sitzreihen weiter links von ihm. Sie erwidert seine Blicke, lächelt freundlich. Leider greift sie in diesem Moment nach ihrer Tasche, der Zug hat Mannheim erreicht.

Das Abteil leert sich. *Wer will auch schon nach Stuttgart,* denkt Tom und registriert jetzt erst, dass die Frau etwas auf dem Tisch hinterlassen hat. Tom geht hin, sieht den Zettel, die Telefonnummer, 0621 ... Ist das nicht die Vorwahl von Mannheim? Er steckt den Zettel ein.

In Dortmund ist er ein zweites Mal seiner Sommerfreundin Katja begegnet, regelrecht in die Arme gelaufen – wie beim ersten Mal und für Tom genauso überraschend wie damals.

Sie haben in der Kneipe gegenüber den Geburtstag von Jochens Kumpel Thomas gefeiert, einem schwulen Gastwirt, den sein *Freund* und Geschäftspartner eine Woche zuvor verlassen hatte. »Thomas & Thomas« haben die anderen gescherzt, als sein Namensvetter sich zu Tom an die Musikanlage gesetzt hat, wo dieser für Stimmung sorgen sollte, sich und den anderen aber geschworen hatte, unter gar keinen Umständen *Klaus & Klaus* aufzulegen.

»Bitte spiel die für mich!« Thomas hat ihn flehend angesehen und ihm eine CD von *Marianne Rosenberg* gereicht – *Ich Bin Wie Du.* »Stück Nummer 3 bitte!«

»*Er gehört zu mir*«, hat Marianne gesungen. »*Wie mein Name an der Tür*«, hat der ganze Saal gleich darauf mitgegrölt. Und während Tom schon keine Lust mehr gehabt hat, ist Thomas' Kopf auf seine Brust gesunken, hat Tom ihm erst zögernd, dann von ganzem Herzen sein dünnes Haar gestreichelt, bis der ihn mit tränennassen Lippen auf die Wangen geküsst hat, dankbar für Toms Wärme und Trost.

Auf dem Weg zu Jochens Wohnung sind die Freunde an einer Kneipe vorbeigekommen. Jochen hat unbedingt noch ein »Absackerpils« trinken wollen, also sind sie alle noch reingegangen. Bis auf einen phlegmatisch gläserabtrocknenden Wirt hinter der Theke und einen schlafenden Gast in der Ecke ist die Kneipe leer gewesen. Tom hat es gleich zur Musik in den Nebenraum gezogen. Die bunten Reflexe der Discokugel auf dem Boden haben ihn wanken lassen, die Scheinwerfer geblendet. Dann hat die Musik gewechselt und im ewig schönen Klangbad von *Someone Somewhere in Summertime* von *Simple Minds* hat er sie entdeckt, ist er auf sie zu, sie auf ihn, sind sie sich in die Arme gefallen wie in einem kitschigen Liebesfilm.

Sie wird immer schöner, denkt Tom. *Warum habe ich mich nie richtig in sie verliebt, damals in unserem einzigartigen, magischen Sommer? Könnte ich mich jetzt verlieben?*

Judith ist ihm in den Sinn gekommen. Katja hat von ihrem Freund angefangen. Dann ist er dagestanden, hat Katja verwirrt und Tom aggressiv angestarrt. Nur eine flüchtige Umarmung noch und weg. Jochen ist gekommen, hat seinem Freund kopfschüttelnd ein Pils gereicht.

Tom ist gereift. Vielleicht ist es diese Gewissheit, seine neue Selbstsicherheit, auch alleine alles erreichen zu können, die ihn von Judith zusehends entfernt. Ist er unfair? Hat er sie all die Jahre nur ausgenutzt, sich von ihr füttern lassen wie ein Vogeljunges in seinem Nest, um sie jetzt, flügge geworden, schnöde zu verlassen? Oder ist sie es, die ihn beharrlich angestupst, seine Flugversuche noch begleitet hat, ihm nun aber mit tiefer Befriedigung beim Fliegen zusieht, immer öfter aber in eine andere Richtung schaut und am Ende dorthin abzuheben? Ohne ihn.

Den Fall der Mauer am 9. November 1989 verschläft Tom. An diesem Donnerstag hat ihn der Autokonzern erst frühmorgens in Hockenheim antanzen, bis zum Nachmittag warten lassen, um ihn dann unverrichteter Dinge wieder nach Stuttgart zurückzuschicken. Tom ist direkt nach Hause gefahren, hat sich frustriert über das immer noch lückenhafte Händlerhandbuch gebeugt, sich schließlich mit einer billigen Flasche Rotwein abgeschossen.

Das Schrillen des Telefons reißt ihn aus einem traumlosen Schlaf. Judiths Stimme klingt weit weg. Es knistert in der Leitung. Tom hört lautes Stimmengewirr.

»Ich bin noch in Berlin!«, schreit sie. »Es ist Wahnsinn! Siehst du auch die Bilder? Sind sie nicht unfassbar? Hier gibt's Freibier für alle, aber wir fahren jetzt alle zur Mauer.« Weg ist sie.

Tom sieht auf den Radiowecker – fast Mitternacht. Er schaltet den Fernseher ein, kann nicht glauben, was er sieht. Zugleich weiß er, dass sich ab jetzt alles ändern wird. Für ihn. Für Deutschland. Für die ganze Welt.

In der Werbeagentur ist die offene Mauer zunächst kein Thema. Es herrscht Wochenendstimmung, das Leben geht weiter. Nur Beck und Böpple fahren gemeinsam in Böpples Daimler zum Mittagessen. Das ist ungewöhnlich. Sie seien wohl schon nachts zugange gewesen, will die Media-Kollegin erfahren haben; sie ist immer eine der Ersten im Büro.

»Wollen sie sich das mit der Kündigung nicht doch noch mal überlegen?«, fragt Beck Tom später. Seine Augen glänzen und seine Fahne kann der Rauch der *Gitane* nicht überdecken. Er wirkt aufgekratzt, nahezu euphorisch. »Das wird ein Riesenmarkt, Kiffler. Das wird ssuper. Ach was, mehr als das. Böpple und ich überlegen zu expandieren. Wir haben 1A-Kontakte nach Berlin. Ist da nicht ihre Freundin? Alsso! Digging for gold, Kiffler! Meine Bürotür steht offen.«

Tom blickt aus dem Fenster. Dort unten wohnt Judith. Noch. Immer seltener ist sie hier. Selbst wenn sie ganz nach Berlin ginge, er würde ihr nicht folgen. Diesmal nicht. Schon gar nicht als Werber. Nein, er wird beim Fernsehen arbeiten, wer kann das schon von sich sagen? Er wird in Stuttgart bleiben und seinen Traum wahr machen.

Die Agentur richtet ein schönes Weihnachtsfest aus. *Beck, Böpple* lassen sich nicht lumpen, spendieren Champagner und Lachshäppchen. Der Konferenztisch ist weiß eingedeckt, überall brennen Kerzen, vereinzelt glitzert es rot und golden, in der Ecke steht eine filigrane Skulptur aus grün-blau leuchtenden Neonröhren, ein stilisierter Christbaum. Sie wichteln, sobald die Teller abgeräumt sind. Tom kennt das Spiel aus der Schule und macht sich auf das Schlimmste gefasst. Doch Siegfried macht ihm ein großformatiges Geschenk. Leider darf er es erst zu Hause auspacken und er weiß später auch warum: Es ist eine Karikatur auf DIN A3, fertig gerahmt. Sie zeigt Tom, wie er sich mit spitzem Kinn über die Schreibmaschine beugt. Von hinten biegt sich der Stuttgarter Fernsehturm herüber, als wolle er ihn von oben erdolchen. »We want you!«, ruft es aus dem gläsernen Korb. Hinter Toms Rücken stehen Gustrow, Beck und Böpple mit finsteren Gesichtern, Sprechblasen stehen über den drei Miesepetern.

Gustrow (mit Stirnfalte): »War ja klar!«

Beck (Hand am Kinn): »Oder doch ein Werber?«

Böpple (Hundeblick): »Menschlich enttäuscht ...«

Ganz am Rand steht Siegfried mit verschmitztem Lächeln, ein riesenhafter Bleistift ragt hinter seinem Kopf hervor. Ein scharfsinniger Beobachter, ein lieber Mensch – ein Freund ...

Weihnachten kommt und Judith ist immer noch in Berlin. Sie haben Sendepause. Sie würde sich wieder melden, hat sie gesagt. Es hat sich endgültig angefühlt, doch Judith will von solchen Gedanken nichts wissen.

Sie habe einfach nur unglaublich viel zu tun, brauche die Zeit, nur um mal runterzukommen. Ob es ihm nicht genauso ginge?

Tom gibt ihr Recht, bekommt nicht über die Lippen, das sie ihm fehle. *Weil es nicht stimmt. Weil nichts mehr stimmt.*

Als sie aufgelegt haben, sucht er nach Trauer, fühlt keine. Fühlt überhaupt nichts. Er überlegt, zu seinen Eltern zu fahren, bevor er ausgerechnet zum Fest in seiner kleinen Wohnung vereinsamt. Er hat sich mit seinem Wohnungsnachbarn angefreundet, einem stets lächelnden, stets nach *Jil Sander Man* duftenden Typen mit kurzen blonden Haaren und einer braunen Hornbrille. Er ist ungefähr in Toms Alter. Ansgar ist in einer PR-Agentur tätig. Sogar nach Feierabend behält er Hemd und Anzughose an, legt sich einen Baumwollpullover über die Schulter, was Tom affig findet. *Ein Popper*, denkt Tom. *Wie heißen die jetzt eigentlich?*

Ansgar ist nett, wenn auch oberflächlich, ein Autonarr und Sportfan. Nichts verbindet Tom mit ihm, aber anscheinend braucht auch er einen Freund. Wie Tom.

Die *Sechserbande* hat sich seit September nicht mehr zusammengefunden, seit ihrem letzten Treffen, das eigentlich wie immer war. Gerade von Werner hat Tom erwartet, dass er ihm auch ohne Judith die Treue halten würde. Doch er ist abgetaucht wie alle anderen auch. Und so ist Tom vorsichtig geworden; er verschließt sich, will nichts von anderen Menschen, auch nicht von Frauen. Anders als nach seiner ersten Beziehung ist keinerlei Rache in ihm. Judith hat ihn nicht verlassen, ihre Beziehung ist einfach ausgelaufen, so wie das ganze Jahrzehnt. *War der Mauerfall gar nicht so überraschend? War das alles nicht total folgerichtig?*

An Heiligabend ruft Judith ein letztes Mal an. Sie habe ihn in Doesbeck vermutet, aber seine Eltern hätten ihr gesagt, wo er steckt – und grußlos aufgelegt.

»Egal«, sagt Judith. Sie wirkt kleinlaut, druckst herum. »Ich wollte dir eigentlich schöne Weihnachten wünschen, aber ich bin dir auch was schuldig. Die Wahrheit. Verzeih mir, Tom, aber ich habe jemanden kennengelernt. Bei einer Gala hat es gefunkt. Tut mir leid, dass du es so erfährst.«

»Und wohl deutlich zu spät, oder?« Tom fühlt sich überrumpelt, auch wenn er ihren Abgang erwartet hat.

»Wie meinst du das?«

»Wie lange seid ihr schon ...?«

»Seit Oktober«, flüstert Judith. »Es tut mir leid.«

»Dann habt ein schönes Fest!« Tom knallt den Hörer auf den Apparat. Nun ist er doch verletzt. Wieso sagt sie ihm das erst jetzt, und dann noch am Telefon? Hat er das verdient? Hat ihre Beziehung das verdient? Von Liebe will er nicht mehr reden. Sie ist auch ihm abhandengekommen. Aber wann genau? Wann haben sie aufgehört, sich zu lieben?

Den restlichen Abend und den ersten Weihnachtstag verbringt Tom im Bett, steht nur auf, wenn ihn die Notdurft auf die Toilette und der Hunger in die kleine Küche treibt; dabei sind der Kühlschrank und das Regal so gut wie leer.

Tom zündet die rote Kerze an, ein Geschenk von Judith, zum Einzug. In ihrem Schein haben sie sich geliebt. Schon nicht mehr so wild. Reifer, routinierter. Trotzdem schön. Er könnte die Kerze auch einfach fortwerfen, doch er findet, dass sie ihm jetzt, wenn ihr Licht ihn schon nicht tröstet, einen würdigen Abschied bereitet.

Er lässt den Oktober Revue passieren, findet nur sich, seine Arbeit, aber wenig Judith, schon gar nicht leibhaftig, nur am Telefon, meistens hat sie sich aus Berlin gemeldet. Ohne dass er den Zeitpunkt genau benennen könnte, hat sich sein Leben gedreht, sich auf seines verengt. Positiv ausgedrückt, ist es wieder sein Leben geworden. Judith ist darin zusammengeschmolzen wie die Kerze. Aber warum haben sie nicht früher darüber geredet? Hätte das noch was gebracht? Judith war nicht mehr greifbar und Tom fragt sich, ob er noch um ihre Beziehung gekämpft hätte, wenn er früher von dem anderen Mann erfahren hätte? Und wenn, hätte er es dann nicht nur getan, um zu gewinnen – nicht sie, sondern den Kampf?

Judith war klug genug, ihm nicht gleich von dem anderen Mann zu erzählen. Womöglich hat sie mit sich selbst gekämpft, mit ihren widerstreitenden Gefühlen, vielleicht hat sie es gebraucht, seine vertraute Stimme zu hören, wohl unter Schmerzen, wie Tom hofft, aber eben doch, weil sie womöglich noch an ihre Liebe geglaubt hat. Hat sie das? Hat es nicht

»gefunkt«? Hat sie den anderen so angesehen wie Tom in jener ersten Nacht. Mit ihrem Raubtierblick.

Verdammt! Fluchend springt Tom unter die Dusche, dreht den Hahn ganz auf *kalt* und lässt den eisigen Strahl so lange niederregnen, bis er zittert und seine Kopfhaut taub ist.

Am zweiten Weihnachtstag unternimmt er eine Wanderung durchs nahe Körschtal. Schneeregen durchnässt schnell seine Jacke. Er kämpft gegen den Impuls an umzukehren. Noch immer kann er seine Gefühle nicht sortieren, ist mal euphorisch, wenn er an seine Zukunft denkt, mal trauert er beim Blick zurück. Dazwischen steigt Verbitterung wie Galle in ihm auf, trotzt immerhin der nassen Kälte um ihn herum.

Zu Hause duscht er ausgiebig, genießt das warme Wasser und erleichtert sich, ohne an Judith zu denken, jedenfalls fast. Er ist noch in Unterhose, als es an der Tür klopft. Tom zögert. Die Tür hat keinen Spion.

»Hier ist Ansgar! Bist du da?«

Tom öffnet die Tür. Ansgar grinst. »Bisschen was musst du schon noch anziehen. Willst du mit? Ich weiß, wo der Bär steppt!«

Tom ist überrascht. Dann fällt ihm ein, dass am zweiten Weihnachtstag in Doesbeck immer »Stephanus gesteinigt« wird; die Sauftour endete stets im Vollrausch. Aber gibt es das auch hier in Stuttgart?

»Ist ne Privatparty, aber grooooß!« Ansgar reißt die Augen auf. »In zehn Minuten unten an der Garage, okay?« Er sagt »o-kai«, eine seltsame Mode, die auch bei den Kolleginnen in der Agentur um sich greift.

Ansgar parkt seinen Alfa Romeo, der ihn entweder als Gutverdiener oder – wahrscheinlicher – als Reichensöhnchen ausweist, direkt vor dem Hohenheimer Studentenwohnheim. Tom kennt die Uni nicht, obwohl sie ungefähr zwischen Sillenbuch und dem Stuttgarter Flughafen liegt. Er nimmt sich vor, das Umland zu erkunden, schließlich wird er Heimatkenntnisse auch beim Rundfunk gebrauchen können.

Schon im Flur hören sie laute Musik, *This Is Not America* von *David Bowie* und *Pat Matheny*, schon älter, aber immer wieder schön. Tom freut sich jetzt. Doch als sie die »Disco« betreten, ist er maßlos enttäuscht. Der von kaltem Neonlicht erleuchtete Raum entpuppt sich als Etagenküche, ist sogar kleiner als die in Toms Münsteraner Wohnheim. Anders als dort gibt es hier wohl keinen Partykeller. Die Tische und Stühle sind an die Wand gerückt, auf ihnen stehen Sprudel- und Weinflaschen sowie ein Teller mit erbarmungswürdigen Brezeln. Ein Mädchen mit fettigen Haaren bringt eine Schüssel mit Chips. Tom zählt, kommt auf fünfzehn Leute, mehr Männer als Frauen, allesamt jünger als er. Niemand tanzt, wie auch? Sie stehen in Grüppchen zusammen und beachten Ansgar und Tom kaum.

Ansgar geht zum Tisch, schenkt sich und Tom zwei Viertellitergläser mit Trollinger ein. *Immer dieses dünne Gesöff*, denkt Tom, prostet Ansgar trotzdem dankbar zu. Sie reden nicht viel, mustern die wenigen Mädchen, von denen Tom keines ins Auge sticht. Er legt es auch nicht darauf an, anders als Ansgar. Der kommt mit einer recht sympathischen Brünetten ins Gespräch. Wieso hat Tom sie nicht bemerkt? Bald wechseln die beiden in eine Ecke des Raumes. Tom betrinkt sich weiter, beginnt bereits zu schwanken, als Ansgar ihn an den Ellbogen fasst.

»Hier hast du den Wagenschlüssel. Dürfte länger gehen bei mir, ich denke, die ganze Nacht.« Dabei zwinkert er vielsagend. »Kannst ja bei mir in der Karre pennen. Groß Liege-sitz is aber leider nicht.«

Tom trinkt weiter, wird später von zwei Männern flankiert und freundlich aber bestimmt hinausgebeten, wie auf der Münsteraner Studentenfete, als er wodkatrunken eine halb volle Colaflasche zum Zerplatzen gebracht hatte.

Obwohl es im Alfa kalt und unbequem ist, schläft Tom sofort ein. Es ist noch dunkel, als er mit pochenden Kopf-schmerzen und trockenem Mund aufwacht. Ohne nachzu-denken, steigt er aus, klemmt den Schlüssel hinter die Sicht-blende und lässt den Wagen unverschlossen zurück. Intuitiv findet er den richtigen Weg, der endlos zu sein scheint und hügelig, immer wieder kommt Tom außer Atem.

Als er endlich zu Hause ankommt, steht sein Entschluss: Silvester wird er nicht in Stuttgart verbringen. Er wird nach Münster fahren, wo auch Steff feiern wird. Sein Bruder hat ihn eingeladen, will ihm seine neue Freundin vorstellen, die er im Urlaub in Bayern kennengelernt hat. Sie komme aus einem Nachbarort von Doesbeck, mache aber ihre Ausbil-dung in Malmsheim bei Leonberg, also nicht weit von Stutt-gart, wo es ihn ja auch hinziehe. Ob das alles noch Zufall sei?

Die Party ist in einer Art Scheune am Stadtrand von Münster nicht weit von seinem WG-Wohnhaus. Tom kennt nur ein paar Leute vom Sehen, noch sind aber nicht viele da. Er beschließt, einen Abstecher zum Wohnhaus zu machen.

Alles ist noch so, wie er es kennt – bis auf das weitläufige Feld, das er auf seinem Balkon immer im Blick hatte. Jetzt ragen überall Pflöcke heraus, zwischen denen Bänder gespannt sind. Er nimmt an, dass hier ein großer Gebäude-komplex entstehen wird; spätestens jetzt würde er aus W13 ausziehen.

Alles hat seine Zeit. Aber unsere hier war eindeutig die beste.

Etwas wehmütig geht Tom zurück, erkennt fast beiläufig, dass aus der Scheißer-Kneipe ein Wohnhaus geworden ist. Auch die Bäckerei ist weg.

An diesem Abend unterhält sich Tom nur sporadisch, weicht erfolgreich den kontaktheischenden Annäherungen eines ehemaligen Kommilitonen aus, den er als penetrant aufdringlich in Erinnerung hat, freut sich mit Steff über seine neue Freundin, die er gleich brüderlich umarmt, unterhält sich dann aber nur mit Steff, bis dieser zu seiner Jazz-Combo auf die Bühne muss, durchmisst immer wieder die Scheune, trinkt nur, isst nichts, tanzt auch mal – wie passend – zu *Let's Dance* von *David Bowie*, dem Kracher seiner Single-Zeit nach Bärbel, flirtet gelangweilt mit einem hübschen, aber offensichtlich sehr jungen Mädchen, das sich bald an einen weit älteren Mann ranschmeißt, gerade rechtzeitig zum Mitternachtskuss.

Der Countdown endet, Paare fallen sich in die Arme, Tom macht gute Miene zu diesem Spiel, auch dann noch, als nach dem Feuerwerk drinnen mit dem Stehblues die Phase intimer Zweisamkeit beginnt.

If You Don't Know Me by Now von *Simply Red* schweißt die Liebenden zusammen, als es Tom zu viel wird. Er muss raus. In der kühlen Luft liegt Schwefeldampf. Regen würde ihn auswaschen. *Als saurer Regen. Gibt es den eigentlich noch?* Toms Gedanken springen durch die Zeit, pendeln zwischen jetzt und früher, prallen endgültig auf die Gegenwart.

1990 hat begonnen, die Achtziger sind Geschichte und mit ihnen seine Liebe zu Judith. Er wird sie in seinem Herzen behalten wie die Liebe zu Bärbel, die 1980 begonnen hatte, am *Tag der Deutschen Einheit*, dem 17. Juni. Jetzt ist sie da – und braucht wohl einen neuen Feiertag.

Wird 1990 wie 1980, als er achtzehn wurde, aber noch lange nicht erwachsen? Über die Achtziger ist er es geworden, zusammen mit Judith, die es immer schon viel mehr war als er. 1985, als Judith in seinem Leben erschien, markiert den Kipppunkt – Zäsur und neue Richtung, unaufhaltsam. Gibt es ein besseres Ende für diese verrückte Dekade? Ein besseres für Tom? Der Fall der Mauer, das Ende seiner Beziehung – sie sind ein Anfang. Tom ist frei und er hat mehr Lust auf Zukunft als jemals zuvor.

Er sieht auf die Uhr. Noch zwei Stunden bis zum ersten Zug Richtung Süden.

If I Could Turn Back Time, singt *Cher* da drinnen.

Tom schüttelt den Kopf, blickt in Richtung Stadt. Der Dunst saugt die Lichter auf wie ein Schwamm. Ein gelber Schein liegt dort über dem Zentrum und erhellt die Nacht, wenn schon kein Stern funkelt, kein Mond, und solange die Morgensonne noch nicht scheint, den Nebel langsam lichtet, zum ersten Tagesanbruch des Jahrzehnts. Sie wird den Rhein glitzern lassen wie Gold, dort noch heller scheinen, wo er ankommen wird. Ankommen, um zu bleiben. Bleiben, um neu zu beginnen.

Kindliche Freude packt Tom. Lachend macht er sich auf den Weg, dreht sich kein einziges Mal mehr um.

Bibliografischer Hinweis

Philippe Djian: Betty Blue – 37,2° am Morgen. Roman. Aus dem Französischen von Michael Mosblech. Diogenes Taschenbuch 1988.

Titel der Originalausgabe: 37,2° LE MATIN (c) Editions Bernard Barrault, Paris 1985.

Die deutsche Erstausgabe erschien 1986 im Diogenes Verlag.

Verfilmt 1986 unter dem Titel »Betty Blue – 37,2° le matin« von Jean-Jacques Beineix.